La Adicción de Lucía

Una novela de deseo, poder y secretos prohibidos

La Adicción de Lucía

La Adicción de Lucía

Una novela de deseo, poder y secretos prohibidos

por Y O Yera

Y O Yera es una escritora apasionada que ha convertido la sensualidad y las emociones humanas en el corazón de sus novelas. Con un estilo envolvente y provocador, lleva a sus lectores a mundos donde la pasión rompe barreras y el amor se enfrenta a lo prohibido.

Su obra se caracteriza por unir erotismo intenso, giros inesperados y personajes inolvidables, logrando historias que no solo encienden los sentidos, sino que también invitan a reflexionar sobre los límites del deseo, el poder y el amor.

En La Adicción de Lucía, Y O Yera invita al lector a un viaje de lujuria, secretos y emociones desbordadas, en el que nada es lo que parece y donde el fuego del pasado puede arder más fuerte que nunca.

La Adicción de Lucía

Una novela de deseo, poder y secretos prohibidos

Por Y O Yera

© 2025 Y O Yera. Todos los derechos reservados.

Ninguna parte de esta publicación puede ser reproducida, almacenada o transmitida en manera alguna ni por ningún medio —electrónico, mecánico, fotocopia, grabación o cualquier otro— sin el permiso previo y por escrito de la autora.

Este libro es una obra de ficción. Nombres, personajes, lugares y sucesos son producto de la imaginación de la autora o se utilizan ficticiamente. Cualquier semejanza con personas reales, vivas o muertas, es mera coincidencia.

Edición publicada en Amazon KDP.

A quienes alguna vez se dejaron consumir por un amor imposible… y descubrieron que lo prohibido arde con más fuerza.

Agradecimientos

Este libro es mucho más que palabras en una página: es el resultado de la pasión, de noches en vela y del fuego de una inspiración que se negó a apagarse.

A mi esposo Jorge,, que siempre creyó en mis sueños y me recordó que el valor y el amor son los verdaderos cimientos de toda historia. Gracias por ser mi luz.

A mis padres Mayda y Angel, que escucharon con paciencia mis ideas y me animaron cuando las dudas intentaban apoderarse de mí. En cada capítulo de esta novela late un pedacito de su apoyo.

A los lectores: ustedes son la verdadera razón por la que escribo. Sin su curiosidad, sin sus ganas de adentrarse en historias que encienden tanto el corazón como los sentidos, estas páginas permanecerían en silencio. Cada vez que se pierden en estas palabras, le dan vida a mi mundo.

Y, finalmente, a esa parte de mí que alguna vez dudó de poder crear algo poderoso e inolvidable: gracias por no rendirte jamás. La Adicción de Lucía es la prueba de que cada chispa prohibida puede convertirse en un fuego abrasador.

Con todo mi corazón,
Y O Yera

La Adicción de Lucía

Una novela de deseo, poder y secretos prohibidos

Por Y O Yera

Capítulo 1

✦ ✦ ✦ ✦ ✦ ✦

Lo veo venir entre risas, rodeado de amigos, como si el barrio entero fuera su escenario y él el protagonista inevitable. Aquí, donde las mujeres somos pocas y los hombres se creen imprescindibles, él camina distinto: seguro, insolente, con la calma arrogante de quien sabe que todas lo miran. Y sí, todas lo miran. Yo también. Pero mi mirada es otra: la del desafío, la del hambre contenida.

Tengo veintiún años y todavía vivo bajo el techo asfixiante de unos padres que creen que el deber es lo único que me pertenece: estudiar, graduarme, convertirme en la hija ejemplar que ellos diseñaron. Pero él… él es lo contrario. Dos años mayor, dueño de un caos que me atrae como un abismo. Le gusta beber, reír demasiado alto, enredarse en problemas que no le corresponden. Es la pesadilla perfecta. Y el que me quita el sueño.

Su risa estalla como un disparo en la tarde. Sus ojos —verdes, insolentes— se clavan en mí como si atravesaran la piel. Apenas me ha regalado un par de palabras, pero siento que ya me desnudó. Cuando pasa cerca, el aire cambia, se espesa, y mi cuerpo responde con un pulso indomable. No sé si quiero escapar o rendirme.

De noche, cuando me encierro en mi cuarto y el calor se pega a la piel, son sus labios los que imagino sobre los míos. Su peso. Su olor. Ese peligro que lo envuelve y que yo, en silencio, ansío probar.

Hoy no voy a conformarme con imaginar. Hoy voy a buscarlo. He ensayado frases, excusas, sonrisas… todas inútiles, lo sé. Porque cuando lo tenga delante, ninguna palabra bastará. El cuerpo hablará por mí. Me miro en el espejo una vez más. La blusa, con un botón menos; un perfume robado; el rubor que no logro esconder. Soy una mujer a punto de cometer un delito. Mi corazón late como si quisiera escapar de mi pecho.

Lo veo desde la ventana: ya está allí, bajo el mismo árbol donde siempre se sienta. El destino me llama. Camino hacia él con las piernas temblando, pero con una decisión que no había sentido nunca.No sé si me está mirando. No sé si mi voz saldrá cuando lo tenga enfrente. Pero sé esto: no quiero ser espectadora. Quiero ser incendio. Y hoy… hoy voy a encenderlo.

—¿Lucía?—

Su voz me golpea como un trueno. No sé si pronunció mi nombre o lo reclamó con esa seguridad que lo define. El mundo se detiene un instante; mis manos sudan, mi pecho late tan fuerte que temo que todos lo escuchen. Apenas logro responder, una palabra torpe que muere entre mis labios.

Él sonríe. Y en esa curva peligrosa hay una invitación disfrazada de reto.

—¿Qué haces por aquí? —pregunta, ladeando la boca con un gesto que desarma. Sus amigos sueltan risas breves, pero él no me quita los ojos de encima. Es como si nadie más existiera.

—Voy a casa de una amiga —miento, la voz más baja de lo que esperaba. Él se inclina hacia adelante, apoyando los codos en las rodillas, y su mirada me desnuda con descaro.

—Entonces hoy tuve suerte —dice, con calma cruel—

Algo en mí cambia. El miedo retrocede, y en su lugar entra una corriente tibia, peligrosa, que me empuja hacia él. Por primera vez siento que le intereso, que sus ojos me reclaman. Esa certeza me embriaga.

Entonces lo hace. Un gesto mínimo, casi invisible: me pasa un cigarrillo que nunca pedí, rozando mis dedos con los suyos. Ese contacto breve es un incendio. Su piel contra la mía, segura, descarada… y en sus ojos la chispa de quien ya sabe la respuesta a una pregunta que no se atreve a formular. Finjo indiferencia, sostengo el cigarrillo como si supiera qué hacer con él.

Pero la mentira se quiebra en mis mejillas encendidas. Intento devolverle la mirada con descaro, aunque mis labios tiemblen. Y descubro que esa vulnerabilidad me excita, porque se convierte en parte del juego secreto que solo nosotros dos entendemos.

Él no se esconde. No disimula. Su seducción es directa, brutal en su seguridad. Se levanta despacio, y yo retrocedo hasta sentir la corteza del árbol contra mi espalda. Su cuerpo me encierra sin tocarme: las manos apoyadas a cada lado de mi cabeza, su respiración caliente recorriéndome la piel, el peso invisible de su presencia obligándome a rendirme.

No me toca, y sin embargo siento el roce de su cuerpo, la presión invisible de su calor obligándome a respirar más rápido. El aire se vuelve espeso, cargado de algo que ninguno de los dos nombra, pero que me está devorando viva.

Su mirada me sostiene con una fuerza brutal. Es un dominio silencioso, como si hubiera esperado este instante durante siglos. Yo debería apartarme, fingir desinterés, pero no puedo. Estoy atrapada, y en esa trampa hay un placer oscuro del que no quiero escapar.

—Sabes que no deberías estar aquí —susurra, tan cerca que sus labios casi rozan mi oido. Un escalofrío me atraviesa la columna.

—Lo sé —respondo, y mi voz me sorprende. No suena débil ni temblorosa: suena ansiosa, hambrienta, como si me perteneciera una valentía que nunca tuve.

Él sonríe, apenas un movimiento de su boca que basta para encenderme. Inclina la cabeza, despacio, probándome, como si quisiera medir cuánto estoy dispuesta a rendirme. Yo no retrocedo. Mis dedos se aferran al tronco detrás de mí, buscando sostenerme en medio del vértigo.

Y entonces ocurre: sus labios rozan los míos. Un contacto mínimo, casi cruel en su brevedad. El mundo se apaga en ese instante. Todo desaparece. Solo quedamos él y yo, fundidos en ese roce que me quiebra. Lo siento seguro, insolente, dueño de cada segundo. Yo, en cambio, me descubro temblando, perdida en la intensidad de un beso que aún no llega del todo. Porque no me besa… me amenaza con hacerlo. Y esa tortura dulce me enloquece.

—Lucía… —su voz es un murmullo contra mi boca, un filo que corta la resistencia que me queda.

Quiero más. Necesito más. Y cuando por fin presiona sus labios sobre los míos, la rendición es inmediata. El beso es áspero, caliente, una invasión que me arranca el aire. Y respondo sin pensar, como si cada célula hubiera estado esperándolo desde el principio de los tiempos.

El cigarrillo cae al suelo. Sus dedos me sujetan la mandíbula, firmes, posesivos, obligándome a recibirlo entero. Mi cuerpo arde. No pienso en nada. Solo en él. Solo en esta primera chispa que amenaza con convertirse en incendio.

Cuando se aparta, apenas un centímetro, me queda la respiración entrecortada y un vacío insoportable en la boca.

—Esto es solo el principio —me advierte, con esa maldita seguridad que me descoloca.

Y yo sé que tiene razón.

Cuando volví a mí, ya estaba de regreso en casa. Las manos temblaban, los labios seguían ardiendo, y el corazón no encontraba reposo. Esa noche no dormí.

Me quedé tendida, los ojos clavados en el techo, repasando cada segundo del beso. Cada vez que lo recordaba, la piel me ardía de nuevo. Llevé la mano a los labios, como si aún estuvieran tatuados por su boca, y sonreí contra mi propia voluntad.

Lo imaginé caminando con ese orgullo que lo define, la risa picara, la manera en que me acorraló contra el árbol como si supiera que no me resistiría. Entre el miedo y el deseo no hallaba frontera. Me sentía vulnerable, sí, pero también más viva que nunca. Como si él hubiera desenterrado algo dormido en mí… algo oscuro, feroz, que ya no podía volver a encadenar.

A la mañana siguiente me senté a desayunar como si nada, fingiendo interés en la conversación trivial sobre el precio del pan y el mercado, mientras mi cabeza seguía atrapada bajo aquel árbol. Cada sorbo de café sabía a humo y a deseo. Bajaba la mirada para que no me leyeran en los ojos, porque estaba segura de que algo había cambiado en mí. Por fuera era la misma hija obediente, pero por dentro… ya no.

Me ardía una pregunta que no podía apagar: ¿por qué me besó así? No fue un roce casual, no fue el capricho de una noche aburrida. Había algo en su urgencia, que me hacía pensar que me esperaba. Como si yo hubiera sido parte de un plan que desconocía. Y esa idea me excitaba tanto como me asustaba.

Al llegar a la Facultad, busqué a Camila, mi confidente. Ella siempre había sido mi contrapunto: sensata, con los pies en la tierra, incapaz de entender que hay pasiones que valen la condena. Le conté todo, sin filtros. Su reacción fue la de siempre: ojos muy abiertos, un susurro afilado, reproches disfrazados de cariño.

—Estás loca, Lucía. Ese tipo es un problema. ¿Y si alguien los vio? ¿Y si tu padre se entera?

Yo apenas sonreí. No podía explicarle lo que sentía, porque ni yo lo entendía. No era un simple beso, era un incendio que me había marcado la piel.

—No me importa —dije bajando la voz, como si confesara un pecado—. Es como si ya no hubiera nada antes de él.

Camila me miró con esa mezcla de miedo y curiosidad que intentaba esconder. Yo también lo sabía: no había marcha atrás. Adrián me había marcado, y ni su advertencia ni mi propio miedo podrían salvarme de lo que estaba empezando.

Esa tarde, al llegar a casa, me cambié la ropa y me senté en la terraza, rodeada de libros. Fingía estudiar, pero mi mente estaba demasiado inquieta para concentrarse. Entonces lo sentí: una sacudida en el pecho, como si mi propio corazón hubiera presentido algo antes que yo. Un silbido rasgó el aire. Mi piel se erizó de inmediato. Levanté la vista… y allí estaba él, al otro lado de la cerca. La sonrisa peligrosa, mitad burla, mitad deseo, me dejó sin aliento.

—Así que aquí te escondes, Lucía… —su voz atravesó la madera como un secreto prohibido. No gritó, no susurró: fue un tono insolente, tan seguro de sí mismo que me dejó clavada en la silla.

Me quedé inmóvil, con el lápiz en la mano como único escudo. Quise responder, pero la voz se me quedó atrapada en la garganta. Solo podía mirarlo, esa mirada oscura que parecía hurgar en mis pensamientos más íntimos.

Se apoyó en la cerca con calma, ladeando la cabeza mientras me estudiaba como a una presa.

—No pareces tan inocente como todos creen.

La sangre me subió al rostro, pero esta vez no bajé la mirada. Apreté el lápiz entre los dedos, como si así pudiera sostenerme, y me obligué a hablar.

—Y tú no pareces tan peligroso como dicen.

Mi voz tembló apenas. Un error, pensé. Pero él no se burló. Al contrario: en sus ojos vi un destello de sorpresa, algo parecido a la diversión… o al interés.

—Entonces sí que tienes más coraje del que aparentas. —Se inclinó un poco más hacia la cerca, y cada palabra que soltaba era un roce invisible en mi piel.

Como si no hubiera distancia entre nosotros. Como si ya estuviera dentro.

—¿Quieres probar? —preguntó, y la chispa en su mirada me encendió y me heló a la vez.

El aire se me atascó en los pulmones. Una parte de mí quería gritar que no, que ni se atreviera. Pero la otra… la otra lo rogaba en silencio.

El corazón me golpeaba tan fuerte que juré que podía escucharlo desde el otro lado. Solo bajé la mirada, intentando ocultar el caos que me devoraba. Él sonrió como si ya conociera mi respuesta.

—¿No te atreverías…? —me oí decir, disfrazando con firmeza una valentía que no tenía.

Sus ojos brillaron, peligrosos, como si acabara de darle el reto que llevaba tiempo esperando.

—Nunca digas que no me atrevo, Lucía —susurra. Su voz me recorre la piel, haciéndome estremecer.

No esperó. Con un movimiento ágil, apoyó el pie en la madera y en un segundo estaba de mi lado. El corazón se me subió a la garganta.

Todo el mundo se redujo a ese instante: él, yo, y la certeza de que acabábamos de cruzar una línea de la que no había regreso. Se acercó sin prisa, como un depredador que sabe que la presa no escapará.

Yo retrocedí hasta sentir la pared de la terraza clavarse en mi espalda. Su rostro quedó a centímetros del mío. Podía sentir su respiración caliente, el olor a tabaco, el sudor mezclado con colonia barata. Era un asalto a todos mis sentidos.

—¿Y ahora qué, Lucía? —murmuró con esa sonrisa torcida que me desarma—. ¿Todavía te atreves a dudar de lo que haría por ti?

El miedo me atravesó. Pero algo más fuerte —más oscuro, más adictivo— me empujó a no retroceder. Levanté la barbilla, obligándome a sostener su mirada, y forcé una sonrisa que ardía más que temblaba.

Y en ese gesto supe que estaba perdida.

—¿Y si el problema no es que entres… sino que no sabría cómo sacarte después? — dije, y aunque mi voz tembló apenas, sentí que lo estaba desafiando.

Por un instante, sus ojos se abrieron con sorpresa. Luego, la chispa de diversión los encendió, y su sonrisa se ensanchó con un peligro delicioso. Era la sonrisa de alguien que acababa de encontrar la grieta exacta por donde entrar. Se inclinó más, lo suficiente para que su aliento rozara mis labios.

—Entonces demuéstramelo —susurró, con esa calma cruel de los que saben que ya ganaron.

El corazón me martillaba, pero no retrocedí. Lo sostuve con la mirada, como si esa fuera mi última defensa. Y entendí, con una claridad brutal, que yo misma había encendido este fuego y que ahora era demasiado tarde para apagarlo.

Su mano subió despacio hasta mi rostro. El dorso de sus dedos acarició mi mejilla: un gesto leve, casi tierno, pero cargado de una intención feroz. Ese contraste —su mirada oscura, desafiante, y la suavidad de su roce— me partió en dos.

—Sabes que no puedes jugar conmigo, Lucía… —su voz se volvió un murmullo que apenas me tocó la piel—. Porque si empiezas… no hay vuelta atrás.

Y entonces lo supe: ya había empezado.

El corazón me golpeaba tan fuerte que estaba segura de que él podía escucharlo. Podía apartarme, podía escapar… pero no lo hice. Lo miré directo a los ojos, obligando a mi voz a salir aunque temblara.

—¿Y quién dijo que quiero volver atrás? —susurré, y la osadía se me escapó al mismo tiempo que el miedo.

No esperó más. Sus labios cayeron sobre los míos con una violencia dulce que me arrancó la respiración. No hubo aviso, no hubo espacio para pensar: solo el choque inevitable de dos mundos que hasta entonces habían jugado a rozarse sin tocarse. El beso fue salvaje, urgente, como si quisiera reclamarme entera en un solo instante.

Mi cuerpo, traidor, no opuso resistencia. Mis manos buscaron dónde aferrarse y acabaron en su espalda, recorriendo la tela áspera bajo mis dedos, apretándolo contra mí con una desesperación que me asustó y me excitó al mismo tiempo. Entonces lo noté. Un roce frío contra mi lengua. Me estremecí al descubrirlo: un piercing. Por supuesto. Chico malo hasta en los secretos que escondía en la boca.

Ese detalle mínimo me desarmó por completo. El metal helado, rozando lo más íntimo de mi deseo, convirtió el beso en otra cosa. Más profundo, más eléctrico, más adictivo. Era un toque inesperado que me sacudió como un rayo, y cada nuevo roce me hundía más en él.

De pronto, atrapó mis brazos por encima de mi cabeza y me inmovilizó contra la pared. Sus labios no dieron tregua, y sus manos recorrieron mi cuerpo con la seguridad de quien sabe exactamente lo que quiere.

Cada caricia era un incendio, cada roce un recordatorio de que yo ya no tenía voluntad.

Era intoxicante. Era prohibido. Era divino.

Y lo peor —o lo mejor— es que no quería que terminara.

De pronto, un ruido seco me devolvió a la realidad: la voz de mi madre llamándome desde dentro de la casa. El corazón me dio un vuelco. Él sonrió contra mis labios, sin soltarme todavía, como si disfrutara del peligro.

—Parece que alguien no quiere que juguemos —murmuró, y en su mirada brilló una chispa que no era solo deseo, sino advertencia. Nadie podía enterarse.

—¡Vete! —le rogué en un susurro desesperado.

Él se separó al fin, aunque sin borrar la insolencia de su sonrisa.

—Tranquila, Lucía —dijo bajo, casi como un secreto compartido—. Esto queda entre nosotros. Siempre.

Y en un salto ágil volvió a cruzar la cerca, con la misma facilidad con la que me había robado la calma, llevándose consigo esa sonrisa peligrosa de quien sabe que tiene el control. Entré en casa todavía con el pulso acelerado, la respiración entrecortada y el sabor de su boca marcado en la mía. No corría, no me escondía; simplemente llevaba conmigo el secreto ardiente de lo que acababa de pasar.

Pasé junto a la cocina, escuchando la voz de mi madre hablar de su jornada, pero apenas registré sus palabras. Asentí, murmuré algo, y seguí mi camino como si nada… aunque por dentro seguía ardiendo.

Me dejé caer en la cama, los labios aún húmedos, el cuerpo vibrando con cada recuerdo. Cerraba los ojos y lo sentía otra vez: el peso de su cuerpo contra el mío, la insolencia de su sonrisa, el frío de aquel piercing rozándome la lengua como una descarga que me dejó temblando. No pensé en el riesgo, ni en el qué dirán. Solo en él. En la manera brutal en la que me besó, en cómo me sujetó como si ya fuera suya, en lo fácil que fue perderme entre sus manos. Me descubrí sonriendo sola, mordiéndome el labio. Tenía miedo, claro, pero era un miedo que se confundía con el placer, con la certeza deliciosa de que lo prohibido me estaba volviendo adicta.

Capítulo 2

✦ ✦ ✦ ✦ ✦ ✦

La mañana me encontró con los ojos abiertos mucho antes de que sonara el despertador. No había dormido: cada vez que cerraba los párpados, lo sentía otra vez sobre mí, su boca devorando la mía, el frío del piercing rozando mi lengua como un latigazo de placer.

Bajé las escaleras fingiendo normalidad, pero por dentro sabía que ya no era la misma. Era una mujer con un secreto ardiente bajo la piel. Cada vez que recordaba sus besos, una oleada de calor me recorría el cuerpo. No eran cosquillas: era fuego. Y la sonrisa que se me escapaba sola podía delatarme en cualquier momento.

En clase, la profesora hablaba de Filosofía, pero yo solo pensaba en él. En volver a probar esa boca insolente, en la forma en que me sujetó como si le perteneciera, en el ritmo salvaje que todavía me quemaba por dentro. Era embriagador sentirse deseada así, con esa intensidad que lo arrasaba todo.

Camila me miraba desde su esquina con esa expresión que me atravesaba. Tomó un papel, escribió con prisa y lo deslizó hasta mi mesa.

Lo abrí despacio, escondiéndolo bajo el cuaderno. En su letra apretada, leí:

"¿Qué hiciste anoche? Tienes la mirada de quien esconde algo."

El calor me subió a las mejillas. Guardé el papel sin contestar. No era un secreto cualquiera: era demasiado poderoso para entregarlo en una palabra.

En la cafetería, Camila no esperó. Me arrastró hasta la parte trasera, lejos de todos, con esa mezcla de reproche y curiosidad que la definía.

—Lucía, habla ya —me exigió, sin dejarme respirar—. Te conozco demasiado. Esa cara es de alguien que probó lo prohibido.

Respiré hondo, intentando contener la sonrisa que me delataba, pero no pude.

—No tienes idea, Camila.

Ella me apretó la mano con fuerza.

—Entonces dime. ¿Qué pasó?

La miré fijamente, como si al decírselo lo estuviera reviviendo. Bajé la voz, pero no suavicé mis palabras.

—Me besó. No como un juego, no como un impulso… como si me hubiera estado esperando desde siempre.

Camila abrió los ojos como platos.

—¡Dios, Lucía! ¿Estás loca? Yo he escuchado que es peligroso.

Me reí por lo bajo, saboreando el recuerdo en mis labios.

—Lo sé. Y me encanta.

—¿Y si alguien se entera? —susurró, mirando alrededor como si cualquiera pudiera escucharnos.

—Que se enteren —le corté, inclinándome hacia ella con un brillo nuevo en la mirada—. No lo entiendes, Cami… cuando me besó sentí que ya no existía nada más. Es como si su presencia se hubiera quedado grabada en mí.

Ella negó con la cabeza, pero no podía ocultar la fascinación en sus ojos.

—Ese hombre va a destruirte.

—Tal vez —admití, jugando con la taza de café entre mis dedos—. Pero si lo hace, quiero que sea con esos labios.

Camila suspiró, derrotada, y se dejó caer contra el respaldo.

—Estás perdida.

Yo sonreí, mordiéndome el labio, dejando que la confesión me incendiara otra vez.

—Sí. Y me encanta estarlo.

El resto del día en la facultad fue un borrón. Nada lograba distraerme: ni clases, ni conversaciones, ni rostros conocidos. Todo lo que ocupaba mi mente era volver a casa, volver a esa terraza que ya se había convertido en escenario de un secreto demasiado grande para mi edad, demasiado adictivo para soltarlo.

Cuando al fin bajé del autobús, lo presentí antes de verlo. Ese cosquilleo en la nuca, esa certeza absurda de que estaba cerca. Y ahí estaba: recostado en el banco de la parada, como si hubiese estado esperándome desde siempre. No hacía nada, apenas fumaba con esa calma insolente que lo envolvía, pero bastó que levantara la mirada para atraparme. Sus ojos me buscaron de inmediato, seguros, como si supiera que mi destino estaba escrito en ellos.

El estómago se me encogió. Las piernas me temblaron tanto que temí no poder moverme. Nunca lo había visto tan descarado, tan visible, esperándome a plena luz del día, en un lugar donde cualquiera podía vernos. Y aun así… estaba ahí. Por mí.

—¿Esperabas a alguien más? —preguntó en cuanto mis pies tocaron el suelo. Su voz fue baja, pero cada palabra me quemó la piel como una marca.

Quise seguir de largo, fingir indiferencia, pero mis pasos se detuvieron solos. Había algo en su mirada que me clavó en el suelo: el mundo reducido a ese instante, él sentado, yo de pie frente a él, atrapada sin salida.

Se levantó con calma. Cada paso que dio hacia mí fue un golpe invisible en mi pecho, un recordatorio de que estaba demasiado cerca y demasiado seguro. La calle seguía su curso, la gente pasaba… y, sin embargo, estábamos encerrados en un juego secreto, peligroso, imposible de ocultar.

—Sabes que no puedes escapar de mí, ¿verdad? —murmuró, inclinándose lo justo para rozar mi hombro con el suyo.

El corazón me latía como un tambor. El miedo y el deseo me desgarraban, pero aun así lo miré a los ojos y respondí:

—¿Y si no quiero escapar?

La chispa de triunfo en su mirada me dejó sin aire. Adrián arqueó una ceja y soltó una risa baja, oscura.

—Así me gusta… —susurró—. Que hables como piensas. Aunque tiemble tu voz.

El calor me subió a la piel, pero no retrocedí. Había algo en ese instante, en la manera en que me desafiaba sin pudor, que me hacía sentir más viva que nunca.

Su mano se deslizó por mi cintura con una calma cruel que me erizó la piel. Bajó despacio, bordeando mi falda, rozando apenas mi entrepierna, como si midiera con precisión hasta dónde llegar para dejarme sin aire. Fue un roce mínimo, pero me atravesó entera: la respiración se me disparó y los dientes se me hundieron en el labio para contener un gemido.

Estaba atrapada en el vértigo delicioso de cruzar un límite del que ya no había regreso.

Y, como si nada, retiró la mano con la misma calma con la que me había sellado. Me rozó la mejilla con un beso ligero, casi burlón, y sonrió.

—¿Te acompaño? —preguntó, como si la pregunta escondiera otra cosa, como si supiera que mi silencio ya era un sí.

No pude responder. Solo asentí. Y vi cómo su sonrisa se ensanchaba al reconocer mi rendición. Caminamos juntos por la acera, sin rozarnos. Nadie hubiera sospechado nada, y sin embargo yo llevaba su huella en cada rincón del cuerpo.

El silencio entre nosotros era más intenso que cualquier palabra; el calor de su presencia me quemaba, y la idea de que cualquiera pudiera descubrirnos hacía que el peligro supiera aún más dulce.

Al llegar a la esquina de mi casa me detuve.

—No sigas —le pedí, casi en un susurro—. Aquí alguien podrían vernos.

Él no discutió. Se limitó a mirarme un segundo más, con esa calma insoportable que escondía secretos que yo aún no conocía. Luego dobló la esquina y desapareció, como si nunca hubiera estado allí.

Volví a casa con el corazón latiéndome en la garganta. No entendía qué era lo que buscaba de mí, qué escondía detrás de esa insolencia. Solo sabía que cada roce suyo me arrastraba más hondo, como un sueño peligroso del que no quería despertar. Entonces lo escuché. Ese silbido. El mismo que me había clavado en la piel la tarde anterior. No era un simple sonido: era una orden. Una llamada que me atravesaba como corriente eléctrica.

El corazón me dio un salto. Podía ignorarlo, podía quedarme quieta… pero era inútil. Ese silbido era un imán.

Me levanté despacio, la respiración contenida, crucé la sala como si anduviera en secreto. La puerta de la terraza chirrió apenas al abrirse. Y ahí estaba él: apoyado contra la cerca, esperándome. La sonrisa peligrosa en sus labios decía lo que no necesitaba pronunciar.

Y yo lo supe en ese instante: ya era demasiado tarde para resistirme.

—Sabía que vendrías —dijo sin saludar siquiera. Su voz tranquila, burlona, sonaba como un hilo con el que me manejaba a su antojo.

Me quedé en el marco de la puerta, las manos aferradas a la madera, debatiéndome entre huir o entregarme.

Él no se movió. Solo me sostuvo la mirada, y esa quietud tenía más peligro que cualquier gesto. Entonces extendió la mano por encima de la cerca. Lenta. Segura. Como si ya supiera que yo terminaría cediendo.

No necesitó decir nada: el gesto era la invitación… y la orden.

Mis ojos se clavaron en esos dedos largos, esperando los míos. El corazón me golpeaba la garganta. Bastaba un roce, un mínimo movimiento, y quedaría sellado un pacto que no tendría regreso.

Y cedí. Mis dedos buscaron los suyos, temblorosos, y en cuanto lo toqué, una descarga me atravesó de pies a cabeza.

Apretó mi mano con firmeza, posesivo, como si ese contacto bastara para atarme a él para siempre.

Me jaló hacia la cerca, acercándonos hasta que nuestras respiraciones se mezclaron. Sabía que era una locura, que cualquiera podría vernos… pero lo único que importaba era la fuerza de su mano atrapando la mía y la promesa oscura en sus ojos.

—Entra… —susurré, y en ese instante entendí que me había rendido.

La chispa del triunfo brilló en su mirada. No dudó. Con la misma agilidad de siempre, cruzó la cerca y, en un segundo, estaba dentro. Mi corazón se desbocó al verlo invadir mi espacio, mi mundo, como si acabara de sellar algo irreversible.

—No juegues conmigo —dijo entonces, su voz más grave, más densa.

Sus ojos me taladraron con una intensidad que me heló la sangre. No era solo advertencia. Era amenaza. Era promesa. Y lo supe con una claridad brutal: esa frase iba a perseguirme mucho más allá de esa tarde… porque ya no me pertenecía ni a mí misma.

Yo quería retarlo, sí. Quería jugar con él. Quería saber lo que se sentía tener el poder, aunque las manos me temblaran y el corazón pareciera a punto de salirse del pecho.

Lo miré directo a los ojos, sosteniendo su desafío, y esta vez no bajé la mirada.

—¿Y si soy yo la que juega contigo, qué? — dije, con una sonrisa que apenas podía contener, pero suficiente para encender un brillo distinto en sus ojos.

Era tan alto que me envolvía entera; sus manos fuertes me sujetaban como si pudiera romperme o protegerme a voluntad. Su mirada era profunda, peligrosa, como si buscara desarmarme desde dentro.

Sí, era inexperta, pero lo último que quería era que él lo notara.

Así que me incliné hacia él, rozando mis labios contra su oído, y susurré:

—No todo lo que ves es tan inocente como crees.

Me aparté apenas lo suficiente para mirarlo, y vi cómo en su rostro la sorpresa se transformaba en esa chispa peligrosa que lo definía.

Entonces me atrapó con ansias, devorándome la boca como si no pudiera esperar un segundo más. Sus manos me alzaron de la cintura y me apretó contra su cuerpo;

instintivamente enredé mis piernas alrededor de él. Me llevó contra la puerta y el golpe de mi espalda contra la madera se mezcló con besos húmedos, urgentes, que me dejaban sin aire.

Detuvo el beso solo un instante, sus labios rozando los míos, la respiración densa, cargada de deseo.

—¿Hasta dónde quieres llegar, Lucía? —susurró, con esa voz grave que me atravesó como un eco que no se apaga.

Sentí el calor encenderse bajo mi piel, robándome el aliento y las palabras.

Mi cuerpo respondió antes que mi voz: lo sujeté con más fuerza, como si quisiera fundirme en él.

Su sonrisa torcida fue la confirmación de que ya lo había entendido. Y en ese instante lo supe: había dejado de ser un juego. Era un pacto oscuro. Y yo ya estaba dentro.

Tenía miedo. No quería que lo supiera, no quería que descubriera lo vulnerable que estaba en sus brazos. Pero era inútil: esa era la verdad. Nunca había cruzado esa frontera… y aun así, lo quería a él, justo a él, para hacerlo.

Sus ojos me atraparon, como si descifraran cada secreto que intentaba esconder. Sus manos firmes me mantenían contra la puerta, y en su sonrisa no había ternura: había una promesa feroz, un deseo dispuesto a devorarme.

—No me digas… —murmuró, rozándome los labios con los suyos, la voz impregnada de malicia—. ¿Es tu primera vez, Lucía?

Sentí las mejillas arder, traicionando todo lo que intentaba ocultar.

No dije nada, pero mis ojos me delataron. Él lo entendió antes de que pudiera pronunciar palabra. Su risa baja me estremeció, y sus manos me apretaron con más fuerza, como si acabara de ganar un juego que solo él conocía.

Se inclinó a mi oído, la respiración caliente.

—Entonces déjame a mí —susurró, con voz grave y temblorosa de deseo—. Voy a mostrarte lo que se siente cuando alguien te toca por primera vez… de verdad.

Un escalofrío me recorrió la espalda, mezcla de miedo y expectación. No lo detuve. Al contrario, lo sujeté con más fuerza con mis piernas, entregándome a ese vértigo que me arrastraba directo a lo desconocido.

Pero el tiempo nos traicionó. Un ruido seco, el crujido de una puerta, me devolvió de golpe a la realidad.

—¡Mi madre! —susurré, el corazón en la garganta.

Él no se movió de inmediato. Siguió pegado a mí, respirando en mi cuello, como si disfrutara al límite del peligro de ser descubiertos. Después sonrió, esa sonrisa torcida que me dejaba sin defensas, y me besó rápido, furtivo, como una marca imposible de borrar.

—Hasta la próxima, Lucía… —murmuró, antes de saltar la cerca con la misma agilidad con la que me había robado la calma.

Me quedé allí, temblando, atrapada entre el deseo inconcluso y el pánico. Y supe que lo peor aún estaba por venir. Entré en mi habitación todavía con el cuerpo vibrando, la piel ardiendo como si sus manos siguieran sobre mí. Me dejé caer en la cama sin encender la luz, con la respiración agitada y los labios adoloridos de tanto desearlo.

Cerré los ojos y lo vi de nuevo: su sonrisa torcida, la fuerza con la que me sujetó, la voz grave que me prometía cosas que aún no conocía. Un escalofrío me recorrió la espalda, mezcla de miedo y hambre. No quería dormir. Quería quedarme así, despierta, reviviendo cada segundo, tatuándome el recuerdo para que no se escapara. Porque lo sabía: ese hombre era peligro, era frontera, era condena.

Y aun así, ya era demasiado tarde. Lo prohibido se había convertido en mi necesidad.

Capítulo 3

La mañana siguiente fue un suplicio disfrazado de rutina. El café, las voces familiares, la radio encendida… todo parecía igual. Todo menos yo. Caminaba como un fantasma entre ellos, contestando lo justo, sonriendo cuando tocaba, mientras por dentro ardía todavía con el recuerdo de sus manos y la promesa de su voz.

Era fin de semana y había quedado con Camila para ir a la playa. El plan sonaba inocente: sol, mar y un libro. Pero yo sabía que tarde o temprano ella me arrancaría la verdad. Y la verdad era que, desde la noche anterior, mi cuerpo ya no me pertenecía.

El camino estaba lleno de vendedores ambulantes y risas, ese caos tan típico de Cuba que siempre me había parecido entrañable. Pero ese día todo era ruido de fondo. El único sonido que seguía latiendo en mí era el de su voz grave susurrándome:

"Voy a mostrarte lo que se siente cuando alguien te toca por primera vez… de verdad.…"

Camila hablaba sin parar, riéndose de cualquier cosa, saludando a medio mundo en el trayecto. Yo la miraba mover los labios, pero lo único que escuchaba era el eco de él en mi memoria. Y aunque frente a nosotras se abría un mar azul e inmenso, mi horizonte estaba reducido a una obsesión: volver a tenerlo.

—¿Lucía, me estás escuchando? —Camila chasqueó los dedos frente a mi cara.

—Sí, claro… ¿qué decías? —murmuré, intentando sonar atenta.

—¿Adrián? —preguntó con esa ceja levantada que lo decía todo—. Ese hombre es puro problema. Tú no sabes en lo que te estás metiendo. Los cuentos que he oído de él erizan la piel.

La miré en silencio. Camila siempre tan correcta, tan asustada de todo lo que se sale de la norma. Y yo… yo ya había cruzado la línea. Mientras ella hablaba, yo sonreía por dentro. Tal vez lo que le faltaba a Camila era probar un poco de ese peligro del que intentaba salvarme.

—Ay, Camila… los cuentos siempre exageran —dije con una sonrisa ladeada, fingiendo indiferencia. —Si hicieras caso a todo lo que dicen, no saldrías nunca de tu casa.

En el fondo sabía que algo de razón tenía, pero también que nada me atraía más que aquello de lo que todos advertían mantenerse lejos. Adrián era ese peligro que me llamaba como un imán; podían pintarlo como demonio, y yo lo veía como la tentación más irresistible de mi vida.

—Él está jugando contigo, Lucía, ¿no lo ves? —insistió Camila, el ceño fruncido.

—¿Y si soy yo la que quiere jugar con él? —repliqué, con una sonrisa desafiante.

—¿Y con qué experiencia cuentas tú? —soltó, arqueando las cejas.

Me incliné hacia ella, tan cerca que solo ella pudo escucharme.

—La suficiente —susurré con malicia—.

El silencio de Camila duró apenas un segundo. Abrió la boca, incrédula, y luego me soltó un manotazo en el brazo.

—Lucía, no puedo creer lo que estás diciendo…

Pero la curiosidad le brillaba en los ojos, contradiciendo su reproche.

—A él le gustan las mujeres con experiencia… al menos eso dicen —agregó en voz baja, como si compartiera un secreto oscuro—. Y cuando descubra que eres virgen, saldrá corriendo.

Le sostuve la mirada sin pestañear, dejando que mi media sonrisa dijera más que cualquier palabra.

—No te preocupes, Camila… él ya lo sabe.

Su expresión se tensó.

—¿Y? —preguntó, como esperando confirmar lo peor.

Me incliné aún más, con un escalofrío recorriéndome la piel al pronunciarlo.

—Y eso fue lo que más le gustó. Como si yo fuera su trofeo.

Camila tragó saliva.

—¿Pero cuándo? ¿Cómo fue? —insistió, casi sofocada por la necesidad de saber más, como si el secreto la consumiera más que a mí.

Me reí bajito, disfrutando de verla tan desesperada.

—Fue… intenso —le dije, alargando la palabra como si con eso pudiera torturarla un poco más—. Solo te diré que cuando me besó supe que no había marcha atrás.

No añadí nada más. Me puse los audífonos, me recosté en la arena y cerré los ojos, como si pudiera silenciar las advertencias de Camila con música. El sol quemaba, la brisa me envolvía, y por un instante me dejé llevar por la ilusión de calma… hasta que lo sentí. Un roce. Firme. Deliberado. Subiendo por mis piernas como una corriente eléctrica.

Me estremecí de arriba a abajo. No abrí los ojos de inmediato; quise alargar el instante, como si esa caricia fuera un secreto solo mío. El corazón me golpeaba con fuerza, y aunque no lo veía, en el fondo lo sabía.

Cuando al fin abrí los ojos, lo confirmé: Adrián, inclinado sobre mí, con esa media sonrisa peligrosa que podía decirlo todo sin pronunciar palabra.

Camila estaba a mi lado, rígida, con los labios apretados. Sus ojos iban de él a mí como si estuviera presenciando un accidente a cámara lenta y no supiera si intervenir o quedarse inmóvil.

—Te busqué… y aquí estabas —dijo Adrián en voz baja, ignorando por completo a Camila, como si el mundo entero hubiera desaparecido. Sus ojos estaban clavados en mí, atravesándome.

El aire de la playa, la gente alrededor, todo desapareció bajo el peso de esa mirada. Camila seguía en silencio, atrapada en el mismo vértigo que me sujetaba a mí, pero yo ya no podía pensar en nada más que en él.

—¿Cómo haces siempre para saber dónde estoy? —pregunté, apenas un susurro, entre la curiosidad y el temblor de tenerlo tan cerca.

Adrián sonrió despacio, con una calma que me heló más que el agua del mar.

—Cuando algo me pertenece, Lucía… siempre sé dónde encontrarlo.

Y en esa certeza entendí que no era casualidad. Él no me seguía: me cazaba.

¿Qué tenía Adrián? ¿En su voz grave, en esa seguridad feroz con la que pronunciaba cada palabra, en la forma en que parecía dominarlo todo sin esfuerzo? No lo entendía, pero su misterio me envolvía como una red invisible de la que no podía escapar.

Se inclinó apenas y, con calma desconcertante, apartó un mechón de mi cabello que el viento había enredado en mi rostro. Sus dedos rozaron mi piel dorada por el sol, y sus ojos se hundieron en los míos

—Eres distinta—. Y eso no se finge.

El aire me faltaba. ¿Qué veía en mí que yo misma no reconocía? Su voz me atravesaba como un secreto, y en sus palabras había una confianza que me intrigaba.

Con un gesto lento, retiró el audífono que aún llevaba en un oído y lo dejó sobre la toalla. Después tomó mi mano.

—Ven.

Me condujo hacia el mar. El agua subía por nuestras piernas como un abrazo tibio, pero no era calma lo que sentía: cada ola parecía empujarme más cerca de él, borrando la distancia con violencia silenciosa. Entre el murmullo del mar y el sol cegador, lo único real eran sus dedos entrelazados con los míos, firmes, posesivos, bajo el agua.

—Aquí no hay testigos, Lucía —susurró, con una sonrisa peligrosa—. Solo tú y yo.

Me quedé atrapada en su mirada. Ese destello malicioso me advertía que nada de lo que estaba viviendo era inocente. Y aun así, lejos de asustarme, me arrastraba más hondo, directo a un lugar del que no quería escapar.

Sentí su mano deslizarse bajo el agua, rozando mi cintura con una lentitud calculada. El contraste entre el frescor del mar y el calor abrasador de su contacto me estremeció el alma. Tragué aire con dificultad, intentando contener el suspiro que me quemaba la garganta.

Adrián se inclinó aún más, tan cerca que su erección me rozó bajo el agua.

—Dime, Lucía… —susurró, su voz grave envolviéndome como un conjuro—, ¿hasta dónde estás dispuesta a dejarme llegar?

Un gemido me traicionó, escapando de mis labios como un secreto imposible de ocultar. El rubor me subió al rostro, pero en sus ojos vi algo encenderse: ardieron con triunfo, como si ese sonido fuera la confirmación de que ya era suya.

No se apresuró. Al contrario: permaneció quieto, observándome con esa sonrisa torcida que hablaba el mismo idioma que el deseo.

—Eso, Lucía… —murmuró, suave y desafiante, como una amenaza deliciosa—. Déjame escucharte más.

Su mano descendió, presionando en la parte alta de mi muslo, guiándome hacia él con un dominio que me dejó sin escapatoria. Cada ola nos cubría y nos ocultaba, pero era su control lo que realmente me hundía, lo que borraba mis fronteras hasta no saber dónde terminaba yo y empezaba él.

Avanzó apenas unos centímetros más, lento, seguro, explorando el punto exacto entre lo permitido y lo prohibido. El agua ya no refrescaba: ardía donde sus dedos me marcaban. Mi cuerpo entero se tensó, atrapado en un vértigo que era miedo y deseo a la vez.

Un gemido más hondo escapó de mí, ahogado por el rumor del mar. Mis manos se aferraron a sus hombros, fingiendo buscar equilibrio, cuando en realidad lo único que hacía era rendirme aún más.

Adrián sonrió contra mi piel, complacido, como si cada sonido arrancado de mí fuera su victoria personal.

—Eso es… —susurró, —. Y apenas estoy empezando.

Me mordí el labio con tanta fuerza que una diminuta gota de sangre brotó, ardiendo contra la brisa salada. No pude contenerme más… comencé a rogarle, entre susurros entrecortados, que no se detuviera, quería más.

Adrián me miró, deleitado por mis súplicas. Sus dedos cedieron apenas un poco más, lo suficiente para arrancarme un estremecimiento, pero no tanto como para saciarme.

—Eso es lo que quieres, ¿verdad? —susurró cerca de mi oído,—. Y sin embargo… aún no te lo daré todo.

La indiferencia ya no era una opción. Mis labios temblaban, mi cuerpo se arqueaba buscando más, y las palabras escaparon sin filtro, rotas por la urgencia: —Por favor… Adrián…

Me sostuvo la mirada, y en lugar de complacerme, se detuvo. Sus dedos se apartaron con lentitud, crueles en su calma, mientras su sonrisa se ensanchaba como la de un depredador que disfruta ver a su presa suplicar.

—Todavía no, Lucía —murmuró con esa voz suave y desafiante, una amenaza envuelta en caricia—. Quiero que aprendas a desearlo hasta que duela.

Lo miré con los labios entreabiertos, jadeando todavía, pero en mis ojos encendí un fuego distinto.

—¿Yo no quiero esperar? —dije sin pensarlo dos veces.

Adrián arqueó una ceja, divertido, como si mi rebeldía fuera justo lo que había esperado.

—Entonces tendrás que arrebatármelo, Lucía… —susurró, acercándose aún más, tan seguro de que tarde o temprano yo cedería.

Él estaba jugando a un juego… pero yo también quería jugar.

Lo besé con una profundidad que desconocía, dejando que mi lengua explorara la suya con un hambre que no pensaba disimular.

Sentí cómo su cuerpo se tensaba bajo mi control, y cada gemido que escapaba de mi garganta parecía torcer las reglas del universo a mi favor.

Su sabor era salado y dulce a la vez, como el mar y el pecado mezclados en mi boca. Mis manos se aferraron a sus hombros, y durante un instante supe que era yo la que marcaba el ritmo, la que lo dominaba a través del deseo.

Entonces, con la misma osadía con la que había empezado, me separé de él. Le di una última mirada desafiante, mis labios aún húmedos, y di media vuelta para salir del agua. La arena blanca me recibió bajo mis pies, y cada gota que resbalaba por mi piel ardiente era otra forma de tentarlo.

—¡Lucía! —lo oí llamarme, con esa voz que mezclaba furia y deseo. Pero no me detuve. Seguí caminando, con el agua aún escurriendo por mi piel, hasta perderme de su vista.

Esa noche, ya en casa, me encerré en el baño y dejé que el agua caliente de la ducha cayera sobre mí, envolviéndome como un velo ardiente.

Cerré los ojos y lo vi de nuevo: su mirada desafiante, sus labios en los míos, sus dedos reclamando mi piel bajo las olas del mar.

Mis manos comenzaron a recorrerme, primero con un temblor contenido y luego con la misma urgencia con la que él me había marcado.

El vapor empañaba el espejo, el agua resbalaba por mi cuerpo, y cada caricia era un eco suyo, como si estuviera allí, guiándome, mostrándome lo que significaba desear hasta perderme.

Gemí contra mis propios labios mordidos, intentando silenciar el sonido que escapaba de mí. Y entonces lo entendí: aquella era la primera vez que realmente me tocaba… porque lo hacía para él. Porque incluso en mi soledad, ya no me pertenecía.

Capítulo 4

Estaba en la universidad, junto a la ventana, con un ejemplar de Veinte poemas de amor y una canción desesperada de Neruda abierto sobre mis piernas. Intentaba subrayar versos, anotar ideas para la clase, pero cada palabra me arrastraba de nuevo a él. "Es tan corto el amor, y tan largo el olvido." El verso me atravesó como si hubiera sido escrito para mi propia condena.

Camila apareció de pronto, cruzándose de brazos con el ceño fruncido.

—Lucía… ese hombre no es de los que se quedan.

Levanté la vista y arqueé una ceja, sin perder la calma.

—¿Y quién ha hablado de quedarse, Camila? —respondí con una sonrisa irónica.

Ella bufó, como siempre que quería marcar distancia. Camila seguía reservándose para un hombre perfecto, repetía su mantra de niña buena: que su primer hombre sería también el único. El indicado.

—Olvídate de eso, Cami —cerré el libro y lo dejé sobre mi regazo—. No existen los cuentos de hadas. Yo no quiero ser la princesa de nadie. Yo quiero vivir. Quiero sentir.

—Estás jugando con algo que no conoces, Lucía —su voz sonó más áspera que nunca. Pero detrás de sus ojos duros vi algo más: miedo. Miedo a lo que Adrián significaba, miedo a mí, miedo a lo que podía arrastrarla si me seguía demasiado cerca.

Cerré los ojos un instante, dejando que los versos de Neruda se confundieran con el recuerdo de su boca en la mía, con el roce de sus manos que todavía ardía en mi piel. Tal vez Camila tenía razón… pero si esto era fuego, yo prefería arder antes que vivir apagada.

Ella suspiró, como cansada de hablar conmigo.

—Tú lo pintas todo como si la vida fuera un juego. Yo no quiero migajas de pasión, Lucía. Yo quiero un amor de verdad. Un hombre que me mire como si fuera la única, que me proteja, que me respete.

La miré en silencio, con ternura y con lástima a la vez. Su inocencia me parecía hermosa, sí, pero también un peso que la hundiría tarde o temprano.

—¿Y si ese amor perfecto nunca llega, Camila? —pregunté, con un brillo desafiante en los ojos—. ¿Y si lo único real es el deseo? —pregunté en voz baja—. ¿De verdad prefieres esperar eternamente a arriesgarte a sentir, aunque duela?

Ella me sostuvo la mirada, seria, con esa firmeza que tanto la definía.

—Sí, Lucía. Porque lo que yo quiero no se negocia. Yo quiero amor, no aventuras a medias.

Camila se inclinó hacia mí, con los ojos encendidos de convicción.

—Escúchame bien: la pasión se apaga… y el vacío que deja puede ser peor que nunca haber amado.

No respondí. Fingí volver a abrir el libro sobre mi regazo, pero sus palabras se disolvieron en cuanto cerré los ojos. En su lugar apareció Adrián, aún con el agua del mar escurriendo de su piel, con esa sonrisa peligrosa que se clavaba en mí. Sentí otra vez sus dedos rozando el borde interior de mis muslos, la presión de su mano bajo el agua, y un escalofrío me atravesó como si en medio de la universidad él me hubiera tocado de verdad. El gemido se ahogó en mi garganta, y comprendí lo inevitable: ya no importaban advertencias ni promesas de amores perfectos.

Sacudí la cabeza, intentando borrar su imagen, y cerré con fuerza el libro. La realidad se impuso como un recordatorio frío: tenía que alistarme para el turno de la noche.

Llevaba casi dos años trabajando como mesera en un restaurante de la ciudad. El uniforme blanco y negro, el cabello recogido, las manos siempre ocupadas entre copas y bandejas: mi rutina nocturna, la otra vida que pocos conocían. Allí, entre mesas y murmullos, me sentía libre, como si la noche me diera permiso de ser otra.

Esa noche, mientras limpiaba una mesa en la terraza, lo vi. Adrián.

Su silueta se recortaba bajo la luz tenue, el brillo insolente en sus ojos, ese aire de peligro que nunca lo abandonaba. Se sentó con la calma de quien sabe que lo están esperando, como si la ciudad entera le perteneciera. No pidió nada. Solo sacó un cigarrillo, lo encendió despacio, disfrutando del ritual, y luego lo ofreció hacia mí.

—¿Quieres? —preguntó, con esa voz que siempre era un reto.

Dudé un segundo. Pero no me dejó responder. Me tomó la mano, me llevó el cigarro a los labios y, inclinándose demasiado cerca, me mostró cómo inhalar.

El humo me quemó la garganta y me embriagó al mismo tiempo. No era tabaco lo que saboreaba: era a él.

El humo ardió en mi garganta, pero su cercanía lo transformó en algo dulce, intoxicante. Cada calada era un mandato suyo, cada exhalación una rendición mía.

La adicción no estaba en el tabaco: estaba en él. Y yo lo sabía, aunque no podía —ni quería— detenerme.

Adrián me quitó el cigarrillo con dos dedos, lento, saboreando el instante como si fuera parte de un ritual. Lo apartó de mis labios y, antes de que pudiera reaccionar, me sujetó del mentón. Su boca cayó sobre la mía, profunda, reclamándome en plena terraza del restaurante. El humo aún danzaba entre nosotros, mezclándose con su lengua, quemándome por dentro. El beso no era una caricia: era un desafío. Una marca pública. Una amenaza deliciosa.

El murmullo de los clientes, el tintinear de los cubiertos, las luces de la ciudad… todo seguía allí, pero se volvió ruido lejano. Lo único real era él, su fuerza, el vértigo adictivo de saber que cualquiera podía vernos. Y fue precisamente esa posibilidad, esa exposición descarada, lo que hizo que mi cuerpo ardiera aún más.

—¡Lucía! —susurró contra mis labios, todavía con el humo entre nosotros—. ¿Qué tienes que me envenena así… que no me deja estar lejos de ti?

Su voz era una confesión disfrazada de reproche, suave y peligrosa, como todo en él. Y en ese instante lo entendí: la adicción ya no era solo mía. También lo estaba consumiendo a él.

Lo miré con una sonrisa ladeada, aún con la boca ardiendo por su beso.

—No soy yo, Adrián… —murmuré, con un filo en la voz—. Eres tú, que no sabes soltar.

Sus ojos se entrecerraron, primero con sorpresa, después con un brillo fiero que me erizó la piel. Esa rebeldía mía lo encendía aún más.

—Entonces atrápame, Lucía —dijo en un murmullo grave, como una orden disfrazada de reto—. Atrápame y no me dejes escapar.

Me aparté apenas, retomando la bandeja que todavía sostenía, intentando fingir normalidad. El restaurante seguía lleno, los clientes entraban y salían, pero la única presencia real era la suya, mirándome como si ya me hubiera desnudado allí mismo.

—Vuelve a trabajar, mesera —ordenó con una sonrisa torcida, bajando el tono hasta convertirlo en un mandato íntimo, como si hablara directamente a mi piel—. Haz como si yo no estuviera… aunque sabes que no podrás.

Las manos me temblaban al acomodar los vasos, los cubiertos tintineaban más fuerte de lo normal, y tuve que morderme el labio para no delatarme. Tenía razón: aunque me alejara, seguía en mi piel, en cada latido desbocado, en cada respiro entrecortado.

—Salgo en diez minutos —murmuré, apenas, como si fuera un secreto y una promesa al mismo tiempo.

Adrián sostuvo mi mirada, reclinándose en la silla con la calma insolente de quien ya ganó. El humo escapaba de sus labios en espirales lentas, y cada bocanada era una cuenta regresiva. Una condena inevitable hacia lo prohibido.

El reloj en la pared avanzaba con una lentitud insoportable, cada segundo retumbando como un golpe seco en mi pecho. Fingía normalidad, sonreía a los clientes, servía bandejas… pero por dentro ardía con la certeza de que él estaba allí, esperándome.

Cuando por fin me quité el delantal y entregué la bandeja, sentí que el aire se me atascaba en la garganta. Sonreí a mis compañeros como si nada, pero mis pasos por el pasillo ya no eran míos: caminaba arrastrada por una fuerza inevitable.

Al empujar la puerta y salir, lo vi.

Apoyado contra su coche gris, el humo del cigarro escapando lento de sus labios, una mano en el bolsillo, el perfil iluminado apenas por la farola. No parecía esperar: parecía haber estado cazando.

—Te tardaste —dijo sin moverse, con una voz baja que me heló y me encendió a la vez.

No hubo tiempo para más. Apagó el cigarro con un gesto seco y en dos pasos me tuvo frente a él. Su mano atrapó mi muñeca con firmeza, arrastrándome hasta que mi espalda chocó contra el frío metal del coche.

Su sonrisa torcida, sus labios rozando mi oído.

—Mírate… —susurró, su mirada bajando por mi cuerpo como un roce invisible—. Estás hermosa. Y hueles… tan bien que podría perder la razón.

Me sostuvo la mirada,

—Dime que no lo quieres —susurró, tan cerca que podía sentir el roce de su aliento—. Atrévete a mentirme.

No respondí con palabras. Mis manos se aferraron a su cuello, atrayéndolo hacia mí con la fuerza de mi propia condena. Y entonces lo sentí: su boca devorando la mía en un beso ardiente, desesperado, no como el inicio de algo… sino como si ya hubiera decidido mi destino.

Lo besé, con la certeza de que ya no había marcha atrás ni disculpas posibles. Su sabor, mezcla de humo y peligro, me intoxicaba, y cada gemido arrancado de mi garganta lo hacía apretarme con más fuerza contra el coche, reclamándome, centímetro a centímetro.

Adrián me alzó con una seguridad feroz, haciéndome sentir el frío del metal en la espalda mientras sus manos urgentes me recorrían sin tregua. El beso se volvió más profundo, húmedo, desesperado, como si la noche entera nos perteneciera.

El mundo desapareció. Solo quedaba el choque de su respiración contra la mía, mis gemidos sofocados, y la fricción deliciosa de su cuerpo reclamando el mío. Cada caricia era un incendio; y yo no quería huir de esas llamas.

Un ruido seco me sobresaltó: un grupo de jóvenes pasó riendo por la acera, demasiado cerca. Sentí el corazón detenerse un instante, pero Adrián no se inmutó. Me sostuvo la mirada y, sin una palabra, me tomó de la mano con autoridad peligrosa.

Abrió la puerta del coche y me arrastró dentro, no con prisa sino con la calma de alguien que ya lo había decidido desde el principio. En segundos, el motor rugía bajo sus manos, la ciudad quedaba atrás, y la carretera oscura nos conducía hacia la costa.

El mar nos esperaba bajo la luna, vasto y cómplice. Adrián aparcó en un rincón apartado, el golpeteo de las olas marcando un ritmo secreto. Apagó el motor y me miró de nuevo, esa intensidad en sus ojos que me hacía sentir diminuta.

Se inclinó sobre mí. Su mano en mi nuca me acercó hasta que el aire entre los dos se rompió, y su boca me encontró con la fuerza de todo lo que habíamos callado. Sus dedos se abrieron paso por mis muslos, apartando la tela con la seguridad de quien no pide permiso.

Me hundió contra el asiento; su cuerpo me cubrió entero, reclamándome con cada embestida de sus labios y con cada roce de sus manos. El cuero frío bajo mi espalda contrastaba con el calor abrasador que me envolvía. El coche crujía bajo nosotros, como si hasta el metal fuera testigo de la violencia de aquel deseo. Su respiración quemaba mi cuello, y mis uñas se clavaron en su espalda, aferrándome como si al soltarlo pudiera desvanecerse.

—Quiero ser tu primer hombre —susurró, grave, envolvente, como una sentencia—. Quiero que seas mía.

Ese maldito tono suyo me quebraba todas las defensas.

En ese instante se borraron mi educación, mis miedos, incluso la voz de Camila que siempre me atormentaba con advertencias. Solo quedaba él… y la certeza de que estaba a punto de cruzar una frontera de la que jamás volvería.

Pero lo quería. Con cada fibra de mi cuerpo, con cada pensamiento febril que me había devorado en silencio. Adrián no era solo un hombre peligroso: era la tentación hecha carne. Y aunque supiera que podía costarme el alma, lo quería entero.

—Hazlo… —gemí contra su boca, temblando, con los labios rozando los suyos—. Hazme tuya.

No necesité decir más. Mi cuerpo habló cuando lo atraje hacia mí con desesperación. Adrián sonrió contra mis labios, complacido, y entendí que no solo le entregaba mi primera vez… sino todo lo que era.

Reclinó el asiento con un movimiento seco, el chirrido del cuero rompiendo el silencio de la noche. De un tirón, abrió mi blusa, dejando expuesto mi sostén, y remangó mi saya hasta mis caderas. Con la boca, bajó lentamente mis bragas como un martirio divino, desnudándome con una paciencia cruel que me arrancó escalofríos.

—Dios… —jadeé, perdiendo el control cuando su mano se hundió en mí con un giro inesperado. Sus dedos se movieron en círculos, marcando mi piel por dentro, arrancando gemidos que intentaba sofocar, mientras su respiración se volvía más pesada y sus ojos ardían en la penumbra.

Cada giro de sus dedos me llevaba más alto, al borde de un abismo desconocido, hasta que creí que me rompería de puro placer. Pero de pronto, en medio de mi clímax contenido, Adrián se detuvo. Retiró la mano con una calma cruel, sosteniéndome la mirada como si saboreara mi desesperación.

Entonces lo sentí acomodarse entre mis muslos. Me abrió despacio, con una delicadeza feroz que contrastaba con la intensidad de su deseo. La respiración se me cortó cuando empezó a entrar en mí, lento pero implacable, desgarrando el velo de mi inocencia con cada embestida… y reclamando lo que ya era suyo.

Adrián me sostuvo con firmeza, sus manos marcando cada movimiento como si me estuviera reclamando más que enseñando. Su voz, baja y ronca, se colaba entre mis gemidos:

—Tranquila…. Esta noche no se trata de mí… se trata de ti.

Me sentí atrapada, poseída y consumida al mismo tiempo. Cada gesto suyo me arrancaba un estremecimiento nuevo, y aunque era mi primera vez, el miedo se desvaneció bajo la certeza de que mi cuerpo lo había estado esperando siempre.

El dolor inicial se fundió con una ola ardiente que me recorrió por dentro, transformándose en algo desconocido y brutalmente adictivo.

Mis uñas se clavaron en su espalda, marcándolo como él me marcaba a mí, y comprendí que ya no había marcha atrás: le pertenecía y yo lo aceptaba con cada gemido.

Su ritmo era implacable, cada movimiento, perfecto. Y mi voz resonaba contra los cristales del coche. El cuero bajo mi espalda crujía, mezclándose con el sonido húmedo de nuestros cuerpos, con el golpeteo lejano de las olas que parecían acompañar nuestro frenesí.

Adrián se detuvo apenas un segundo, sus ojos fijos en los míos, salvajes y dominantes.

—¿Estás bien? —murmuró con la voz rota.

No respondí con palabras. Lo besé con desesperación, dejando que mi lengua suplicara lo que mi voz no podía pronunciar: más.

Su sonrisa torcida fue mi sentencia. Volvió a moverse con una fuerza más profunda, más intensa, como si quisiera grabarse en mi interior para siempre. Cada vez que mi nombre escapaba de sus labios en un gemido ronco, una oleada de placer me desgarraba, haciéndome temblar sin control.

El clímax me golpeó como un rayo, violento y devastador. Grité su nombre, convulsionando bajo su peso, sintiendo cómo el placer me incendiaba desde dentro, consumiéndome hasta dejarme sin voluntad.

Era extraordinario, brutal, un incendio al que ya no quería sobrevivir.

Sus besos eran puro veneno, cada roce incendiando un rincón distinto de mi piel. Sus manos atraparon mis senos con una destreza cruel, como si conociera mi cuerpo major que yo misma, aunque fuera la primera vez que lo poseía.

—Otra vez… —suplicaba entre gemidos, mi voz quebrada, devorada por una necesidad que no tenía fin.

Me miró con un destello salvaje, sorprendido y excitado por mi rendición desesperada. Su sonrisa torcida fue mi condena. Se inclinó sobre mí y esta vez no hubo pausas ni piedad: cada vez más profundo, más intenso, sellando mi cuerpo contra el suyo.

Sentí cómo todo dentro de mí se tensaba, un torbellino ardiente a punto de estallar. El mundo desapareció, solo quedó él, su fuerza dominándome, empujándome hacia un abismo del que no quería volver. Y entonces exploté, más fuerte que la primera vez, un grito desgarrado que se perdió contra su boca mientras mi cuerpo convulsionaba bajo el suyo.

Lágrimas ardientes nublaron mi vista, sin saber si eran de placer, de vértigo o de esa certeza brutal de que Adrián había atravesado todos mis límites. Me quebré en sus brazos, rendida, irremediablemente suya.

Él no se apartó. Me sostuvo, jadeando contra mi cuello, y sus labios rozaron mi oído.

—Ahora sí no hay escapatoria, Lucía —murmuró, su voz grave, cargada de triunfo.

Pensé que mi cuerpo no podía más, pero Adrián sonrió contra mi piel, peligroso, insaciable.

—¿Creíste que esto era suficiente? La noche apenas empieza.

Su mirada ardía sobre mí, devorándome, y mi cuerpo tembloroso volvió a encenderse con esa sola frase. Era una condena deliciosa: sabía que podía reclamarme una y otra vez hasta romperme… y yo lo deseaba.

Su boca bajó hacia mis senos, atrapando mis pezones con mordidas suaves que me arrancaban gemidos cada vez más altos. Entre el dolor dulce y la gloria absoluta, entendí que lo único que quería era más de él, aunque me consumiera.

Siguió descendiendo lentamente por mi torso, dibujando un camino de fuego con su boca, hasta que su lengua ardiente encontró mi centro con una precisión que me borró toda razón. El roce frío y húmedo de su piercing contra mi piel sensible me arrancó un grito ahogado; era un placer desconocido, exótico, que me hacía arquear la espalda y perder todo control.

—¿Qué hace…? —intenté pensar, pero era inútil. Solo quedaba el vértigo del placer.

—¡Vente! —me ordenó con voz grave, dominadora, y yo obedecí sin resistencia. El clímax me quebró por completo, sacudiéndome en temblores mientras su lengua, juguetona y cruel, prolongaba mi orgasmo hasta dejarme rendida, mis piernas temblando alrededor de su cabeza.

Me quedé jadeando, con el pecho subiendo y bajando sin control, incapaz de creer lo que acababa de experimentar. Nunca imaginé que el placer pudiera ser tan devastador, tan absoluto, como si mi propio cuerpo hubiera sido arrancado de mí para entregárselo a él.

Adrián se incorporó apenas, con los labios húmedos y los ojos encendidos, mirándome como si hubiera probado el fruto prohibido y supiera que jamás lo abandonaría.

—Eso fue solo un abreboca, Lucía —dijo con voz grave—. Apenas estoy empezando contigo.

Me besó de pronto, profundo, y sentí en su boca el eco húmedo de mi propio sabor. El corazón me dio un vuelco: nunca algo tan prohibido me había parecido tan excitante.

Adrián me sostuvo la mirada mientras sonreía contra mis labios. —Lo mejor que he probado… —murmuró con voz grave, lamiéndose apenas como si quisiera guardarlo—. Y lo quiero una y otra vez.

Quise buscarlo de nuevo, hundirme en su boca, pero Adrián me tomó del mentón con firmeza y se apartó apenas unos centímetros. Sus ojos ardían, pero su gesto era calculado, cruel en su calma.

—No, Lucía… —susurró con una sonrisa torcida—. No siempre tendrás lo que quieres, no tan rápido. Aprende a desearlo, a sufrir por ello. Así, cuando te lo dé, lo sentirás multiplicado.

—¿Qué dices? —le pregunté, con la voz temblorosa, como quien no entiende cómo podía querer más cuando mi cuerpo estaba al límite, roto y saciado. Pero con él... nunca parecía ser suficiente.

Adrián me sostuvo la cara con ambas manos, sus ojos encendidos clavados en los míos.

—No lo entiendes, Lucía... —dijo con la voz rota de deseo—. Nunca me vas a bastar. Podría tenerte una y mil veces y aún así te seguiría deseando.

Sentí un escalofrío recorrerme. No eran solo palabras de un hombre en medio de la pasión; era una confesión peligrosa, un abismo compartido. Y aunque debí asustarme, lo único que hice fue hundirme más en él, porque ser su adicción me hacía sentir poderosa y condenada al mismo tiempo.

De pronto miré el reloj del tablero y un sobresalto me recorrió el cuerpo.

—¡La hora! —exclamé, apartándome con el corazón en la garganta—. Mis padres me matan si no regreso a casa ya.

Adrián me observó en silencio por un instante, aún con esa mirada encendida, como si no entendiera cómo podía importarme nada más que lo que estaba pasando entre nosotros. Luego sonrió con calma peligrosa.

—Vamos entonces, princesa... pero recuerda: esto apenas comienza.

El coche se detuvo unas calles antes de mi casa. Adrián apagó el motor sin mirarme y dijo con firmeza:

—Aquí.

No era una pregunta.

Me tomó del rostro y me devoró en un beso ardiente, tan profundo que me arrancó el aire y encendió otra vez la urgencia insaciable de tenerlo dentro. Apenas duró un instante, pero me dejó temblando, sabiendo que ningún otro beso en mi vida podría compararse con ese. Me tumbé en la cama aún con el sabor de su boca ardiendo en los míos. Cada latido me recordaba que ya era suya, que había cruzado una frontera de la que no habría regreso.

Y mientras el eco de la voz de mi madre retumbaba como una sentencia, comprendí lo inevitable: vivía bajo un techo de reglas y vigilias… pero mi piel, mi deseo y mi adicción ya le pertenecían a Adrián.

Capítulo 5

✦ ✦ ✦ ✦ ✦ ✦

Soñé con él. O tal vez no era un sueño. Sus manos me atrapaban, su voz me susurraba al oído con esa cadencia grave que me rompía por dentro: "No hay escapatoria, Lucía. Ya eres mía."

Me desperté jadeando, con la piel empapada en sudor y el corazón golpeando como si todavía estuviera bajo su cuerpo. Su nombre ardía en mis labios, y al llevarme la mano al pecho descubrí que temblaba, como si mi cuerpo no distinguiera entre el sueño y la realidad. El cuarto estaba en silencio, pero la sensación de él seguía allí, pegada a mi piel como una marca invisible. Adrián no era solo un deseo prohibido; era un peligro que me había elegido, que me seguía incluso en mis sueños, robándome la calma y llenando cada rincón de mí con su presencia.

Me levanté despacio, con el cuerpo aún vibrando, y abrí la ventana. La brisa de la mañana me acarició, fría, pero no logró apagar el calor que me devoraba por dentro. Cerré los ojos y por un instante juré escuchar su silbido, ese sonido insolente que me llamaba como un imán. Abrí los ojos de golpe, conteniendo el aliento… pero la calle estaba vacía.

Sonreí, aunque no había nada gracioso en ello. Porque lo sabía: aunque no estuviera allí, aunque mi madre me vigilara con ojos inquisitivos y mi padre esperara la hija perfecta… Adrián ya me habitaba. Y nada en este mundo podría arrancármelo. Mientras me preparaba para ir a la Facultad, me detuve frente al espejo. Algo en mí había cambiado. Mis ojos color miel brillaban con una intensidad que no recordaba, como si guardaran un secreto demasiado grande para ocultarse.

Pasé los dedos por mi cabello aún húmedo y sonreí al notar el rubor en mis mejillas. No era simple timidez: era la huella invisible de la noche anterior, la marca del hombre que había incendiado mi cuerpo y mi alma.

Ajusté la blusa y me quedé un instante inmóvil, preguntándome si Camila lo notaría. Ella siempre había tenido ese radar cruel para descubrirme, esa manera de leer mis ojos como si fueran un libro abierto. ¿Sería capaz de ver lo que había ocurrido en la oscuridad del coche, lo que me había convertido en alguien distinta?

El solo pensarlo me erizó la piel. Ese secreto no era algo para compartir a la ligera: era fuego bajo la lengua, un veneno que podía consumirlo todo si lo dejaba escapar. Pero la tentación de soltarlo, de ver la reacción en los ojos de Camila, era casi tan adictiva como el recuerdo de Adrián en mi piel.

—¡Lucía! —me recibió Camila al entrar al aula, con esa sonrisa amplia y limpia que siempre me recordaba lo opuesto que éramos. Su voz tenía la frescura de quien cree que el mundo es sencillo, sin sombras ni abismos.

Me detuve un segundo, devolviéndole la sonrisa, aunque por dentro sentía que sus ojos me desnudaban más de lo que decía su gesto.

¿Y si lo notaba? ¿Y si podía leer en mi mirada el fuego que todavía me quemaba? Me mordí el labio, dudando apenas un instante, y luego me dejé caer en el pupitre a su lado. Incliné la cabeza hacia ella, bajando la voz hasta convertirla en un susurro.

—Te voy a decir algo… pero prométeme que lo vas a guardar como si fuera tuyo.

Camila arqueó las cejas, intrigada. Su sonrisa se volvió más nerviosa que alegre.

—¿Qué hiciste ahora? —susurró, acercándose como si temiera y deseara a la vez la respuesta.

Tragué saliva, sintiendo el calor subir a mis mejillas. No lo dije de golpe. Dejé que el nombre saliera despacio, casi como una maldición.

—Adrián.

El aire entre nosotras se tensó. La sonrisa de Camila desapareció en un segundo; la sorpresa y el miedo la desfiguraron. Se quedó inmóvil, con los labios entreabiertos, mirándome como si acabara de pronunciar algo imposible.

—¿Adrián…? —susurró, incrédula, casi con pánico—. Dime que no hablas en serio, Lucía.

Me incliné hacia ella, incapaz de contener la sonrisa que me temblaba en los labios.

—Camila… nunca en mi vida había sentido algo así. Estar con él fue como perder la noción del tiempo, como si nada más existiera. Su manera de mirarme, de tocarme… —me detuve, mordiéndome el labio, sabiendo que el rubor en mis mejillas hablaba más que mis palabras.

Ella me observaba con los ojos abiertos, bebiendo cada sílaba, pero con esa sombra de alarma que me fascinaba. Como si no supiera si escucharme la excitaba o la aterraba.

—Es como si me hubiera abierto un mundo nuevo —susurré, inclinándome un poco más hacia ella—. Y lo peor es que no puedo dejar de pensar en él… ni un segundo.

Camila se llevó las manos a la cabeza, soltando un suspiro largo.

—No sé qué decir… ahora sí estoy convencida de que estás loca, Lucía.

Me reí bajito, como si sus palabras fueran un cumplido.

—Tal vez sí —respondí, encogiéndome de hombros.

—Lucía, no es por amargarte la fiesta —dijo Camila, con la voz más baja y seria—, pero he oído que él tiene más mujeres.

La miré fijo, dejando que mi sonrisa se ladease.

—Ya te lo dije, Camila. No me voy a casar con él. Esto no es amor. Es el placer de lo prohibido. Es sentir el peligro cerca. Es la adrenalina del poder… es sexo, nada más.

Ella me observó como si no creyera una sola palabra, y quizá tenía razón. Porque mientras lo decía, mi mente ya no estaba en el aula. Cerré los ojos un segundo y lo vi sobre mí, su boca devorando la mía, sus manos dominando mi cuerpo como si me conociera mejor que yo misma. Sentí de nuevo su respiración en mi cuello, el filo de su voz quemándome por dentro.

Un escalofrío me atravesó y mordí mi labio para no delatarme frente a Camila. "Solo sexo", había dicho. Pero sabía la verdad: no lo era. Adrián era un veneno dulce y letal que ya corría por mis venas… y mi cuerpo pedía otra dosis desesperadamente.

El eco de la voz del profesor me devolvió a la realidad. A lo lejos lo escuchaba hablar de exámenes y fechas, pero sus palabras eran un murmullo lejano, imposible de fijar en mi cabeza. El zumbido del teléfono me arrancó un sobresalto. Miré la pantalla y el aire se me atascó en los pulmones: un número desconocido. Dudé un segundo antes de abrir el mensaje… y casi solté el móvil al leerlo.

"No dejes que ese aburrido te robe la cabeza. Esta noche eres mía."

Un escalofrío me atravesó. Nunca le había dado mi número. No había manera. Y aun así… ahí estaba. La certeza me erizó la piel: no existía barrera que Adrián no pudiera atravesar.

Lo imaginé en ese instante, recostado en alguna sombra cercana, mirándome incluso desde la distancia, sonriendo con esa calma peligrosa.

Con los dedos temblorosos, escribí rápido antes de arrepentirme:

"No puedo. Tengo que estudiar. Mis padres no me van a dejar salir, menos ahora con los finales."

Lo envié sabiendo que era inútil, que esa excusa no lo detendría. Que, en el fondo, la que intentaba convencerse era yo.

Nada. El silencio era peor que cualquier respuesta. Sentía que Adrián me estaba castigando con su ausencia, dejándome arder sola, como si supiera que lo pensaría cada segundo del día.

Me mordí el labio hasta lastimarme. ¿Se había enojado? ¿O simplemente jugaba conmigo, sabiendo que incluso sin escribir nada ya me tenía atrapada?

El profesor seguía hablando al frente, pero su voz era un murmullo distante. Podía copiar lo que decía, fingir atención… pero dentro de mí Adrián seguía latiendo, como un recuerdo ardiente que me consumía.

El día se volvió un suplicio interminable. Y cuando al fin cayó la noche, la casa se hundió en silencio. Mis padres dormían, las luces apagadas… y yo seguía despierta, incapaz de apagar mi mente.

El celular vibró sobre la mesilla. El corazón me dio un brinco que casi me hizo gritar.

"Sal a la terraza. Ahora."

No había emoticonos, no había dulzura. Solo un mandato.

Tragué saliva, las manos temblorosas al apartar las sábanas. Cada paso hacia la terraza era un delito, un secreto más en el que me hundía sin remedio.

Abrí la puerta con el corazón en un puño, cuidando que no chirriara. El aire nocturno me golpeó el rostro, fresco y cargado de sal.

Y lo vi.

Adrián, apoyado contra la baranda, medio oculto en la penumbra, con un cigarrillo encendido que iluminaba apenas su sonrisa torcida. Sus ojos me buscaron en cuanto crucé el umbral, y supe que no importaba cuánto luchara: esa noche también era suya.

Estaba del otro lado de la cerca, la luna recortando su silueta como si hubiera sido esculpida por la oscuridad misma. La brasa encendida del cigarrillo iluminaba su boca al ritmo de cada calada, y sus ojos, fijos en mí, eran puro fuego. Abrí con cuidado la puerta, las bisagras chirriando apenas como si delataran mi delito. Él entró sin dudar, y el silencio de la noche se volvió cómplice de nuestro secreto. En la esquina del patio, bajo la sombra espesa del árbol, me acorraló. Su cuerpo bloqueaba cualquier salida; el aire se volvió más denso, mezcla de peligro y deseo latiendo dentro de mí.

—Mis padres están dentro… —susurré, empujándolo apenas con las manos sobre su pecho—. ¿Estás loco? Nos pueden descubrir.

Adrián sonrió con esa calma peligrosa que me desarmaba siempre.

—Precisamente por eso, princesa… —murmuró, acercándose hasta que su aliento ardiente me rozó la piel—. El peligro lo hace todo más intenso.

En vez de besarme, deslizó la mano lentamente desde mi hombro hasta atraparme la muñeca. Su caricia fue tan suave como cruel, como si cada segundo de espera fuera una tortura exquisita. Me estremecí, incapaz de apartarme, consciente de que el control nunca me pertenecía. Rozó mis labios sin llegar a besarlos, respirando sobre ellos con una paciencia enfermiza.

—¿Tienes miedo de que te escuchen, Lucía? —susurró, su voz grave vibrando contra mi boca—. Quizá deberían saber lo que provoca su hija perfecta.

Quise responder, pero se apartó apenas, con esa sonrisa torcida que me volvía loca. Su dedo recorrió mi mandíbula hasta detenerse en mis labios.

—Mírate… temblando, y aún así deseándome. Dímelo, princesa… ¿quieres que te haga mía aquí mismo?

El corazón me martillaba en la garganta, pero esta vez no retrocedí. Muy despacio, llevé mis manos a mis muslos y subí el vestido, dejando que la brisa nocturna acariciara la piel desnuda. Mi gesto no fue un accidente: fue un desafío.

Adrián me miró en silencio, y en su rostro apareció algo nuevo… una chispa salvaje, peligrosa, que me hizo sentir que acababa de encender un incendio imposible de apagar. Con dedos temblorosos, bajé mis bragas lentamente, cada movimiento tan lento que sentía cómo el aire mismo me acariciaba la piel desnuda. Cuando quedaron en mi mano, lo miré directo a los ojos y, con un gesto atrevido que me quemaba por dentro, se las tendí. Adrián no dudó: yo misma las deslicé en el bolsillo de su pantalón, como si acabara de esconder mi secreto más íntimo en su poder.

La sonrisa peligrosa que se dibujó en su rostro bastó para desarmarme. Se inclinó hasta mi oído, y su voz grave me atravesó como un puñal envuelto en seda.

—Ahora sí, princesa… me estás provocando como una mujer de verdad.

Sus dedos rozaron el bolsillo, palpando la tela con una calma que me torturó, y luego volvió a clavar en mí esos ojos que ardían con algo más que deseo.

—No tienes idea del fuego que acabas de encender —murmuró, con una serenidad cruel—. ¿De verdad crees que puedes jugar a mi juego?

Su aliento me quemaba la piel. Me temblaban las manos, pero no quise retroceder. Un paso más me acercó a él, y con una valentía que no sabía de dónde sacaba, deslicé mis dedos lentamente por su pecho hasta detenerme en su cinturón.

—¿Qué quieres de mí? —pregunté en un susurro, con la voz quebrada entre miedo y desafío, mientras jugueteaba con el borde de su pantalón.

Lo sentí respirar más rápido, y por un segundo tuve la absurda certeza de que lo había sorprendido. Sus labios se torcieron en esa media sonrisa peligrosa que era promesa y amenaza al mismo tiempo.

—Eso me gusta… —murmuró, su voz grave cargada de deseo y de advertencia—. Pero recuerda algo, Lucía: cuando yo tomo lo que me provocas, no hay vuelta atrás.

De pronto, Adrián atrapó mi muñeca con una fuerza imposible de resistir y me estampó contra el tronco del árbol. El golpe seco en mi espalda me arrancó un jadeo, y mi atrevimiento se deshizo en el aire como humo. Su mirada ardía, salvaje, como si justo eso hubiera estado esperando para desatarse.

—Nunca olvides quién manda aquí —gruñó, su voz ronca y peligrosa rozando mi piel mientras me mantenía inmovilizada. Su boca cayó sobre la mía en un beso feroz, sin piedad, un castigo y un premio al mismo tiempo.

En un movimiento brusco me giró, dejándome de espaldas a él. El aire frío de la noche se deslizó por mis muslos cuando levantó mi vestido, exponiéndome bajo su control absoluto. Y entonces, sin aviso, su palma descendió firme sobre mí, arrancándome un gemido ahogado que me sacudió hasta la médula.

La mezcla de dolor y placer me atravesó como un rayo, borrando cualquier resistencia. Sentí mi piel arder, mis piernas temblar, y aun así mi cuerpo rogaba por más.

—Así me gusta… —susurró en mi oído, con esa voz grave que me rompía por dentro—. Obediente… temblando… y cada vez más mía.

Quise gritar de placer, dejar que mi cuerpo hablara por mí, pero lo contuve, mordiendo mis labios con fuerza. No era miedo: era el vértigo delicioso de estar allí, expuesta bajo la noche, sabiendo que lo prohibido se volvía más ardiente cuando podía ser descubierto. Cada roce era un incendio que se avivaba con el riesgo, cada caricia un secreto que me encendía aún más. Dos palmadas más, cada una más fuerte que la anterior, hicieron que mis rodillas temblaran hasta casi ceder. No tuve tiempo de pensar. Allí mismo, de pie contra el tronco áspero, Adrián me tomó con una urgencia feroz, hundiéndose en mí con un deseo tan carnal que parecía desbordarlo.

Su respiración ardía en mi nuca mientras me sujetaba con fuerza, reclamándome como si quisiera marcarme para siempre. No había ternura, solo fuego, hambre y dominio. Y yo, lejos de resistirme, me entregaba entera a ese instinto que nos consumía a los dos. Sus manos firmes en mis caderas guiaban el ritmo con precisión cruel, arrastrándome más lejos de mí misma a cada embestida. Cada golpe de placer me atravesaba como un relámpago, borrando cualquier límite conocido.

Me aferraba al tronco con desesperación, mis uñas arañando la corteza, mientras mi cuerpo temblaba al borde de la rendición absoluta. Si lo soltaba, sabía que me perdería… y aun así, parte de mí quería caer, desintegrarme entre sus manos y su hambre voraz.

El ritmo se volvió frenético, salvaje, como si la noche entera ardiera con nosotros. Mi cuerpo se tensó al límite y me quebré en mil pedazos: un clímax brutal me atravesó, arrancándome un grito ahogado contra la corteza. Temblaba sin control, deshecha de placer, mientras sus manos en mis caderas me sostenían para que no me desplomara.

Adrián rugió en mi oído, perdiéndose conmigo en la misma ola. Su cuerpo se estremeció contra el mío, uniéndose a mi desborde en un estallido feroz que hizo que el mundo entero pareciera partirse en dos.

Quedamos unidos, jadeando bajo aquel naranjo, el sudor fundido con el aire húmedo de la noche. Y en ese silencio cargado de peligro, supe la verdad: no había sido solo un instante de placer. Había sido un pacto, una marca invisible que me ataba a él.

Lo odié y lo deseé al mismo tiempo, comprendiendo que lo prohibido ya no era un juego pasajero… sino la condena deliciosa de la que no quería escapar. Nos tendimos en la grama húmeda, el mundo reducido al temblor de mi cuerpo y al peso ardiente de Adrián sobre mí. Cuando el clímax cedió apenas, me dejé caer contra su pecho, exhausta, buscando en su respiración entrecortada un ritmo que calmara el mío. Las piernas me temblaban, el corazón me golpeaba sin piedad… y, aun así, el deseo seguía ardiendo, exigiendo más.

El silencio de la noche nos envolvía, roto solo por nuestros jadeos. Adrián inclinó la cabeza hasta mi oído, y su voz grave me atravesó como una sentencia:

—Esto no termina aquí, princesa. Apenas te estoy empezando a enseñar lo que es ser mía.

Un calor extraño me incendió el pecho, más feroz que el propio orgasmo. No era una promesa: era un destino escrito. Y yo, pegada a él, entendí que ya no había escapatoria… aunque tampoco la quería.

Adrián se incorporó despacio, con esa calma que lo envolvía en cada gesto. Se acomodó la ropa sin prisa, me lanzó una última mirada ardiente, y cruzó la cerca sin decir más. No se despidió: sabía que su ausencia también me ataba.

Me quedé sola, con el vestido arrugado y la piel marcada por su fuego. El eco de sus pasos se desvanecía, pero en mi interior seguía ardiendo su huella, como un tatuaje invisible. Cerré los ojos, abrazándome a mí misma, y lo supe con una certeza brutal: lo prohibido ya no era un juego. Adrián era mi marca, mi condena… y mi adicción .

Capítulo 6

Desperté con el cuerpo aún ardiendo por huellas que nadie más podía ver. Habían pasado días desde aquella noche, y todavía sentía su marca en mi piel, como si Adrián siguiera dentro de mí, respirando en cada recuerdo.

Lo buscaba sin querer: en cada esquina de la universidad, en el lugar donde solía sentarse con sus amigos, en los pasillos llenos de ruido. Pero no había rastro suyo. Y esa ausencia me quemaba más que su presencia.

Camila lo notaba, aunque fingiera que no. Cada día repetía la misma pregunta, como si quisiera obligarme a despertar de un sueño:

"¿Lo viste hoy?".

Yo sonreía, me encogía de hombros y cambiaba de tema, como si todo fuera un juego pasajero. Pero por dentro, lo único que quería era volver a verlo, aunque fuera solo un segundo.

—Recuerda que hoy es el cumple de Marta, ¿a qué hora paso a por ti? —preguntó Camila en el autobús de vuelta a casa, interrumpiendo mis pensamientos. Asentí, respondiendo cualquier cosa, pero mi mente no estaba allí.

Ya eran las nueve, y Camila me esperaba mientras yo terminaba de alistarme.

—¡Lucía, se nos va el autobús! —gritó desde la puerta.

Salimos corriendo, justo a tiempo para alcanzar al resto del grupo que aguardaba en la parada. El bus llegó rápido, y también repleto.

El viaje se hizo largo, las conversaciones triviales, las risas… todo me resultaba ajeno. Porque en cada kilómetro, en cada minuto de silencio, lo único que latía en mí era su nombre.

El autobús se rompió a mitad del camino, y la mayoría del pasaje terminó avanzando a pie, entre quejas y risas forzadas. Yo caminaba en automático, los pies cansados, la mente lejos, como si todo ese trayecto fuera apenas un paréntesis.

Cuando al fin llegamos, la fiesta ya era un torbellino de humo, luces y música atronadora. El aire estaba cargado de ron barato y tabaco, mezclado con perfumes dulzones que se enredaban en el sudor. Las chicas parecían muñecas recién salidas de una vitrina: tacones altísimos, labios rojos, maquillaje perfecto.

Los hombres se paseaban con vasos rebosantes en la mano, riendo demasiado alto, como si intentaran demostrar algo a cada carcajada. Marta reinaba en el centro: alta, rubia, con esos ojos verdes que siempre parecían mirar por encima de todos, rodeada de pretendientes como una reina aburrida de su propio trono.

Camila y yo bailamos un par de canciones, brindamos con vasos de ron aguado, y por un instante —solo un instante— sentí que lo estaba logrando: que podía ser otra vez una estudiante más celebrando el fin de curso, que Adrián no existía.

Entonces ocurrió.

El murmullo recorrió la sala, como una ola que empieza en la orilla y lo arrasa todo. Giré sin pensarlo, y allí estaba él. Adrián.

La puerta todavía abierta detrás de su espalda, el humo del cigarrillo enredándose en su sonrisa torcida, y esa calma insolente que lo hacía destacar aunque el lugar estuviera repleto.

No bailaba, no hablaba, no hacía nada… y aun así, la fiesta entera pareció detenerse a su alrededor.

Yo también.

El mundo pareció suspenderse… y con él, mi respiración. Entre la multitud, su figura brillaba como un peligro evidente: camisa oscura que se pegaba a su cuerpo, ojos verdes encendidos bajo las luces, y ese andar seguro que partía el mundo en dos.

La fiesta seguía rugiendo, música y risas por todas partes, pero para mí solo existía él.

Desde el otro extremo de la sala, Adrián me encontró con la mirada. No necesitó más que alzar su vaso apenas un centímetro, un gesto lento, calculado, como si me brindara un secreto solo a mí. Luego volvió a girarse hacia sus amigos, como si yo no importara.

Pero lo sabía. Sabía que estaba ardiendo por dentro. Ese gesto mínimo fue un recordatorio brutal de que podía manejarme a su antojo, sin decir una palabra, sin mover un dedo.

Camila reía a mi lado, hablando de cualquier cosa, y yo fingí sonreír, fingí escuchar, fingí ser parte de una normalidad que ya no me pertenecía.

—Voy por un trago —murmuré, y mi propia voz sonó lejana.

Me abrí paso entre la multitud como en un trance, el pulso desbocado, la piel erizada de anticipación.

El aire fresco de la noche me golpeó al cruzar el patio, pero no me alivió: lo único que hacía era encender más el fuego en mi pecho. Y entonces lo sentí. No lo vi todavía, pero lo sentí: la certeza de que él me esperaba en las sombras.

Apenas crucé el pasillo oscuro hacia el baño, lo sentí: ese cosquilleo en la nuca que solo él provocaba. No hubo tiempo de girar. Unas manos firmes me sujetaron de la cintura y me empotraron contra la pared en penumbras.

—Preciosa… fingiendo que no me deseas —susurró Adrián contra mi oído, su voz grave derramándose como veneno dulce por mi piel.

Su boca descendió a mi cuello, lenta, peligrosa. No era un beso, era un dominio. Mi cuerpo lo reconoció antes que mi mente, y lo supe, estaba perdida.

De pronto se apartó, con la misma calma con la que había llegado. —Te veo en un rato —murmuró, dejando esa promesa ardiendo en mi pecho.

Y se fue. Así, sin más. Me dejó contra la pared, temblando, con la respiración desbocada y el deseo goteando como una herida abierta. Adrián jugaba conmigo con una precisión cruel: me incendiaba y luego me negaba el alivio, dejándome encadenada a mi propia adicción.

Respiré hondo, recompuse mi ropa y mi máscara de calma, y regresé a la fiesta como si nada hubiera pasado. Pero la verdad era que cada paso me ardía.

—¿Dónde estabas? —preguntó Camila en cuanto me vio, con esa mirada curiosa que siempre lograba atravesarme.

Yo solo sonreí, incapaz de darle una respuesta que no sonara como lo que realmente era: un pecado.

—Baño —, dije forzando una sonrisa mientras tomaba un sorbo de mi vaso. Intentaba aparentar calma, pero mis mejillas ardían, mi respiración aún no se estabilizaba… y estaba segura de que si Camila me miraba demasiado tiempo, descubriría que algo había pasado.

La fiesta estaba por terminar, nos agrupamos para regresar juntos. Entre risas cansadas y comentarios sobre lo bien que había estado la noche, caminamos hasta la parada del autobús. Allí nos quedamos, bajo la luz amarillenta de un farol, esperando a ver a qué hora pasaba el siguiente.

Camila charlaba animada con los demás, pero yo apenas oía. Mis ojos recorrían la calle vacía, como si esperara que de la nada apareciera Adrián, con esa forma suya de irrumpir en cualquier parte y robarme el aliento. Adrián apareció con tres de sus amigos, riendo como si la noche entera le perteneciera. No venía en su coche. Venía caminando, como si hubiera querido mezclar su oscuridad con la del barrio, y el corazón se me desbocó.

Se acercó sin prisa, con esa calma insolente que hacía que todos lo miraran sin saber por qué. Y entonces, sin decir palabra, me tendió un cigarrillo. Nuestros dedos se rozaron apenas, pero esa chispa mínima me atravesó como un rayo. Para los demás, era un gesto inofensivo. Para mí, era un pacto silencioso.

Sacó el encendedor, lo encendió frente a mí y la llama iluminó su rostro por un instante. Sus ojos claros se clavaron en los míos mientras acercaba la brasa al cigarro que yo sostenía. Pero no lo soltó enseguida. Su rostro se inclinó, lento, hasta quedar peligrosamente cerca del mío, tanto que podía sentir el calor del fuego mezclarse con su respiración.

—Aquí no… —le susurré entre dientes, el pulso a mil—. Mira cuántos ojos.

Adrián sonrió apenas, con esa malicia que me partía en dos. Exhaló humo hacia un lado, como si nada pasara, y murmuró lo suficiente para que solo yo lo oyera:

—Precisamente por eso, princesa.

Se inclinó apenas hacia mí, el humo del cigarro escapando entre sus palabras.

—Ellos no son vecinos, Lucía… —susurró, tan bajo que solo yo podía oírlo—. Son testigos. Y eso lo hace aún más excitante.

El grupo estalló en carcajadas por algún chiste ajeno, sin sospechar nada. Pero yo sentí el peso ardiente de otra mirada. Camila. Estaba fija en mí, con el ceño fruncido, sus ojos tratando de arrancarme la verdad como un bisturí. Ya no sonreía. Ya no jugaba. Y su sospecha me quemaba más que cualquier palabra de Adrián.

Antes de que Camila pudiera decir una palabra, Adrián soltó una carcajada seca y levantó la voz lo justo para cubrir cualquier sospecha.

—Bueno, ¿y a qué hora pasa este maldito autobús? —ironizó con desparpajo. Las risas se esparcieron como pólvora, y en segundos el momento se deshizo en bromas triviales.

Lo miré de reojo, con el pulso aún acelerado. Era un maestro en eso: jugar al borde del desastre y, con un solo gesto, convertirlo todo en humo. Lo odiaba por la calma con la que me arrastraba a su juego... y lo deseaba precisamente por eso.

Cuando por fin llegó el autobús, vacío como era de esperar a esas horas, subimos en grupo. Pero Adrián no me dio opción: su mano atrapó la mía con una firmeza que era orden y sentencia a la vez. Me guió hasta el fondo, sin prisa, como si todo el vehículo le perteneciera, y me dejó caer junto a la ventanilla. El bullicio de los demás quedó adelante, envuelto en risas y voces, pero en el último asiento reinaba otra cosa: la penumbra, la vibración del motor y el silencio cargado de todo lo que él y yo aún no habíamos dicho.

El motor rugió suavemente, las luces de la calle pasaban fugaces por la ventana, y yo sentía su calor invadiendo cada centímetro de mi piel. El mundo entero parecía reducido a ese asiento, a sus dedos enredados con los míos, y al vértigo de saber que nada ni nadie podía detener lo que estaba por suceder.

Adrián giró apenas el rostro y, sin soltar mi mano, me susurró tan bajo que solo yo pude escucharlo:

—¿Lista para tentarle al destino?

Su mirada chispeaba bajo la luz intermitente del autobús, y sentí cómo mi pulso se disparaba. La gente charlaba unos asientos más adelante, ajenos, pero en el fondo del bus estábamos en nuestro propio mundo.

Sus labios encontraron los míos con una urgencia contenida, un beso profundo que me robó el aire. Su otra mano, firme, se deslizó por mi muslo, ascendiendo con calma tortuosa hasta rozar el borde de mi falda. La excitación me nublaba los sentidos; cada roce suyo era un recordatorio de que lo prohibido no solo me atraía… me dominaba por completo.

Sin pensarlo dos veces, en un impulso que me quemaba por dentro, me giré y me senté sobre su regazo. Sentí de inmediato la dureza de su erección, palpitante, reclamándome con una fuerza que me arrancó un gemido ahogado. Lo besé con furia, mordiéndole la lengua, chocando con el frío metal de su piercing que me excitaba como nada en el mundo. Adrián gruñó contra mi boca, sorprendido por mi osadía, pero en lugar de detenerme me apretó más contra él, sus manos firmes sujetando mis caderas como si quisiera fundirme con su cuerpo. Era un juego de poder, y por primera vez yo estaba dispuesta a pelearlo. Adrián me sujetó con fuerza de las caderas, inmovilizándome. Su boca se deslizó hasta mi oído y, con esa voz ronca y baja que siempre me desarmaba, me susurró:

—Ten cuidado, princesa… estás jugando con fuego. Y yo no sé detenerme una vez que ardo.

Una risa nerviosa, casi insolente, se escapó de mis labios. Acerqué mi boca a su oído y le devolví el susurro con la misma osadía:

—No te detengas.

Lo mordí suavemente en el cuello, apenas un roce de mis dientes sobre su piel caliente, mientras mis caderas se movían despacio sobre él, desafiando el peligro con cada roce.

El gruñido que escapó de su garganta fue puro peligro. De un movimiento brusco, me atrapó por la nuca y me obligó a mirarlo a los ojos. Su mirada ardía, intensa, como si quisiera devorarme entera.

—Tú no mandas aquí, Lucía… —espetó con esa voz grave que me estremecía—. Nunca lo olvides.

Su mano descendió por mi espalda y me apretó contra él con una fuerza que no dejaba espacio a dudas: el juego había terminado, y ahora era suyo. Toda la fuerza rebelde que había intentado sostener se deshizo en un segundo. Mi cuerpo cedió al suyo como si hubiese estado esperando esa orden desde siempre. Dejé caer la frente sobre su hombro, respirando agitada, mientras mis caderas respondían dóciles a la presión de sus manos.

Adrián no esperó más.

Sus manos firmes me levantaron apenas y, con un movimiento seguro, me acomodó sobre él. Hizo a un lado mis bragas, desabotonó su pantalón, y allí mismo, en la penumbra de un autobús en marcha, un gemido dejé escapar cuando lo sentí llenarme por completo. El aire se me cortó en los pulmones, dejándome solo el vértigo y el temblor de sentirlo dentro de mi. Sus embestidas eran profundas, rítmicas, cada una cargada con la fuerza de quien reclama lo que considera suyo.

No dejaba de besarme. Sus labios recorrían mi piel como una condena dulce: mis labios, reclamándolos con besos profundos; mi cuello, donde mordía suavemente arrancándome suspiros entrecortados. Cada roce, cada caricia me envolvía más en su dominio.

—¡Lucía! —gemía entre mis labios, y el sonido de su voz encendía aún más mis ganas de hacerlo venir. Me moví con más fuerza, aprendiendo el mismo ritmo que él me había enseñado, cabalgando su deseo con el mío.

—¡Adrián! — y al escuchar mi voz, algo cambió en su mirada.

—Vente conmigo… —me ordenó, con el tono quebrado de quien arde en agonía. Y esa fue mi llave.

El orgasmo nos explotó al unísono, sacudiendo nuestros cuerpos en temblores de locura y pasión prohibida. En ese instante supe que Adrián no era solo un hombre: era peligro, era adicción, y yo ya estaba completamente perdida en él.

Un llamado desde la parte delantera del autobús nos devolvió de golpe a la realidad.

—¡Adrián! —gritó uno de sus amigos—.

El corazón se me detuvo un instante. ¿Y si nos vieron? ¿Y si se dieron cuenta de lo que estábamos haciendo aquí atrás?La sangre me hervía todavía, y al mismo tiempo el miedo me subía por la garganta.

—Dice Lisa que la discoteca nueva del centro está buenísima, ¿seguimos para allá?

Adrián me miró entonces, y en sus ojos todavía ardía el mismo deseo salvaje que acababa de desatarme. Su mano no soltaba la mía, como si el mundo entero se redujera a esa elección. Con la voz entrecortada, casi temblando de deseo y de reto a la vez, me atreví a preguntar:

—¿Quieres seguir con ellos... o prefieres que nos bajemos en nuestra parada?

Adrián me miró fijamente durante unos segundos que se sintieron eternos. Y entonces sonrió. No era una sonrisa dulce ni tranquila: era la de un depredador complacido, orgulloso de mi osadía, como si hubiera estado esperando que yo diera ese paso.

—Así me gusta... —murmuró, apretando mi mano con fuerza—.

Su mirada brillaba con un fuego peligroso.

—¡Nos bajamos! —dijo Adrián, su voz firme cortando el aire como una sentencia. Se puso de pie de un tirón, aún sujetando mi mano, y el mundo entero pareció reducirse a ese gesto. No importaban los amigos, ni la música, ni las risas que venían desde adelante: solo él decidiendo por los dos, arrastrándome hacia lo desconocido.

Cuando caminábamos hacia la puerta del autobús, sentí un par de ojos clavados en mí. Era Camila, sentada unos asientos más adelante, mirándome pasar con esa cara de reproche que solo ella sabía poner. Su gesto lo decía todo: lo vi, Lucía, sé lo que pasó allá atrás. Bajé la vista, incapaz de sostenerle la mirada, y un nudo de culpa se mezcló con la euforia que aún me recorría el cuerpo.

Bajamos del autobús en silencio, con la sangre aún rugiéndome en las venas. Adrián me sostuvo la mano con esa firmeza que era orden más que gesto, y solo dijo, grave, sin mirarme:

—Vamos a mi casa.

Lo seguí como si no hubiera alternativa. A pocos metros, una puerta trasera nos tragó hacia su mundo. Al entrar a su habitación, el aire cambió: olía a tabaco, a sudor limpio y a esa colonia áspera que ya reconocía como pecado. La cama, amplia y deshecha, dominaba el centro.

A un lado, una computadora encendida derramaba una luz fría sobre papeles desordenados. Los closets repletos, con zapatos y camisas alineados con un orden meticuloso, contrastaban con la intensidad feroz de sus manos que aún me quemaban en la piel. Todo allí respiraba a Adrián: oscuro, viril, controlado hasta en el caos. Me quedé de pie unos segundos, los ojos recorriendo cada detalle, consciente de que estaba entrando en un terreno que no solo era íntimo… era peligroso. Y, sin embargo, en ese mismo peligro estaba el deseo que me consumía.

Sentí su mirada clavada en mí, tan intensa que me erizaba la piel sin necesidad de tocarme. Adrián no dijo nada; simplemente se recargó en el marco de la puerta, cruzado de brazos, contemplándome como si disfrutara verme allí, invadiendo su mundo y, al mismo tiempo, quedando atrapada en él. Sus labios dibujaban apenas una sonrisa de satisfacción, la de un cazador que sabe que la presa ya está en su territorio y no tiene escapatoria.

—¿Sabes lo que significa estar aquí, Lucía? —dijo al fin, su voz grave llenando la habitación—. En mi espacio, en mi cama… no hay lugar para dudas ni para juegos. Solo para lo que yo decida hacer contigo.

Crucé los brazos, tratando de esconder el temblor en mis manos, y lo miré directo a los ojos.

—No hay nada que ya pueda sorprenderme, Adrián —solté con una rebeldía que ni yo sabía de dónde salía.

La sonrisa peligrosa que apareció en su rostro me hizo dudar al instante de mis propias palabras. Esa chispa en su mirada decía lo contrario: que aún no había visto nada… y que estaba a punto de descubrirlo.

Me miró en silencio, con esa calma inquietante que era peor que cualquier gesto brusco. Dio un par de pasos lentos hacia mí, cada uno tan calculado que me helaba y me incendiaba al mismo tiempo.

—¿De verdad crees que ya no hay nada que pueda sorprenderte? —susurró, inclinándose apenas hasta rozar mi oído sin llegar a tocarme—. Lo único que has hecho hasta ahora es abrir la primera puerta… y yo tengo un mundo entero esperándote detrás.

—¿O es que te aburres? —me lanzó de pronto, con esa media sonrisa peligrosa que me desarmaba. Su tono no era una pregunta inocente; era un reto, una invitación a demostrar hasta dónde estaba dispuesta a llegar.

El corazón me martillaba en el pecho. No sabía si responder con la misma rebeldía o dejar que su juego me arrastrara, pero lo cierto es que cada palabra suya me hundía más en esa adicción que ya no podía negar.

Le sostuve la mirada, ladeando apenas la cabeza con una sonrisa que sabía que lo iba a encender más.

—¿Aburrirme contigo? —repliqué con ironía—. Lo dudo, Adrián. Aunque empiezo a sospechar que hablas demasiado y haces poco.

Su sonrisa se ensanchó, oscura. En un segundo me tomó por la cintura y me estampó contra la pared, su cuerpo aplastando el mío sin darme espacio para respirar.

—¿Hago poco? —susurró en mi oído, con la voz baja y peligrosa—. Te juro que vas a rogarme que pare.

—¿Rogarte que pares? —susurré, rozando sus labios con los míos sin besarlo del todo—. Lo que me da miedo, Adrián, es terminar rogándote que nunca lo hagas.

Adrián no se dejó arrastrar por mi provocación. Se quedó inmóvil, sus labios a un suspiro de los míos, la respiración contenida como un depredador que sabe que ya ganó. Sus ojos me atraparon con una intensidad que me inmovilizó.

—No tienes idea de lo que dices, Lucía… —murmuró con calma letal—. Porque cuando yo decido no parar, no hay cuerpo que lo resista.

No le respondí con palabras. En cambio, incliné apenas el rostro y atrapé su labio inferior entre mis dientes, mordiéndolo con fuerza suficiente para arrancarle un gruñido bajo. Lo solté despacio, saboreandome, y sonreí con descaro. Adrián no se lanzó sobre mí como yo esperaba. Sus dedos me sujetaron la barbilla con firmeza, obligándome a mantener su mirada.

—Vas a pagar por eso, princesa —murmuró con calma peligrosa—. No creo que puedas caminar de vuelta a casa.

Con un gesto sereno, distinto a cualquier otro que me hubiera mostrado antes, Adrián me dio la vuelta y apartó mi largo cabello, dejando mi espalda completamente expuesta a su mirada. Sus dedos encontraron la cremallera de mi vestido y comenzaron a bajarla con una paciencia exasperante, cada centímetro que descendía me arrancaba un escalofrío.

—Un poco corto, ¿no? —murmuró con voz tan suave y cargada de ironía que por un instante perdí la orientación. No sabía si reír o temblar…

El aire me ardía en los pulmones, pero la voz se me quedó atrapada en la garganta. Solo podía sentir cómo cada movimiento suyo me robaba el control, cómo el sonido de la cremallera bajando se mezclaba con el latido frenético de mi corazón. Cerré los ojos un instante, dejándome arrastrar por el deseo exquisito de su toque perfecto.

La cremallera se detuvo a medio camino, como si el simple acto de dejarme a medio vestir fuera parte de su castigo. Sus dedos recorrieron mi espalda desnuda en un trazo lento, descendiendo como una caricia calculada que me erizaba hasta el alma. No me apresuró, no me liberó del todo: jugaba conmigo, manteniéndome atrapada en esa frontera donde el deseo arde más porque nunca llega por completo.

Mi respiración entrecortada me traicionaba: él sabía que me estaba volviendo loca, que su juego me dominaba. Adrián inclinó su rostro hasta rozar mi oído, su aliento caliente derritiendo cualquier intento de resistencia. Su perfume me tenía hipnotizada. Su voz baja, ronca, me atravesó como una sentencia:

—Tu silencio me dice más que tus palabras, princesa… y esta noche pienso arrancarte cada gemido que intentas callar.

No pude contenerlo más. Un gemido se escapó de mis labios, profundo, incontrolable, como si me hubiera desgarrado el alma. Era algo en su voz. El sonido llenó la habitación, rompiendo el silencio que hasta entonces me había mantenido a salvo.

Su cuerpo apenas rozando el mío, y aun así sentí cómo la humedad entre mis piernas me traicionaba. Era desesperante: ni siquiera me estaba tocando de verdad, pero el dominio de su voz y el calor de su aliento me bastaban para encenderme por completo. Mi piel ardía, mis piernas temblaban, y comprendí que ya no necesitaba sus manos para rendirme; bastaba su presencia para volverme adicta.

Adrián retomó la cremallera, tan despacio que cada segundo era una tortura deliciosa. El vestido se deslizó por mis hombros como una caricia lenta, dejándome expuesta a su mirada, que me desnudaba mucho antes que sus manos. Sus dedos recorrieron mi piel apenas rozándola, saboreando cada centímetro, como si quisiera arrancarme la cordura gota a gota. Yo contenía el aliento, pero por dentro ardía, temblando entre la desesperación por acelerar el momento y el deseo de que nunca terminara.

—Déjame verte —murmuró, su tono tan firme como hambriento—. No me escondas nada, Lucía. Todo en ti es mío.

Mi corazón se desbocó. A pesar del ardiente deseo que me consumía, dudé en girarme. Nunca me había sentido cómoda con mi cuerpo: mis senos no eran lo exuberantes que yo desearía, y esas ciento quince libras siempre me parecieron una condena más que un encanto.

El miedo a que él descubriera mis inseguridades me paralizó un segundo. Gire hacia él lentamente, Mis manos temblaron al intentar cubrirme, pero él apartó lentamente mis dedos, obligándome a mostrarme tal cual era.

Adrián se tomó su tiempo, devorándome con la mirada de arriba abajo, como si cada centímetro de mi piel fuera suyo desde siempre. Sentí que me desnudaba más con esos ojos verdes que con sus manos, y quise apartarme, cubrirme de nuevo. Pero entonces habló, con esa voz grave que rompía mis defensas:

—Deja de esconderte, Lucía. ¿Tus senos? Perfectos para mi boca. ¿Tu cuerpo? Exactamente como lo quiero. Todo en ti está hecho para mí… y voy a demostrártelo hasta que no te quede duda.

—Quiero ver cómo te tocas —ordenó, su voz calmada.

Me quedé perpleja, con los ojos muy abiertos, incapaz de reaccionar al instante. Nunca imaginé que me pediría algo así. El silencio me envolvió, mi respiración entrecortada delatando la lucha interna: vergüenza contra deseo, miedo contra esa adicción peligrosa que me arrastraba hacia él.

—La verdad… no sabría cómo —confesé, con las mejillas más rojas que de costumbre.

Sentía la sangre arderme en la cara, una mezcla insoportable de vergüenza e inexperiencia. Bajé la mirada, incapaz de sostener la suya. En el fondo, sabía que esa confesión era exactamente lo que él quería escuchar: mi inocencia puesta en sus manos.

—¿Nunca? —preguntó, su voz grave cargada de sorpresa y algo más.

Bajé la vista, incapaz de mirarlo a los ojos.

—Una vez… —murmuré tan bajo que ni yo estaba segura de haber pronunciado palabras.

Adrián no se conformó. Dio un paso más cerca, invadiendo por completo mi espacio.

—¿Una vez? ¿Dónde, Lucía? ¿Cómo fue? —susurró, su tono más oscuro que de costumbre. —

La vergüenza me consumía, sentía mi cara encendida.

—Fue… una tontería —balbuceé, intentando esquivar sus ojos—.

—No me importa si fue una tontería —interrumpió, sujetándome el rostro para obligarme a mirarlo—. Quiero detalles, princesa. Muero por los detalles.

—Fue… una vez. Sola —admití en un susurro, intentando evadir la conversación.

—No duró nada… ni siquiera supe lo que hacía —dije, mordiéndome el labio—. Solo… estaba en la ducha… pensé en ti y… —la voz se me quebró, incapaz de terminar la frase.

El silencio que siguió fue de película. Mi respiración entrecortada llenaba el espacio, y el rubor me quemaba la piel. Un destello oscuro brilló en sus ojos, más intenso que cualquier caricia. Su sonrisa se ladeó con una satisfacción peligrosa mientras se inclinaba hacia mí, atrapándome entre su voz y su deseo.

—En la ducha, pensando en mí… —repitió en un murmullo grave, como si saboreara cada palabra. Su pulgar rozó mis labios, deteniéndose un instante para decir:

—. Eso, princesa, es lo más excitante que me has dicho en tu vida.

Yo quería esconderme, pero él no me lo permitió. Sus dedos firmes me obligaron a sostenerle la mirada.

—Esta vez no vas a hacerlo sola —sentenció, su voz tan baja que me erizó hasta la médula—. Voy a enseñarte cómo tocarte de verdad… hasta que grites mi nombre.

No era una promesa; era una orden. Y yo, temblando de deseo y de miedo, supe que no había escapatoria.

—Entonces ahora quiero verte hacerlo… aquí, frente a mí. Quiero que me muestres cómo lo hiciste, pero esta vez sabiendo que soy yo quien te mira.

—No… no puedo —balbuceé, bajando la mirada, con el calor ardiéndome hasta las orejas. La sola idea me hacía temblar: ¿y si lo hacía mal? ¿y si mi torpeza arruinaba el deseo que había encendido en él?

Adrián no aceptó mis dudas. Tomó mi mano con firmeza, la guió despacio hacia mi propio cuerpo, y su voz grave me acarició el oído con la suavidad cruel de un mandato:

—Tranquila, princesa… déjate llevar. Yo te enseño cómo.

Un jadeo ahogado se escapó de mi garganta cuando sentí sus manos fuertes guiando las mías. Quise cerrar los ojos, refugiarme en la penumbra de mi vergüenza, pero él no lo permitió. Me tomó del mentón con brusquedad, obligándome a mirarlo.

—No te atrevas a apartar los ojos de mí —ordenó, su voz baja, cargada de un poder que no admitía resistencia—. Quiero ver como te rompes, quiero que entiendas que ahora perteneces a mi mirada… y a lo que yo decida de ti.

Su control me aplastaba y me excitaba a la vez. Y allí, temblando bajo su dominio, comprendí que el verdadero placer no estaba en mis manos, sino en el hecho de que él me obligaba a descubrirme… y yo lo deseaba más que a nada en el mundo.

Al principio temblaba, mi cuerpo rígido entre la pena y el deseo. Pero sus ojos me atraparon, me consumieron, hasta que entendí que no había escape.

—Eres mía, Lucía… solo mía —susurró.

Un gemido me estalló en los labios, profundo, liberador. Lo miré directo a los ojos, gimiendo bajo su mirada ardiente, sabiendo que eso era exactamente lo que él quería.

Adrián no apartó la mirada ni un instante. Su sonrisa se ensanchó, oscura, orgullosa de lo que acababa de provocar en mí. Me sostuvo por la barbilla, obligándome a mantener el contacto visual aun cuando mi cuerpo seguía temblando.

—Eso es, princesa… —murmuró con una calma peligrosa—. Quiero que recuerdes quién te hizo gemir así. Nadie más va a llevarte tan lejos. Soy tu dueño y acabas de probarlo.

Sin recuperar el aliento. Aún temblando, con las piernas débiles, cuando Adrián me apretó contra su pecho y bajó la voz, esta vez más ronca, más imperiosa.

—No hemos terminado, Lucía… —me susurró al oído, mordiéndome suavemente el lóbulo—. Ahora quiero más. Quiero escucharte gritar mi nombre hasta que no te quede voz.

Su mirada ardía como fuego, y entendí que este era era apenas el comienzo del tormento delicioso que él tenía preparado para mí.

Me aferré a sus hombros mientras me guiaba con determinación, y en ese instante acepté lo inevitable: Adrián era mi eclipse, y yo, sin quererlo pero sin poder evitarlo, me rendía de nuevo a su voluntad.

Su calma desapareció. Me tomó con fuerza exquisita y me arrojó sobre la cama, sus manos recorriendo mi cuerpo, reclamándolo con destreza.

Se inclinó sobre mí y, sin dejarme escapar, se hundió una y otra vez con un ritmo devorador, arrancándome el aliento y devolviéndome fuego.

—Ahora vas a entender por qué nadie escapa de mí— gruñó, sus labios atrapando los míos en un beso salvaje mientras sus manos me mantenían inmovilizada, marcada, sometida a su poder.

En medio de su ritmo implacable, Adrián bajó el rostro hasta rozar mi oído. Su voz, áspera por la excitación, me atravesó como un mandato imposible de desobedecer.

—Nunca habrá otro hombre, Lucía… porque no voy a permitirlo.

El mundo se redujo a esa exigencia. Sus palabras me quemaban tanto como su cuerpo dentro de mí, y supe que no era un pedido, era amenaza.

Entre gemidos, con la respiración entrecortada y el corazón desbocado, solo pude asentir, entregando esa promesa sin siquiera pensarlo. Adrián atrapó mis muñecas con una sola mano y las levantó sobre mi cabeza, inmovilizándome contra las sábanas. El peso de su control me encendía aún más, como si el simple hecho de no poder moverme intensificara cada embestida. Su ritmo implacable me desgarraba el aliento y, al mismo tiempo, me llenaba de un placer tan abrumador que me hacía olvidar dónde terminaba yo y empezaba él.

De pronto, Adrián apretó más fuerte mis muñecas contra la cama y aceleró, su ritmo volviéndose frenético, sin tregua. Cada embestida era un golpe de fuego que me arrancaba un grito ahogado, un gemido que no podía contener aunque lo intentara. El mundo desapareció: solo quedaba él, reclamándome con una fuerza salvaje, quebrando lo poco que quedaba de mi resistencia hasta convertirme en puro placer bajo su dominio.

Cada movimiento suyo me llevara hasta un abismo, y al fin me lanzara de cabeza sin red. El placer me atravesó en oleadas brutales, una tras otra, más intensas que todo lo que había sentido antes, mi propio cuerpo no podía soportarlo, pero lo único que pude hacer fue aferrarme a él, gritando su nombre mientras me deshacía en un clímax devastador que me dejó vacía y llena al mismo tiempo.

La Adicción de Lucía

Yo me deshacía bajo él, quebrada en mil pedazos de placer, pero Adrián no se dejó arrastrar por mi clímax. Se mantuvo firme, sujetando mis muñecas con más fuerza, prolongando cada movimiento con precisión , como si quisiera demostrarme que nada podía alterar su control. Su respiración era pesada, sus músculos tensos, y aun así lo sentí contenerse, sostenerse en el filo, dueño absoluto de sí mismo… y de mí.

Se incorporó con un movimiento ágil, como un depredador que ya había planeado su próxima jugada. Abrió la gaveta de la mesa de noche y sacó un pañuelo oscuro, sus ojos ardiendo. En un segundo me tomó de los tobillos y, con facilidad giró mi cuerpo hasta dejarme boca abajo, con la cara hundida entre las sábanas.

—No te muevas —ordenó, su voz baja pero tan firme que no dejaba espacio a dudas.

Sentí el cuerpo rendirse a un temblor que no entendí; tal vez miedo, tal vez deseo… o las dos cosas disfrazadas de una sola.

Deslizó el pañuelo suavemente por mi rostro y lo ajustó sobre mis ojos, sumiéndome en la oscuridad más absoluta. Mi respiración se agitó de inmediato; el mundo desapareció y solo quedaba su voz, grave y posesiva, llenándome de un vértigo insoportable.

—Ahora no necesitas ver, princesa… basta con que me obedezcas.

Cada sonido, cada roce de su respiración cerca de mí se volvía una tortura exquisita. Intentaba adivinar dónde tocaría primero: ¿mi cuello, mis caderas?

El no saberlo me tenía al borde, mi piel erizada, el corazón queriendo escapar de mi pecho. Cada segundo en silencio era un suplicio, una cuenta regresiva hacia un placer que me devoraba solo con la expectativa.

Sus labios comenzaron a recorrerme con besos y mordidas lentas, desde mi cuello hasta perderse en mis curvas. Cada roce de su boca me arrancaba un suspiro más profundo, haciéndome perder el control poco a poco. Sentí su erección rozándome desde atrás, dura, implacable, provocándome aún más, como si me recordara con cada empuje que yo le pertenecía por completo.

Adrián dejó que sus dedos rozaran mis curvas desde atrás, descendiendo con una lentitud desesperante hasta encontrar mi centro. Llegó a mi clítoris, comenzó a masajearlo en círculos, suaves al principio, tan precisos que me arrancaron un gemido ahogado contra las sábanas. Era una tortura dulce, un fuego delicioso que me quemaba.

—Quieta —me advirtió con voz baja y peligrosa, una amenaza que me hizo estremecer más que su caricia.

Mordi las sabanas con fuerza, intentando contener los gemidos que amenazaban con escapar. Cada caricia en círculos me incendiaba, y sin embargo lo único que podía pensar era en su orden: quieta.

Mi cuerpo se estremeció bajo la dulce tortura, arqueándose contra mi voluntad, mientras yo luchaba por mantenerme inmóvil. El placer me atravesaba, y aun así, obedecía, gimiendo con la fuerza contenida de quien está a punto de quebrarse.

Adrián detuvo sus dedos apenas lo suficiente para que mi cuerpo clamara por más. Notó la tensión en mis músculos, y sonrió oscuro, como quien disfruta de la desesperación ajena. Se inclinó sobre mí, su aliento quemándome la nuca, y susurró con voz grave, tan peligrosa como erótica:

—Aún no… espera un poco más. Será más intenso, ya verás.

Sus palabras me atravesaron como un látigo, obligándome a contener lo incontenible, a prolongar la agonía deliciosa que me estaba destrozando y excitando al mismo tiempo.

Obedecí, presa de su mandato. Cada segundo se sentía como una eternidad, un suplicio delicioso que me mantenía al borde del colapso. Sabía que solo él tenía la llave para liberarme, y me entregué a esa espera, temblando bajo su poder.

Cuando creí que iba a apiadarse, que por fin me dejaría romperme en mil pedazos, Adrián retiró sus dedos una vez más,. El vacío me arrancó un grito frustrado, desesperado. Mis caderas buscaron instintivamente el roce perdido, pero él me inmovilizó con firmeza, hundiendo mi cuerpo contra las sábanas.

—No tan rápido, princesa… —susurró con esa calma peligrosa que me deshacía por dentro—. Quiero verte rogar por ello.

La oscuridad del pañuelo volvía cada segundo insoportable. No podía verlo, solo sentir su respiración cerca, su erección rozándome como una promesa que no cumplía, y esa tortura exquisita me hacía perder la razón.

Me negaba a rogar, aunque mi cuerpo temblaba de pura traición, clamando por él. Adrián lo sabía. Me tomó por las caderas y me levantó con una facilidad feroz, obligándome a quedar apoyada sobre mis rodillas. Con una mano atrapó mi largo cabello y lo recogió en una coleta improvisada, tirando de él hasta que mi espalda desnuda quedó junto a su torso.

— Más, por favor, supliqué.

Sus dientes se hundieron en mi cuello, arrancándome un gemido que quise sofocar, mientras su otra mano descendía sin piedad hasta encontrar de nuevo mi punto más vulnerable.

La misma caricia circular, rítmica, volvió a encender la dulce agonía que me consumía, haciéndome perder la cordura poco a poco. Estaba loca, perdida, y aun así, seguía callada, resistiendo lo insoportable bajo su dominio.

—¿Cuánto más, Lucía? —su voz contra mi piel, y por primera vez percibí un filo de desesperación.

La necesidad de hacerme suya por completo lo quemaba tanto como a mí, y esa mezcla de poder y hambre lo volvía aún más peligroso.

No pude más. El temblor en mis piernas me traicionaba, mi respiración era un jadeo roto, y el fuego en mi interior me consumía.

—Adrián… por favor… —mi voz salió temblorosa, ahogada entre gemidos y lágrimas de pura necesidad—.

Las palabras me quemaron la garganta, pero al mismo tiempo me liberaron. Ya no había orgullo, ni silencio, ni resistencia. Solo quedaba mi súplica desnuda, entregada por completo a él.

—Me vuelves loco, Lucía —rugió Adrián, y en un movimiento feroz me levantó del suelo como si no pesara nada.

Instintivamente enredé mis piernas alrededor de su cintura, aferrándome con fuerza mientras él me sujetaba con dominio absoluto. Me llevó contra la puerta y, sin darme un respiro, me penetró allí mismo, arrancándome un grito deseperado que se mezcló con su respiración salvaje.

La madera crujía con cada embestida, mis uñas se hundían en sus hombros, y yo me perdía entre el dolor dulce y ese placer incontrolable.

En ese instante no existía el mundo, no existía nada más… solo Adrián haciéndome suya una y otra vez, contra la puerta que apenas podía contenernos. Cada embestida era más fuerte que la anterior, la puerta temblaba a nuestro ritmo, y entre jadeos sentí su boca rozando mi oído.

—Eres mía, Lucía… —murmuró con voz ronca, cada palabra marcada por un golpe de placer—. Nadie más puede tocarte, nadie más puede hacerte sentir así. Solo yo. Siempre yo.

Su respiración ardiente en mi cuello, el peso de su cuerpo aplastándome contra la puerta y esas frases posesivas clavándose en mi piel me hicieron perder el control. Cada movimiento me recordaba que no había escapatoria: era suya, y él se encargaba de repetirlo con cada palabra. Sentí el fuego estallar dentro de mí, incontenible, un orgasmo intenso me consumió, y el grito fue su eco.

Mi cuerpo temblaba contra la puerta, presa de convulsiones de placer que no podía controlar, mientras mis uñas se hundían en su espalda buscando anclarme a él. Me deshice solo con escucharlo, con saber que mi rendición total era lo que lo excitaba más que nada.

—Eso es… quiero oírte, Lucía —jadeó Adrián contra mi oído.

Pero no se detuvo. Siguió con la misma precisión implacable, maestro en un arte que mi cuerpo aprendía a la fuerza.

Intentaba pedir tregua, pero cada palabra se ahogaba en mis gritos de placer.

Cuando mis piernas cedieron, pensé que al fin me soltaría… pero no. Adrián me sostuvo con fuerza, como si fuera de papel. Mi respiración seguía rota, mi cuerpo aún convulsionaba por el clímax, y aun así, él caminó decidido hasta la cama, sin darme respiro. Me arrojó sobre las sábanas con una mezcla de brutalidad y cuidado salvaje, como quien coloca un tesoro que le pertenece solo a él. Se inclinó de inmediato, atrapando mi boca en un beso divino, y sentí su erección aún más dura, aún más exigente, presionando contra mí.

No me dio oportunidad de respirar. Apenas mi espalda tocó las sábanas, Adrián se abrió paso de nuevo dentro de mí. Un dolor *embriagador* me recorrió, mezclándose con el placer del orgasmo anterior.

Sentimiento insaciable.

Su voz ronca me envolvió, áspera y dominante:

—No has terminado, Lucía… y yo tampoco.

El ritmo master de Adrián me arrastró a un lugar del que no sabía si quería regresar. Apenas me estaba recuperando cuando otro me golpeó con la misma fuerza, haciéndome gritar su nombre como si me arrancaran el alma.

Me aferré a él, temblando bajo su poder, y comprendí que ya no podía contar cuántas veces me había corrido.

Mi cuerpo no me obedecía; era suyo, respondía solo a él, perdido en una cadena interminable de orgasmos que me dejaban exhausta y, aun así, desesperada por más.

El ritmo se volvió más caótico, más desenfrenado, como si ya no pudiera contenerse. Sentí sus músculos tensarse sobre mí, su respiración convertirse en un gruñido profundo que me erizó la piel segundos antes de que explotara.

—¡Lucía! —rugió mi nombre como un animal liberado, hundiéndose hasta el fondo con un último embate que me arrancó otro orgasmo al unísono.

Su cuerpo tembló contra el mío, cada espasmo derramando lo que había contenido con tanta furia y dominio. Me aferré a él, atrapada bajo su peso y el sudor, mientras la tormenta lo atravesaba y me arrastraba a mí con ella.

Era el rugido de un hombre que me reclamaba, que me sellaba como suya en cada gota de placer liberada.

Su cuerpo se estremeció contra el mío, pero ni siquiera en el momento de su liberación perdió el control. Me sostuvo con fuerza, sin aflojar el agarre en mis caderas, como si quisiera dejar claro que el placer no lo debilitaba, sino que lo volvía aún más dueño de mí.

Su respiración era pesada, sí, pero en sus ojos no había agotamiento… solo esa calma que conocía demasiado bien.

Se inclinó hacia mí,

— Lucía. —Voy a querer más… más de ti, de ese misterio que me arrastra —murmuró contra mi piel, con la voz cargada de poder y peligro—. Aun sabiendo que eres prohibida.

Esa última palabra me puso a pensar de inmediato. ¿Prohibida? ¿Qué quiso decir con eso? Mi corazón latía desbocado, no solo por la fuerza de su cuerpo sobre el mío, sino por el eco de aquella confesión. ¿Había algo que yo no sabía? ¿Un secreto que me envolvía en esta adicción sin que me diera cuenta?

—¿Qué quieres decir con… prohibida? —pregunté, con la voz temblorosa, apenas un susurro que se perdió entre sus labios y mi piel.

Mi cuerpo aún bajo el suyo, pero mi mente se aferraba a esa palabra como a una daga. Adrián me miró en silencio, sus ojos verdes brillando con algo que no supe descifrar. La sonrisa oscura que se dibujó en su rostro no fue una respuesta, sino una provocación. Y ese silencio me enloquecía.

Abrí la boca para insistir, su voz me cortó en seco.

—¿Tomas la píldora? —preguntó con naturalidad, como si no estuviera hablando de un secreto, sino de algo mucho más urgente y práctico.

¿Qué clase de hombre era este, que podía saltar de un misterio oscuro a un control tan íntimo sobre mi cuerpo?

—Sí, la tomo —respondí con rebeldía, alzando la barbilla para que no notara el nudo en mi garganta. Sin esperar su reacción, me levanté de la cama, recogí mi ropa y comencé a vestirme con movimientos bruscos. Su pregunta me había atravesado como un puñal: no por lo que implicaba, sino por lo que insinuaba. ¿Acaso no quería correr el riesgo de dejarme embarazada? ¿O simplemente me estaba recordando que no planeaba quedarse?

La ofensa me ardía en el pecho. Lógicamente yo tampoco estaba preparada para ser madre, pero su forma de esquivar mi pregunta, de jugar conmigo incluso en mi momento de mayor vulnerabilidad.

No iba a caer en su juego. No esta vez.

No escuché la furia que esperaba. En lugar de eso, la risa baja y oscura de Adrián llenó la habitación, helándome la sangre.

—Me gusta cuando te rebelas, Lucía —dijo con su voz calmada que siempre me desesperaba—. Porque tarde o temprano terminas volviendo a mí… y lo sabes.

Su mirada me recorrió como una caricia invisible, lenta, devoradora. No había enojo en sus ojos, sino una satisfacción inquietante, como si mi rabia solo fuera otra de sus victorias.

—No estás tan seguro de eso, Adrián —dije al fin, con una rebeldía que apenas lograba sostener en mi voz—. No soy tan fácil de domar como crees.

Él se levantó despacio. Se acercó hasta quedar a un suspiro de mi rostro, sus dedos rozaron mi barbilla obligándome a mirarlo, y con voz grave, segura, pronunció la sentencia que me quebró por dentro:

—No necesito domarte, Lucía… porque en el fondo ya sabes que me perteneces.

Me giré sin decir una palabra más y salí por la puerta, el aire de la madrugada golpeándome con fuerza en el rostro. Caminé rápido, queriendo dejar atrás su casa, su olor, su sombra… pero era inútil. La frase seguía taladrando mi cabeza, repitiéndose como un veneno dulce que me recorría las venas.

"Ya sabes que eres mía."

Lo odiaba por la calma con que lo dijo, por la seguridad con que lo afirmaba, y aún más por el calor que me provocaba admitir que tenía razón. Cada paso que me alejaba de él solo me hundía más en la certeza de que Adrián no era una etapa pasajera. Era una condena.

Capítulo 7

Camila me recibió en la puerta con su energía de siempre, descalza, el cabello recogido en una coleta desordenada y esa sonrisa que parecía brillar más que el propio verano.

—¡Por fin! —exclamó, rodeándome con un abrazo apretado—. Pensé que te habías olvidado de mí.

El olor a flan recién hecho se escapaba desde la cocina, y por un instante sentí la tentación de quedarme ahí, en su casa, en ese refugio sencillo y luminoso donde nada parecía ocultar sombras.

Su madre nos saludó con cariño desde la sala; siempre había sido nuestra cómplice, tan distinta a la mía, que veía amenazas en cada esquina.

La habitación de Camila parecía suspendida en un tiempo que ya no era mío. Peluches bien acomodados, paredes suaves con un par de frases inspiradoras, perfumes de colores alineados sobre el tocador… todo era inocencia, todo era orden. Y yo, de pie en medio de ese escenario, me descubrí extraña, como si cargara un secreto demasiado oscuro para caber allí.

Éramos dos caras de la misma moneda: ella seguía creyendo en príncipes y finales felices, mientras yo ya me había dejado arrastrar por lo prohibido. Y aun así, Camila era mi refugio, la única capaz de ver mis sombras sin salir huyendo.

Se dejó caer a mi lado, abrazando un cojín, pero sus ojos se clavaron en mí con una insistencia que me hizo contener el aliento. El silencio duró un segundo, apenas, antes de que lanzara la pregunta como un cuchillo:

—Lucía… ¿qué pasó después de bajarte del autobús con Adrián?

No había reproche en su voz, pero sí una mezcla de curiosidad y miedo que me hizo tragar saliva. Ella lo había notado todo. Sus ojos eran un espejo acusador, diciéndome que ya no podía esconderme más.

Bajé la mirada, jugueteando con la colcha floreada de su cama como si en esos hilos pudiera enredar mis secretos.

—Fue… intenso —confesé, dejando escapar un suspiro que me delató más de lo que quería. —Adrián tiene una manera de atraparte, Camila. Es como si supiera exactamente qué tecla tocar para que el mundo entero desaparezca.

—¡Lucía! —soltó ella, arrojando el peluche al suelo y llevándose las manos a la cabeza—. Eso no es magia, es manipulación. ¿No lo ves? Quiere confundirte, hacerte sentir que sin él no eres nada. Eso no es normal… y tú lo sabes.

Su voz bajó de pronto, como si temiera que hasta las paredes pudieran escucharla.

—Ese hombre no va a darte nada bueno. Te va a devorar, y lo peor es que vas a terminar creyendo que lo necesitas.

La miré en silencio. Ella temblaba de miedo por mí. Yo, en cambio, temblaba de deseo por él. Camila lo llamaba veneno… y yo lo sentía como la droga que me mantenía viva.

Camila respiró hondo, como si quisiera contagiarme su calma, y luego me tomó de las manos con esa firmeza que siempre me desarmaba.

—Necesitas aire, Lucía. —Su voz sonó suave, pero había una súplica escondida—. Este fin de semana mi mamá tiene rentada una casa en la playa. Vente con nosotras. Te hará bien. Necesitas recordar quién eres sin él.

Por un instante, la imagen de la playa me pareció un bálsamo: el olor a sal, el ruido de las olas, el sol borrándome los pensamientos. Quise creer que eso sería suficiente. Quise creer que podía arrancármelo del cuerpo como se arranca la arena de la piel después de nadar.

—Está bien… iré —susurré, esbozando una sonrisa cansada. Camila me abrazó fuerte, convencida de que había logrado arrancarme del filo.

Yo la abracé también, pero dentro de mí lo sabía: no hay mar capaz de borrar un veneno que ya corre por la sangre. Adrián no era un recuerdo del que pudiera huir… era la condena a la que siempre iba a regresar.

El resto de la tarde transcurrió entre risas fáciles y la calidez de la casa de Camila, como si por unas horas me hubieran permitido vivir en un universo paralelo. La comida deliciosa, el ruido de los vecinos entrando y saliendo, el olor dulce de un flan recién hecho… todo era tan simple que por un instante llegué a creer que podía respirar sin cadenas. Y aun así, en cada carcajada, en cada sorbo de refresco, latía el eco de su nombre, invisible, prohibido, imposible de arrancar de mi piel.

Los días siguientes fueron un espejismo de calma. No hubo mensajes, ni silbidos en la calle, ni llamadas a deshora. Ningún rastro de Adrián. Pero su silencio no me liberaba: me devoraba más que su presencia. Era como si se hubiera escondido dentro de mi mente, acechándome en cada rincón, recordándome que esa ausencia también era suya, que hasta el vacío lo dominaba él.

Así que cuando Camila insistió en llevarme a la playa, acepté sin dudar. Necesitaba huir, o al menos fingir que podía hacerlo. Quizás el mar me ofreciera una tregua, aunque supiera en el fondo que ni las olas podían borrar el veneno que ya corría por mis venas.

—¿Un fin de semana en la playa con Camila? —repitió mi madre, mirándome por encima de los lentes, esa mirada suya que podía desnudar cualquier mentira.

Asentí con calma, aunque sabía que ella percibía lo que callaba.

—Sí, mamá. Solo eso: un descanso —respondí, mi voz firme, como si creyéndolo yo pudiera convencerla también a ella.

Ella no dijo nada más, y ese silencio fue peor que un sermón. Lo reconocí: la sospecha brillaba en sus ojos, la certeza de que ya no era la hija obediente que siempre había querido moldear.

No esperé a que hablara. La besé en la mejilla y crucé la puerta como si la calle pudiera limpiar la culpa que me ardía en la piel. El aire fresco me golpeó y respiré profundo, sabiendo que lo único que tenía por delante era un viaje hacia la playa... y la ilusión de que allí encontraría libertad.

Unos jeans ajustados, una blusa con la espalda descubierta y mis tenis gastados fueron mi elección. No necesitaba nada más. Me observé en el reflejo de la ventana antes de salir y me reconocí distinta: fuerte, sensual, peligrosa. Por primera vez en mucho tiempo, sentí que mi propio cuerpo era mi armadura.

La casa en la playa era un espejismo perfecto: la piscina brillaba bajo la luna, la música subía como un pulso salvaje y las risas del barrio llenaban cada rincón como si no existiera mañana. Yo bailaba, bebía, reía, y por un instante creí que era libre, que podía ser simplemente Lucía sin cadenas, sin secretos, sin la sombra de Adrián persiguiéndome.

Carlos se me acercó, con esa sonrisa limpia que siempre lo distinguió.

—¿Bailamos? —preguntó, extendiendo la mano.

Lo conocía desde siempre, sabía de sus sentimientos callados… y aun así, también sabía que no era él quien me quemaba la piel en las noches. Pero acepté.

Bailamos dos canciones y me descubrí sonriendo, ligera, como si el ritmo me devolviera un poder que había olvidado.

La fiesta continuó hasta la madrugada. Copas al aire, cuerpos mojados en la piscina, carcajadas que se perdían en la música. Pero a medida que el cansancio se apoderaba del grupo, la euforia fue cediendo hasta que todos nos dispersamos en las habitaciones. En el cuarto compartido con Camila y otras dos chicas, apagamos la luz entre murmullos y bromas, y pronto solo quedó el sonido del mar arrullando la casa.

Me estaba dejando arrastrar por el sueño cuando la vibración del celular me sacudió de golpe. La pantalla iluminó la penumbra y, al ver el nombre, el aire se me cortó en los pulmones.

Adrián.

No necesitaba leer el mensaje para saber que el espejismo había terminado.

Con el corazón desbocado, me levanté en silencio, esquivando las respiraciones tranquilas de las demás. Caminé de puntillas hasta la puerta y salí al pasillo. El mensaje era claro, corto, como una orden disfrazada:

"Estoy afuera."

Al cruzar el ventanal hacia el patio lo vi, recortado por la luz turbia de la piscina. Estaba sentado en el borde, el cigarro brillando como una brasa en la penumbra, la mandíbula apretada, la mirada fija en mí. No era calma: era un peligro contenido, un incendio esperando estallar. El humo subía lento, como si hasta el aire supiera que debía temerle.

Confundí esa tensión con deseo. Pensé otra cosa, como siempre, y no quise ver la sombra que ardía detrás de sus ojos. Caminé hacia él con pasos cautelosos, sintiendo que cada metro me arrastraba más dentro de algo que ignoraba. Cuando estuve lo bastante cerca, levantó la vista. Su voz envenenada de control.

—¿Te gustó bailar con él, princesa?

Me quedé helada. La pregunta cayó como un golpe seco, brutal en su sencillez. Entonces lo comprendí: me había visto. Cada sonrisa, cada giro en brazos de Carlos, estaba tatuado en su memoria. Y ahora no necesitaba gritar; su calma peligrosa era el castigo más aterrador.

—¿Y tú qué pasa? ¿Que ahora me vigilas? —solté con un filo desafiante, aunque mi corazón golpeaba como un tambor.

Sostuve su mirada, decidida a no ceder, aunque sabía que mi rebeldía era un hilo delgado frente al incendio que ardía en sus ojos.

Adrián soltó una risa baja, oscura.

Se levantó despacio, dejando que el humo del cigarro se disolviera entre nosotros mientras avanzaba hacia mí, cada paso más calculado que el anterior. Se detuvo tan cerca que el calor de su cuerpo me envolvió como un campo eléctrico. Su voz descendió a un susurro grave, tan íntimo y peligroso que me sacudió:

—Cuidado, Lucía… cuidado. Recuerda quién manda aquí.

No necesitaba gritar ni tocarme; esas palabras bastaban para quebrar el aire y someter mi voluntad.

Mi pecho ardía de rebeldía, pero al mismo tiempo el vértigo de rendirme me dominaba.

—No quiero verte cerca de otro hombre —dijo, la voz tan cortante que dolía—. No pienso compartirte con nadie. Jamás. ¿Me oíste?

Se inclinó aún más, su boca rozando apenas mis labios, y el veneno dulce de su susurro me hizo perder la razón:

—Solo yo puedo hacerte besar el cielo…y dejarte rogando volver.

Lo odiaba por la arrogancia de sus frases… y, sin embargo, mi cuerpo sabía que tenía razón.

—Pruébalo —susurré al fin, mi voz baja pero firme, cargada de una osadía que me ardía en la piel. No era un pedido, era un desafío. Quise empujarlo al límite, comprobar hasta dónde llegaba su control… o su necesidad por romperlo.

La chispa en sus ojos se encendió de inmediato, transformándose en fuego. Una sonrisa oscura, casi cruel, torció sus labios, y en ese instante comprendí que había cruzado una línea sin retorno posible.

Adrián dio una última calada al cigarro y lo apagó contra el borde de la piscina con un gesto seco, como quien sentencia el fin de la calma. Me sujetó del rostro con firmeza y me besó con violencia calculada, empujando el humo en mi boca como si fuera un veneno que yo debía beber. El sabor áspero me mareó, la mezcla de tabaco y deseo me nubló los sentidos, y aun así mi cuerpo se abrió para recibirlo.

Sus ojos nunca se apartaron de los míos; brillaban con esa chispa peligrosa que me *excitaba* y asustaba a la vez. Era un cazador disfrutando de su presa mientras la marcaba con su poder.

—¿Pruébalo? —repitió, su voz grave acariciando mi oído como una amenaza velada—. Princesa… acabas de invocar al demonio. Voy a enseñarte a sentir lo que provoca tocar mis límites.

Con un gesto seguro, Adrián me despojó del camisón, levantándolo despacio, como si cada centímetro de tela arrancado fuera parte de un ritual.

Quedé expuesta bajo las estrellas, temblando en mis bragas, mientras él se arrodillaba frente a mí con esa devoción oscura capaz de hacerme sentir coronada… y encadenada..

Sus labios descendieron hasta mi intimidad con hambre y yo gemí al instante, perdida entre el vértigo y el deseo. Sus manos firmes me apretaban desde detrás, sujetándome con fuerza, obligándome a rendirme sin opción.

Jugaba conmigo, como si disfrutara del suplicio. Su lengua se movía lenta, precisa, acariciándome con la misma paciencia con la que un verdugo prolonga la espera. El roce metálico de su piercing contra mi piel sensible era un choque eléctrico que me arrancaba gemidos ahogados. Frío y calor. Tortura y delirio. Cada contraste me hacía estremecer sin control.

—Adrián… por favor… más… —mi voz salió rota, convertida en súplica. La vergüenza ya no existía; solo quedaba la adicción pura, la certeza de que él tenía el poder de quebrarme y elevarme al mismo tiempo.

Él levantó la vista apenas un instante, sus ojos brillando con triunfo oscuro, y sonrió contra mi piel antes de hundirse de nuevo en mí.

Adrián esperó a que mi ruego se quebrara en un gemido ahogado y entonces, como si hubiera estado midiendo cada segundo, me sostuvo con más fuerza por las caderas y desató sobre mí una tormenta de placer brutal. Su lengua se movió con una ferocidad implacable, su técnica precisa, devastadora, hecha para arrancarme el control.

La intensidad me golpeó de lleno, haciéndome arquear la espalda y apretar los puños contra sus hombros, mientras mi cuerpo ascendía y se disolvía en su nombre.

No hubo compasión en su entrega, solo la certeza de que me estaba destrozando y reconstruyendo sin piedad,, reclamando cada fibra de mí como suya.

Cuando mi cuerpo aún temblaba, sin fuerzas ni aliento, Adrián se incorporó con una calma desconcertante, como si nada lo hubiera alterado.

—Eso es lo que pasa cuando provocas al hombre equivocado —sus palabras fueron sentencia.

Luego inclinó la cabeza, su mirada encendida clavada en la mía.

— Nunca lo olvides, Lucía: solo yo puedo llevarte tan alto… y solo yo puedo arrancártelo todo.

Sin apartar sus ojos de mí, Adrián comenzó a desabotonarse la camisa negra que tanto me gustaba, revelando su torso firme bajo la luz temblorosa de la luna. Se descalzó con un movimiento ágil, bajó sus pantalones y, al desprenderse de sus calzoncillos, la intensidad de su deseo me dejó sin aliento. Antes de que pudiera reaccionar, me tomó en brazos y robó el suelo bajo los pies.

El contacto de su piel ardiente contra la mía era un contraste feroz con el aire húmedo de la noche. Caminó hacia el borde y, sin dudarlo, nos sumergió juntos en la piscina. El agua fría me envolvió como un choque eléctrico, pero sus labios atrapando los míos bajo la superficie me recordaron que no había escape. Todo era fuego, aun en medio de aquel azul que nos tragaba en su silencio. El agua fría se mezclaba con el calor de su cuerpo, y esa dualidad me envolvía en un frenesí imposible de controlar.

Cada caricia bajo la superficie era más intensa, más peligrosa, como si el agua amplificara el roce de su piel contra la mía. Lo sentía en todas partes: sus labios reclamándome con besos hambrientos, sus manos dominando cada curva, cada rincón de mí, hasta que ya no distinguía dónde terminaba el deseo y dónde comenzaba el vértigo de ahogarme en él. No había aire, no había pensamiento, solo el abandono total a esa mezcla de agua y piel que me arrastraba más hondo que cualquier ola.

Sus manos me sujetaron con firmeza por la cintura, empujándome suavemente hacia abajo, hundiéndome bajo el agua mientras sus labios aún reclamaban los míos. El mundo se volvió silencio líquido, burbujas y la presión de su cuerpo contra el mío. No podía respirar, y sin embargo, el vértigo de esa falta de aire se confundía con el placer que me recorría entera. Era una prueba, lo entendí en el instante: quería que resistiera, que me dejara vencer por él incluso contra la urgencia de mis propios pulmones.

Hasta que el agua cedió y el aire volvió a existir entre nosotros.

En la superficie el juego se hacía insostenible; el deseo de sentirlo dentro de mí crecía como un incendio sin control. Mi respiración se aceleraba a cada segundo, ahogada entre la urgencia que me dominaba.

—Eres mía, Lucía. Solo mía… hasta el último aliento

Con un movimiento firme me alzó de las caderas, pegándome contra él bajo el agua. Sentí cómo me invadía por completo, profundo, brutal, delicioso.

El agua fría chocaba con el fuego de su embestida, un contraste salvaje que me hacía perder el control.

El agua se convirtió en mi prisión y mi liberación al mismo tiempo. Cada acometida me rompía el silencio. No podía pensar, solo sentía. Y cuando su mirada se clavó en la mía, me susurró entre gemidos roncos:

—Vente Lucia, quiero oírte venir. Fue entonces que el clímax estalló dentro de mí, obedeciendo su comando, como si mi cuerpo se quebrara en mil fragmentos de placer.

Las ondas de la piscina golpeaban contra nosotros, furiosas, mientras mi espalda se arqueaba y mis uñas se hundían en su piel, buscando un ancla en medio del éxtasis. Un rugido gutural salió de su pecho, tan profundo que el agua misma pareció estremecerse. Me sostuvo con más fuerza, hundiéndome contra él mientras su propio orgasmo lo atravesaba con brutalidad. Sus gemidos se mezclaban con mi nombre, repetido como una oración posesiva:

—Lucía… Lucía.

Mi nombre sonaba tan excitante en su boca que me hizo temblar de nuevo, como si cada sílaba fuera veneno. Después, quedó un silencio denso, interrumpido solo por nuestras respiraciones entrecortadas y el suave vaivén del agua a nuestro alrededor. Me aferré a sus hombros, sintiendo todavía los temblores recorrerme, mientras él me mantenía pegada a su cuerpo, como si no quisiera soltarme nunca.

El agua ya no era refugio, sino eco de lo que acabábamos de desatar. Sentí el frío de la noche rozar mi piel húmeda, obligándome a volver poco a poco a la realidad. Adrián me levantó en brazos con la misma fuerza con la que me había poseído, sacándome del agua.

Alcancé a tientas una toalla que colgaba de la tendedera cercana y se la extendí, mis manos aún temblando. Él la tomó sin apartar sus ojos de mí, secándose con calma peligrosa, cada movimiento lento, como si incluso ese gesto cotidiano estuviera diseñado para recordarme que el control seguía siendo suyo.

Me aparté apenas de sus brazos y tomé otra toalla, envolviéndola alrededor de mi cuerpo con torpeza. El tejido áspero contra mi piel mojada no lograba darme calor, era una ilusión de cubrirme después de haber quedado desnuda, vulnerable, entregada. Me sujeté la tela contra el pecho, respirando hondo, intentando convencerme de que aún podía tener el control de algo…

Adrián no se apresuró a tocarme; se limitó a dar un paso hacia mí, con una mirada oscura. Sus ojos recorrieron la tela que yo apretaba contra mi cuerpo como si pudiera ver a través de ella, y una sonrisa torcida apareció en sus labios.

—Que quede claro, Lucía —murmuró, su voz grave como un látigo—. Pueden mirarte, pueden desearte… pero solo yo te toco, solo yo te tengo.

La toalla temblaba entre mis manos como si fuera a caer por sí sola. Su mirada me desnudaba más que el agua, más que la noche. Y lo peor era que mi cuerpo ardía, excitado por su rabia, por esa posesión que debería asustarme y que, en cambio, me hacía suplicar por más. Por un instante pensé que lo tenía a mis pies. Que detrás de esa calma peligrosa y esa voz que me encadenaba, él también era mío. En mi mente, cada mirada de posesión, cada orden que me arrancaba la voluntad, era también una confesión disfrazada: la de un hombre que no podía escapar de mí, aunque fingiera lo contrario.

Lo observaba vestirse, cada movimiento suyo cargado de erotismo. Sentí un impulso extraño, como si pudiera igualar el juego, y me atreví a preguntarle con voz baja:

—¿Quieres que hagamos algo el próximo fin de semana?

Su mirada se clavó en la mía, y la respuesta cayó con el peso de un golpe seco, congelando la noche a nuestro alrededor:

—No puedo, Lucía… ni siquiera debería estar aquí esta noche —dijo con esa voz grave que parecía dolerle.

Me miró apenas, y antes de que pudiera responder, rozó mis labios con un beso pequeño, fugaz, que me supo a despedida y a castigo. Luego se dio la vuelta y se perdió en la oscuridad de la noche, dejándome allí, perpleja, confundida, con el corazón acelerado y la piel todavía ardiendo por todo lo que había sucedido… y por lo que había quedado inconcluso.

Regresé a la habitación en puntillas y me dejé caer en la colchoneta. Las demás dormían plácidamente, ajenas a todo, como si vivieran en un mundo limpio al que yo ya no pertenecía. Cerré los ojos, pero lo único que veía era su silueta alejándose, y su voz grave clavándose en mí como un veneno:

"Eres prohibida. Ni siquiera debería estar aquí esta noche."

Me aferré a la manta con fuerza. ¿Qué escondía Adrián? ¿Qué secretos guardaba en esa oscuridad que me atraía más que cualquier promesa de luz? No eran solo frases: eran llaves a un misterio que me desbordaba, cadenas que yo misma aceptaba. El sueño nunca llegó. Su voz seguía retumbando en mi cabeza, y mi cuerpo aún ardía con la necesidad de él.

No era simple deseo. Era una obsesión que se enroscaba en mis venas como fuego líquido. Y lo peor de todo es que lo sabía: cuanto más intentara huir, más me hundiría en él.

Capítulo 8

✦ ✦ ✦ ✦ ✦ ✦

El fin de semana en la playa había terminado, pero el rastro de su droga seguía dentro de mí. De vuelta en casa, todo parecía normal: mis padres distraídos en sus rutinas, la calma instalada en cada rincón… demasiado calma, como si la quietud misma conspirara para que yo recordara lo que había vivido.

Me recosté en mi cama, la ventana abierta dejando entrar la brisa nocturna. Cerré los ojos, intentando convencerme de que podía dormir, de que podía ser una muchacha común, ajena al fuego que Adrián había encendido en mí. Pero entonces lo sentí. Ese olor inconfundible: tabaco mezclado con peligro, deseo y noche.

Abrí los ojos de golpe. No era un recuerdo, ni un sueño. Adrián estaba ahí. De pie, en la penumbra de mi habitación, recortado contra la ventana abierta como una sombra prohibida que había atravesado todas las fronteras. Sus ojos brillaban con una intensidad que me arrancó el aire.

—¿Estás loco? —alcancé a susurrar, la voz quebrada entre el miedo y el vértigo.

Él no respondió. Solo dejó que sus labios se curvaran en esa media sonrisa peligrosa, la de un hombre que sabe que ya no necesita permiso para invadir cada rincón de mi vida.

—No puedo controlarlo, Lucía… —su voz era más grave que nunca, un susurro áspero, casi quebrado—. No sé qué me haces. intento arrancarte de mi cabeza… y solo logro desearte más.

Por un segundo, vi algo distinto en él: no solo el depredador que me devora con la mirada, sino un hombre encadenado a su propia obsesión, tan esclavo de mí como yo lo era de él. Esa vulnerabilidad no lo hacía menos peligroso… lo volvía letal.

Avanzó hacia mí con la calma de quien sabe que ya no hay escapatoria. El aire de mi habitación se volvió denso, cargado, eléctrico. Cada paso suyo era un golpe de adrenalina recorriéndome la piel. Su locura vibraba en el ambiente, esa adicción desbordada que me arrastraba a querer perderme en ella aunque supiera que podía destruirme.

—Quiero que bailes para mí —ordenó, con la voz grave que no admitía réplica.

Sacó del bolsillo un par de audífonos y los colocó en nuestros oídos como si estuviera sellando un pacto. "Earned It" empezó a sonar, y el bajo retumbó en mi pecho como un segundo corazón. No había escenario ni público: solo él, su mirada fija, y yo convertida en su espectáculo privado.

Al principio mis caderas se movieron con timidez, como si la música me empujara a soltarme poco a poco. Pero su mirada lo devoraba todo, me desnudaba más que la ropa. El calor subió a mi piel y pronto la timidez se volvió imposible. Mis movimientos se hicieron más sensuales, más osados, deslizándome al ritmo lento y venenoso de la canción.

Pasé las manos por mis muslos, subiendo por mis curvas como si fueran las suyas, provocándome hasta perder la noción. La blusa ligera y el short demasiado corto dejaban poco a la imaginación, pero mis dedos juguetearon con la tela igual, tirando apenas de los bordes como si le ofreciera un anticipo. Su respiración se volvió más pesada, y yo entendí que cada movimiento mío lo excitaba… y lo enfurecía, porque el control parecía deslizarse hacia mí.

—Más lento —susurró, apenas audible por encima de la música. Y lo obedecí, dejándome arrastrar en ese juego donde mi cuerpo era el arma, y su mirada, la cadena que me mantenía cautiva.

Subí las manos por mi cintura, levantando apenas la blusa para dejar que mis pechos se insinuaran antes de cubrirlos otra vez. Era un juego cruel, un vaivén de piel y tela que encendía sus ojos más que cualquier palabra. Con un giro lento de caderas, bajé el short solo un poco, revelando y ocultando, hasta dejarlo caer a sus pies.

Quedé frente a él, vulnerable, casi desnuda, la respiración agitada. En ese instante entendí la verdad: cada centímetro que mostraba no me pertenecía, era suyo.

Adrián no habló de inmediato, pero su mirada me poseía más que sus manos. Esa intensidad era una cadena invisible que me ataba al suelo, a él.

—Quítatelo todo, Lucía —ordenó, su voz baja, peligrosa.

El aire se volvió espeso. Mis manos temblaban al aferrarse a la tela que todavía me cubría, como si fueran las últimas barreras entre mi voluntad y su dominio. Pero su mirada me desnudaba antes de que pudiera hacerlo yo misma, y comprendí que resistirme era inútil.

Con el corazón desbocado, deslicé los tirantes de mi blusa por mis hombros y la dejé caer lentamente al suelo. El silencio se volvió insoportable hasta que lo escuché.

—Me tienes loco, princesa... —dijo, grave, como si la palabra ardiera en su lengua.

No sonaba a halago ni a confesión: era una amenaza, un aviso de la obsesión que lo estaba devorando.

Ese "loco" me atravesó, directo al alma, como si su voz supiera dónde doler. Mis manos dejaron de ser mías, obedeciendo solo a él, a esa mirada incandescente que me consumía.

La sonrisa torcida en sus labios se borró de golpe. Adrián se levantó con un movimiento seco y, antes de que pudiera retroceder, ya estaba frente a mí. Sus manos firmes se aferraron a mis caderas y, con una brutalidad que me arrancó un jadeo, me obligó a sentir el peso de su deseo.

De un tirón, me tomó del cabello y alzó mi rostro hasta obligar mis ojos a encontrarse con los suyos. El dolor se mezcló con un placer eléctrico que me hizo morderme el labio. Mis manos temblorosas subieron por su torso, encontrando la tela de esa camisa negra que tantas memorias me había dejado. La deslicé hacia arriba, lenta, devorando cada centímetro de su piel caliente, mientras el calor de su cuerpo se fundía con el mío.

Su camisa cayó encima de mi pijama en el suelo, testigos mudos de lo inevitable. Sus manos seguían reclamando mi cuerpo, recorriéndome como si cada curva fuera su territorio marcado a fuego. Yo, temblando bajo su dominio, continué el ritual, deslizándole los pantalones y los calzoncillos, liberando por completo la erección que me reclamaba sin palabras.

Con esa calma cruel que lo caracterizaba, dejó que sus dedos juguetearan con mi clítoris, rozando y retirándose, hasta arrancarme gemidos bajos que me quemaban la garganta. Se inclinó a mi oído, y su voz grave me taladró como una sentencia:

—Shhh, princesa… no quiero que nadie más escuche lo que solo es mío.

Su advertencia me recorrió como un látigo invisible, mezclando el miedo al riesgo con un placer que me incendiaba por dentro. Quería gritar, dejar que el cuerpo hablara por mí, pero la amenaza deliciosa de ser descubierta me obligaba a morderme los labios mientras me retorcía bajo su dominio.

Su boca descendió lentamente hasta mis senos tensos, y cuando su lengua húmeda rozó mi pezón, el frío metal de su piercing me arrancó un gemido ahogado que no pude contener. Jugaba con él en círculos, alternando la suavidad de su lengua con la dureza del metal, hasta que cada roce se volvió una descarga eléctrica imposible de resistir.

Me arqueé contra su boca, perdida entre el dolor exquisito y el placer insoportable que me obligaban a rendirme. Cada mordida suave era una tortura deliciosa que borraba cualquier otra realidad.

—¿Esa es tu manera de callar, princesa? —murmuró Adrián contra mi piel, su voz cargada de burla venenosa mientras el metal volvía a provocarme otro gemido traicionero.

Su sonrisa torcida me reveló lo que ya sabía: cada sonido mío era su victoria.

—Eres mía hasta en tus ruidos, Lucía… ni siquiera puedes controlar tu cuerpo —

Yo mordía mis labios, desesperada por no gritar, pero la certeza me devoraba: tenía razón. No había silencio, no había defensa. Solo él.

—Entonces grita, princesa… —susurró en mi boca, con esa voz grave que me rompía—. Quiero oír cómo te desgarras solo por mí.

Sus labios descendieron sin tregua, me torturó con círculos cada vez más rápidos. Succionaba, mordía, me devoraba con una destreza salvaje, como si quisiera arrancarme la voz a fuerza de éxtasis.

El calor me subió a la cabeza, mis uñas se clavaron en las sábanas, Adrián intensificó aún más su juego, complacido, llevando cada caricia, cada roce de su lengua y el metal a un nivel insoportable.

Sentí que el mundo se me desmoronaba, que mi cuerpo se quebraba en mil fragmentos de placer, y supe que no había escapatoria.

Mi cuerpo se arqueó en un orgasmo exquisito, pero no se apartó.

Siguió bebiéndose cada estremecimiento, cada gemido, hasta que no quedó nada de mí más que la rendición absoluta. Entonces alzó la cabeza, sus ojos encendidos clavados en los míos, y con voz ronca, todavía húmeda de mi piel, dijo:

—Así quiero verte siempre, Lucía. Que tu placer tenga mi nombre. Que cada vez que cierres los ojos recuerdes que eres mía… solo mía.

Sentí que esas palabras se hundían más hondo que sus caricias, tatuándome desde adentro. No eran solo frases; eran cadenas invisibles que me ataban a él con una fuerza de la que ya no quería escapar.

—No eres mi dueño… —logré susurrar entrecortada, con la voz débil pero cargada de esa rebeldía que me mantenía aferrada a la ilusión de control. Mi cuerpo aún temblaba por el orgasmo que me había arrancado, y aun así me atreví a mirarlo directo a los ojos, desafiándolo con un hilo de voz,

—No soy tuya, Adrián.

Una sonrisa torcida se formó en sus labios, tan serena como letal. Era la sonrisa de quien escucha una mentira que no piensa tolerar, la de un depredador que sabe que su presa aún no entiende que escapar es imposible.

Me tomó por la cintura y, con una fuerza arrolladora, me giró hasta dejarme boca abajo contra la cama.

Su mano se posó en la mitad de mi espalda, inmovilizándome, mientras con la otra me levantaba las caderas de un tirón. El aire se escapó de mis labios en un jadeo ahogado, mitad protesta, mitad… qué sé yo.

—Te lo voy a recordar de la única forma que entiendes —gruñó con voz ronca, su tono tan brutal como el gesto.

Hundió mi cabeza contra la almohada con una sola mano, inmovilizándome sin esfuerzo. Su aliento ardía sobre mi oído cuando, con voz baja y cargada de maldad, soltó la orden:

—No te muevas… y mantente callada. No quiero que nos interrumpan.

La amenaza latía en cada palabra, oscura y peligrosa, y aun así el deseo me recorrió con violencia. El contraste entre la suavidad de la tela contra mi rostro y la brutalidad de su dominio me quebraba en dos: la Lucía que quería resistirse y la que ardía por obedecerlo.

De pronto, una palmada seca retumbó en mi piel, fuerte, brutal, arrancándome un gemido ahogado que intenté contener mordiendo la almohada. No hubo tiempo de recuperar el aire antes de que otra descarga ardiente me recorriera, cada golpe acompañado de su respiración pesada, de esa furia contenida que me marcaba como suya.

Y entonces vino el castigo definitivo: su dominio hundiéndose en mí sin clemencia. El mundo desapareció entre el eco de sus palmadas y la violencia deliciosa de su ritmo. Cada movimiento era un recordatorio de quién mandaba Y yo, prisionera en el eco de su voluntad, ya no tenía otra opción más que rendirme y arder en ese placer prohibido.

Justo cuando el fuego me devoraba por dentro, cuando sentía que mi cuerpo estaba a punto de explotar, Adrián se detuvo en seco. La embestida se cortó de golpe, dejándome jadeando contra la almohada, temblando, con la piel ardiendo y los músculos tensos de pura frustración.

—¿Lo sientes, princesa? —murmuró con calma peligrosa, apretando mis caderas para inmovilizarme aún más—. Estás a un segundo de perderte… y soy yo, quien decide cuándo.

Un sollozo de placer contenido escapó de mis labios, mis uñas aferrándose a las sábanas como si pudiera arrancar de ellas lo que él me negaba. El vacío de su ausencia era peor que cualquier castigo; la espera, la tortura más deliciosa y cruel que podía infligirme.

—Adrián… por favor… —mi voz salió rota, apenas un hilo entrecortado por los jadeos—. No pares… no me tortures.

Sentía las lágrimas arder en mis ojos, no de dolor, sino de la insoportable tensión que me tenía al borde del abismo. Cada segundo sin él dentro de mí era un suplicio, cada caricia interrumpida, un castigo calculado.. Mis caderas temblaban solas, buscando el contacto que me negaba, rogándole con mi cuerpo lo que mis labios ya no podían ocultar: lo necesitaba, lo quería, lo suplicaba.

—Eso quería escuchar —murmuró con una sonrisa oscura, y sin darme tiempo me penetró de golpe, con una fuerza que no pedía permiso

La calma peligrosa había desaparecido; ahora era pura fuerza, pura posesión. Cada avance era un recordatorio de poder, un ritmo cruel que me despojaba de todo La voz se me quebraba, atrapada en mi garganta por el miedo de que mis padres pudieran oírme.

El peligro me obligaba a morder la almohada para acallar mis gritos.

Adrián gemia también de placer, un sonido grave que vibraba en mi piel como un trueno. Le excitaba verme luchar contra mis propios gemidos, morder la almohada para no delatarme, contenerme cuando lo único que quería era gritar su nombre.

Esa represión lo volvía loco; podía sentirlo en la brutalidad de sus embestidas, en la manera en que sus dedos se clavaban más fuerte en mis caderas, como si quisiera arrancar cada sonido que yo me negaba a dar.

Con un movimiento ágil me levantó y se sentó en medio de la cama, su espalda erguida, los ojos encendidos como brasas. Me guió sin darme opción, colocándome sobre él, aún temblorosa, vulnerable, con el corazón desbocado.

Su erección me recibió de inmediato, y aunque parecía que yo tenía el control desde arriba, era él quien marcaba el ritmo, sus manos firmes en mis caderas, obligándome a moverme a su compás.

Cada embestida ascendía como un latigazo de placer, su fuerza guiando cada movimiento, recordándome que incluso así, incluso cuando creía dominar, seguía siendo sumisa.

Nuestros cuerpos unidos en un frenesí sin fin, como si el mundo se redujera a ese vaivén salvaje que nos consumía. Cada movimiento era fuego recorriéndonos las venas, un choque eléctrico que me arrancaba la razón y me dejaba solo la certeza de que en ese instante no existía nada más que él y yo. Sus manos apretaban mis caderas, obligándome a seguir su ritmo. Los gemidos se mezclaban en un susurro, y ya no pude resistirlo más.

El ritmo, la presión de sus manos, la mirada encendida que no soltaba la mía… Sentí cómo mi cuerpo se tensaba de golpe, Y un eco mudo me atravesó, tan contenido que dolía. El placer me sacudió en oleadas imparables, dejándome rota y vulnerable sobre él, sin fuerzas para resistir. Y Adrián, con esa sonrisa oscura marcada en su rostro, me sostuvo firme contra su pecho, complacido, como si mi orgasmo no fuera otra cosa que la prueba de su poder.

Mis caderas comenzaron a moverse con un ritmo más acelerado, guiadas por la urgencia que él mismo había desatado. El rugido grave de Adrián llenó la habitación, profundo y animal, estremeciéndome hasta el alma. Su cuerpo temblaba bajo el mío, las manos clavadas en mis caderas, sujetándome como si temiera perderme. Sentí cómo estallaba dentro de mí, salvaje, incontenible, mientras sus gemidos roncos se mezclaban con mi respiración entrecortada.

La Adicción de Lucía

—Lucía… —jadeó mi nombre, cada sílaba cargada de posesión, como si marcarme con su voz fuera tan necesario como la furia de su placer.

En ese instante entendí que no era solo sexo; era una batalla de dominio en la que él siempre salía vencedor, reclamando cada fibra de mí hasta en su propia liberación.

Ambos caímos exhaustos sobre la cama, con una sonrisa escapándose al mismo tiempo de nuestros labios, como si hubiéramos perdido y ganado una guerra en un solo instante. Nuestras respiraciones seguían agitadas, chocando en el aire caliente de la habitación, mientras el sudor de nuestros cuerpos entrelazados nos envolvía en un abrazo húmedo y febril. Por primera vez en mucho tiempo sentí algo parecido a la calma… aunque en el fondo sabía que con Adrián nada era calma, solo la peligrosa pausa antes de volver a arder.

Mientras el calor de su cuerpo aún me envolvía, mi mente comenzó a divagar, incapaz de frenar las preguntas que me golpeaban en silencio. ¿Qué era esto entre nosotros? ¿Solo sexo, adicción, un juego peligroso?

Mis labios aún saboreaban sus besos, mi piel ardía con sus marcas, y sin embargo… algo en su mirada, en esas frases crípticas que soltaba entre gemidos, me recordaba que no lo conocía del todo. Adrián era deseo, era locura, era fuego… pero también era un misterio que empezaba a devorarme desde dentro.

El silencio se volvió insoportable. Me giré hacia él, todavía con la respiración entrecortada, y me armé de valor.

—Adrián… —dije, con la voz baja pero firme—. ¿Qué quisiste decir con que soy prohibida? ¿Y con lo de la otra noche… que ni siquiera deberías haber estado allí?

Sus ojos se clavaron en los míos, intensos, oscuros, como si acabara de abrir una puerta que debía haber quedado cerrada. Mi corazón latía con fuerza desbocada; parte de mí quería su respuesta, y otra parte temía descubrir que la verdad era aún más peligrosa que su deseo. Adrián sonrió de medio lado, esa sonrisa que siempre parecía esconder más de lo que decía.

—De día llevo números, cuentas, balances… lo aburrido de la contabilidad —murmuró, mirándome con intensidad—. Pero de noche… de noche soy otra cosa.

No dijo más. Sus ojos brillaban con una chispa oscura que me erizó la piel. Intenté insistir, pero su dedo en mis labios me obligó a callar.

—No preguntes, Lucía. Créeme… no quieres saberlo.

Sus labios rozaron los míos con una delicadeza que contrastaba con todo lo que acabábamos de hacer, como si por un instante pudiera fingir ternura. Después se incorporó sin prisa, se vistió con calma mientras yo lo observaba en silencio, tratando de grabar cada detalle en mi memoria. Antes de marcharse, se acercó a la ventana por la que había entrado y con un pie ya afuera, giró el rostro hacia mí. Su mirada ardía con un fuego imposible de apagar.

—Recuerda algo, princesa… —murmuró con voz grave, peligrosa, —. Nadie más podrá tenerte. Y si alguien lo intenta… será su final.

Y sin darme tiempo a reaccionar, desapareció en la oscuridad de la noche, dejándome temblando bajo las sábanas, atrapada entre el miedo y la fascinación que solo él sabía provocar.

Capítulo 9

✦ ✦ ✦ ✦ ✦ ✦

¡Nos vamos! —anuncié al colgarme la mochila al hombro, con una mezcla de impaciencia y ansias por escapar de todo.

—Cuídate mucho y llámame cuando llegues… y antes de dormir —replicó mi madre, con ese tono controlador que me seguía recordando que, aunque tuviera veintiún años, para ella aún era su hija que debía rendir cuentas.

Camila y yo emprendimos el viaje hacia Varadero con la emoción a flor de piel. Habíamos trabajado meses en el restaurante para darnos este lujo, y ahora el plan era simple: unos días frente al mar, con la esperanza de que el sol y la sal pudieran borrar, aunque fuera por un instante, el veneno que Adrián había dejado corriendo por mis venas.

El hotel parecía sacado de una postal imposible: lámparas de cristal brillando como joyas, pisos que reflejaban cada paso, y un aroma dulce que flotaba en el aire, distinto a todo lo que conocía. La habitación superó cualquier expectativa: un balcón amplio se abría hacia un mar infinito, un turquesa tan perfecto que parecía irreal. Me apoyé en la baranda, dejando que la brisa me despeinara. Por un instante, pensé que quizá allí sí podría respirar sin cadenas.

Camila, en cambio, parecía una niña en navidad: corría de un lado a otro, abría armarios, se lanzaba sobre la cama con carcajadas que llenaban el espacio. Su risa ligera era contagiosa, y aun así me atravesó con un filo de envidia: ella podía ser libre, sin fantasmas, sin secretos. Yo no.

Al revolver la mochila en busca de qué ponernos, su elección fue inmediata: un bikini rojo con volantes, coqueto y brillante, que parecía hecho para ella. Yo opté por uno negro, sencillo, pero con ese poder que me hacía sentir fuerte, casi peligrosa.

Frente al espejo, nos arreglábamos entre bromas, probando gafas de sol y pintándonos los labios como si la noche ya nos esperara. Todo parecía perfecto… demasiado perfecto, como si el destino estuviera preparando el terreno para recordarme que de Adrián no se huía ni frente al mar.

Me recosté en una tumbona bajo la sombrilla, dejando que la brisa jugara con mi cabello mientras abría El alquimista, de Paulo Coelho. Entre las páginas, una frase me golpeó como un disparo al corazón:

"Cuando deseas algo con todo tu corazón, el universo entero conspira para que lo logres."

Cerré los ojos un instante, sintiendo cómo esas palabras se incrustaban en mi piel. ¿Y si el universo no me estaba salvando, sino empujando directo hacia Adrián? ¿Y si ese abismo al que me lanzaba no era locura… sino destino disfrazado? Camila apareció de pronto, radiante, con una sonrisa distinta, encendida de un brillo que me sorprendió.

—Acabo de conocer a alguien —susurró, como si guardara un tesoro entre los labios.

La miré arqueando una ceja.

—¿A quién?

Ella señaló con disimulo hacia un muchacho que esperaba a pocos metros, inquieto, como si buscara su permiso para acercarse.

—Me invitó a almorzar. ¿Vienes?

Negué despacio, con una sonrisa cómplice.

—No, Camila. Ve tú. Disfruta.

Se despidió con un abrazo rápido y ligero, corriendo hacia él con esa inocencia que aún la protegía. La observé alejarse y volví a hundirme en la tumbona, consciente de que ahora quedaba sola con el silencio, con el mar… y con mi propia adicción.

El libro descansaba cerrado sobre mi pecho, pero sus palabras seguían resonando como un conjuro imposible de silenciar. El mar era calma, la brisa fresca, el sol acariciaba mi piel; y aun así, dentro de mí solo había fuego. Ese fuego tenía un nombre. Adrián. Y aunque no lo pronunciara en voz alta, ardía en mi interior con la fuerza de algo que ya no sabía —ni quería— extinguir.

Lo quiero. Lo necesito. La frase retumbaba en mi mente con la misma insistencia con la que las olas lamían la orilla.

Si estuviera aquí… si apareciera de pronto, no habría resistencia posible: me rendiría, otra vez, sin pensar. Era lo único que mi cuerpo exigía. Ni el mar infinito, ni la calma aparente, ni la risa lejana de Camila podían llenar el vacío que dejaba Adrián cada vez que desaparecía. Era una droga, y yo ya no era más que su adicta, temblando en espera de la próxima dosis.

Mis dientes atraparon el labio inferior hasta hacerlo sangrar, y el sabor metálico me recordó lo viva que estaba en ese instante. Mis muslos se rozaron instintivamente, buscando una fricción que no llegaba, un alivio imposible. Cerré los ojos con fuerza, pero era inútil: bastaba con evocar su voz grave, el roce de su lengua marcada por el piercing, para que mi cuerpo ardiera como si él estuviera aquí, reclamándome en secreto bajo el sol del paraíso.

Me incorporé de golpe, como si el movimiento pudiera ahuyentar el torbellino que me consumía. Guardé el libro en la bolsa, recogí la toalla y caminé hacia el bar, dejando que la arena fresca se escurriera entre mis pies desnudos. La música y las risas me envolvieron al acercarme, un ruido necesario para enmascarar el desorden de mi mente.

Pedí un mojito casi sin pensarlo, como si el hielo pudiera apagar lo que hervía en mí. El vaso helado me entumeció las manos, la hierbabuena fresca fue un golpe de realidad... pero ni la bebida, ni el ruido, ni la belleza del lugar podían ocultar la verdad: sin él, todo aquel paraíso era un escenario vacío.

El hielo se derretía en el vaso, lento, como yo misma consumiéndome en su ausencia. Pasé la lengua por mis labios y sentí el sabor amargo de la hierbabuena... igual de amargo que la espera.

Y entonces lo vi. Su silueta emergió entre la multitud como un recuerdo imposible de borrar. La camisa blanca pegada a su piel bronceada, la seguridad de cada paso, la certeza de que no había distancia capaz de detenerlo.

El aire se volvió espeso, mis pulmones ardieron. No importaba si huía: Adrián estaba en todas partes, incluso en los lugares donde había intentado olvidarlo.

La primera vez que me tocó entendí que el fuego no mata: alimenta. Y ahora, insaciable, había aprendido a desear la quemadura como si fuera la única forma de sentirme viva.

Se inclinó hacia mí, su sombra devorando la luz del bar, y su voz grave me acarició el oído como un filo invisible:

—No recuerdo haberte escuchado mencionar que te ibas de viaje, princesa.

El corazón me golpeaba tan fuerte que pensé que él podría escucharlo. Su olor a ron y mar me envolvía como un veneno dulce del que nunca lograba escapar.

Tragué saliva y forcé una sonrisa que no llegó a mis ojos.

—No pensé que tuviera que darte explicaciones —murmuré, intentando sonar firme, aunque la vibración en mi voz delataba que no era miedo lo que sentía… sino mi locura por él.

Sus dedos rozaron mi muñeca, apenas un contacto, pero suficiente para perderme. Me sostuvo la mirada con esa intensidad letal que me dejaba atrapada entre el impulso de huir y la rendición absoluta.

—Conmigo no hay escapatoria —susurró, grave—. Ni aquí, ni en ningún rincón del mundo.

La música, las risas, el bullicio… todo desapareció. Solo quedaba él, hipnotizándome con la mirada.

—¿Y cómo es que siempre sabes dónde estoy? —pregunté, con un intento de desafío que se quebraba en mi respiración temblorosa.

Adrián sonrió de lado, esa mueca arrogante que me mataba y me ataba a la vez.

—Porque donde estés tú, Lucía… siempre será mi territorio.

Adrián inclinó la cabeza, sus ojos fijos en los míos, oscuros, intensos, como un animal que acecha a su presa con paciencia infinita.

—Digamos que conozco a la gente correcta. Eso me basta para encontrarte. Siempre.

Me quedé inmóvil, con la pregunta rondando mi cabeza. Esa facilidad con que él aparecía una y otra vez, sin importar la distancia o el secreto, ya no era coincidencia: era un peligro real. Un peligro que olía a obsesión… y a una adicción mutua.

De pronto, tomó mi mano con una firmeza que no admitía réplica. No pronunció más palabras, pero su mirada fue suficiente para marcar el rumbo. Me guió entre la multitud como si me arrastrara una cadena invisible, cada paso suyo una orden silenciosa.

Las risas, las miradas curiosas a nuestro alrededor se desvanecieron. Solo quedaba el ritmo de su mano apretando la mía, el pulso desbocado en mi muñeca, el vértigo de saber que con cada paso me alejaba más de mi voluntad… y me acercaba irremediablemente a la suya.

Atravesamos el lobby del hotel, y cada paso suyo parecía marcar mi destino. El mármol reluciente, las lámparas de cristal, las miradas de desconocidos… todo desaparecía bajo el magnetismo feroz que emanaba de Adrián. Era como si el lujo que nos rodeaba existiera solo para encubrir la crudeza de lo que ardía entre nosotros. Cuando llegamos al elevador, el silencio se volvió insoportable, tan denso que parecía vibrar. Las puertas se abrieron y él me empujó suavemente dentro, con esa seguridad insolente que siempre me desarmaba. Presionó el último botón. ¿Una suite? El pensamiento me atravesó con un escalofrío de deseo y vértigo.

El aire del ascensor se volvió eléctrico. Antes de que pudiera decir nada, sus manos me aprisionaron contra la pared, y su boca devoró la mía con un hambre brutal. El espacio reducido amplificaba cada roce, cada jadeo, cada fricción de su cuerpo contra el mío.

—Me estás volviendo loco, Lucía… —murmuró entre besos, su voz tan grave que me atravesó hasta el hueso— Nunca había sentido esto.

Su desesperación me envolvía, quemándome. El control parecía haberse evaporado de sus manos, y aun así seguía siendo él quien marcaba el ritmo, quien me guiaba al borde del abismo.

El ascensor se detuvo con un leve sobresalto. La campanilla anunció la llegada al último piso, pero él apenas se apartó para tomar aire. Las puertas se abrieron y, sin soltarme, me arrastró por el pasillo alfombrado, cada paso suyo cargado de una promesa oscura: arriba, en esa suite, no habría límites.

El mundo alrededor se volvió un borrón: luces doradas, cuadros difusos en las paredes, el eco de nuestros pasos apresurados devorado por el silencio del pasillo. Solo existía el calor de su palma arrastrándome y la intensidad de su mirada, fija en mí como si cada segundo de distancia hubiera sido una condena.

La tarjeta deslizó en la cerradura con un clic metálico que me heló y me encendió al mismo tiempo. La puerta se abrió y la suite se reveló como un escenario oscuro de promesas prohibidas: cortinas pesadas cerrando el mundo, el aroma salino del mar colándose por el ventanal entreabierto, lámparas doradas que proyectaban sombras densas sobre las paredes. Todo parecía conspirar para encerrarme allí, a solas con él.

Me empujó contra la pared con una suavidad engañosa que terminó en violencia deliciosa. Su boca cayó sobre la mía con furia contenida, devorándome como si quisiera arrancar de raíz los días que me había perdido. Sus manos se clavaron en mi cintura, posesivas, recordándome que no había escapatoria.

—¿Te parece un juego desaparecer así, princesa? —gruñó contra mis labios, con una rabia oscura que vibraba tanto como su deseo.

Quise responder, excusarme, pero no me dio espacio. Su lengua invadió mi boca con un salvajismo que me quebró y me encendió, y comprendí que su ira no era enemiga del placer: era el combustible.

—Me desobedeciste, Lucía…—susurró, con el aliento caliente lacerando mi oído—. Ahora voy a recordarte quién tiene el control.

Su mirada era pura sombra, peligrosa, como un secreto que no me confesaba pero que yo sentía ardiendo en su piel, en su forma de reclamarme. Adrián no era un hombre común: era un misterio prohibido que me arrastraba sin remedio. Y aun así, atrapada entre su fuerza y el peso de su deseo, lo único que podía pensar era que no quería escapar.

Me inmovilizó contra la pared con la fuerza exacta de quien disfruta el poder.. Su cuerpo presionaba el mío, su respiración ardiente se mezclaba con la mía, y comprendí que no había espacio para huir, ni siquiera para analizar cómo había llegado hasta allí..

Sus manos atraparon mis muñecas por encima de la cabeza, firmes, autoritarias, como grilletes invisibles que me estremecían. Lo más perturbador era la certeza de que, aunque pudiera librarme, no lo haría.

El mundo se redujo a su presencia. Cada movimiento, cada bocanada de aire, era suya. Yo solo podía seguir el ritmo que imponía, atrapada entre el miedo y la necesidad de complacerlo.

—Así me gusta… —murmuró con la voz ronca, peligrosa, rozando mi boca sin soltarla—. Que recuerdes quién manda aquí.

Me libera una mano solo para deslizar la suya por mi cuello, apretando con la presión exacta para recordarme que está en control. El pulso me late frenético bajo sus dedos, y esa mezcla de miedo y deseo me enloquece.

Lo miro a los ojos y veo algo salvaje, algo oscuro que no comprendo del todo, pero que me atrae. Su mano aprieta mis muñecas contra la pared, y siento la fuerza contenida en cada gesto, como si me castigara por haberme alejado de él. Su boca sigue en la mía, Su otra mano desciende con destreza, y en cuestión de segundos siento cómo tira de los lazos de mi bikini. El sonido suave de la tela cediendo se mezcla con mi respiración entrecortada.

En un movimiento rápido, preciso, la parte superior cae al suelo. Mis senos quedan expuestos al aire y a su mirada voraz. Me siento vulnerable, atrapada, y sin embargo un calor abrasador me recorre al verlo mirarme como si fuera suyo por derecho.

Sus dedos se deslizan de inmediato sobre mi piel desnuda, posesivos, firmes, explorando como un dueño que reclama lo que es suyo. Sus labios rozan mi cuello.

—Así es como aprendes, princesa —susurra con una voz ronca, llena de control y amenaza—. No puedes huir de mí… nunca.

Me agarra fuerte por las caderas y, con una facilidad que me deja sin aliento, me levanta en el aire. Instintivamente enredo mis piernas alrededor de su cintura, aferrándome a él, sintiendo la presión de su cuerpo contra el mío. Mis senos quedan a la altura de su boca, y Adrián no duda un segundo en inclinarse, rozando mis pezones con el calor de su aliento. Sus ojos se clavan en los míos con una intensidad peligrosa, y entonces lo escucho susurrar con esa voz grave que me derrite:

—El tamaño perfecto… para mi boca.

Su boca se apodera de mí con fuerza. Me aferro a sus hombros, atrapada entre su control y el placer que me devora sin remedio.

Mi respiración se agita, descontrolada, mientras lo siento apoderarse de mí. Lo verdaderamente inquietante es descubrir que sus palabras son aún más excitantes que su propio toque. Cada vez que su voz ronca me llama princesa, cada vez que me recuerda que soy suya, mi cuerpo responde con una fuerza que me sorprende.

Sus labios me devoran, pero son las frases que murmura contra mi piel las que encienden algo más profundo, algo que no puedo apagar. Me arde la piel donde me toca, sí, pero me arde aún más el alma al escucharle decir lo prohibido.

Aún enredada en su cuerpo, Adrián camina lentamente conmigo hacia el balcón. El calor del sol atraviesa las cortinas abiertas y nos quema la piel, intensificando cada roce, cada contacto. Me sostiene como si no pesara nada, dueño absoluto de mi cuerpo y de mi voluntad. El aire salado me golpea el rostro. Desde el piso doce del hotel, la vista es un abismo de azul: el mar se extiende infinito, brillante, como si el mundo entero quedara reducido a este instante en el que soy solo suya.

El sol arde contra mi piel desnuda. Adrián me sostiene con firmeza, aún enredada en su cuerpo, y la inmensidad del mar bajo nosotros me da vértigo. El mundo sigue allá abajo, pero aquí arriba, lo único real es él.

Me apoya contra la baranda con una seguridad perversa. El hierro frío contrasta con el calor de su cuerpo pegado al mío. Siento que estoy perdiendo el control, el roce de su lengua recorriendo mis senos como si quisiera marcarme con fuego.

—¿Sientes eso, princesa? —susurra con esa voz grave que me hace temblar—. Aquí, donde cualquiera podría vernos… y aun así eres solo mía.

Mis piernas se aprietan más fuerte alrededor de su cintura, la adrenalina mezclándose con el deseo. El riesgo de ser descubierta me incendia, y cada movimiento suyo, cada palabra posesiva, me hunde más en esta adicción peligrosa que no quiero detener. Una de sus manos desliza a un lado mi bikini, apartando la tela con una destreza que me roba el aliento. Su dedo me invade sin aviso, trazando círculos perfectos que me arrastran directo al borde del placer.

Mi cuerpo se arquea contra el suyo, mi respiración se corta en gemidos ahogados que él parece saborear tanto como mis temblores.

—Así… —murmura en mi oído con esa voz grave y dominante—. No hay escapatoria, Lucía. Aquí arriba, con el mundo a nuestros pies… solo existes para mí.

La Adicción de Lucía

Su toque perfecto, implacable, como si quisiera arrancar cada gemido de mi garganta a la fuerza. Su mano me dominaba, me torturaba con un placer tan brutal que sentía que me desgarraba por dentro. El nudo en mi interior se tensó hasta lo insoportable, y en un estallido violento me quebré contra él, explotando en su mano, en su boca, en sus palabras que me reclamaban como si mi cuerpo ya no me perteneciera.

Aún temblando, escuché su risa baja, venenosa, rozándome el oído. Su mano seguía jugueteando con mi humedad, lenta, cruel, como si disfrutara de tenerme atrapada en esa rendición.

—Mmmm… estás empapada —susurró con esa voz grave que me erizaba hasta los huesos—. Admítelo, princesa… te gusta que te destruya así.

Quise responder, pero lo único que salió fue un gemido roto que lo hizo sonreír más, complacido. Él lo sabía: mi cuerpo hablaba más alto que mis palabras, y lo había traicionado.

Entonces, sin apartar los ojos de los míos, Adrián se arrodilló ante mí. Ese gesto, tan inesperado como devastador, me robó el aire: verlo abajo, pero dueño absoluto de todo. Con calma peligrosa deslizó lo último que me cubría, dejándome desnuda frente a él, expuesta y temblorosa bajo la brisa.

Su boca descendió sobre mis muslos, sus labios ardientes marcando mi piel con un camino de besos que me hacían estremecer contra la baranda.

—Sabes a inocencia corrompida… —murmuró contra mi piel, con esa voz grave y peligrosa que me hacía temblar más que sus caricias—. Y ahora es mía.

Adrián se mueve despacio, con la paciencia de un depredador que disfruta de su presa. Trazos suaves, lentos, apenas rozándome, como si quisiera mantenerme al borde, provocándome a gemir por más. Cada roce es calculado a la perfección, y me hace arquear las caderas contra su rostro, suplicando sin palabras. Sus caricias se vuelven engañosas: dulces al inicio, despiadadas un segundo después.

Me agarra fuerte de los muslos, inmovilizándome, obligándome a quedarme abierta para él, sometida a su juego cruel y delicioso.

—Eso es, princesa… ríndete —murmura contra mí, y las vibraciones de su voz se mezclan con el roce húmedo, arrancándome un gemido desgarrador.

—Más, más— le suplico. Cada movimiento de su lengua me acerca más al abismo, y mi cuerpo tiembla sin que pueda detenerlo.

La presión en mi interior crece con una fuerza insoportable, el gemido se alza, se disuelve, y me deja vacía.. Siento que voy a rendirme, que voy a explotar en su boca… pero de pronto, Adrián se detiene.

Sus labios se apartan de mí con lentitud cruel, y quedo jadeando, desesperada, temblando por el orgasmo que me ha arrebatado. Me aferro a sus hombros, confundida, con lágrimas de frustración ardiéndome en los ojos.

Él me mira desde abajo, sus manos aún firmes en mis muslos, sujetándome para que no escape. Su sonrisa es oscura, peligrosa, satisfecha.

—No todavía, princesa —murmura con voz ronca, húmeda de mí—. No después de haberme desobedecido.

Intento protestar, pero su mirada me silencia. Está disfrutando de mi desesperación, de la forma en que mi cuerpo clama por él sin que yo pueda controlarlo. Sus dedos recorren mis muslos lentamente, apenas rozando, provocándome más, manteniéndome encadenada a ese borde.

—Vas a aprender que conmigo no mandas tú. Yo decido cuándo, cómo… y si lo mereces.

El castigo es exquisito. doloroso y adictivo al mismo tiempo. Mi respiración es un sollozo entrecortado, y lo odio por hacerme esto… pero al mismo tiempo lo deseo más que nunca. Su lengua se mueve con precisión diabólica, su piercing enloquece cada terminación nerviosa, y justo cuando siento que mi cuerpo va a rendirse… se detiene.

Un gemido de frustración se quiebra en mi garganta, y él sonríe contra mi piel, complacido con mi desesperación.

—Respira, princesa —susurra, su voz ronca quemándome la piel.

Vuelve a hundirse en mí, lento primero, luego profundo, jugando con mis límites, obligándome a temblar entre súplicas y gemidos que se deshacen en el aire. La presión crece de nuevo, insoportable, y cuando estoy a punto de estallar, me lo arrebata otra vez.

—Mírate… —dice al separarse un instante, su mirada oscura y dominante clavada en la mía—. Te mueres por mí, Y yo decido cuánto soportas.

Mis caderas buscan desesperadas su boca, pero sus manos me sujetan con fuerza, castigándome con esa espera.

Me lleva al borde una vez más, y otra vez me lo niega. Mi cuerpo llora por él, mi mente se nubla. Estoy rota, rendida, adicta a su control absoluto. Y aun así, lo único que deseo es que no se detenga nunca. No puedo más. Mis piernas tiemblan, mi respiración es un llanto entrecortado de placer y frustración. Él me mantiene prisionera en ese ciclo cruel.

—Adrián… por favor —suplico con la voz rota, casi llorando—.

Su sonrisa es oscura, peligrosa, y me atraviesa como un latigazo. Sus dedos presionan con fuerza mis muslos, manteniéndome abierta para su boca mientras me mira con esa intensidad devastadora.

—¿Escuchas lo que estás diciendo, princesa? —su voz ronca vibra contra mi piel, enloqueciéndome—. Me estás rogando… y apenas estoy empezando.

Cierro los ojos, humillada y encendida, sintiendo que me quiebro en sus manos. Ya no me importa nada más: ni el balcón, ni el peligro, ni las miradas imaginarias allá abajo. Solo quiero que no se detenga.

—Por favor… te lo ruego —gimo, con lágrimas calientes rodando por mis mejillas, el cuerpo arqueado, suplicando—.

Me levanta con fuerza, y sin darme opción me lleva hasta la cama. Me arroja sobre la cama con un gesto firme, demoledor.

Lo observo acercarse, su sombra devorándome bajo la luz dorada que entra por el ventanal. La mirada oscura, peligrosa, me recuerda que estoy jugando con fuego, con un hombre que no pertenece a la luz ni al mundo que conozco. Pero su control sobre mí es absoluto.

Se inclina sobre mí, atrapando mis muñecas contra el colchón, y su voz grave me desarma:

—Creíste que podías escapar… eres mía Lucia.

—¿Aprendiste, princesa? —murmura con esa voz que vibra en mi piel más que sus manos—. ¿O quieres que te lo grabe en el cuerpo para que no lo olvides?

Sus dedos me acarician con suavidad entre las piernas, apenas rozando

—Tu cuerpo me ruega… pero no es suficiente —susurra, mordiendo despacio mi pezon—. Quiero escuchar tu alma suplicando, Lucía.

El placer negado se convierte en un tormento exquisito. Estoy atrapada entre el deseo insoportable y la humillación deliciosa de saber que él controla todo. Mis lágrimas se mezclan con gemidos, y siento que me quiebro, que me pierdo… que Adrián está destrozando mis barreras y reescribiéndome desde dentro.

Permanezo tendida en la cama, jadeando, incapaz de moverme. El cuerpo entero me duele, pero no es un dolor físico: es la tortura exquisita de estar al borde, incapaz de satisfacerme. Mi piel arde, mis músculos tiemblan, y mi mente se ahoga en la desesperación.

Con los ojos nublados por lágrimas de placer contenido, lo observo. Adrián comienza a desvestirse frente a mí, cada movimiento suyo cargado de esa seguridad que lo caracteriza. Se quita la camisa, dejando al descubierto el cuerpo marcado por cicatrices que desconozco, pruebas silenciosas de la vida oscura que me oculta.

La Adicción de Lucía

Su mirada no se aparta de la mía mientras se desabrocha el pantalón. Es como si disfrutara de mi estado, rota, incapaz de liberarme, humillada por la fuerza de su control. Y lo sé: eso lo excita aún más.

Su desnudez es tan imponente como su presencia. Se acerca a mí derrochando erotismo, como si cada paso suyo fuera un pecado en movimiento. Su cuerpo es pura tentación, y lo sé: no existe salvación en él, solo condena deliciosa.

Sus manos recorren mis piernas desde abajo, lentas, firmes, y al llegar a mis rodillas las separa con destreza.

Sigue subiendo, y entonces lo siento: su erección rozando mi clítoris, presionándome con un poder abrasador que me hace estremecer. Su boca captura la mía, devorándola, y sin más preámbulos me penetra de golpe

Adrián me sostiene contra el colchón, atrapándome, sometiéndome, obligándome a rendirme a su ritmo frenético. Mis uñas se clavan en su espalda sin control.

—Te advertí que eras prohibida para mí, Lucía… —gruñe contra mi boca, cada empuje acentuando sus palabras—. Y ahora mírate… condenada a ser solo mía.

El dolor se mezcla con el placer hasta confundirse, y en cada movimiento me rompe y me recompone, hasta que lo único que existe es Adrián, dominándome por completo. Mi cuerpo se sacude bajo el suyo, incapaz de resistirse, rogándole sin palabras aunque me odie por mi propia rendición.

De pronto, se detiene. Se queda dentro de mí, inmóvil.. Me mira con esa intensidad oscura que me atrapa, y su respiración ardiente roza mis labios.

—¿Lo sientes, princesa? —susurra con calma cruel—. Yo decido si caes o si te detengo en el borde.

Y entonces vuelve a moverse, lento, delicioso, como si me torturara con la suavidad. Cada roce es un castigo exquisito, prolongado, que me hace llorar de placer. El contraste me desarma: de la furia que me somete a la calma letal que me consume.

Luego, un impulso feroz me atraviesa, arrancándome un sonido roto, casi animal. Y otra pausa. Y otra caricia lenta. Es un juego perverso, un vaivén que me arrastra, me humilla y me enciende hasta la locura.

—Voy a hacerte suplicar una y otra vez —gruñe contra mi cuello, mordiendo la piel—. Hasta que entiendas que el placer no te pertenece… es mío.

Soy suya, completamente suya

Me agarra del cabello, obligándome a mirarlo a los ojos mientras me toma sin compasión.

—Ahora, princesa… —gruñe, su voz grave y rota—. Ahora vas a correrte para mí.

La orden.

Y como si mis entrañas reconocieran que solo él puede decidirlo, el placer me estalla por dentro en un orgasmo despiadado. Grito su nombre, desgarrada, entregándole todo lo que soy en un estallido que me sacude de pies a cabeza.

El placer me atraviesa como una descarga, dejándome temblando bajo su dominio. Adrián me sujeta con fuerza, anclándome a él, y entiendo que esto no libera… me encadena.

Adrián sigue dentro de mí, incansable, buscándome incluso cuando ya no queda aire. Cada movimiento suyo es una afirmación: su deseo no se apaga.

Grito, me arqueo, intento apartarme, pero sus manos me sujetan con fuerza, inmovilizándome contra las sábanas. El dolor dulce de la sobrestimulación me hace temblar, mi cuerpo aún convulsionando por el orgasmo recién vivido, y él lo disfruta, lo saborea, me lo roba todo.

—¿Pensaste que había terminado contigo, princesa? —gruñe con voz ronca —. Yo decido cuándo acaba esto… quiero más de ti.

Sus labios buscan mi cuello, mordiéndolo, mientras su ritmo no se detiene, más salvaje, más inhumano. Mis lágrimas corren libres, mis piernas tiemblan, pero sigo atada a él, incapaz de escapar de su dominio. Cada vez que creo que no puedo más, que voy a romperme, Adrián me empuja más allá, demostrando que mi cuerpo le pertenece, que mis límites no existen mientras él siga dentro de mí.

Estoy perdida. Y lo sé: él no busca saciarse, busca consumirme entera. Su ritmo se intensifica, implacable, como si quisiera atravesar cada barrera de mi cuerpo y de mi mente. Estoy exhausta, destrozada, y aun así mi interior vuelve a encenderse bajo su dominio. No quiero, no puedo más… pero mi cuerpo me traiciona, respondiendo solo a él. Adrián me mira con esa oscuridad peligrosa en los ojos, apretando mis caderas contra las suyas mientras embiste con furia.

—Me encantas… —susurra contra mis labios, con la voz rota de deseo—. Se siente tan bien tenerte así… eres mi perdición.

Me aferro a sus hombros, temblando, desesperada. Y entonces sucede. Una ola más fuerte, más devastadora me atraviesa. El temblor me sacude. No hay grito, solo aire y fuego. Todo dentro de mí se apaga al mismo tiempo que arde.

Su respiración se desgarra contra mi cuello, y lo escucho gruñir, salvaje, contenido, un sonido que me eriza hasta el alma y al mismo tiempo lo siento a él dejarse ir dentro de mí, con la furia controlada de un hombre que incluso en su clímax necesita marcar territorio. Su rugido se mezcla con mi gemido, y por un instante el mundo desaparece. No hay balcón, no hay hotel, no hay secretos… solo este abismo en el que caemos juntos, encadenados, condenados.

Capítulo 10

✦ ✦ ✦ ✦ ✦ ✦

Tendidos aún en la cama, consumidos por el placer más intenso, nuestros cuerpos sudados se entrelazan como dos mundos destinados a chocar.

Respiro entrecortada, perdida en la sensación de su piel ardiente contra la mía, y siento que el tiempo se detiene.

Dos almas opuestas: yo, la que debería huir, la que vive bajo la mirada inquisitiva de todos… y él, el hombre oscuro y peligroso que no me pertenece, pero que aun así me reclama como suya. Su brazo pesado descansa sobre mi cintura. El eco de sus palabras retumba en mi mente como una sentencia: eres mi perdición, pero también mi posesión. Y sé que aunque mi razón me grite que escape, mi cuerpo, mi deseo y algo más profundo me mantienen encadenada a él.

Lo miro en la penumbra, sus cicatrices apenas visibles bajo la luz tenue que entra del balcón. Son huellas de un secreto que me oculta, de una vida peligrosa que presiento pero que aún no comprendo. Y aun así, con cada latido, me hundo más en su condena. El silencio se instala en la habitación, apenas roto por el rumor del mar que llega desde el balcón. Estoy tendida a su lado, aún temblando, con su brazo pesado descansando sobre mi cintura como si fuese un grillete invisible. Lo miro de reojo, su pecho sube y baja con calma, pero su mirada sigue encendida, oscura, imposible de descifrar.

La suite es demasiado lujosa, demasiado perfecta. Cortinas gruesas, sábanas que huelen a caro, un ventanal que parece abarcar todo el océano. Un escalofrío de curiosidad me recorre, porque no sé nada de su vida, nada de lo que hace cuando no está devorándome.

—Adrián… —me atrevo a decir, con la voz baja pero firme, mientras dibujo círculos nerviosos sobre su piel— ¿Cómo es que tienes esta habitación?

Me giro para mirarlo directamente, esperando una respuesta. Es costosa, y yo no tengo idea de dónde sale su dinero. Por primera vez, la duda supera al deseo. Y lo que siento en mi pecho no es solo placer: es miedo. Adrián me sostiene la mirada un instante, y siento cómo su mano aprieta con más fuerza mi cintura, como si quisiera recordarme que hasta mis preguntas están bajo su control. Sus labios se curvan en una sonrisa peligrosa, de esas que esconden más de lo que muestran.

—Digamos que… conozco a la gente correcta —responde al fin, con esa calma que es más inquietante que un grito. Su voz ronca vibra en mi pecho y me atraviesa entera.

Adrián me sostiene el rostro con brusquedad, pero en sus ojos arde algo más que deseo. Es fuego mezclado con tormenta.

—No entiendes lo que haces conmigo, Lucía… —murmura con voz rota, como si se hablara a sí mismo tanto como a mí—. Yo soy oscuridad, soy peligro. Pero tú… tú eres lo único limpio que ha tocado mi vida. Y por eso mismo, no pienso dejarte ir.

—¿Qué es lo que ocultas? —susurro, atreviéndome a desafiarlo—. Adrián… ¿me lo puedes contar?

Su mirada se endurece de inmediato. La mano que acariciaba mi muslo se tensa, y durante un segundo creo que va a apartarse. Pero no lo hace. Se inclina sobre mí, atrapándome entre su cuerpo y el colchón, y en su voz grave se mezcla un filo de furia con algo que parece dolor.

—Lucía… —susurra, rozando mis labios con los suyos—. Lo que escondo no es para ti. Créeme, princesa… si lo supieras, dejarías de mirarme con los mismos ojos.

Sus palabras se clavan, precisas, donde más duelen. Hay verdad en ellas, una verdad que me hiela la sangre y me enciende aún más el deseo de conocerlo. Y aunque debería callar, aunque debería detenerme, siento que no puedo dejar de insistir. El aire entre nosotros se vuelve denso, cargado de algo que no entiendo del todo. Estoy a punto de insistir otra vez cuando, de pronto, el sonido cortante del teléfono rompe la calma en la suite.

Adrián se queda inmóvil por un instante, sus ojos clavados en los míos, oscuros, encendidos… como si el timbre hubiera despertado a la bestia que guarda dentro.

Aprieta la mandíbula y se incorpora de golpe, dejándome con la piel erizada y el corazón en un puño. Lo observo caminar desnudo hasta la mesa donde sigue sonando el aparato. Contesta sin mirarme, la voz baja, seca, cargada de un tono que nunca antes le había escuchado. No entiendo lo que dice, son frases cortas, crudas. Cuando cuelga, vuelve hacia mí. Y aunque su mirada me quema como siempre, hay algo más ahora: tensión, urgencia, rabia contenida.

—Tengo que irme, princesa —murmura con voz ronca—. Debo estar en otro sitio esta noche.

—¿Cómo que te vas? —le pregunto, mi voz quebrada entre la incredulidad y la rabia contenida—. Has venido desde La Habana, todo este viaje… ¿para solo unas horas?

Él se detiene, a medio camino de recoger sus cosas. Su espalda ancha, marcada por cicatrices que aún no me atrevo a preguntar, se tensa bajo la tenue luz de la lámpara. No, me mira de inmediato.

Al fin gira, y sus ojos claros me atraviesan el alma.

—No entiendes, Lucía —dice con esa voz baja, grave, cargada de misterio—. No vine solo por unas horas. Vine porque no podía soportar el no tenerte.

Camina hacia mí, me sujeta el rostro entre sus manos, y su boca roza la mía como una amenaza disfrazada de caricia.

—Pero mi vida no me pertenece como tú crees. Y si me quedo más de lo que debo… te arrastro conmigo.

Sus palabras me desgarran más que su mirada. Quiero detenerlo, gritarle que se quede, que no me deje aquí con este silencio que quema más que sus manos en mi piel. Pero mi voz muere en la garganta.

Adrián me da un último beso, duro, breve, como un sello de posesión más que una despedida. Su aliento sigue ardiendo en mis labios cuando ya se aparta. Viste su ropa con movimientos rápidos, casi violentos, como si su cuerpo necesitara marcharse antes de que el deseo lo obligue a quedarse.

Lo veo tomar sus llaves, su teléfono, su chaqueta. En la puerta se gira, y por un instante me parece que sus ojos se quiebran.

Y se marcha.

La puerta se cierra con un clic seco... La suite queda en silencio, demasiado grande, demasiado fría. Mi cuerpo todavía tiembla por él, mi piel arde en cada lugar donde me tocó, pero su ausencia pesa más que cualquier orgasmo. Me hundo en las sábanas, con el sabor de sus besos aún en mis labios, y solo una pregunta me martillea la cabeza:

¿Quién eres realmente, Adrián?

Camino por el pasillo del hotel con las piernas aún temblorosas, como si cada paso recordara la fuerza con que Adrián me tomó. Mi pecho arde de preguntas sin respuesta, y la sensación de su despedida me pesa más que su cuerpo cuando estaba sobre mí. Respiro hondo antes de abrir la puerta de mi habitación, intentando recomponerme.

Adentro, encuentro a Camila sentada en la cama, con el cabello aún húmedo por la ducha y una sonrisa traviesa iluminándole el rostro. Sus ojos chispean en cuanto me ve, como si hubiera estado esperando ansiosa mi regreso.

—¡Al fin! —exclama, palmoteando la colcha—. Estaba muriéndome de ganas de contarte.

Se inclina hacia mí, con ese entusiasmo juvenil que siempre la acompaña, y antes de que pueda decir palabra ya empieza a hablar atropellada:

—Lucía, no te imaginas… Es guapísimo, alto, con una sonrisa de esas que matan. Y lo mejor… creo que le gusto de verdad.

La escucho con una sonrisa débil, pero por dentro estoy desgarrada. Su emoción me resulta tan ligera, tan limpia, tan normal… que me doy cuenta de cuán diferente es mi propia historia.

Mientras ella me habla de un romance de verano, yo tengo clavadas en la piel las huellas de un hombre oscuro que no debería desear, pero al que ya no puedo renunciar.

—Quedamos para cenar esta noche, ¿no te molesta verdad? —pregunta Camila con esa inocencia que le ilumina el rostro, mientras se prueba frente al espejo un vestido ligero de verano.

La observo sonreír, sus ojos brillando con la emoción de un nuevo romance sencillo, sin secretos, sin sombras. Y me invade una punzada de envidia. Ella vive el amor como debería ser. Yo, en cambio, estoy atrapada en un torbellino oscuro que no sé cómo nombrar.

—Claro que no —respondo, esbozando una sonrisa forzada mientras me dejo caer en la cama. La suavidad de las sábanas contrasta con el ardor que aún siento en mi piel, con las marcas invisibles de Adrián que me queman por dentro.

Camila no lo nota. Sigue hablando de su chico de la playa, de lo atentos que fueron sus ojos al verla, de cómo la hizo reír. Al llegar la noche las luces del bar parecen más frías, las conversaciones más lejanas. No importa cuántas copas de vino beba, no consigo acallar el murmullo de su voz en mi memoria. Adrián está ausente… y, sin embargo, lo siento aquí, sobre mi piel, en mi respiración, en cada latido acelerado que no se calma.

Me descubro mirando la puerta una y otra vez, esperando lo imposible. Que aparezca. Que su sombra oscura atraviese la sala y me arrastre con él. Pero la puerta permanece cerrada, y el mundo sigue girando sin que nadie más note mi condena.

Cuando Camila suspira, feliz, apoyando la barbilla en la mano mientras piensa en su chico de la playa, yo me hundo en un silencio espeso. Y comprendo que la ausencia de Adrián pesa más que la presencia de cualquier otro. Su vacío me quema más que su cuerpo. Y esa es la verdadera adicción.

De regreso a la habitación, Camila se queda dormida rápido, acunada por la ligereza de un romance que apenas comienza. Yo, en cambio, me escapo en silencio hacia el balcón. La noche en Varadero es un mar negro salpicado de estrellas. El viento salado me acaricia el rostro y juego con la copa de vino que aún conservo en la mano, mirando hacia abajo, hacia la playa iluminada tenuemente.

Cierro los ojos y casi puedo sentirlo. Sus manos en mi piel, su voz ronca contra mi oído, la presión de su cuerpo reclamándome como suya. Es absurdo, lo sé. No está aquí. Se ha marchado. Pero su ausencia ocupa espacio, como si el silencio tuviera cuerpo y me presionara el pecho.

Me abrazo a mí misma, tratando de acallar el temblor que me recorre. Y en ese silencio me repito una y otra vez la pregunta que me consume desde que lo conocí:

¿Qué esconde? La brisa sopla más fuerte, levantando el borde de mi bestido. El vino se balancea en la copa, y con él mi mente, perdida entre deseo, miedo y adicción.

Me quedo ahí, atrapada en la noche, esperando un regreso que no sé si llegará.

El sol apenas se filtra por las cortinas cuando siento que alguien me sacude el hombro. Abro los ojos con dificultad y encuentro el rostro de Camila inclinado sobre mí, sus ojos brillando con entusiasmo.

—¡Lucía, despierta! —ríe, tirando de la sábana—. Tienes que ver esto.

Me incorporo despacio, todavía con el peso de la noche anterior oprimiéndome el pecho.

Sobre la mesa de la habitación hay una bandeja de desayuno impecablemente servida: jugo fresco, frutas, café humeante y una cesta de panes que huele a cielo. Entre los platos, una pequeña nota doblada.

El corazón me da un vuelco.

Camila aplaude divertida.

—¡Alguien tiene un admirador secreto! —dice, con esa picardía ligera que le brota natural.

Tomo la nota con manos temblorosas, y el mundo se reduce a esas letras firmes, escritas con seguridad:

"Desayuna, princesa. Necesito que recuerdes que sigo aquí, incluso cuando no me ves. —A."

Respiro... o creo que lo hago. Adrián. Incluso lejos, incluso oculto... me encuentra. Levanto la mirada y

Camila me observa con una sonrisa curiosa. Yo finjo calma, pero por dentro, la tormenta regresa. Su control va más allá de mi cuerpo: me persigue, me envuelve, y ni siquiera con la puerta cerrada estoy libre de él.

—¿Y bien? —pregunta Camila, —. ¿Quién te manda desayunos tan… elegantes?

Trago saliva, la nota aún ardiendo entre mis dedos. No quiero mentirle, pero tampoco sé cómo explicarle lo que ni yo misma entiendo.

—Es… Adrián —admito al fin, con un hilo de voz.

El gesto de Camila cambia de inmediato. Su sonrisa entusiasta se borra y da paso a una mueca de incredulidad.

—¿Adrián? —repite, y sus ojos se abren grandes, cargados de alarma—. ¡Lucía, por Dios! ¿Ese hombre estuvo aquí anoche?

Intento calmarla con un gesto, pero ella ya está de pie, paseándose por la habitación como un torbellino.

—¿No ves lo raro que es? —su voz se quiebra entre la preocupación y el enfado—. Siempre sabe dónde estás, siempre aparece, como si te siguiera… Lucía, eso no es normal. Eso es enfermizo.

Me quedo en silencio, con la nota apretada en la mano. La preocupación de Camila es real, pero el fuego que aún siento en mi piel me hace imposible soltarlo. Lo sé: hay peligro. Lo sé: hay algo oscuro que me oculta. Y aun así, ese peligro es lo único que no quiero dejar.

—Camila, no soy tonta —digo al fin, —. Ya te he dicho que sé que Adrián esconde algo… pero no puedo evitarlo.

Ella me mira con una mezcla de desconcierto y rabia, como si no pudiera entender que yo, la que siempre tiene los pies en la tierra, esté atrapada en algo así.

—¿No te das cuenta? —insiste, cruzándose de brazos, casi suplicándome—. No es normal, Lucía. Ese hombre no es para ti.

Sus palabras me hieren porque sé que son verdad. Pero mientras ella habla, mi mente se inunda con la imagen de sus ojos oscuros clavados en los míos, de su voz grave llamándome princesa, de su cuerpo devorándome como si me necesitara para respirar.

La miro, incapaz de explicar lo inexplicable.

—Es adicción, Cami —susurro, más para mí que para ella—. Y no sé si quiero, o si puedo, curarme de ella.

El silencio se instala entre nosotras, pesado, incómodo. Camila suspira, resignada, como si ya no supiera cómo salvarme de mí misma.

—No puedo creerlo, Lucía… —murmura con rabia contenida, recogiendo su bolso de la silla—. Te estoy diciendo que ese hombre tiene algo extraño, que no me da buena espina, y tú… te estás dejando arrastrar.

Su tono me atraviesa como un látigo. Sé que me quiere, que lo dice desde la preocupación. Pero también sé que nada de lo que diga cambiará lo que siento.

Camila suspira, frotándose la frente como si yo fuera un problema imposible de resolver.

—Haz lo que quieras —dice al fin, su voz tensa, cortante—. Pero no vengas a decirme que no te lo advertí.

La puerta se cierra tras ella, dejándome sola con el eco de su enojo. Miro la nota sobre la mesa, esa letra firme que todavía me quema los dedos, y sé que mi amiga tiene razón. Que todo esto es peligroso, que Adrián es un misterio envuelto en sombras.

Y, sin embargo, lo único que quiero… es volver a verlo.

El día pasa sin ver a Camila. Sí que se enojó conmigo… y la entiendo.

El atardecer me cubre con sus colores tenues, una paleta de naranjas y violetas que tiñen el cielo. Camino sin rumbo fijo, dejando que la arena se cuele entre mis sandalias, siguiendo un sendero que no sé a dónde conduce. No sé cuánto he caminado ya; el tiempo se diluye entre mis pensamientos.

Cada paso me arrastra más hondo en el laberinto de mis preguntas sin respuestas.

¿Quién es realmente Adrián? ¿De dónde viene? ¿Qué secretos guarda en ese silencio que se me clava como un puñal? Su sombra me persigue, incluso cuando no está, incluso cuando el mundo parece tranquilo.

Un crujido a mis espaldas me hace detenerme. Giro lentamente, el corazón golpeándome el pecho, y allí está.

De pie en medio del sendero, como si hubiera estado esperándome todo el tiempo. Su camisa desabotonada, el cabello revuelto por la brisa marina, y esa mirada oscura que me atraviesa de pies a cabeza.

No necesito preguntar cómo me encontró. ¿Para qué? Es inútil… este hombre tiene un radar solo para mí.

—¿Adrián? —susurro, mi voz más débil de lo que quisiera.

Él avanza despacio, con esa seguridad instintiva que hace que todo a su alrededor parezca detenerse. El sol se derrama en el horizonte, bañando su silueta en tonos dorados y rojos, como si el propio atardecer lo coronara.

Cuando llega hasta mí, me toma del rostro con una fuerza que me obliga a mirarlo a los ojos.

—No deberías estar caminando sola y tan lejos —advierte, la voz baja y tensa, vibrando con amenaza—. No sabes lo que me provocas cuando desapareces.

Antes de que pueda decir nada más, su boca se apodera de la mía con violencia. Un beso salvaje, desesperado, que me roba el aliento y me obliga a aferrarme a él para no caer. El sabor de Adrián es rabia y deseo mezclados, un golpe que me sacude de pies a cabeza. Sus manos me aprisionan contra su pecho, como si quisiera fundirme con él, como si este beso fuera la advertencia de lo que está por venir.

—Mía o de nadie, ¿entiendes? —me muerde el labio, la rabia y el deseo fundidos en un solo gesto que me duele tanto como me quema.

El sendero está vacío, pero la idea de que cualquiera podría aparecer me acelera aún más la respiración. Mi mente grita que es peligroso, que esto es una locura. Pero mi cuerpo lo busca, lo necesita, se rinde a él como siempre.

Adrián rompe el beso apenas lo suficiente para arrastrar aire a sus pulmones, pero no me suelta. Me toma de la muñeca con firmeza y me conduce fuera del sendero, sin darme tiempo a protestar.

—¿A dónde vamos? —pregunto, aunque mi voz sale más como un susurro jadeante que como una verdadera exigencia.

Él no responde. Camina con seguridad, como si conociera cada rincón oculto de este lugar, y yo solo puedo seguirlo, atrapada en el magnetismo oscuro que lo envuelve. La arena bajo mis pies cambia de textura, más gruesa, más húmeda, hasta que el sonido del mar se intensifica. Entonces lo veo: una playa solitaria, enmarcada por grandes rocas que se levantan como guardianes naturales, ocultándonos del resto del mundo. Es un espacio secreto, un refugio salvaje que parece existir solo para él… y ahora para mí.

Me detiene en seco y me aprisiona contra una de las rocas, su cuerpo fuerte cerrando todo escape. Su mirada arde, oscura, peligrosa, como si este fuera su territorio y yo su conquista.

—Aquí nadie nos interrumpe, princesa —susurra, rozando mis labios con los suyos—. Aquí eres solo mía.

El mar ruge detrás de nosotros, y yo siento que ese sonido salvaje es el eco perfecto de lo que él despierta en mí. Su boca se apodera de la mía otra vez, pero esta vez no hay solo rabia: hay algo más, algo que se siente como un secreto a punto de escapar. Y mientras me devora, su voz se mezcla con los besos, grave, rota, como si confesara a la fuerza.

—No sabes lo que arriesgo por venir a ti, Lucía… —susurra, mordiéndome el cuello—. No sabes las sombras de las que intento mantenerte lejos.

Lo miro, aturdida, con la respiración desordenada. Sus palabras son un golpe y la contradicción me abrasa por dentro. Quiero exigirle respuestas, pero sus manos recorren mis muslos, separándolos con fuerza, y mi cuerpo se rinde antes que mi razón.

—Eres luz… —continúa, su voz más baja, peligrosa, como si hablara consigo mismo—. Y yo… yo soy la oscuridad que no debería tocarte. Pero mírame, princesa… no puedo detenerme.

Cada palabra me confunde, me hiere, me atrapa. Su beso sabe a pecado y a confesión, a peligro y a redención, todo al mismo tiempo. Y aun así, lo único que puedo pensar es que quiero más. Su respiración quema contra mi piel. Cada palabra suya es un veneno dulce que me confunde más de lo que me aclara.

—He hecho cosas… —susurra entre mis labios, con esa voz grave que me estremece—. Cosas que no te imaginas, cosas que nunca deberías conocer.

Su lengua recorre mi clavícula, lenta, torturante, y yo arqueo la espalda contra la roca.

Quiero gritarle que me diga la verdad, que me explique de una vez qué significa todo eso, pero la presión de su cuerpo me roba la voluntad.

—Hay gente que daría lo que fuera por mantenernos separados… —continúa, sus dedos marcando mi piel como un sello invisible—. Y si algún día supieras la verdad, princesa, me odiarías.

Algo dentro de mí se encoge, como si su voz despertara un miedo que también deseo. Lo odio por esas palabras a medias, por ese juego cruel entre placer y misterio. Pero al mismo tiempo, me aferro a él con desesperación, porque no sé cómo vivir sin esa oscuridad que me encadena.

Mis pensamientos son un grito silencioso: ¿Quién eres, Adrián? Pero mis labios, rendidos, solo saben buscar los suyos.

Él me besa como si mi pregunta no tuviera derecho a respuesta. Y yo me dejo arrastrar, más obsesionada que nunca.

Se aparta apenas un segundo, sus ojos clavados en los míos con una intensidad peligrosa.

—Desvístete para mí, princesa —ordena, su voz ronca, cargada de deseo y dominio.

Mis manos tiemblan, pero obedezco. Desabotono lentamente mi blusa floreada, revelando que no llevo nada debajo. El aire húmedo de la playa me acaricia los senos desnudos, y aun así lo único que siento es la quemadura de su mirada devorándome. Sin apartar mis ojos de los suyos, bajo con lentitud el short que me cubre, dejando al descubierto mi ropa interior, ligera, mínima.

Adrián da un paso al frente, como un depredador que no puede contenerse más. Sus dedos rozan el borde de mi prenda, recorriéndolo despacio, saboreando cada milímetro de mi piel.

El contacto me arranca un gemido suave, quebrado, y eso lo enciende más. Con un movimiento lento, casi cruel, baja mi ropa interior mientras sus manos se deslizan contra mis caderas, y el contraste entre la brisa fría y el calor de su toque me hace estremecer.

La tensión en sus palabras se transforma en furia contenida. Adrián me levanta y me recuesta en la arena húmeda, justo donde el vaivén de las olas alcanza a rozarnos.

Su boca me seduce, su piercing me enloquece, y sus manos recorren mi piel con esa urgencia salvaje que no entiende de pausas. El rugido del mar nos envuelve, como si las olas fueran un eco de su rabia y mi sumisión.

Me separa las piernas con una fuerza que no admite resistencia, sus caderas encajando contra las mías, y en un solo movimiento me invade, reclamando cada parte de mí. El grito que me arranca se mezcla con el choque del agua al romper en la orilla. Se mueve como el mar cuando reclama la orilla: insistente, inevitable, hermoso en su destrucción. Cada golpe me hunde más en la arena, cada caricia es un recordatorio de que aquí, en este lugar secreto, no existe nadie más que nosotros dos.

—No intentes huir de mí, Lucía… —su voz se quiebra contra mi oído—. Ni el mar podría borrar lo que siento por ti.

El agua salada moja nuestros cuerpos ardientes, enfriando la piel al mismo tiempo que sus movimientos me queman por dentro. Mis uñas se clavan en sus hombros, mi respiración se desgarra, y me dejo arrastrar por la tormenta que es él. Las rocas nos observan como testigos mudos, y yo me siento marcada, perdida, atrapada en el secreto de Adrián… y en mi adicción a su oscuridad.

El sabor de sus labios me revela algo más profundo, algo roto. Siento que Adrián está desesperado, como un hombre que busca refugio en el único lugar donde puede hallar paz.

Me aferra con fuerza, sus manos marcándome la piel, y por un instante ya no es el depredador que me somete, sino un hombre perdido, ahogado en sus propias sombras, encontrando en mí la única salida.

—No sabes lo que me haces, Lucía… —susurra con la voz rota, casi suplicante—. No sé cómo… ni por qué, pero contigo dejo de sentir el vacío.

Me quedo inmóvil, perdida entre el choque de sus palabras y el calor de su cuerpo. Nunca lo había escuchado así: sin armadura, sin control, como si yo fuera el único refugio de un hombre hecho de sombras.

Quiere sonar fuerte, quiere seguir siendo el dominador que me somete, pero su mirada lo traiciona: hay tormenta y dolor detrás de esos ojos oscuros. Y por primera vez, siento que Adrián me necesita tanto como yo a él.

Lo miro en silencio, aturdida por lo que acaba de decir. Mi corazón late desbocado, porque por un instante sentí que me dejaba entrar, que me mostraba la herida detrás de su máscara. Pero ese instante se rompe en el mismo segundo en que sus ojos se endurecen. Como si odiara haber dejado escapar una grieta, como si se castigara por mostrarme algo que yo no debía ver. Su boca vuelve a la mía, esta vez feroz, posesiva, borrando con fuerza la fragilidad que asomó hace un segundo.

Sus manos me sujetan con violencia por la cintura, hundiéndome más en la arena húmeda mientras su cuerpo retoma el ritmo brutal de siempre.

—No te confundas, princesa —gruñe contra mi oído, cada palabra marcada por una embestida—. No soy un hombre que ama… soy un hombre que toma. Y tú eres lo que necesito ahora.

Siento el filo de esas palabras clavarse en mi pecho, un castigo cruel que debería dolerme más de lo que me enciende. Pero es inútil: mi cuerpo se rinde a él, incluso cuando mi alma tiembla por lo que intuye detrás de su oscuridad. Su furia me envuelve.

Cada embestida es más brutal que la anterior, como si quisiera arrancar de mí el recuerdo de su debilidad, como si necesitara demostrarme que sigue siendo el depredador que siempre ha sido. La arena se pega a mi piel húmeda, y las olas golpean contra nuestros cuerpos, frías, implacables, recordándome que no hay escape posible.

Adrián me toma con una desesperación sin nombre, como si en cada movimiento estuviera reclamando mi alma. Y cuando me aprieta contra él, gruñendo mi nombre como un juramento oscuro, mi cuerpo se rompe en un orgasmo devastador que me atraviesa como un rayo.

La ola de placer me arrasa, me ahoga, me devora. Grito su nombre contra el viento, perdida, mientras siento que él también se libera dentro de mí, su voz hecha rugido, su cuerpo temblando contra el mío. El mar cubre nuestros cuerpos ardientes, enfriando la piel, pero dentro de mí todo sigue ardiendo. No hay espacio para el miedo, no hay espacio para la razón. Solo Adrián. Solo esta marea que me arrastra sin prometerme orilla..

Adrián, deja que sus dedos recorran mi piel como si fueran dueños de cada centímetro. Desliza lentamente la mano por mi vientre, baja por mis caderas y se detiene en mi entrepierna, presionando con fuerza, marcándome como si quisiera dejar grabada su huella.

Su aliento me roza el oído, caliente, y su voz ronca me eriza como si el aire tuviera filo.

—Eres mía, Lucía. Tu cuerpo, tu placer, hasta tus gemidos… todo me pertenece.

No hay escapatoria. Estoy atrapada, dominada, y aunque mi mente grita que esto es peligroso, mi cuerpo se entrega con una rendición total que me quiebra y me excita a la vez.

Él sonríe contra mi cuello al sentirme temblar y añade, más bajo, casi como un juramento oscuro:

—No importa a dónde corras, ni quién intente apartarte de mí. Siempre volverás aquí… debajo de mí.

De pronto, su mano atrapó la cadena que llevo en mi cuello. Tiró de ella con fuerza, obligándome a incorporarme. Mi respiración se quebró, mis ojos se clavaron en los suyos, y entendí que el juego aún no había terminado.

—Arrodíllate, princesa —gruñe, su voz áspera, cargada de poder—. Quiero tu boca en mí… ahora.

El tirón de la cadena me obliga a obedecer, y en ese instante comprendo que no soy más que su adicción, su posesión. Me arrastra hacia abajo, y mi cuerpo obedece. La arena húmeda se clava en mis rodillas mientras me acomodo frente a él, sintiendo su sombra cubrirme como un muro imposible de atravesar. Adrián me sostiene la mirada con un brillo oscuro. Con una mano en mi cabello, me obliga a levantar el rostro hacia él.

—Mírame, princesa —ordena, su voz grave como un látigo—. Quiero ver en tus ojos cómo te rindes a mí.

Trago saliva, temblando, y lentamente acerco mis labios a su dureza. El contacto inicial lo hace soltar un gruñido que vibra en el aire, un sonido salvaje que me acelera el pulso. Mis manos se apoyan en sus caderas, pero él las aparta con brusquedad.

—No… solo tu boca —susurra con crueldad deliciosa, su pulgar presionando mi labio inferior—. Nada más.

Me acomodo y lo tomo con lentitud, saboreándolo, dejando que mi lengua lo explore con un ritmo suave. Sus gemidos bajos me confirman que lo estoy haciendo bien, aunque no me permite el control.

Su mano en mi cabello me guía, marcando el ritmo que él decide: más profundo, más rápido, hasta que me ahogo y mis ojos se llenan de lágrimas. Pero incluso eso parece excitarlo más.

—Así, princesa... déjame sentir tu garganta apretándome.

Me aparta apenas para que respire, sus dedos firmes en mi mandíbula, obligándome a abrir la boca para él. Luego vuelve a guiarme hacia abajo, más lento esta vez, como si disfrutara del contraste entre mi desesperación y su dominio.

Cada movimiento, cada jadeo ahogado, cada lágrima que resbala por mi mejilla, es suyo. Y yo, perdida en el vaivén, me descubro disfrutando de ser usada, poseída en la forma más cruda y adictiva.

Sus jadeos se vuelven más graves, más intensos, cada vez que mi boca lo recibe más hondo. Su mano en mi cabello se aprieta con fuerza, guiándome sin darme opción, y la cadena en mi cuello tira de mí como un grillete brillante que me condena a obedecer.

Siento cómo su respiración se acelera, cómo sus caderas tensas se estremecen bajo mis labios.

—No pares, princesa… —gruñe con voz rota, dominadora, sus ojos fijos en los míos—. Vas a tragártelo todo, ¿me oyes? Todo.

Otro tirón de la cadena me obliga a mirarlo justo cuando su cuerpo se sacude y un gemido ronco, animal, se escapa de su garganta. El calor me inunda la boca de golpe, y aunque mi instinto es apartarme, su mano firme en mi cabello y el metal apretando mi cuello me obligan a permanecer.

Lo trago despacio, con lágrimas deslizándose por mis mejillas, la sal del mar mezclándose con el sabor intenso de él.

Adrián me observa, y en su mirada no hay piedad, solo esa posesión oscura que me asusta. Cuando por fin me suelta, jadeo, exhausta, mi pecho subiendo y bajando con violencia. Él acaricia mi rostro con el dorso de los dedos, su gesto suave contrastando con la brutalidad del instante.

—Así te quiero, Lucía… entregada, mía hasta el último aliento.

Y yo sé, mientras el metal aún arde en mi cuello, que no tengo escapatoria. No quiero tenerla.

Me levanta con una facilidad que me desarma, como si no pesara nada en sus manos. Su boca encuentra la mía en un beso profundo, arrebatado, como si quisiera grabar su fuego en mí antes de marcharse. Al separarse, me sostiene la mirada con intensidad peligrosa:

—Eres mi tentación más grande, Lucía… mi adicción más perfecta, y también mi condena.

Me alcanza la ropa, ayudándome a cubrir mi desnudez con una calma extraña, como si de pronto quisiera borrar la violencia del momento anterior. Luego, sin soltarme, me acompaña de regreso por el sendero. El silencio pesa entre nosotros, roto solo por el crujido de la arena bajo nuestros pies. Al llegar al hotel, se detiene frente a la puerta de mi habitación. Su mano aún en la mía, fuerte, firme, pero su mirada distante.

—Descansa, princesa —dice con una voz grave que no admite réplica.

Lo agarro del brazo, desesperada, mis palabras se escapan antes de poder frenarlas.

—Quédate conmigo… aunque sea esta noche. Dime algo más, lo que sea, de esa vida que te castiga, de lo que escondes de mí.

Su mirada se oscurece, y por un instante siento que va a ceder. Pero entonces me acaricia la mejilla con el dorso de la mano, un gesto suave que duele más que cualquier golpe, y susurra:

—Si supieras más, dejarías de mirarme como lo haces ahora.

Me besó una última vez, fugaz, como un veneno dejado en mis labios, y se apartó. Antes de que pudiera detenerlo, ya se había perdido en el pasillo, dejándome con el corazón ardiendo y la garganta hecha un nudo. Me dejé caer en la cama, aún con la sal del mar pegada a mi piel y la ropa húmeda sofocándome, como si cada resto suyo quisiera seguir marcándome.

El silencio de la habitación me golpeó, brutal, después de haber sentido su voz, su fuerza, su cuerpo reclamándome como si nunca hubiera tenido otra opción. Cerré los ojos y todo volvió de golpe: la cadena en mi cuello, la furia de sus besos, la ternura inesperada al vestirme, la frialdad de sus palabras al marcharse. Un torbellino que me ata, que me hiere y me alimenta al mismo tiempo. Debería odiarlo. Debería huir. Pero lo único que siento es que lo necesito más que al aire que respiro.

No sé qué sombras lo siguen, qué secretos lo persiguen ni qué abismo lo habita. Lo único que sé es que tarde o temprano voy a arrancarle esa verdad.

Capítulo 11

* * * * * *

La rutina en casa era un disfraz: mismas paredes, mismas miradas inquisitivas, mismo silencio sofocante… pero yo sentía que todo estaba a punto de romperse. Mi padre caminaba de un lado a otro con pasos cortantes, cargando un huracán en la voz cada vez que ordenaba algo. Yo intentaba desaparecer entre esas paredes, con la sensación de que mis secretos ya estaban marcados en la piel.

—¡Lucía! —la voz de Camila irrumpió desde la entrada, tan urgente que me arrancó un sobresalto.

Corría hacia mí, el cabello desordenado, los ojos encendidos como si trajera un incendio en el pecho. Me tomó del brazo con fuerza, arrastrándome fuera del pasillo como si necesitara sacarme del mundo.

—Tienes que escucharme… —jadeó, todavía agitada—. No vas a creer lo que acaba de pasar.

El corazón se me aceleró de inmediato. Una parte de mí temió escuchar el nombre de Adrián en sus labios, otra —más peligrosa aún— lo deseó con fuerza.

Pero lo que salió de su boca fue distinto. Fue un disparo que me dejó inmóvil.

—¡Me voy a casar! —exclamó Camila, con una sonrisa desbordante que me cegó por un instante.

—¿Qué...? —alcancé a decir, sin aire, sintiendo que el suelo se me movía bajo los pies.

Ella reía, nerviosa, llevándose las manos al rostro como si aún no creyera su propia confesión.

—Lo conocí hace poco, pero es perfecto, Lucía. Me pidió matrimonio y no pude decir que no.

La observé en silencio, con una punzada extraña en el pecho. Ella hablaba de futuro, de certezas, de paz. Y yo... yo estaba encadenada a un hombre oscuro, a un deseo tan peligroso como adictivo, un destino que nada tenía de limpio ni de prometedor. La palabra me atravesó como un cuchillo. Paz. Algo que yo no conocía desde que Adrián había entrado en mi vida.

—No sé, Camila... —digo despacio, intentando no sonar cruel pero incapaz de disimular mi sorpresa—. Todavía no hemos terminado la universidad, ¿no crees que es un poco apresurado todo esto?

Ella me mira con los ojos muy abiertos, como si no entendiera de dónde viene mi resistencia.

—¿Apresurado? —ríe nerviosa, mordiéndose el labio—. Puede ser... pero cuando lo sientes, Lucía, lo sabes. Y yo lo sé. No necesito más tiempo. Su convicción me deja muda.

—Es que… es diferente, Cami. Es un compromiso muy grande. —Intento sonar calmada, como si pudiera protegerla de un error.

Ella suspira, se sienta a mi lado en la cama y me toma la mano.

—Lo sé. Pero por primera vez siento que alguien me ve de verdad. Que me elige. Y tú mejor que nadie deberías entender lo que es no poder decir que no a lo que te atrapa.

Sus palabras me dejan helada. Porque tiene razón: yo lo entiendo demasiado bien. Solo que en mi caso, lo que me atrapa no es amor limpio… es Adrián.

—Si estás segura, yo estoy muy feliz por ti —le digo al fin, obligando a mis labios a dibujar una sonrisa—. Pero quiero conocerlo, ¿eh?

Camila suelta una risa nerviosa y me abraza con fuerza, casi haciéndome perder el aire.

—¡Claro que sí! Vas a ver, Lucía, te va a encantar. Es tan diferente a todo lo que hemos vivido… tan estable, tan seguro… —sus ojos brillan con ilusión—. Creo que nunca me había sentido tan en paz.

La palabra vuelve a golpearme como un eco cruel. Paz.

Asiento con la cabeza, escondiendo mi contradicción detrás de otra sonrisa fingida.

—Entonces espero la presentación.

Camila, todavía con esa sonrisa que le ilumina el rostro, saca el teléfono del bolso.

—Te vas a llevar bien con él, ya lo verás —me dice mientras marca un número con dedos temblorosos de emoción.

Me quedo en silencio, observándola. Su alegría es contagiosa, pero en mi pecho late esa incomodidad amarga, ese contraste inevitable entre lo que ella vive y lo que me consume por dentro.

—¡Víctor! —exclama, apenas escucha la voz al otro lado—. Sí, mi amor… justo estaba con Lucía. ¿Qué te parece si cenamos los tres esta noche, así la conoces?

Hace una pausa, mordiéndose el labio, escuchando su respuesta. Yo solo alcanzo a percibir la seriedad de su mirada, el brillo en sus ojos que parece aumentar con cada palabra que él le devuelve.

—¿Un restaurante? —repite con entusiasmo—. Perfecto, suena increíble.

Cuelga y me toma de la mano con fuerza.

—Está decidido. Esta noche cenamos los tres. Quiero que lo conozcas, Lucía. Quiero que veas lo especial que es.

Asiento despacio, con una sonrisa que no llega a mis ojos. Porque mientras ella se prepara para mostrarme a un hombre que parece sacado de un cuento… yo solo pienso en Adrián, en dónde estará ahora, en qué mundo oscuro se esconde mientras yo me siento atrapada en el suyo.

La tarde se escurre entre los preparativos. Camila revolotea frente al espejo, probándose vestidos, maquillándose con esa emoción ligera que me recuerda lo mucho que ha cambiado desde que lo conoció. Yo, en cambio, me visto casi en automático: un vestido negro sencillo, el cabello suelto, apenas un toque de labial.

El auto negro se detuvo frente a la casa de Camila, y de inmediato lo vi: Víctor. Alto, impecable, con esa sonrisa pulida que parecía diseñada para inspirar confianza. Nada en él era improvisado; cada gesto, cada palabra, respiraba calma, seguridad.

—Un placer conocerte, Lucía —dijo, estrechando mi mano con firmeza. Su voz era profunda pero tranquila, sin un ápice de amenaza. La clase de voz que cualquiera querría escuchar a diario.

Sentí el contraste como un golpe seco en el pecho. La serenidad de ese hombre debería resultarme atractiva, debería invitarme a bajar la guardia. Pero no. Lo único que hizo fue recordarme cuánto me faltaba el vértigo, el filo peligroso de Adrián. La sonrisa perfecta de Víctor me incomodaba, porque entendí que la calma no sabía a nada. Yo ya estaba perdida en un sabor distinto: humo, fuego, veneno.

Camila lo miraba como si fuera el sol. Yo, en cambio, lo veía como un espejo cruel de lo que nunca tendría con Adrián.

Sonrío de vuelta, cortesía más que emoción.

—Lo mismo digo.

Durante el trayecto, Camila no deja de hablar, relatando anécdotas, riendo, entrelazando su mano con la de él. Yo observo en silencio, con la mirada perdida en la ventanilla, el reflejo de mis propios pensamientos traicionándome: no puedo dejar de imaginar qué estaría haciendo Adrián en este mismo instante.

El restaurante es tan chic como prometió: luces bajas, decoración minimalista, camareros con guantes blancos. Una escena de película perfecta para el romance de mi amiga. Nos conducen a una mesa junto a un ventanal que da a la ciudad iluminada.

—Espero que te guste este lugar, Lucía —dice Víctor con esa calma que parece inquebrantable—. Quiero que sepas que para mí es muy importante conocer a las personas que Camila ama.

Asiento, jugando con la copa de vino que me han servido.

—Es bonito, sí. Muy elegante.

La cena transcurre entre risas de Camila, historias de Víctor sobre su trabajo, viajes, proyectos. Parece un hombre correcto, educado, con todo en orden.

Mientras Víctor habla de planes de futuro, yo recuerdo los susurros oscuros en la playa. Mientras él me sonríe con tranquilidad, yo siento el ardor de las manos de Adrián apretando mi piel.

Camila me observa, expectante, como si buscara mi aprobación.

—¿Ves? Te dije que te caería bien —dice Camila, con la sonrisa encendida, los ojos brillando de ilusión.

Yo le devuelvo una mueca amable, apretando la copa de vino entre los dedos.

—Sí… es encantador —respondo, y la palabra me sabe hueca, prestada.

Víctor es encantador, sí. Demasiado. Cada gesto suyo es limpio, medido, correcto. El tipo de hombre que cualquier mujer cuerda querría a su lado. El tipo de amor que da seguridad.

Pero yo ya no soy esa mujer cuerda.

Mientras Camila se aferra a su mano como si sujetara el futuro, yo recuerdo los dedos de Adrián hundiéndose en mi piel con la fuerza de un castigo. Mientras Víctor habla de proyectos y viajes, yo escucho en mi cabeza la voz grave de ese diablo encarnado, reclamándome como suya.

Sonrío otra vez, cortesía más que emoción. Y me odio por ello, porque la verdad arde en mi interior: Víctor es perfecto. De pronto, lo sentí antes de verlo: esa corriente invisible que me eriza la piel, ese fuego que ningún otro hombre logra despertar.

Mi respiración se detuvo, mis manos se crisparon sobre la copa de vino.

Levanté la vista… y ahí estaba. Porque, por supuesto, tenía que estarlo.

Un traje oscuro perfectamente ceñido a su cuerpo, corbata impecable, el cabello peinado hacia atrás como si hubiera nacido para dominar cualquier escenario. No pertenecía a aquel restaurante elegante, y aun así, en el instante en que cruzó la puerta, todo el lugar le quedó pequeño.

Sus ojos me encontraron entre la multitud, verdes, ardientes, encendidos con esa llama que me quemaba desde dentro. Y entonces lo entendí: aunque jugara a la cortesía, aunque vistiera la máscara de la elegancia, ese hombre era peligro. Y mi cuerpo lo reconoció al instante. Se detuvo frente a nuestra mesa. Su voz grave quebró el aire, educada y cortante, como un cuchillo envuelto en terciopelo:

—Buenas noches.

No miró a Camila. No miró a Víctor. Solo a mí.

Camila sonríe, sorprendida por su presencia. Adrián le dedica un gesto breve, casi un halago envenenado.

—Felicitaciones por el compromiso. Les deseo lo mejor.

Luego extiende la mano hacia mí. El contacto de su piel contra la mía es un golpe eléctrico que me sacude, y no puedo ocultar el temblor de mis dedos al responder.

—¿Puedo robarles a Lucía por un segundo? —pregunta, su mirada fija en mí, sin dar opción a negarme.

Víctor arquea una ceja, educado pero confundido. Camila me mira de inmediato, como buscando una explicación. Yo, en cambio, siento que el mundo se me parte en dos: la paz fingida frente a mí y el huracán oscuro que acaba de irrumpir.

Y aun sabiendo que debería decir que no… mi cuerpo ya se ha rendido a seguirlo. Me levanta de la mesa sin esperar respuesta, su mano firme en la mía, su mirada encendida que no deja espacio para dudas. Apenas puedo escuchar la voz de Camila preguntando algo detrás de mí, porque todo mi cuerpo ya vibra con la cercanía de Adrián.

Me conduce por un pasillo lateral, cada paso suyo decidido, como un depredador que arrastra a su presa. Miro sus hombros anchos cubiertos por la chaqueta impecable, el corte perfecto de su traje, y pienso que nunca había visto algo tan erotizante como ese contraste entre la elegancia y la brutalidad que sé que habita debajo.

—¿Qué haces aquí, Adrián? —susurro, aunque mi voz suena más como un gemido que como una protesta.

Él no responde.

Finalmente abre una puerta estrecha al fondo del pasillo: un pequeño cuarto de desahogo, apenas iluminado, con estantes y cajas que huelen a madera y polvo. Un lugar donde nadie debería entrar. Me empuja adentro y cierra con llave, su cuerpo contra el mío, y siento que todo el aire me abandona.

—Aquí… —su voz se vuelve un murmullo firme—. Aquí solo importas tú.

Bajo la luz tenua de una sola lampara en el techo su mirada recorre mi cuerpo de arriba abajo, lenta, posesiva, y se detiene en el vestido negro que llevo puesto.

—Este vestido negro te sienta muy bien —susurra, rozando con sus dedos la tela como si quisiera arrancarla—. Pero lo prefiero en el suelo.

El tono de su voz me atraviesa como un latigazo. Sus manos se deslizan por mis caderas, apretando con fuerza, y siento que me devora con los ojos antes de que su boca vuelva a tomar la mía con la urgencia de un hombre que no puede esperar más.

El roce del traje contra mi piel desnuda bajo la tela del vestido me hace temblar. Es una combinación peligrosa: la elegancia de su apariencia y la brutalidad de sus gestos, esa mezcla que solo Adrián sabe conjurar. Mi respiración se acelera, y antes de darme cuenta, mis dedos ya se aferran a la solapa de su chaqueta, como si necesitara confirmarme que es real, que está aquí, que no es solo el fantasma que me persigue día y noche.

Sus manos se mueven con una calma peligrosa. Sus dedos bajan por mi espalda, rozando apenas, hasta encontrar el cierre del vestido. Lo desliza despacio. El sonido del metal corriendo se mezcla con mi respiración entrecortada.

—Quiero disfrutar de cada capa, princesa —susurra con esa voz grave que me quiebra—. Voy a desnudar tu cuerpo como si fuera un secreto solo mío.

El vestido negro resbala por mis hombros, cayendo con lentitud hasta enredarse en mi cintura. Él no se apresura: sus manos lo empujan poco a poco hacia abajo, acariciando cada centímetro de piel que queda expuesta, como si no quisiera perderse ningún detalle.

Cuando la tela llega a mis caderas, sus dedos juegan con el borde, subiendo apenas, bajando otra vez, rozándome hasta arrancarme un gemido que se le escapa como triunfo en una sonrisa oscura.

—Mira cómo tiemblas solo con mi toque —dice, acercando sus labios a mi oído—. Esto no es un vestido… es una excusa para recordarte que todo lo que cubre me pertenece.

Finalmente, el vestido cae al suelo, quedando a mis pies como un trofeo rendido. Me siento desnuda incluso antes de estarlo del todo.

El vestido yace en el suelo, pero sus ojos verdes aún me recorren como si siguiera quitándome capas invisibles. Sus dedos rozan el borde de mi ropa interior, jugando con la tela ligera que ya no puede ocultar el ardor de mi piel.

—Demasiado bonita para esconderte bajo esto… —murmura, su voz ronca acariciando mi oído.

Tira suavemente de la tela, apenas un centímetro, y luego la vuelve a subir, como si disfrutara de la desesperación que me provoca. Su boca me besa el cuello con lentitud, cada caricia de sus labios acompañada por ese vaivén de sus dedos en mi ropa interior, bajándola y subiéndola, haciéndome sentir atrapada en una espera insoportable.

Cuando al fin decide deslizarla hacia abajo, lo hace despacio, muy despacio. La tela desciende, rozándome como un susurro, y yo jadeo al sentir su mirada fija en mí, devorándome sin piedad. El roce continúa hasta mis muslos, mis rodillas, hasta que termina cayendo al suelo junto al vestido. Mis piernas tiemblan, no de frío, sino de la certeza de que Adrián disfruta cada segundo de mi rendición.

Su mano regresa a acariciar mi cadera desnuda, sus dedos recorriendo el camino donde antes estuvo la tela, y me arranca un gemido suave, que él recoge con una sonrisa oscura.

—Así es como quiero verte, princesa —dice, con ese tono que es tanto orden como confesión—: temblando, desnuda, y solo para mí.

Sus labios abandonan los míos y comienzan un viaje descendente que me roba el aliento. Primero mi cuello, donde deja mordidas suaves que se mezclan con besos ardientes, marcando mi piel como si quisiera que todos vieran a quién pertenezco. Su boca baja hasta mis clavículas, lenta, húmeda, dejando un camino de fuego. Siento su lengua recorrerme despacio. Un gemido se me escapa y él sonríe contra mi piel, disfrutando del poder.

Me toma de la cintura, inclinándome apenas contra la pared, mientras su boca se desliza hacia mis senos. Los acaricia con labios y lengua, alternando ternura y mordidas que me hacen arquear la espalda.

—Perfecta… —susurra entre caricias, su voz ronca y obsesiva—. Hecha solo para mí.

Su boca sigue descendiendo por mi abdomen, besando, mordiendo, marcando cada centímetro de mi piel. Mis manos se enredan en su cabello, mis piernas tiemblan mientras él me apoya lentamente contra la pared, sin dejar de explorarme con su lengua.

Al llegar al límite de mi cuerpo, deja un rastro ardiente en el interior de mis muslos: la humedad de sus labios, el filo de sus dientes, un juego cruel que me arranca gemidos. Me tiene al borde, y lo sabe. Me estremezco, jadeando, esperando que al fin me devore, pero él se detiene allí, sonriendo con esa maldad deliciosa.

—Te quiero desesperada, Lucía. Quiero que supliques.

Su boca alcanza donde más lo necesito, y un gemido desgarrado se escapa de mis labios. Su lengua se mueve lenta al principio, explorando, saboreándome con esa precisión endemoniada que me arrastra directo al delirio.. Cada movimiento suyo es calculado, profundo, como si conociera de memoria los círculos exactos que me desarman.

—Adrián… —mi voz sale entrecortada, temblorosa, más súplica que palabra.

Él responde aumentando la presión, su ritmo castigando mi cuerpo con precisión y deseo.

Sus dedos se clavan en mis muslos, abriéndome para él, sosteniéndome cuando siento que las fuerzas me abandonan. Su boca lo devora todo: mi piel, mi voz, mi control. El placer crece como una ola incontenible, golpeando una y otra vez contra mí, hasta que mi cuerpo tiembla con violencia, rendido, incapaz de escapar de la tormenta que él mismo provoca.

Estoy al borde.

Y se detiene apenas para mirarme. Su boca húmeda, marcada por mi sabor, se curva en una sonrisa oscura.

La Adicción de Lucía

—No hace falta que lo digas, Lucía… voy a probarte que no existe un rincón de ti que no lleve mi marca.

Se incorpora de golpe, sus ojos verdes arden como brasas mientras me levanta con la misma facilidad con la que arrastra un secreto.

Me aprisiona contra la pared, mi espalda fría chocando con la superficie rugosa, mientras sus manos sujetan mis caderas con brutalidad. Su traje sigue intacto, impecable; solo se desabrocha el pantalón con un gesto rápido, como si ni siquiera necesitara despojarse de nada para reclamarme. Ese aire de poder me enloquece, me hace sentir diminuta, vulnerable… suya.

En un solo movimiento me encuentra, y mi respiración se rompe contra su boca, donde el deseo se vuelve necesidad.

El contraste es embriagador: yo desnuda, temblando, expuesta; él, elegante, dueño absoluto de la escena.

Su ritmo es un oleaje violento, una fuerza que me empuja contra la pared hasta borrar todo lo que fui. Lo que queda es solo esto: dos almas perdidas respirando el mismo aire, en un silencio que también tiembla.

—Así… —gruñe contra mi oído, su voz grave, rota por el deseo—. Quiero que recuerdes siempre quién te hace temblar. No hay lugar, ni hombre, ni vida fuera de mí.

Mis uñas se clavan en la tela de su chaqueta, mis piernas se aferran a su cintura, y mi cuerpo se arquea buscando más, más de él

Su fuerza me sostiene en el aire, su cuerpo encajado en el mío con violencia, y por un instante pienso que va a consumirme en un arranque salvaje. Pero entonces, de pronto, baja el ritmo. Sus movimientos se vuelven más lentos, más profundos, cada uno medido para desarmarme poco a poco.

El contraste me quiebra. Esperaba la furia, el desenfreno, y lo que encuentro es una tortura exquisita: él entrando y saliendo de mí con calma cruel, deteniéndose apenas lo suficiente para que mi cuerpo arda de necesidad, para que el clímax se acerque y se aleje como una ola que nunca rompe.

—Mírame, princesa… —su voz grave me acaricia el oído mientras sus ojos verdes me sujetan con una intensidad peligrosa—. Cada gemido tuyo me pertenece. Cada segundo que te tengo así… es mío.

Sonríe contra mi cuello, sabiendo exactamente lo que hace: darme placer gota a gota, alargar la agonía hasta que pierda el control. Su boca baja a mi clavícula, su lengua húmeda recorriendo mi piel, mientras su ritmo sigue lento, profundo, devastador. Me tiene atrapada entre la pared y su cuerpo.

El ritmo lento se convierte en un suplicio. Sus embestidas profundas, pausadas, me arrastran una y otra vez al borde de un abismo del que nunca me deja caer.

Mi cuerpo tiembla, mis gemidos se mezclan con el aire cargado del cuartico, y cada segundo sin desenlace me enloquece más.

Adrián me observa de cerca, sus ojos verdes brillando con esa mezcla de deseo y poder. Su boca roza mi oído y su voz grave me hace estremecer.

—No voy a dejarte correr hasta que lo pidas, princesa… hasta que me ruegues por ello.

Un gemido se escapa de mis labios, desesperado. Intento moverme contra él, buscar más, acelerar el ritmo por mí misma, pero sus manos fuertes me inmovilizan contra la pared, controlando cada movimiento. La impotencia me quema, el deseo me quiebra.

—Adrián… —susurro, jadeando, con la voz rota.

Él sonríe contra mi cuello, disfrutando de mi tormento, bajando todavía más el ritmo, entrando en mí con una calma cruel que me obliga a llorar de placer contenido.

El calor en mi vientre es insoportable, cada músculo de mi cuerpo pidiendo liberación, y yo ya no tengo voluntad. Me deshago entre sus brazos, entregada, y las palabras salen sin control.

—Por favor… déjame… déjame venirme. Te lo ruego.

Su gesto basta: la victoria brilla en su mirada, acaba de ganar otra batalla: no solo me posee, sino que me habita. Su sonrisa se curva contra mi piel, y sin previo aviso rompe la calma cruel que me estaba destrozando. Sus caderas embisten con fuerza, un golpe tras otro, profundo, salvaje, como si quisiera arrancar de mí el alma misma. El cambio me desarma. Mi cuerpo, ya tenso por la espera, estalla bajo la brutalidad de su ritmo.

—Eso es, princesa… —gruñe entre jadeos, apretándome con violencia contra la pared—. Así te quería, rogando, temblando, perdida en mí.

Su nombre se me escapa contra su boca, un suspiro convertido en temblor, mientras el placer me recorre como una corriente viva. Siento mis piernas debilitarse, mi espalda arqueada contra la pared, mi pecho temblando bajo su control.

Adrián me sostiene con fuerza, sin dejarme escapar ni un segundo de ese clímax que me arranca lágrimas, su cuerpo reclamando el mío hasta el final. Lo siento liberarse conmigo, su respiración rota en mi oído, su rugido grave fundiéndose con mi propio gemido desgarrado.

Estoy contra él, exhausta, con el corazón desbocado, y sé que me ha roto otra vez… y que lo volvería a suplicar si me lo pidiera. Espero que se aparte de inmediato, que me suelte como siempre, con esa frialdad cortante que tanto me hiere.

Pero no lo hace.

Adrián permanece quieto, sosteniéndome en alto contra la pared como si temiera que, al soltarme, me quebrara en mil pedazos. Sus labios rozan mi frente en un gesto tan suave, tan inesperado, que me roba un suspiro. Cierro los ojos, sintiendo por primera vez una caricia que no busca marcar ni poseer… sino quedarse.

Cuando vuelvo a mirarlo, noto la grieta en su máscara: sus ojos verdes, aún ardiendo, tienen una sombra distinta, una que no es furia ni deseo… sino algo parecido al miedo.

—Lucía… —susurra mi nombre como si lo saboreara, como si pronunciármelo lo desarmara—. No sabes lo que me haces.

Ese instante dura apenas un par de segundos, pero me marca. Porque por primera vez siento que, detrás de su brutalidad, hay un hombre roto… y que yo soy la luz que no puede evitar buscar, aunque lo destruya.

Luego parpadea, y su mirada vuelve a endurecerse. Me baja lentamente, y siento cómo mis pies descalzos vuelven a tocar el suelo frío. Mis piernas aún tiemblan, la pared sigue siendo mi apoyo mientras busco a tientas el vestido que yace en el suelo, arrugado, como un testigo mudo de lo que acaba de suceder. Me lo pongo torpemente, intentando recomponerme, aunque su mirada clavada en mí hace imposible fingir calma.

Mientras ajusto los tirantes, mis ojos se encuentran con los suyos. Ese verde ardiente sigue ahí, pero más frío, más calculador. La pregunta me quema en la lengua hasta que no puedo retenerla.

—¿Cómo sabías que Camila se había comprometido? —digo al fin, con un hilo de voz que no sé si suena más a miedo o a reproche—. Es imposible… no creo que lo sepa nadie aún. Es demasiado pronto.

El silencio se espesa entre nosotros. Adrián no responde de inmediato. Solo me observa, con esa mezcla de poder y peligro, como si estuviera decidiendo qué tanto dejarme ver. Mi corazón late con fuerza, porque en lo más profundo sé que no es casualidad.

Siempre aparece donde no debería. Siempre conoce lo que nadie más sabe. Y por primera vez, el vértigo del deseo se mezcla con un escalofrío real.

Adrián no sonríe. No evade. Solo me sostiene la mirada, y cuando habla, su voz es tan grave que me hiela la sangre.

—Conozco al novio.

Mis manos se aprietan sobre la tela de mi vestido, como si pudiera protegerme de la bomba que acaba de arrojar sobre mí.

—¿Qué… cómo que lo conoces? —pregunto, la incredulidad rasgando mi voz.

—Digamos que nuestros caminos se han cruzado antes —murmura, sin apartar esos ojos verdes de los míos—. Y créeme, princesa… no todo lo que brilla es oro.

Una punzada me recorre la espalda. Porque si Adrián conoce a Víctor, el hombre que Camila ama, entonces nada es lo que parece. Y lo peor de todo… es que no sé si quiero descubrir qué es lo que realmente une a esos dos hombres. Adrián da un paso hacia mí, y el aire parece espesarse entre los dos. Puedo sentir el calor de su cuerpo, la tensión de sus hombros bajo el traje aún impecable, y esa mirada que no me da tregua. Su mano roza mi barbilla, levantando mi rostro hasta que no tengo más remedio que sostener sus ojos verdes, encendidos como fuego insaciable.

—Cuida a tu amiga —susurra, su voz ronca acariciando mi oído como una amenaza disfrazada de consejo—. Víctor… no es lo que aparenta.

Siento que mi estómago se contrae.

—¿Qué sabes de él? —pregunto, apenas un hilo de voz, aunque sé que tal vez no quiero escuchar la respuesta.

Adrián sonríe, pero es una sonrisa amarga.

—Lo suficiente como para decirte que su cuento de hadas tiene demasiadas sombras. Y créeme, princesa… yo sé reconocerlas.

Su aliento roza mi cuello. La contradicción me consume: debería sentir miedo, alejarme, pero la intensidad de su advertencia me atrae aún más. Como si, cuanto más me adentrara en sus secretos, más imposible fuera escapar de él.

Cuando se separa, dejándome el cuerpo ardiendo y la mente hecha un caos, su mirada brilla con una última chispa de peligro.

—Vamos, te llevo —me dijo Adrián, con esa voz grave que aún me hacía temblar por dentro.

Salimos del cuartico caminando uno al lado del otro, intentando aparentar que nuestros cuerpos no ardían todavía del placer que nos había consumido minutos atrás..

Cuando nos acercamos a la mesa, sentí las miradas de todos clavarse en mí. Camila sonreía, aunque sus ojos curiosos me escudriñaban con esa complicidad que siempre tiene conmigo. Víctor, en cambio, me observaba con atención, como si tratara de descifrar algo que se le escapaba.

—Adrián me lleva a casa, Cami —dije, forzando una sonrisa, como si aquello fuera lo más natural del mundo.

Camila arqueó las cejas, sorprendida, pero no dijo nada. Víctor solo asintió, con esa calma impecable que lo caracteriza. Adrián se inclinó hacia ellos, con cortesía perfecta, su presencia aún más imponente que cuando había llegado.

—Ha sido un placer —dijo, estrechando la mano de Víctor con firmeza, felicitando a Camila de nuevo con un gesto breve. Y luego me miró, con esos ojos verdes que solo yo sabía leer: ardientes, posesivos, imposibles de ocultar. En ese momento entendí que, por más que intentara disimular, nunca podríamos pasar inadvertidos. Adrián siempre dejaría huella, incluso en medio de una cena elegante, incluso bajo la fachada más perfecta.

El aire de la noche nos recibe apenas cruzamos la puerta del restaurante. Camino junto a él, sintiendo su traje rozar mi piel y su mano en mi espalda, ligera pero firme, recordándome quién marca el paso.

—¿Qué estabas pensando? —susurro, incapaz de contenerme—. Aparecer así, delante de todos… de Camila, de Víctor.

Adrián sonríe de lado, esa sonrisa peligrosa que nunca anuncia calma.

—Estaba pensando que no soporto verte en un mundo donde yo no existo.

Mis pasos se detienen.

Mi corazón late precipitadamente.

—No entiendes, Adrián… Camila está feliz.

Él se acerca, invadiendo mi espacio, su sombra cubriéndome bajo la luz tenue de las farolas.

—Lo conozco—dice con voz grave, como si fuera un secreto—. Y yo no pienso quedarme de brazos cruzados mientras te rodeas de mentiras.

Una parte de mí quiere gritarle, alejarme, pero otra parte… la más peligrosa… arde con el fuego que solo él enciende.

—¿Por qué siempre tienes que saberlo todo? —pregunto, mi voz quebrándose entre reproche y deseo.

—Porque eres mía, Lucía. Y nadie, ¿me oyes? Nadie va a acercarse a ti sin que yo lo sepa.

Me detengo de golpe, con el corazón golpeándome el pecho, y lo miro con rabia contenida.

—¿Dices que no quieres que esté rodeada de mentiras? —mi voz tiembla, entre reproche y dolor—. Y eres tú, Adrián… tú eres el primero que me miente, me ocultas tu vida.

Su mandíbula se tensa, los músculos marcándose como si contuviera un golpe.

Pero no. Se queda mirándome en silencio, sus ojos ardiendo con algo que no alcanzo a descifrar: rabia, culpa… miedo.

—No lo entiendes… —gruñe, con la voz baja, casi rota—. No es lo mismo, Lucía. Lo mío no es una mentira, es un secreto. Y lo hago para protegerte.

—¿Protegerme de qué? —insisto—. Su silencio me golpea más fuerte que cualquier palabra. Entonces me toma de la muñeca y me acerca de nuevo contra su pecho, su aliento rozando mis labios.

—El día que sepas todo… —susurra, con un fuego oscuro en su mirada—. O me vas a odiar… o nunca más vas a poder dejarme.

Mis labios tiemblan. Mi cuerpo obedece. Mi mente grita. Y ahí, en medio de la calle, todo en mí se detiene.

Al girar la esquina lo veo: su auto, imponente, esperando como un cómplice silencioso. El corazón se me acelera al reconocerlo. Ese no es solo un auto… es el lugar donde todo comenzó.

Un recuerdo me golpea con la fuerza de un incendio: la primera vez que me tomó allí dentro, con una pasión infinita que me arrancó la inocencia y me convirtió en lo que soy hoy. La huella de esa noche aún arde en mi piel, en mi memoria, imposible de borrar.

Las piernas me tiemblan mientras avanzo hacia el coche. El contacto con el metal frío me sacude, como si la realidad intentara despertarme del trance, cada beso desesperado, cada caricia de aquella primera vez regresa. Feroz. Imparable. Como si el pasado volviera a respirar en mi piel.

—¿Algún recuerdo? —susurra Adrián a mi oído, su voz grave envolviéndome como un lazo—. Aquí fue donde te hice mía por primera vez. Donde dejaste de ser inocencia… para volverte adicción.

El poder se sus palabras mezcladas con el recuerdo de aquella noche hacen que muerda mi labio. Ese auto no es solo eso: es mas, mucho mas. Me quedo inmóvil, la mano aún apoyada en la puerta del auto, mientras el recuerdo me consume. Adrián se inclina sobre mí, su boca rozando la mia, y su voz grave me envuelve, filo y caricia al mismo tiempo.

—No te preocupes, princesa… —susurra con un tono excitante—. Tendrás recuerdos como este por toda Cuba.

Su promesa no es un consuelo, es una advertencia. Lo veo en sus ojos verdes, encendidos con esa obsesión que no entiende de límites. Él no planea ser un recuerdo aislado… planea ser mi mapa entero, grabar su presencia en cada rincón de mi vida hasta que no quede espacio para nadie más.

Me abre la puerta con un gesto seguro, como si no existiera la posibilidad de que yo me negara. Entro al auto casi en trance, y apenas cierro la puerta siento cómo todo el aire se impregna de él, de su presencia, de ese recuerdo ardiente que todavía me quema.

Adrián se sienta al volante, arranca con firmeza, y mientras las luces de la ciudad pasan fugaces por la ventanilla, su mano se desliza sin permiso sobre mi muslo desnudo. Al principio solo reposa allí, pesada, posesiva. Pero pronto sus dedos empiezan a moverse, dibujando figuras invisibles en mi piel. Círculos, líneas, marcas que me erizan la piel y hacen que mi respiración se desordene.

—Eres un lienzo, princesa… —murmura sin apartar la vista del camino. Y voy a llenarte de recuerdos, hasta que no quede un rincón de ti que no me pertenezca.

El calor en mi vientre se enciende con cada trazo invisible, y cierro los ojos un instante, consciente de que incluso en silencio, incluso manejando, Adrián sigue siendo dueño de mi cuerpo y de mi mente.

—¿A dónde vamos? —le pregunto al darme cuenta de que el camino a casa quedó atrás, en dirección contraria.

Mis dedos se aferran al borde del asiento, mi corazón late tan fuerte que siento que él lo escucha. Su mano no se aparta de mi muslo; al contrario, aprieta un poco más, como si esa pregunta hubiera sido un atrevimiento que necesitaba ser castigado.

Adrián sonríe apenas, sin mirarme, con los ojos fijos en la carretera. Esa sonrisa que no es alivio ni ternura, sino un recordatorio de que con él nunca hay certezas.

—Confía en mí, princesa —responde al fin, su voz ronca, grave, con un tono que no admite réplica—. No todas las huellas se marcan en la cama.

Su dedo vuelve a trazar un círculo lento sobre mi piel, más cerca de mi entrepierna esta vez y la presión en mi pecho se convierte en un temblor que traiciona mi control.

Miro por la ventanilla, las luces de la ciudad desaparecen poco a poco, reemplazadas por un camino más oscuro, más desierto. Y con cada kilómetro siento que me alejo de todo lo que conozco… y que me hundo más en él. La tensión en el auto crecía segundo a segundo. La música sonaba de fondo, apenas un murmullo grave, pero suficiente para marcar el ritmo de la sangre latiendo en mis venas. Su mano firme en mi muslo, subiendo y bajando lentamente, me transportaba a otro universo: el universo de Adrián, donde nada era seguro, donde lo único cierto era el fuego que me consumía por dentro.

No hablamos. No hacía falta. Llevábamos más de una hora en un silencio delicioso, en el que solo hablaban nuestros cuerpos: su pulgar acariciando mi piel, mi respiración acelerada cada vez que sus dedos se acercaban demasiado, la forma en que nuestros ojos se buscaban en los reflejos del cristal.

Entonces el auto se detuvo. Miré por la ventanilla y el corazón se me aceleró aún más. Estábamos en un lugar remoto, del que ni siquiera había oído hablar: un faro imponente al final del camino, solitario, vigilante, sereno frente a la inmensidad oscura del mar. La luz del faro giraba lentamente, bañando de destellos la costa salvaje.

El rugido de las olas rompía contra las rocas con un poder ancestral. Sentí que el mundo desaparecía, que solo quedábamos nosotros dos, atrapados en ese rincón secreto donde nadie más podía vernos.

Adrián apagó el motor, pero su mano siguió firme en mi piel. Giró lentamente el rostro hacia mí, sus ojos verdes brillando con la misma intensidad que la luz del faro, y su voz ronca me envolvió.

—Este será otro de tus recuerdos, princesa. Uno que nunca vas a olvidar.

Adrián bajó del auto primero, me abrió la puerta y me tomó de la mano. El aire salado del mar nos envolvió con fuerza, y el rugido de las olas contra las rocas me hizo estremecer. No sabía si de miedo o de anticipación.

—Ven —ordenó, su voz grave como un mandato imposible de rechazar.

Me condujo hasta la base del faro. La estructura se alzaba imponente, solitaria, con su luz girando sobre nosotros como un ojo eterno que todo lo vigila. La puerta chirrió al abrirse, revelando una escalera de caracol que ascendía hacia la cima. Subimos en silencio, mis pasos resonando en el eco metálico de la escalera, su mano firme en la mía, guiándome, poseyéndome incluso en algo tan simple como ese ascenso.

Cada vuelta de la escalera me robaba el aliento, y sentía que, con cada peldaño, me alejaba un poco más de la realidad y me adentraba en el universo peligroso de un hombre que había llegado para desordenarlo todo.

Cuando llegamos arriba, el mundo se desplegó ante mis ojos: el mar infinito, oscuro, furioso; el viento golpeando mi piel; y la luz del faro bañando nuestros cuerpos con destellos intermitentes. Era como si estuviéramos solos en el planeta, suspendidos entre el cielo y la marea.

Adrián me tomó por la cintura, acercándome hasta que mi espalda chocó contra la baranda metálica. Su mirada ardía, más intensa que la propia luz que giraba sobre nosotros.

—Mira lo que tienes frente a ti, Lucía —susurró contra mi oído—. El mar, el cielo… y a mí, dispuesto a escribir mi nombre en tu cuerpo, donde no habrá olvido posible.

El viento helado me corta la piel, pero el calor de sus manos lo eclipsa todo. Adrián me sostiene contra la baranda, su cuerpo dominando el mío sin necesidad de violencia.

—Aquí arriba el mundo termina contigo… —murmura, y su voz se confunde con el mar que ruge abajo. —. No hay nadie más, solo tú, la oscuridad… y yo decidiendo cuánto placer puedes soportar.

Cierro los ojos cuando su mano se desliza lentamente hacia mi muslo, levantando la tela de mi vestido con un ritmo tan torturante que me quiebra.

—Mírame, princesa —ordena con suavidad peligrosa.

Obedezco. Sus ojos verdes brillan bajo la luz intermitente del faro, y la intensidad en su mirada me deja perpleja.

Él sonríe al saber que me tiene atrapada en su juego perverso.

—¿Te gusta perder el control conmigo, verdad? —susurra, su boca rozando mis labios sin besarme aún—. Sentir que te llevo al borde, que controlo hasta tu respiración…

—¿Te gusta estar tan cerca del abismo, Lucía? Saber que un paso más… y ya no hay regreso.

Su mano asciende más, tocándome justo donde lo necesito, pero en lugar de darme alivio, juega con la lentitud de un verdugo. Mi cuerpo se arquea contra él, suplicando, rogando con cada jadeo… y Adrián se detiene en el último segundo, disfrutando de la desesperación que me arranca.

—Vas a pedírmelo —murmura, con esa calma que duele más que un grito—. Aquí, bajo la luz del faro, vas a rogarme que te lleve al límite.

Su dedo sigue jugando conmigo al borde del delirio, pero yo cierro los labios, me aferro a lo poco de control que me queda. Mi respiración se vuelve frenética, mi cuerpo arde, tiembla contra él, pero no cedo. No le doy la súplica que espera.

Adrián me observa en silencio, sus ojos verdes prendidos de luz y sombra. Una sonrisa lenta, tan hermosa como amenazante, nace en su rostro.

—Así que quieres resistir… —murmura, —. Muy bien, princesa.

Su mano me toma con fuerza, sus dedos profundizan sin aviso. Su boca atrapa mi cuello con un beso feroz, casi una mordida, y hace círculos con los dedos, más y más de prisa, implacables, llevándome al límite sin darme respiro.

Mi espalda se arquea contra la baranda, mi voz se quiebra en jadeos desesperados, pero aún me aferro a no pronunciar lo que él quiere oír.

Entonces se aparta apenas, sosteniendo mi rostro con rudeza, obligándome a mirarlo.

—Te romperé hasta que me lo pidas —gruñe con la voz rota, su respiración ardiendo contra mis labios—. Y cuando lo hagas, no olvidarás quién tiene tu voluntad en sus manos.

Su furia se siente como un huracán: cada caricia se convierte en castigo, cada beso en un dominio salvaje que me arrastra más cerca del abismo.

Sé que no aguantaré mucho más, pero todavía me niego a rendirme. Y esa tensión lo enloquece. Sus dedos se hunden en mí con una maestría cruel. Trato de resistir, de aferrarme a ese último hilo de orgullo que me queda, pero mi cuerpo me traiciona.

Adrián lo sabe. Lo siente. Su mirada encendida se clava en la mía con una intensidad salvaje.

—Dilo —gruñe, sujetando mi mandíbula con rudeza, obligándome a abrir la boca bajo su control—. Ríndete, princesa. Suplícame.

—¡Adrián… por favor! —mi voz se quiebra—. Te lo ruego.

Y una sonrisa oscura ilumina su rostro, mezcla de triunfo y lujuria. Y entonces me da lo que estaba negándome: acelera su ritmo, me embiste con fuerza, llevándome directo al borde.

El clímax me encuentra, y ya no queda nada que no sea temblor. Mi cuerpo se sacude entero, mi garganta libera un grito que se mezcla con clamor del mar. Es devastador, brutal, tanto placer que se siente como dolor.

Me sostiene con firmeza, manteniéndome atada a él mientras mi cuerpo se quiebra una y otra vez bajo su dominio. Sus labios rozan mi oído cuando mi respiración aún está rota.

—Así… justo así. Nunca olvides quién te hizo suplicar.

Yo sé que no lo olvidaré jamás.

Adrián me gira con brusquedad contra la baranda, y mi rostro queda frente a la inmensidad de la noche. El faro ilumina a intervalos la profundidad infinita del océano, como si el mundo entero nos observara, pero solo él me tiene a sus pies.

Su cuerpo se pega al mío por detrás, caliente, sólido, inquebrantable. Siento su respiración en mi cuello. De golpe, baja los tirantes de mi vestido. La cremallera cede con un tirón seco, y la tela se desliza por mi cuerpo hasta dejarme desnuda ante el viento helado.

Mis pezones se endurecen de inmediato, no solo por el frío, sino por la forma en que sus manos los buscan sin demora, atrapándolos con fuerza, como si fueran suyos por derecho.

Su boca sigue marcando mi piel por detrás. Sus manos no se detienen, jugando con mis senos, apretando, acariciando, provocándome.

Una de sus manos comienza a descender, lenta, muy lenta, por mi vientre. Cada movimiento es un castigo, una tortura deliciosa. Su palma caliente se desliza hasta llegar al límite de mi deseo, y mis rodillas pierden fuerza cuando sus dedos se abren camino, rozando apenas donde más lo necesito.

—Aférrate a la baranda, princesa… —su voz ronca me ordena, y obedezco, mis dedos apretando el metal frío con desesperación—. No te sueltes.

Su mano me explora con una lentitud que duele, trazando círculos lentos que despiertan cada rincón de mí.

—¿Sientes esto, Lucía? —esa maldita voz que me enloquece,—. Aquí arriba, tan expuesta, tan rendida… ni el océano podría tragarse el gemido que voy a arrancarte.

Mi cuerpo tiembla, mi espalda se arquea, y sé que estoy al borde de suplicarle otra vez. Porque Adrián no solo me toca… me rompe, me domina, me hace suya bajo la luz del faro y frente a la inmensidad del mundo.

De pronto sus manos se detienen. Mi cuerpo queda temblando, incompleto, desesperado.

Siento cómo da un paso atrás y, con un movimiento firme, me separa de la baranda solo lo suficiente para empujarme hacia él. Mis manos siguen aferradas al metal frío, mi espalda se arquea estirada, prisionera de su control. Entonces lo siento. El roce inconfundible de su erección, dura, brutal, todavía contenida bajo la tela de sus pantalones, presionando contra mis glúteos desnudos. El contacto me roba el aliento, y el sonido que nace de mí se disuelve en el viento.

Adrián baja la voz, ronca, dominante, justo en mi oído:

—¿Te gusta esto, princesa? Esto es lo que haces conmigo… cada vez que me resistes.

Sus caderas se mueven despacio, frotándose contra mí, marcando un ritmo lento y torturante. La aspereza de la tela contra mi piel desnuda me embriaga.

El roce se vuelve insoportable, y entonces escucho el sonido seco de su cinturón cediendo, la cremallera bajando. Mi cuerpo entero se tensa, anticipando lo que viene.

Siento la presión de su erección liberada, caliente, firme, contra mi piel, y en un movimiento feroz me atraviesa, hundiéndome en un mar de fuego y sal. Mi grito se disuelve entre el viento y las olas, como si la noche misma lo necesitara.

La sensación es devastadora: su fuerza llenándome por completo, su brutalidad reclamándome. Sus manos se clavan en mis caderas, sujetándome sin piedad, marcándome mientras embiste una y otra vez con esa maldita violencia que me encanta. Cada golpe de sus caderas contra mí hace temblar la baranda metálica, como si hasta el faro se rindiera a su furia.

—Lucía… —su voz baja, rasgada—. No existirá otro hombre capaz de borrar mi nombre de tu piel.

—Déjate ir princesa… —gruñe con voz rota, su aliento quemando mi oído—. Vente para mí.

Y lo hago. El orgasmo me atraviesa, devastador, absoluto. Mis piernas ceden, mi espalda se arquea hasta doler. El placer me quiebra, me sacude entera, arrancándome lágrimas de pura intensidad. Pero mientras yo me deshago, él no se rinde al clímax.

Me mantiene abierta, temblando, su cuerpo aún ardiendo contra el mío, como si prolongar mi vulnerabilidad fuera parte del castigo. De pronto me toma por los hombros y me gira con brusquedad. Mis manos abandonan la baranda, y sus ojos verdes me envuelven, dos brasas que arden bajo la máscara de la noche..

—Aún no hemos terminado —murmura, mientras acomoda mi cuerpo frente al suyo, preparando otra posición donde volver a tomarme.

Me gira. El aire se rompe. El mundo también. El haz de luz que gira sobre nosotros ilumina intermitente su cuerpo poderoso, bañando sus facciones de sombras y fuego. Queda frente a mí, la camisa abierta dejando ver su pecho firme, el pantalón apenas sostenido en su cadera.

Mi respiración se agita mientras mis manos tiemblan al recorrer la tela de su camisa, despojándolo lentamente de esa armadura de poder que tanto lo caracteriza. Bajo el ritmo de mis dedos con intención, saboreando su piel al descubierto, besando el rastro que voy dejando a medida que la prenda cede.

Su torso se abre ante mí como un mapa de cicatrices y deseo, y yo me inclino sobre él, rozando con mis labios cada línea marcada en su abdomen. Siento su respiración pesada, sus músculos tensándose bajo mi contacto, y una sonrisa peligrosa asomándose en sus labios.

Cuando mis manos llegan a su pantalón, él me observa en silencio, el pecho subiendo y bajando con cada respiro, como si disfrutara verme creer que lo tengo bajo control. Me toma de la muñeca para atraerme hacia él.

—Ahora ven, princesa —ordena, pero su voz tiene un matiz oscuro, como si me ofreciera un juego que en realidad ya está decidido.

Me arrodillo sobre él, mis muslos temblando, y lentamente me acomodo sobre su erección ardiente. Un gemido se me escapa al sentirlo deslizarse dentro de mí, profundo, llenándome por completo. Esta vez soy yo quien marca el ritmo, moviéndome despacio al principio, disfrutando de la sensación de tenerlo bajo mí.

Adrián me observa en silencio. Sus manos recorren mis senos al vaivén de mis movimientos, sus labios se humedecen, y sé que aunque parezca rendido, sigue siendo él quien me controla solo con su mirada. Apoyo las manos sobre su pecho fuerte, sintiendo el latido acelerado bajo mi palma, y aumento el ritmo. Mis gemidos se vuelven más altos, mi cabello desordenado, y por un instante creo que tengo el control… hasta que su mano se desliza a mi cadera, guiando mis movimientos, recordándome que no tengo el poder.

—Mírate… —murmura, su voz ronca llenándome de fuego—. Crees que me dominas, pero lo único que haces es perderte más en mí.

Mis caderas se balancean más rápido, el vaivén se vuelve un baile salvaje bajo la luz que nos cubre como un secreto. Mis gemidos se alzan con cada embestida, y lo veo apretar la mandíbula, contenerse, como si luchara contra el impulso de arrebatarme otra vez el control.

Ese instante me embriaga. Su fuerza contenida, su mirada fija en mí, su cuerpo tensándose bajo el mío mientras soy yo la que lo cabalga sin freno. Me pierdo en esa ilusión deliciosa de poder, en esa sensación de que es él quien se muere por mí.

Mis gemidos se convierten en gritos, mis uñas se clavan en su piel, Y me dejo ir, el cuerpo entregado al temblor, al rugido del mar, al eco de todo lo que soy y ya no puedo contener.

Mi cuerpo tiembla, se sacude, se rompe sobre el suyo, creyendo por un instante que lo he conquistado, que lo he vencido. Pero incluso en medio de mi clímax, veo su sonrisa oscura. Una sonrisa que me recuerda que en realidad… solo me dejó creerlo.

Sigo encima de él, con el pecho jadeante y la frente húmeda, como si me hubieran arrancado hasta el alma. Adrián permanece quieto bajo mí, sus manos fuertes ya no sujetan ni aprietan, sino que acarician. Sus dedos recorren mi espalda lentamente, dibujando líneas suaves en mi piel ardiente, como si quisiera calmar el incendio que él mismo provocó. Su mirada verde me sostiene, intensa, pero distinta. Ya no hay rabia ni furia, sino algo más profundo, más peligroso aún: vulnerabilidad.

—Lucía… —susurra mi nombre con voz grave, pero rota, como si pronunciarlo fuera un peso demasiado grande.

Me quedo inmóvil. Esa ternura inesperada me confunde más que todas sus embestidas salvajes. Porque sé que este hombre no es solo brutalidad: también guarda secretos que lo rompen por dentro. Y por un instante, bajo la luz intermitente del faro, siento que me está dejando ver un pedazo de él que nadie más conoce.

Apoyo la frente en su pecho, escuchando su corazón golpeando con fuerza bajo mi oído, y me doy cuenta de que estoy perdida . Porque si Adrián puede ser también esto —suave, humano, tierno—, no hay manera de escapar de él.

Adrián nunca se entrega… pero esta vez no me detiene. Su mano se aferra a mi cadera, no para dominarme, sino para sostenerse. Su voz grave, quebrada por un gemido que nunca había escuchado en él, me arranca un estremecimiento.

—Sigue… —susurra, casi como un ruego disfrazado de orden—. No pares, princesa.

El poder me invade. Lo veo perder el control. Sus dedos se clavan en mi piel, sus jadeos se vuelven más profundos, y un rugido grave se escapa de su garganta cuando finalmente se libera. Su cuerpo se arquea, su pecho golpea contra el aire, y por un instante es él quien queda expuesto, vencido.

Lo observo estremecerse, sentirlo rendirse a mis movimientos, y el impacto me atraviesa: es la primera vez que Adrián se deja dominar, la primera vez que una mujer lo lleva al clímax sin que él controle cada segundo.

Me inclino sobre él, aún jadeante, mi cabello rozando su rostro, y sus ojos verdes me buscan con un brillo distinto, salvaje y confundido. En ellos no solo hay deseo: hay asombro. Y esa grieta en su armadura me enciende.

—Lucía… —susurra mi nombre, ronco, como si no pudiera creer lo que acaba de suceder.

Lo acabo de ver rendirse, lo acabo de sentir vulnerable, y por un instante creo que ese Adrián que siempre se esconde en sombras se ha dejado caer en mis manos. Pero apenas recupera el aliento, su mirada cambia. Sus ojos verdes vuelven a endurecerse, y con un movimiento brusco me toma del rostro, obligándome a mirarlo directamente.

—Eres la única que me ha llevado tan lejos… —su voz ronca se quiebra un segundo, antes de endurecerse de nuevo—. Pero eso no te da poder, princesa. Solo me hace querer atarte más fuerte a mí.

Su pulgar aprieta mi barbilla, marcando la fuerza en medio de la ternura que segundos antes me había dejado ver. Y entonces lo entiendo: no soporta haber cedido, no tolera la idea de haberme entregado ese control. Necesita recordarme —y recordarse a sí mismo— que sigue siendo el dueño del juego.

Aun así, la grieta ya está ahí. Lo vi, lo sentí. Por primera vez no fue solo mi cuerpo el que se rindió… fue el suyo. Y mientras él se aferra a sus palabras posesivas para tapar su vulnerabilidad, yo sé que algo se quebró entre nosotros. Algo que no podrá ocultar por mucho tiempo.

Sigo sobre él, mi pecho aún jadeante, y lo miro directo a los ojos, sin temblar.

—¿Más fuerte? —respondo con voz temblorosa, pero firme, dejando que cada palabra le clave una herida—. No te engañes, Adrián. Esta vez no fuiste tú quien decidió… fuiste tú quien se rindió.

Por un instante el silencio es absoluto. Su mandíbula se tensa, su respiración se corta, y en sus ojos verdes veo un destello salvaje, mezcla de rabia y deseo. Él no está acostumbrado a escuchar un desafío, mucho menos en su momento de vulnerabilidad.

Apoyo las manos en su pecho desnudo, todavía húmedo de sudor, y acerco mi boca a la suya, sin besarlo, solo rozando sus labios con el filo de mi sonrisa.

—Y lo viste, lo sentiste. Por primera vez no fui yo la que se perdió en ti… fuiste tú el que se perdió en mí.

Siento su cuerpo endurecerse bajo el mío, no de placer, sino de esa tensión peligrosa que precede a una tormenta. Y sé que acabo de tocar un terreno prohibido. Que el Adrián oscuro, dominante, nunca dejará pasar este desafío sin respuesta.

Su silencio pesa más que un rugido, más que cualquier amenaza. Me observa fijo, los ojos verdes brillando bajo la luz intermitente del faro, y en ellos no hay ternura, no hay derrota. Solo una sombra oscura que me eriza la piel.

Siento su pecho subir y bajar bajo mis manos, cada respiración profunda como si luchara por contenerse. No me aparta, no me toca, no dice nada. Y, sin embargo, la amenaza está allí, latente, ardiendo en ese silencio insoportable que me deja sin aliento. Me muerdo el labio, temblando, sin saber si acabo de ganar algo o si acabo de condenarme. Porque conozco esa mirada: Adrián está guardando sus palabras, está tragándose su furia... y eso significa que cuando decida soltarla, no habrá escapatoria.

El faro sigue girando, bañándonos en destellos de luz y sombra, y yo sigo encima de él, atrapada en ese silencio que me desnuda más que cualquier caricia. La tensión es insoportable. Cada segundo de su silencio me taladra la piel, y el destello intermitente del faro ilumina su rostro como el de un dios oscuro conteniendo su furia.

—Cuando me desafías, princesa... —su voz baja, incendiaria—. Solo logras que desee romperte hasta que tu cuerpo recuerde a quién pertenece.

—¿Creíste que podías jugar conmigo? —murmura, su boca rozando la mía con lentitud torturante—. Ahora voy a hacerte rogar, y cuando termine... sabrás que no existe placer sin mi nombre en tus labios.

Me abre las piernas con una fuerza imposible de resistir, y su mirada verde, encendida como fuego, se clava en la mía justo antes de hundirse de nuevo en mí.

Cada movimiento es más fuerte, más salvaje. Mis uñas rasgan sus hombros, mis gritos se pierden en la noche abierta y en el rugido del mar que golpea contra las rocas.

—Di mi nombre —gruñe entre jadeos, empujando más profundo, su voz rota y dominante—. Quiero oírlo en tus labios mientras te rompo de placer.

Y lo digo. Lo grito. Porque en ese momento no existe nada más, ni el mar, ni la noche, ni el peligro. Solo Adrián y la tormenta salvaje que me arrastra sin remedio.

—Di mi nombre, princesa… grítalo.

Lo grito una y otra vez, hasta que mi garganta arde. Adrián se mueve sobre mí con la furia de un huracán, cada golpe de sus caderas marcándome como suyo, cada jadeo suyo reclamando mi alma.

El placer sube, crece, ruge. Una ola inmensa que me traga entera. Mis uñas se clavan en su espalda, mis piernas lo aprisionan con desesperación, y entonces, de pronto, todo explota. El orgasmo me toma sin piedad, rompiendo cada límite, arrancándome del suelo, del pensamiento, de mí.

En su fuerza, soy nada y soy suya.

Adrián se libera conmigo, su rugido grave llenando la noche mientras su cuerpo me posee hasta el último segundo. El calor de su clímax se mezcla con el mío, fundiéndonos en un desenlace tan feroz que el faro entero parece temblar. Quedo temblando bajo su peso, jadeando, el cuerpo rendido y el alma encadenada. Y cuando levanto la mirada, lo único que encuentro en sus ojos verdes es esa mezcla peligrosa de posesión y oscuridad.

La Adicción de Lucía

El silencio que queda después del clímax es irreal. Solo el mar debajo, el latido de mi corazón enloquecido y la respiración entrecortada de Adrián, aún sobre mí.

Cierro los ojos, intentando recuperar el aire, y siento la aspereza del suelo del faro contra mi piel desnuda, recordándome que nada de lo que acabamos de vivir fue un sueño.

Poco a poco, el temblor se apaga, la respiración se aquieta y no sé en qué momento me quedo dormida, acunada por el calor de su cuerpo.

Cuando despierto, la luz del amanecer comienza a filtrarse por el horizonte. El mar, que anoche parecía un monstruo oscuro y salvaje, ahora se muestra sereno, infinito y azul. El faro, que fue escenario de mi tormenta, se alza vigilante sobre un paisaje casi pacífico.

Adrián está junto a mí, sentado, la mirada fija en el océano. El viento agita su cabello, la camisa abierta ondeando en la brisa. Tiene la mandíbula tensa, los ojos verdes cargados de pensamientos que no me comparte.

Me incorporo lentamente. La calma del amanecer contrasta con el incendio que aún siento en mi piel. Y lo miro, preguntándome quién es realmente este hombre que en la noche me rompe y al amanecer parece un extraño.

Él se vuelve hacia mí y me acaricia la mejilla con una suavidad inesperada. Apenas un roce, efímero, como un suspiro que se desvanece en el aire. Y entonces habla, su voz baja, grave, como si hablara más consigo mismo que conmigo.

—Demasiada luz para alguien como yo.

El comentario me hiela y me atrapa al mismo tiempo. Porque sé que tiene razón: yo soy luz, él es sombra. Y aun así, no puedo dejar de buscarlo. El sol termina de abrirse paso en el horizonte, tiñendo de oro la superficie del mar. Todo lo que fue oscuro, violento y salvaje unas horas antes parece ahora cubierto por una calma serena, como si la noche brutal nunca hubiera existido.

Me quedo mirando el océano infinito, con la brisa fresca acariciando mi piel marcada por él. El faro, testigo de todo, sigue erguido, imponente, bañándome en su luz intermitente. Adrián no dice nada. Solo se queda a mi lado, con el rostro vuelto hacia el mar, como si buscara en ese horizonte una respuesta.

Yo tampoco hablo. No hay palabras que alcancen a nombrar lo que fuimos en la oscuridad, lo que somos en esta claridad que ahora nos envuelve. Y por un instante, bajo la inmensidad del amanecer, dejo de pelear con mis preguntas y me limito a sentir. A grabar este momento en mi memoria, sabiendo que, aunque mañana todo cambie, aunque él vuelva a ocultarse en sus sombras, esta escena quedará tatuada en mi alma: la calma después de la tormenta.

Cierro los ojos. Respiro. Y entiendo que este no es un final… es apenas una pausa.

Capítulo 12

✦ ✦ ✦ ✦ ✦ ✦

El regreso fue un silencio denso, solo interrumpido por el rugido apagado del motor y el recuerdo vivo de lo ocurrido la noche anterior. Yo seguía con la piel marcada por su dominio, cada caricia tatuada como fuego, mientras él mantenía la vista fija en la carretera, inexpresivo, como si nada hubiera pasado.

A unos metros de mi casa, bajó la velocidad y se detuvo en la penumbra, lejos de miradas indiscretas. No quería ser visto. No podía. Sus ojos me buscaron, más elocuentes que cualquier palabra.

—Aquí te dejo, princesa —murmuró al fin, y su voz ronca me desarmó otra vez.

Su mano acarició mi mejilla y, en lugar de la brutalidad que siempre esperaba, me regaló un beso suave, casi tierno.

Esa sensación inesperada me partió en dos: porque comprendí que el verdadero peligro no estaba en su violencia, sino en la dulzura capaz de confundirme, de hacerme creer que lo nuestro podía ser amor.

Cuando se apartó, el silencio volvió a ocuparlo todo. Lo vi perderse al doblar la esquina, devorado por las sombras, y el vacío que dejó fue más insoportable que su presencia.

Me giré hacia mi puerta, buscando refugio. Pero antes de poner un pie dentro, el golpe de la realidad me arrancó el aire:

—¡Lucía! —la voz quebrada de mi madre.

—¿Dónde demonios estabas? —rugió mi padre, con un filo de furia que me atravesó como un látigo.

Entro y sus miradas me atraviesan como cuchillos. No hay resquicio para excusas: lo saben. Saben que hay un hombre en mi vida.

—¿Quién es? —ruge mi padre, el rostro encendido, los ojos inyectados de sangre, el puño cerrado contra la mesa como un martillo a punto de caer.

Mi madre me observa con lágrimas que apenas contiene, sus manos crispadas en el regazo, como si temiera que pronunciar su nombre pudiera arrancarnos la vida entera.

Yo me quedo ahí, inmóvil, con la garganta seca y la piel aún marcada por las huellas de Adrián.

¿Cómo decirlo, si ni siquiera yo logro entender lo que todo esto significa?

El aire de la sala es insoportable, un tribunal donde la sentencia ya está dictada. Sus voces me golpean: la furia de mi padre, la súplica muda de mi madre. Y yo, atrapada en medio, solo puedo sentir el vértigo de que mi secreto está a punto de estallar.

—¿Quién es ese hombre? —repite mi padre, con la mesa temblando bajo su puño.

Tragué saliva. El temblor de mis manos me delataba, pero algo dentro de mí se endureció. No podía seguir mintiendo, no podía fingir más… pero tampoco iba a traicionar lo que tenía con Adrián.

—Sí, estoy con alguien —dije al fin, con la voz firme aunque por dentro temblaba—. No voy a negarlo.

El silencio cayó de golpe, más pesado que cualquier grito. Mi madre se llevó la mano al pecho, los ojos desbordados de lágrimas. Mi padre me miraba fijo, como si mis palabras hubieran tocado un nervio oculto, algo que no quería que nadie nombrara.

—¿Con alguien? —repitió él, su voz tensa, cargada de una rabia que parecía ir más allá de mí—. ¿Quién es?

Lo sostuve con la mirada, respirando hondo, decidida a no darle lo que quería.

—Eso no importa. Lo único que necesitan saber es que estoy bien.

La furia se le marcó en la mandíbula, pero detrás de sus ojos había otra cosa… una sombra distinta. No era solo ira: era miedo. Como si mis palabras hubieran rozado un secreto enterrado, uno que él llevaba años escondiendo. El aire se volvió irrespirable. Su mirada me perforaba, no buscando la verdad sobre Adrián… sino temiendo que yo la encontrara sobre él.

No quise darle más largo a esa conversación. Subí las escaleras y me encerré en mi cuarto, cerrando la puerta con un golpe seco. Apoyé la espalda contra la madera y dejé escapar el aire que había estado conteniendo.

Mis manos temblaban, mi piel ardía aún marcada por la noche… y en mi pecho retumbaba la certeza de que el verdadero peligro no era solo que mis padres me descubrieran, era que mi padre escondía algo. Y que, tarde o temprano, yo también lo iba a descubrir.

Caminé hasta la ventana y corrí la cortina. Afuera, el sol bañaba las calles con una calma engañosa: todo parecía normal, quieto, rutinario. Pero dentro de mí no había calma. Me dejé caer en la cama, hundiendo el rostro en la almohada, intentando sofocar el recuerdo. Inútil.

Él estaba en mi piel, en mi boca, en cada detalle. Y lo peor era que también estaba en mi mente, como una pregunta que me perseguía sin tregua:

¿Hasta cuándo podré ocultar esto?

La mañana transcurrió entre llamadas de Camila, su entusiasmo desbordándose al otro lado de la línea.

—¡Feliz cumpleaños! ¿Qué haremos hoy, Lucía? ¿Una cena? ¿Salir aunque sea un rato?

Sonreí, aunque la sonrisa nunca llegó a mis ojos.

—Nada, Cami. Es jueves… me quedaré en casa viendo una peli.

Su silencio pesó más que cualquier reproche. Yo tampoco entendía por qué decía que no. Era mi cumpleaños, debería sentirme especial, querida, celebrada. En cambio, estaba aquí, atrapada entre un nudo en el pecho y el eco de mis propios secretos.

Me repetía que era mejor así: un día sin complicaciones, sin riesgos. Pero en lo más profundo de mí, la duda ardía con más fuerza que cualquier vela de cumpleaños:

¿Será capaz Adrián de dejar pasar mi día como si nada?

La televisión murmuraba en un rincón, pero yo no veía nada. Solo esperaba. Esperaba una señal que no llegaba. Hasta que el celular vibró sobre la mesilla. El corazón me golpeó con violencia incluso antes de mirar la pantalla. Cuando lo hice, el aire se me cortó en seco.

"Te espero en casa. No demores."

No hay saludo, no hay explicación. Solo esa orden seca, peligrosa, escrita con la fuerza de alguien que no admite un "no".

Me quedo inmóvil, el teléfono temblando entre mis manos. Es mi cumpleaños, y ni siquiera mencionó la fecha. Y, sin embargo, esa sola frase lo dice todo: no lo olvidó. Sabe lo que significa hoy… y aun así me reclama como suyo, como si la celebración me perteneciera a mí solo en la medida en que le pertenezco a él. El aire me falta. Una parte de mí quiere resistirse, decir que no. Pero la verdad me golpea con violencia: no tengo elección.

Cuando Adrián me llama, el mundo entero desaparece.

Me visto de prisa, aunque cada movimiento parece calculado por un deseo ajeno al mío. Abro el armario y mis manos eligen solas: un vestido rosa pálido, ligero, inocente… la ironía perfecta frente a la oscuridad que sé me espera. Debajo, encaje negro ceñido a mi piel, como un secreto hecho solo para él.

Unas gotas de perfume acarician mi cuello. El rubor en mis mejillas no viene del maquillaje: es el fuego que me provocó su mensaje. Me recojo el cabello en una cola alta, dejando el rostro expuesto, vulnerable… lista.

El espejo me devuelve una verdad brutal: ya no soy la Lucía ingenua de antes. Soy una mujer que corre hacia lo prohibido, consciente de que este camino no tiene regreso.

Salgo en silencio, el corazón desbocado, la calle fresca recibiéndome como un cómplice. Mis sandalias golpean el pavimento, rápidas, ansiosas. Cada paso me acerca más a él, a esa casa que ya no es un lugar: es un altar de peligro donde Adrián me espera.

Levanto la mano para tocar la puerta… pero no alcanzo. El cerrojo se abre con un chasquido, y de golpe, él aparece. Su camisa oscura contrasta con mi vestido claro; sus ojos me devoran antes de que pueda respirar.

Me toma de la cintura y me atrae hacia sí con una brutalidad que me corta el aire. La puerta se cierra tras de mí de un golpe seco. Su boca cae sobre la mía, un beso ardiente, voraz, que no deja espacio para palabras.

Me aprieta contra la pared del pasillo, inmovilizándome desde el umbral de su mundo. Mis manos buscan sostenerse en sus hombros, pero él me las captura, dominándome incluso en el primer respiro.

—Sabía que vendrías, princesa… —susurra contra mis labios, su aliento caliente encendiéndome más que el beso—. No puedes escapar de mí, ni siquiera en tu propio cumpleaños.

Su rodilla se interpone entre mis piernas, abriéndome, presionando con fuerza justo donde me arde. Jadeo, perdida en su control, en esa manera de reclamarme desde el primer segundo.

El peligro ya no está afuera. Está aquí, en esta casa.

—Estoy preparando algo para ti —murmura, rozando mis labios con los suyos, con esa sonrisa peligrosa que me enciende y me confunde a la vez.

Me toma de la mano y me conduce hasta la cocina. El aroma dulce del azúcar me alcanza primero, tibio y denso, antes de que la sorpresa me sacuda.

Mis ojos se abren de par en par al ver la escena frente a mí.

—¿Me estás... horneando un cake? —pregunto, incrédula, con la voz entrecortada entre la risa y el asombro.

Adrián arquea una ceja, sus ojos verdes brillando con esa chispa que combina lo tierno con lo devastador.

—¿Qué creías, princesa? Que solo sé devorarte a ti.

Antes de que pueda responder, me carga con toda su fuerza y virilidad, levantándome en el aire. Me sienta sobre la meseta fría de mármol, quedando frente a frente, mientras sus manos vuelven sin prisa al bowl donde está batiendo los huevos para el merengue, y la escena es tan absurda como erotica: El hombre que hace unas noches me vencía contra una baranda ahora juega con azúcar, como si nada pudiera ser más natural.

Su brazo fuerte se mueve con precisión, y el contraste me arde por dentro: es una mezcla de brutalidad contenida y ternura escondida.

Yo lo observo en silencio, con el corazón acelerado, sabiendo que, incluso batiendo merengue, Adrián sigue siendo el hombre más peligroso de mi vida.

Y más adictivo que nunca.

—Dulce... pero todavía no suficiente —murmura, llevándose el dedo a la boca para probarlo.

Sonríe, y esta vez el batidor vuelve a sumergirse en la mezcla. Con un gesto lento, se acerca a mí, moja la yema de sus dedos en el merengue y los desliza por mi clavícula, dejando un rastro blanco y pegajoso en mi piel.

—Ahora sí… perfecta —susurra, antes de inclinarse y lamerme con un gemido grave, su piercing rozándome la piel mientras succiona con hambre el azúcar de mi cuerpo.

Mis dedos se aferran al borde de la meseta, mis piernas se abren instintivamente para acercarlo más. Él sonríe, toma otra porción de merengue y esta vez lo coloca en el centro de mi pecho, justo entre mis senos, dejando que resbale lentamente hacia abajo.

—Quiero probarte más dulce de lo que ya eres, princesa… —su voz ronca me enloquece mientras su lengua desciende con lentitud, saboreando cada gota, cada rincón.

Adrián, una vez más, haciendo de mí su postre. El merengue frío resbala por mi piel mientras su lengua lo persigue.

Sus manos me sujetan por la cintura, apretándome contra él, como si temiera que pudiera escapar de esa tortura deliciosa.

De pronto me separa con un movimiento brusco, haciéndome caer sobre la meseta de mármol. Con manos firmes, tira de la tela de mi vestido rosa pálido, subiéndolo con lentitud desquiciante hasta mis muslos, luego hasta mi cintura, y más arriba, despojándome de él por completo en un movimiento final que me deja desnuda bajo su mirada devoradora.

Sus ojos verdes recorren cada centímetro de mi piel como si acabara de desenvolver el regalo que siempre supo suyo.

—Mírate, princesa… —murmura con voz ronca, sus dedos aún manchados de azúcar recorriendo mi abdomen—. Toda cubierta de dulzura, y aun así lo más adictivo eres tú.

Sus labios bajan, su boca se apodera de mis pezones endurecidos, succionando con fuerza, mezclando el sabor del merengue con mi piel. Mi grito se pierde en la cocina. Siento el roce de su erección dura contra mi intimidad, todavía cubierta por la fina tela de mi lencería. Él sonríe contra mi pecho, empuja con la cadera, y me hace temblar de anticipación. De un tirón preciso, arranca la tela delicada y me deja desnuda, expuesta, entregada a su voluntad.

Introduce los dedos en el bowl y los saca cubiertos de merengue espeso, blanco, brillante. Con esa sonrisa oscura que me enloquece, acerca la mano a mi piel y comienza a untarlo en mis muslos, lentamente, como si pintara con azúcar cada curva.

Mis piernas se tensan, pero él las abre con firmeza, sin darme opción a cerrarlas, asegurándose de que quede completamente expuesta bajo su control.

El rastro pegajoso avanza, cada vez más arriba, hasta llegar a mi centro. Mi respiración se corta cuando lo siento extender el merengue sobre mi intimidad, marcando su territorio con perversión.

Y entonces su boca desciende. Su lengua, húmeda, cálida, sigue el recorrido, lamiendo cada gota con dedicación. Su piercing roza mi clítoris, y el contacto metálico me atraviesa como un relámpago. Mi espalda se arquea, un grito me escapa, y mi cuerpo se deshace bajo la intensidad del placer.

—Eso… —gruñe contra mi piel, sin dejar de lamerme, devorándome como si el azúcar no fuera suficiente—. No hay postre más dulce que tú, princesa.

El mundo desaparece. Solo existe su boca, su lengua, el fuego que me consume cada vez que me recuerda que estoy perdida en él. Y al sentirlo jugar así conmigo, sé que no tengo escapatoria: Adrián es éxtasis.

Sus labios se aferran a mi piel con hambre, su lengua recorriendo cada rincón con un ritmo lento al principio, para luego acelerarse hasta volverme loca.

Siento cómo me abre con sus manos, sosteniéndome firme sobre la fría meseta mientras juega conmigo.

—Eso, princesa… quiero oírte —murmura contra mí, su voz ronca vibrando entre mis gemidos—, antes de hundirse otra vez, más lento, más profundo, jugando con mi cuerpo como si conociera cada secreto de mi piel.

No puedo más Mi espalda se arquea, el temblor sube desde lo más hondo y me desarma. Todo en mí se fragmenta, se rinde, y por un instante no sé dónde termina mi cuerpo y empieza el suyo. Mis piernas intentan cerrarse, pero Adrián no me deja; me sostiene con fuerza, asegurándose de beberse cada espasmo, cada gota, cada gemido que me arranca.

Cuando al fin mi cuerpo cede, exhausto y tembloroso, lo único que puedo hacer es hundir los dedos en su cabello, incapaz de hablar, temblando todavía con la intensidad de lo que acaba de darme. Y él sonríe contra mi piel, satisfecho, como un depredador que acaba de devorar a su presa favorita.

El sabor del clímax aún late en cada parte de mí cuando se incorpora lentamente, como si acabara de cumplir una tarea más, sin la urgencia que me consume a mí. Me mira de reojo, sus labios mojados brillando con mi esencia, y sonríe con esa calma peligrosa que me desarma.

—Hora de poner el glaseado en la masa —dice con voz grave, ronca, como si la frase inocente escondiera un doble filo que solo yo entiendo.

Y entonces, sin darme un segundo más de atención, se gira y vuelve a su bowl, batiendo con precisión como si nada, como si no acabara de arrancarme el alma con su lengua diabólica.

Me quedo allí, sobre la fría meseta, desnuda, con las piernas aún temblorosas y la piel encendida. Atónita.

Obsesionada. Sintiéndome su postre inacabado, mientras él sigue con la preparación como si yo fuera apenas un ingrediente más. Y en ese abandono calculado, en esa indiferencia erótica, descubro el verdadero poder de Adrián: no solo me hace suya… también me recuerda que siempre decide cuándo me hace arder y cuándo me deja sola con mi fuego.

Lo observo de espaldas, moviéndose con calma, como si lo que acabamos de vivir no hubiera sucedido. Su camisa abierta, su espalda ancha bajo la luz tenue de la cocina, y sus manos firmes batiendo la mezcla con una concentración absurda.

Mete el dedo en la mezcla, lo prueba, y sonríe con la satisfacción tranquila de quien controla cada detalle. Y yo, ardiendo en mi propia piel, entiendo que no hay nada más erótico que este poder silencioso con el que me somete sin siquiera tocarme.

Él no me mira, no se apura. Me mantiene ahí, desnuda sobre la meseta, atrapada en el filo entre el placer que me dio y el que me negó. Y yo lo dejo hacer, lo observo en un silencio que me enloquece, cada segundo estirando más la tensión hasta volverla insoportable.

Finalmente, abre el horno y coloca la bandeja con el cake dentro. Cierra la puerta con un golpe seco, se limpia las manos con un paño y, entonces sí, se gira hacia mí. Sus ojos verdes me encuentran, devoradores, encendidos, como si tuviera otros planes para esta noche. Da unos pasos hacia mí, lento, con la seguridad de quien nunca pierde el control, y su voz ronca corta el aire.

—Ahora… ¿dónde estábamos?

Adrián se acerca despacio, como un depredador que disfruta del instante previo al ataque. Se detiene frente a mí, inclina la cabeza y sonríe, esa sonrisa peligrosa que me derrite. Sus dedos manchados recorren mi muslo, rozando el merengue pegajoso que quedó sobre mi piel.

Lo recoge con calma y lo lleva a su boca, chupándolo mientras me mira directo a los ojos.

—Todavía dulce… —susurra,—. Pero sé que puedo hacerte más deliciosa aún.

Sus manos ascienden lentamente, una hacia mi cadera, la otra hacia mi pecho, apretando, moldeando, provocando que un gemido escape de mis labios. Me inclino hacia atrás, buscando apoyo, mientras él sigue su exploración sin prisa, como si cada rincón de mi cuerpo fuera parte de la receta que está perfeccionando.

Su boca encuentra mi cuello, lamiendo el azúcar que se derritió allí, mordiendo con fuerza hasta arrancarme un jadeo más alto.

—No imaginas lo que disfruto saborearte así… tan hermosa en el borde, sin darte cuenta de que el borde… soy yo.

Me arqueo contra él, incapaz de controlar mi respiración, mientras desciende, siguiendo los rastros dulces aún pegados en mi piel. Y la espera se vuelve insoportable, porque sé que en cualquier momento cruzará esa línea y volverá a hundirme en el mismo fuego de antes.

Pero no lo hace. Se detiene justo antes, su mano firme sujetando mis caderas, y su sonrisa se ensancha.

—¿Quieres más, princesa? Pídelo.

Y otra vez me deja atrapada en esa mezcla de frustración deliciosa y deseo que amenaza con consumirlo todo. Lo miro fijo, respirando agitada, con su mano aún en mis caderas, su boca tan cerca de donde más lo necesito.

Sé lo que quiere: que le ruegue, que me someta. Pero en lugar de eso, sonrío.

—¿Más? —repito con voz temblorosa, pero cargada de desafío—. No, Adrián… creo que esta vez no voy a pedir nada.

Sus ojos verdes se encienden, como si acabara de encender una mecha peligrosa. La sonrisa en sus labios se tensa, mitad lujuria, mitad rabia.

Me inclino hacia él, acerco mis labios a su oído, y susurro con malicia:

—Quizá hoy te toque a ti suplicar.

El silencio que sigue es intenso. Puedo sentir su respiración en mi cuello, el calor de su cuerpo vibrando de tensión, el temblor leve de sus dedos que ahora me aprietan con más fuerza.

Y entonces lo entiendo: acabo de desafiar a un hombre que no admite perder. Él se aparta un instante, sus ojos clavados en los míos, y sonríe con esa oscuridad que me derrite y me aterra al mismo tiempo.

—Te encanta jugar con fuego, princesa… —murmura con voz baja, ronca, cargada de peligro—. Muy bien.

—Creo que necesitas un baño —

No me da tiempo a responder. Me alza contra su cuerpo con la misma determinación con la que reclama lo que es suyo. Me aferro a su cuello, sintiendo cómo sus pasos firmes me trasladan desde la cocina hasta el baño, la adrenalina latiendo fuerte en mis venas.

La puerta se abre de un golpe y el vapor tibio comienza a envolvernos. Me deja de pie junto a la ducha, mis pies apenas tocando el suelo frío, mientras sus ojos verdes me devoran.

Con movimientos lentos, calculados, comienza a desvestirse frente a mí. Primero su camisa, revelando su torso fuerte, marcado, iluminado por la luz tenue del cuarto. Luego deja que la prenda caiga al suelo, sin prisa, consciente de que cada gesto me incendia más. Me muerdo el labio, incapaz de apartar la mirada. El pantalón cede bajo sus manos, el cierre bajando con un sonido que me estremece. Su virilidad se marca poderosa bajo la tela, y al despojarse de la última prenda, lo veo por completo, erguido, dominante, dueño absoluto de mi deseo.

Mis labios se entreabren, mi respiración se acelera. Estoy desbordada por tanto erotismo, atrapada en el espectáculo de verlo así, desnudo, viril, peligroso.

Él sonríe con esa mezcla de lujuria y control que me envenena.

—¿Te gusta lo que ves, princesa? —pregunta, acercándose con pasos lentos, cada uno más devastador que el anterior.

El agua comienza a correr, cayendo con fuerza desde la regadera, llenando el baño de vapor. Adrián me guía hacia adentro, sus manos firmes sobre mis caderas, hasta que el chorro caliente golpea mi piel desnuda.

.Él se coloca detrás, sus manos recorriendo mi abdomen, mi cintura, mis senos, como si el agua no fuera suficiente para cubrirme. Su boca encuentra mi cuello, besando, mordiendo, lamiendo el agua que corre entre nosotros.

—Mírame… —su voz baja, el agua goteando entre los silencios—. ¿Qué quieres de mí, Lucía?

Su mano desciende lentamente entre mis muslos, el calor del agua intensificando cada caricia. Me abre con firmeza, sus dedos explorando con calma, torturando cada terminación nerviosa hasta hacerme perder el equilibrio. Me sostengo contra los azulejos, arqueando la espalda mientras el agua caliente y su toque me enloquecen.

Lo siento duro, potente, rozando mi piel por detrás, pero no se apresura. Me provoca, se restriega contra mí, marcándome con su erección sin penetrarme, como si el simple hecho de esperar fuera parte del castigo. El vapor me envuelve, mis gemidos se ahogan en la ducha, y cada roce me arrastra más al límite.

Lo quiero dentro de mí, ahora, pero él sigue jugando, alargando el tormento, saboreando mi desesperación.

Me toma del cabello, tirando suavemente hacia atrás, obligándome a mirarlo de reojo mientras el agua resbala por su rostro perfecto.

—Dímelo, Lucía —ordena con voz grave—. Dime cuánto me necesitas.

Lo miro de reojo, con la respiración entrecortada, mi cabello empapado.

—¿Decírtelo? —susurro con una sonrisa desafiante—. No, Adrián… no voy a darte ese placer.

Sus ojos verdes brillan con furia contenida, y el agua parece hervir a nuestro alrededor. Siento cómo sus manos aprietan más fuerte mi cintura, Sus labios insinúan una sonrisa que no promete nada bueno.

—Sigues jugando con fuego, princesa… —murmura contra mi oído, con la voz grave, vibrante, que me eriza cada poro—. Y sabes que conmigo no se juega.

Sus dedos me alcanzan y redoblan el ritmo, más profundos, más precisos, jugando con mi clítoris hasta arrancarme jadeos que intento contener mordiéndome los labios. El agua resbala por nuestros cuerpos, mezclando el calor y la desesperación, mientras yo lucho por no ceder, por mantener el control aunque mi cuerpo clame por rendirse.

Sin esperarlo, me gira y se agacha, quedando a mi merced. Sus labios me sorprenden, buscando el punto exacto donde romperme.

—Tan dulce… —dice, su voz ronca mezclando deseo y reproche—. Y aún crees que puedes desafiarme.

Mis rodillas ceden, pero él me sostiene, una mano en mi cadera, la otra abriéndome aún más mientras me arrastra al borde una y otra vez. El agua caliente cae sobre mi espalda, su boca me consume desde abajo, y yo me quiebro entre gemidos, negándome a darle lo que quiere: la súplica.

Mi respiración se rompe, siento el clímax al acecho, pero él se detiene justo antes, alejando su boca con una sonrisa oscura que puedo sentir aunque no la vea.

—No todavía, princesa —murmura, mordiendo mi muslo con fuerza—. No hasta que me ruegues.

Y en ese instante entiendo: va a jugar conmigo hasta que no me quede otra opción más que quebrarme. Mis piernas tiemblan, mi respiración es puro desorden, y el placer me sube en oleadas que amenazan con romperme.

Adrián me sostiene con brutalidad, jugando con mi cuerpo como si fuera suyo… y lo es. Pero aun así me aferro a mi única arma: la negación.

—No voy a rogar —susurro entre jadeos—. Aunque me mates de placer, Adrián… no voy a hacerlo.

Con una fuerza inesperada, lo tomo por la barbilla. Sus ojos verdes arden de furia y deseo cuando lo obligo a mirarme directamente.

—Hoy eres tú quien suplica por mí —le digo, con la voz temblorosa, pero cargada de desafío.

El silencio se despliega denso, como un manto que me asfixia. El agua resbala por su rostro, marcando cada línea de su mandíbula, cada músculo tenso en su cuello. Por un segundo parece que va a romperme en dos… pero no se mueve. Me da espacio. Me permite hacerlo.

Y yo no lo desaprovecho.

Me deslizo lentamente hacia abajo, hasta quedar de rodillas frente a él. La caricia líquida resbala por mi espalda, tibia y persistente, borrando el resto del mundo, mi cabello pegándose a mi piel, mientras mis manos recorren sus caderas y bajan hasta su dureza. Lo tomo con suavidad primero, mirándolo a los ojos, saboreando la sorpresa en su rostro, el temblor imperceptible en su respiración.

—Mírame bien, Adrián… —susurro, con un gesto lento, provocador—. Hoy voy a ser yo quien te haga perder el control.

Su mano se apoya en la pared, sus músculos se tensan, y cuando deslizo mi boca sobre él, profundo, escucho el gruñido bajo que escapa de su garganta. Ese sonido salvaje me confirma que esta vez es diferente: esta vez lo tengo yo atrapado en mi juego. Mis labios se mueven con un ritmo calculado, mis dedos lo aprietan, mi lengua juega con la fuerza de su deseo, y siento cómo su cuerpo vibra bajo mi control. Esta vez, es Adrián quien gime, quien jadea, quien contiene un placer demasiado grande para resistirlo.

Y yo, arrodillada bajo el agua, disfruto cada segundo de verlo perderse en mí. Lo envuelvo con lentitud, jugando con él. Cada movimiento de mi lengua, cada presión de mis labios, arranca de su garganta gruñidos profundos que jamás había escuchado antes. Gruñidos que no son solo de placer.

Levanto la mirada y lo veo. Sus ojos verdes, normalmente duros, están fijos en mí, brillando con una mezcla peligrosa de lujuria y algo más… Fascinación.

Nunca pensé ver esa expresión en él. Adrián, el hombre que nunca se quiebra, el que siempre me controla, me devora, me domina… ahora me mira como si estuviera descubriendo algo que lo sobrepasa. Como si yo fuera el secreto más prohibido y más irresistible de su vida. Sus dedos se enredan en mi cabello, no para obligarme, sino para aferrarse, como si necesitara sostenerse en mí.

—Lucía… —murmura mi nombre entre jadeos, su voz rota, cargada de una vulnerabilidad que casi no reconozco.

Y en ese instante lo sé: lo tengo. Lo he arrastrado al borde de sí mismo. Me inunda una sensación extraña, deliciosa, peligrosa. Porque mientras él me mira fascinado, yo me doy cuenta de que por primera vez… el poder en esta tormenta es mío.

Me aparto lentamente, dejando que el agua se lleve las huellas de mi atrevimiento. Me incorporo despacio, mis labios aún húmedos, mis ojos fijos en los suyos. Él me sigue con la mirada, esa mirada intensa, encendida, que me devora.

Me acerco hasta que mi boca queda a un suspiro de la suya. Mis manos se apoyan en su pecho empapado, sintiendo cómo late con violencia bajo mi toque. Y entonces lo digo, en un susurro que vibra contra sus labios:

—Jamás volverás a probar a nadie como yo.

Sus pupilas se dilatan, su respiración se corta, y un gruñido gutural le escapa, como si esas palabras le hubieran atravesado la última barrera. Sus manos me aprietan la cintura con fuerza, su boca me devora de inmediato Con un beso ardiente, desbordado, que borraba mi desafío hasta hacerlo suyo.

Y en ese beso lo siento: lo vuelvo loco. Lo pierdo. Y lo encuentro, todo al mismo tiempo. Su beso es un incendio, salvaje y desesperado. Pero en medio de esa furia, sus brazos me rodean con fuerza y, de pronto, me levanta en el aire, mi espalda choca contra la pared húmeda de la ducha, y el agua caliente cae sobre nosotros como un velo ardiente.

Cada caricia es un choque de opuestos: ternura lenta, besos que parecen adoración… mezclados con la presión de sus manos que me marcan, con el roce insistente de su erección dura buscando entrar en mí.

—No sé si te poseo o si me pierdo en ti… —su voz se quiebra contra mi piel—, pero ya no puedo detenerme.

Sus ojos verdes se clavan en los míos. Y por un instante siento algo distinto: no solo el dominio del hombre peligroso, sino la ternura de alguien que me necesita.

Me besa de nuevo, lento esta vez, profundo, como si en cada movimiento me entregara un pedazo de lo que nunca confiesa. Y mientras me sostiene contra la pared, con el agua ardiendo entre nosotros, lo entiendo: Adrián me domina, sí… pero también se quiebra en mi boca.

Su boca aún está sobre la mía cuando siento cómo me acomoda mejor contra la pared, sujetándome con firmeza. Su erección se desliza contra mí, buscando el camino, rozándome despacio, como si quisiera arrancarme la paciencia antes que el placer.

Cuando al fin me invade, lo hace con una lentitud casi ritual, como si cada avance fuera una ofrenda, una promesa escrita en mi piel.

El agua resbala entre nosotros, intensificando cada roce, cada estremecimiento que me arranca. Mi cuerpo lo recive con desesperación, queriendo arrastrarlo conmigo, pero él prolonga la tortura con movimientos pausados, dictando un ritmo que me somete sin remedio.

—Siente cada segundo, princesa… —murmura con la voz grave, el aliento caliente chocando contra mis labios—. Quiero que recuerdes esto toda tu vida.

Cierro los ojos, gimiendo, perdida en esa mezcla de ternura y posesión absoluta. Su aliento quema mi cuello antes de que sus labios se hundan en mi clavícula, marcando la piel entre besos y mordidas, mientras me somete al vaivén de su deseo.

El contraste me desarma: el hombre que siempre fue sombra ahora me toca con una lentitud que duele, como si quisiera memorizarme antes de perderme.

Y yo me derrito, atrapada en su control, en su ternura envenenada, sabiendo que este momento no es solo sexo… es una confesión muda que jamás se atreverá a decir en palabras.

Cada embestida es un roce perfecto que me arranca gemidos suaves, más largos, más intensos, mi cuerpo vibrando en cada entrada y salida.

Su mirada no se aparta de la mía. Me sostiene contra la pared con la fuerza de siempre, pero sus ojos verdes brillan distinto. Sus labios vuelven a mi boca, me besan lento, húmedo, sincronizado con el vaivén de nuestras caderas.

—Eso es… déjate llevar —murmura contra mis labios, su voz ronca acariciando cada fibra de mí.

Y me dejo. El temblor sube desde lo más hondo; la respiración se fragmenta, se deshace en el aire. El placer me toma despacio, en mareas que van y vienen, un fuego paciente que me devora por dentro hasta vaciarme.

El clímax me atraviesa completo, lento y profundo, un orgasmo que se extiende, que me hace temblar contra él, que me arranca gemidos tan largos y profundos que ni el rugido del agua puede ahogarlos.

Adrián me sostiene con firmeza mientras me deshago en sus brazos, prolongando mi caída con cada movimiento calculado. Me desarmo en su contacto, y en esa rendición descubro la única forma de volver a ser yo, y cuando por fin mis temblores comienzan a ceder, lo único que puedo hacer es hundir mi rostro en su cuello, jadeando, sin fuerzas para nada más.

Y él sonríe, satisfecho, como si mi orgasmo lento y devastador fuera la obra maestra que había planeado desde el principio. Creo que ya no puedo más, mi cuerpo aún tiembla del orgasmo lento que me acaba de arrancar, pero Adrián no se detiene. Su ritmo sigue profundo, constante, ahora un poco más intenso, como si quisiera exprimir hasta la última gota de placer que pueda darme.

Su boca recorre mi cuello, mis hombros, susurrando mi nombre entre jadeos. La presión de sus manos en mis caderas me deja sin aliento, sujetándome con fuerza para que no escape. Y entonces lo siento: otra ola creciendo, más fuerte, más feroz. Mi respiración se rompe en gemidos desesperados, mi espalda se arquea contra la pared mojada, y no puedo contenerlo El segundo orgasmo me arrastra con fuerza, y mientras el vapor se levanta a nuestro alrededor, grito su nombre sin saber si es placer o rendición.

Adrián se tensa conmigo, su pecho golpeando el mío, sus jadeos convirtiéndose en un gruñido ronco y grave cuando finalmente se rinde. Exhala un gemido grave al hundirse por última vez, descargando en mí toda la tensión contenida, como si su cuerpo se vaciara dentro del mío.

El agua sigue cayendo. Sus brazos me sostienen mientras mis piernas tiemblan, y ya no somos sombra y luz, ni peligro y adicción… somos solo dos cuerpos rotos, fundidos en un mismo temblor.

Apoyo mi frente en su hombro, jadeando, sintiendo cómo su respiración se mezcla con la mía. Y en ese instante, en medio del vapor y el agua, me invade una certeza peligrosa: Adrián es mi ruina.

Esta muy quieto. Sus manos siguen firmes en mi cintura, sosteniéndome como si tuviera miedo de soltarme. Entonces baja la cabeza y apoya su frente contra la mía, cerrando los ojos. Su voz, cuando llega, es apenas un susurro, tembloroso, distinto a todo lo que le he escuchado antes.

—No sé qué diablos me haces, Lucía… —dice, y siento el roce cálido de su aliento sobre mis labios—. Pero contigo todo es diferente.

Me estremezco. Esa ternura inesperada, esa grieta sincera en su voz, me sacude más que todas sus furias juntas. Porque lo que escucho no es al hombre que me domina, sino a alguien perdido, buscando refugio en mí. Levanto la mano y rozo su mejilla húmeda con la yema de los dedos. Y en sus ojos verdes, abiertos de nuevo, veo algo que me quiebra: fascinación. Vulnerabilidad. Como si por un segundo se hubiera olvidado de la oscuridad que lo rodea.

Me besa entonces, lento, profundo, sin prisa. Un beso que no reclama ni castiga, solo se entrega. Y me confunde, me aterra, porque en él descubro un peligro más grande que su mundo oculto: la posibilidad de que empiece a amarlo.

—Vamos, princesa... —murmura, rozando mi boca con la suya antes de darme un último mordisco suave—. Tu cake de cumpleaños debe estar listo.

La frase me arranca una risa, mezclada con un nudo en el pecho. Porque en ese contraste imposible —la brutalidad de hace minutos, la ternura que casi me derrite, y ahora el hombre que hornea un pastel como si fuera lo más natural del mundo— está el verdadero veneno.

Me baja despacio, mis pies descalzos resbalando en el azulejo mojado, y me ofrece una toalla. Me cubro, todavía temblando, mientras él se seca el torso y se pone de nuevo el pantalón con esa calma provocadora que me seduce.

Lo sigo en silencio hacia la cocina, el corazón desbocado, todavía confundida entre el fuego de su posesión y la ternura imposible de ese gesto. Busco mi vestido, lo recojo del suelo y me lo pongo con manos torpes, todavía sintiendo el ardor de su piel en la mía.

Adrián abre el horno, saca con cuidado el molde y lo coloca sobre la mesa. Es todo tan absurdo como hermoso: ese hombre que minutos antes me devoraba con brutalidad, ahora revisa con calma si el pastel está bien cocido.

Se gira hacia mí con una sonrisa ladeada, sus ojos verdes brillando bajo la luz tenue.

—No será perfecto, princesa... pero es tuyo.

La Adicción de Lucía

Me acerco despacio, incrédula, con el corazón latiendo fuerte. Él corta un pedazo y lo coloca frente a mí en un plato sencillo. No hay velas, ni adornos, ni nada parecido a una fiesta, pero siento que jamás un cumpleaños había sido tan íntimo, tan mío.

Tomo un bocado, el dulzor del bizcocho llenándome la boca, y de pronto se me humedecen los ojos. Adrián me observa en silencio, con esa expresión seria que nunca termina de suavizarse, pero sé que me está mirando de verdad, como si esperara mi reacción.

—Está… perfecto —le susurro.

Él sonríe apenas, inclina la cabeza y me limpia con el pulgar una pizca de azúcar que había quedado en mi labio. Ese gesto sencillo me sacude, porque en él hay algo que parece imposible: ternura.

Y mientras saboreo el último bocado, me doy cuenta de que este pastel no es un regalo cualquiera. Es su forma de decirme, sin palabras, que soy diferente para él. Y ese pensamiento me aterra más que cualquier secreto que aún oculte.

Estoy a punto de tomar el bocado cuando un ruido seco irrumpe en la puerta principal. Me sobresalto, y Adrián se tensa de inmediato, su mirada perdiendo de golpe toda dulzura. El sonido de pasos pesados, arrastrados, resuena por el pasillo, seguido de un portazo que casi hace temblar la casa.

—¡Adrián! —una voz ronca, pastosa, cargada de alcohol, rompe el silencio—. ¡Adrián, maldito seas, sal de una vez!

El plato tiembla en mis manos. Giro la cabeza hacia él, buscando respuestas, pero Adrián ya está de pie, la mandíbula apretada, los ojos verdes encendidos con una furia contenida. Se acerca de un salto, me toma del rostro con ambas manos y me obliga a mirarlo.

—Lucía, vete. Ahora mismo —ordena con voz baja, ronca, cargada de un peligro que no admite réplica—.

Trato de protestar, de preguntar qué ocurre, pero el rugido de la voz borracha vuelve a sacudir la casa y Adrián me aprieta más fuerte la barbilla, sus ojos atravesándome.

—No discutas. Sal por la puerta trasera y no te detengas.

Sus ojos me atraviesan, y sé que no hay espacio para discutir. Trago en seco, con el corazón golpeándome el pecho, y asiento apenas. Adrián suelta mi rostro, pero no su mirada: me sostiene en ese silencio cargado de órdenes, como si quisiera asegurarse de que entiendo que esta vez no hay juego, no hay desafío.

Me levanto de la mesa con torpeza, dejando el plato, y camino hacia la puerta trasera. Cada paso me pesa, como si abandonarlo ahora fuera una traición, pero el rugido de la voz borracha que resuena en el pasillo me obliga a acelerar. Empujo la puerta y salgo. El aire fresco de la noche me golpea el rostro, pero no me alivia. Mis manos tiemblan, mi pecho arde, y mis piernas se mueven solas hasta que me encuentro fuera, en la oscuridad de la calle desierta.

Me detengo, respirando agitada, mirando la casa desde la distancia. Quiero volver, quiero saber qué ocurre… pero sus palabras retumban en mi cabeza: "No discutas."

Cuando por fin llego a casa, el resplandor de las luces encendidas me golpea como una advertencia. Empujo la puerta despacio, intentando que el ruido no me delate, pero es inútil: ellos ya me esperan.

Mi madre, rígida en el sofá, me clava una mirada afilada, inquisitiva, como si pudiera desnudar cada secreto que llevo en la piel. Mi padre, en cambio, no necesita palabras: su silencio arde, feroz, un fuego contenido que amenaza con estallar en cualquier momento.

—¿Dónde estabas, Lucía? —pregunta mi madre, con un filo en la voz que corta más que un grito.

Trago saliva. Siento la garganta seca, las manos temblorosas, los labios aún ardiendo con el sabor de Adrián. El contraste me asfixia. —Salí… necesitaba despejarme —respondo, con un hilo de voz que suena más débil de lo que quisiera. Mi padre se inclina hacia adelante, los codos apoyados en las rodillas, la mandíbula tensa. En su mirada no solo hay rabia: hay algo más, un destello oscuro, como si la furia ocultara un miedo que no quiere nombrar.

—¿Con quién? —escupe, cada sílaba como un golpe seco contra mi pecho.

El silencio que sigue me envuelve como una soga. Su mirada me atraviesa como un cuchillo, y siento que me desangra por dentro. No puedo decir la verdad. No puedo nombrarlo. Y, aun así, sé que mi cuerpo me delata, que la culpa arde en mi piel. Me aferro las manos contra el regazo, esquivando esos ojos que parecen saber demasiado. Y entonces lo comprendo: la tormenta no está solo en Adrián. También está aquí, en mi propia casa, latiendo en los secretos de mi padre.

Él se inclina más, tan cerca que siento el peso de su respiración. Su voz, baja y ronca, retumba por toda la casa.

—No me mientas, Lucía… yo sé quién es. —Su voz retumba en la sala, grave, implacable. Hace una pausa, y sus ojos se oscurecen como si pronunciar el nombre le doliera—. Ese hombre… Adrián.

El nombre se queda flotando entre nosotros como un secreto maldito. Levanto la cabeza de golpe, los labios entreabiertos, incapaz de encontrar palabras. Mi padre aprieta la mandíbula, los músculos tensos, y en sus ojos no solo hay furia: hay un destello más profundo, extraño, como si en el fondo temiera algo que nunca ha dicho.

—Hemos sido vecinos toda la vida —continúa, la voz dura como piedra—. Sé quién es Adrián… y sé en qué anda metido. —Se inclina hacia mí, la mirada tan afilada que siento que me corta—. Te lo advierto, Lucía: no vuelvas a acercarte a él.

El calor me sube a la garganta, abrasador, más fuerte que sus palabras.

—Acabo de cumplir veintidós, ¿y todavía crees que puedes decidir por mí?

Él se endereza en el sillón, los ojos oscuros, duros, esperando mi rebelión.

—Sé cuidarme sola. No necesito que me prohíbas nada.

El silencio estalla entre nosotros como un vidrio roto. Mi madre aprieta los labios, incapaz de intervenir, mientras mi padre cierra los puños, la furia haciéndole temblar las manos. De un salto se pone de pie. La sala se llena de su sombra. Sus ojos me fulminan, pero detrás de esa rabia hay algo más: una sombra más oscura, un secreto que no alcanzo a decifrar.

—No sabes nada, Lucía —gruñe, y su voz suena más como un ruego disfrazado de orden—. Ese hombre no es para ti. Nunca lo será.

Da un paso hacia mí,

—Adrián no es alguien con quien debas mezclarte. Yo sé lo que arrastra… porque yo mismo lo vi crecer, porque sé lo que esconde. —Su mandíbula se tensa, el miedo mezclado en su mirada—. Y por eso, aunque me odies, aunque me desafíes… no lo permitiré.

El corazón me da un vuelco. La manera en que lo dice… no es simple odio hacia Adrián. Es conocimiento. Mi padre sabe algo, algo que calla, y su furia no es solo contra mí: es contra algo de lo que intenta mantenerme al margen.

Abro la boca para preguntar, pero me corta con un gesto seco, definitivo.

—No insistas. Hay verdades que no deberías conocer jamás.

Sus palabras me sacuden, y mientras lo miro, descubro algo que me hiela: mi padre no solo quiere alejarme de Adrián… quiere protegerse a sí mismo de un secreto en el que también está implicado.

Mi padre permanece de pie, con el rostro endurecido, los puños apretados, como si contener sus palabras le costara más que gritarlas. Yo lo observo unos segundos más, buscando alguna grieta, algún destello que me dé respuestas… pero no hay nada. Solo un muro frío e impenetrable.

Sin decir nada, me levanto. Mis pasos resuenan huecos contra el suelo mientras me dirijo a las escaleras. Siento la mirada de mis padres clavada en mi espalda, cargada de reproches y miedo, pero no me detengo. Subo y me encierro en mi habitación.

Me dejo caer en la cama, todavía con el vestido puesto, y me cubro el rostro con las manos. El eco de sus palabras no me abandona: "Yo sé lo que arrastra… porque yo mismo lo vi crecer, porque yo sé lo que esconde."

No sé qué secreto oscuro une a Adrián y a mi padre, pero estoy segura de algo: cuanto más intenten apartarme, más me arrastrarán hacia la verdad. Y cuando la descubra… ni siquiera mi propia sangre podrá salvarse de lo que venga.

Capítulo 13

El timbre suena temprano, cortando mis pensamientos como un golpe seco. Bajo las escaleras y me encuentro a Camila entrando con su energía habitual, radiante, cargando varias bolsas que tintinean contra su cuerpo. Su aura de entusiasmo ilumina la sala de una forma casi cruel: ella parece brillar más que nunca, mientras yo siento que mi mundo se apaga un poco más cada día.

—¡Lucía! —exclama, dejando todo sobre el sofá—. No sabes el caos que tengo en la cabeza, la boda es en dos días y todavía falta la mitad de las cosas.

La observo en silencio, sorprendida por lo distinto que late su universo frente al mío. Ella corre, ríe, habla rápido, y cada palabra suya está llena de planes y certezas. Yo, en cambio, sigo atada a las sombras de Adrián… y a los secretos de mi padre que me pesan como cadenas invisibles. Camila empieza a sacar sobres, telas, flores de muestra, detalles que deben estar listos antes del gran día. Sus manos se mueven veloces, su risa llena la sala, y me descubro fingiendo una sonrisa para no romper su burbuja. Cojo una de las bolsas, la reviso, y en mi interior algo se enciende: dos días. Solo dos días para que su vida cambie para siempre. Y yo ni siquiera sé si la mía no va a estallar antes.

Me acomodo en el sillón, pero las palabras de Adrián regresan, punzantes: "Todo lo que brilla no es oro." Se clavan en mi mente, y sin darme cuenta las convierto en pregunta.

—Cami… ¿cuán bien conoces a Víctor? —pregunto, intentando sonar casual, aunque mi voz tiembla más de lo que quisiera.

Ella levanta la mirada, arqueando una ceja, sorprendida.

—¿Qué clase de pregunta es esa? Lo suficiente, Lú. Nos amamos, y eso es lo que importa.

Trago saliva, incómoda, jugueteando con el borde de una tela.

—No es que no me alegre por ti… pero todo esto es un poco precipitado, ¿no crees? Apenas llevan unos meses juntos y ya están a dos días de casarse.

Camila deja caer las flores con un suspiro exasperado.

—Otra vez con lo mismo…

Yo bajo la voz, pero no cedo. La advertencia de Adrián sigue taladrando mi cabeza, como una espina imposible de ignorar.

—Es que… no quiero que te ciegues. A veces lo que parece perfecto puede esconder lo contrario.

Ella me observa con los brazos cruzados, y por un segundo creo ver un destello de duda en sus ojos.

Pero enseguida se endereza, alza el mentón y me devuelve una mirada cargada de fastidio.

—Lucía, ya basta. —Su tono es duro, más afilado de lo habitual—. Sé lo que estoy haciendo. Víctor es el hombre con el que quiero casarme y nada de lo que digas me hará cambiar de opinión.

Abro la boca para insistir, pero ella levanta una mano, tajante, cortando mis palabras antes de nacer.

—No necesito tus dudas ahora, necesito tu apoyo. Así que, si de verdad eres mi amiga, ayúdame a que este día sea perfecto.

El silencio cae entre nosotras como un muro. Camila se inclina de nuevo hacia las flores, los sobres, los detalles, fingiendo entusiasmo, como si con cada gesto intentara enterrar las grietas que yo acababa de señalar. Su sonrisa vuelve, pero está forzada, un barniz frágil sobre una tensión que late en el aire. Yo me quedo quieta, con un nudo en la garganta. Sé que si sigo insistiendo, la perderé. Aprieto los labios, tragándome las palabras que me arden en la boca, y al final finjo una sonrisa para no romper lo poco que queda de ligereza.

La Adicción de Lucía

Camila me extiende un ramo, su tono ligero, como si la discusión nunca hubiera ocurrido:

—Anda, ayúdame con esto.

Asiento despacio, tragándome la rabia y el miedo.

—Claro, Cami. Lo que necesites.

Los días se me escaparon entre lazos, sobres y flores blancas. Camila hablaba sin descanso de vestidos, invitados y promesas eternas, y yo asentía, sonreía, fingía compartir la ilusión. Enterré las dudas bajo capas de rutina, dejé que la marea de preparativos me arrastrara sin oponer resistencia.

Y entonces, sin darme cuenta, llegó la mañana de la boda. La casa desbordaba movimiento: risas nerviosas, perfumes dulces, telas brillantes deslizándose por todas partes. Todo parecía bañado de una felicidad contagiosa que, sin embargo, no terminaba de tocarme.

Frente al espejo, con el vestido elegido para la ocasión, sentí un nudo en el estómago. Afuera, la vida de Camila estaba a punto de cambiar para siempre, mientras yo seguía atrapada en mis propias sombras.

El jardín olía a flores frescas y a promesas. El murmullo de los invitados llenaba el aire, copas tintineando bajo el sol. Como dama de honor debía sonreír, atender detalles, calmar a Camila… y aun así, me sentía disfrazada.

El tono suave de mi vestido me envolvía como una segunda piel que no era mía, una máscara de calma cuando por dentro no había más que inquietud.

Entonces la vi. Camila apareció radiante, vestida de blanco, y su felicidad desbordaba tanta luz que casi dolía mirarla.

Levanté la vista y me helé. Entre los invitados, al fondo, estaba allí.

De traje oscuro, impecable, magnético incluso rodeado de desconocidos. Nuestros ojos se encontraron apenas un instante, suficiente para congelar el aire. No sonrió. No hizo ningún gesto. Solo me miró, como si sus ojos verdes fuesen una advertencia silenciosa que nadie más podía escuchar.

La ceremonia fluyó sin tropiezos: aplausos, votos, copas elevadas. Una postal perfecta. Y, sin embargo, bajo la superficie, yo sentía el peligro latente, como si en cualquier momento todo ese brillo pudiera romperse en mil pedazos.

Cuando pasamos todos al gran salón para la fiesta, las luces, la música y las risas llenan el aire. Me muevo entre invitados, respondo sonrisas y felicitaciones, pero siento el vestido apretado ceñirse a mi cuerpo como un recordatorio constante de sus ojos clavados en mí.

El bullicio de la fiesta quedaba lejano, amortiguado por las paredes del baño. Frente al espejo, intentaba recomponerme: retocaba el labial, acomodaba un mechón rebelde, fingía que aún podía mantener el control. Entonces la puerta se cerró de golpe.

Lo vi reflejado detrás de mí. Su traje oscuro, su mirada encendida, esa presencia que volvía el espacio demasiado pequeño para los dos.

—Luces increíble con ese vestido apretado, princesa… —. Todo el salón te mira… pero solo yo sé lo que escondes debajo.

El corazón me latía tan fuerte que parecía resonar en las paredes. En el espejo, sus ojos me atrapaban. El salón, las risas, la boda de Camila… todo desapareció. Solo quedábamos él y yo, encerrados en ese rincón prohibido.

Sus pasos fueron lentos, seguros, como un depredador acortando la distancia. Se detuvo justo detrás de mí, tan cerca que sentí el calor de su cuerpo atravesar mi espalda. No me tocaba; sus manos vagaban a un suspiro de mi piel, delineando mi silueta en el reflejo como si ya me poseyera.

—Mírate… —susurró contra mi oído, su aliento recorriéndome como fuego—. Tan perfecta que lo único que quiero es arrancarte ese vestido, aquí mismo.

Un jadeo traicionero escapó de mi garganta, y vi en el espejo cómo una sonrisa torcida se dibujaba en sus labios.

No me besó. Solo dejó que su boca rozara mi cuello, apenas un roce, cruel, sabiendo que ese mínimo contacto bastaba para enloquecerme. Su mano se mueve despacio por mi brazo hasta atrapar mi muñeca. Me la guía hacia el espejo, obligándome a apoyar la palma abierta contra el cristal frío.

—Quiero que te mires, Lucía... —su aliento arde en mi oído—. Quiero que veas lo que haces conmigo.

Su otra mano finalmente se posa en mi cadera, apretando con fuerza, reclamándome. Mis piernas tiemblan, mis labios buscan aire, y mis ojos se clavan en mi propio reflejo: una mujer atrapada entre el peligro y el deseo, rendida al dominio de un hombre que me quema solo con palabras y caricias apenas insinuadas.

Su mirada se refleja en el espejo, feroz, poseedora, como si pudiera romperme sin tocarme.

No necesito más; sus ojos son suficiente para desnudarme por dentro. Pero Adrián no tiene prisa. Ese es su castigo.

Su mano en mi cadera desciende lentamente, siguiendo la curva de mi vestido ajustado. La tela se tensa bajo su presión, y yo me muerdo el labio, viendo cómo mi propio reflejo se estremece bajo su mirada.

—¿Ves cómo tiemblas, princesa? —susurra en mi oído, con un tono oscuro, casi satisfecho—. No necesito arrancarte la ropa... tu cuerpo ya me ruega aunque tu boca no lo diga.

Sus labios rozan la línea de mi cuello, suben hasta mi oído, y el contacto de su respiración me eriza la piel. Me obliga a mirar mi reflejo, a no apartar los ojos de esa imagen que me delata: mis mejillas ardiendo, mis labios entreabiertos, mi pecho subiendo y bajando con desesperación.

Su mano abandona mi cadera y se desliza por mi abdomen plano, deteniéndose justo donde la tela del vestido comienza a ser un obstáculo insoportable.

Acaricia lento, sin llegar a donde mi cuerpo suplica. Cada roce es un tormento, una promesa rota en cámara lenta.

—Mírate bien, Lucía… —sus palabras roncas se mezclan con el latido acelerado en mis oídos—. Toda esa inocencia que muestras allá afuera, nadie más sabe que aquí, conmigo, te derrites con solo un roce.

Dios… cómo puede alguien desarmarte así… volver locas las pulsaciones, borrar el aire, la razón, todo.

. Sus dedos siguen jugando al borde, sin darme lo que quiero, y el espejo se convierte en mi juez más cruel: no puedo escapar de la mujer que me muestra, encendida, vulnerable, completamente dominada.

El reflejo me muestra jadeante, con los ojos vidriosos y los labios rojos de tanto morderlos. Estoy a un paso del abismo, lo sé, y Adrián también lo sabe.

Su mano se mueve con precisión, en caricias medidas que despiertan un calor profundo bajo la tela. El placer me sube… y justo cuando creo que voy a llegar, se detiene.

Un gemido desgarrado se me escapa. Mis piernas tiemblan, mi cuerpo lo suplica en silencio. Pero en lugar de darme alivio, Adrián sonríe en el reflejo, cruel y fascinado.

—Aún no, princesa —murmura, apretando mi muñeca contra el espejo como si necesitara recordarme quién manda aquí—.

Vuelve a mover sus dedos, más rápido esta vez, y el calor me consume, arrancándome jadeos que trato de ahogar en mi garganta. Mis pechos se elevan contra la tela del vestido, y el espejo me devuelve la imagen de una mujer quebrada por el deseo. Estoy a punto de caer de nuevo… y él vuelve a detenerse.

Cierro los ojos, pero él aprieta mi mentón, obligándome a mantenerlos abiertos.

—Vista al espejo, Lucía —ordena con dureza—. Mira lo que soy capaz de hacerte sin siquiera desnudar tu cuerpo.

Un sollozo mezclado con un gemido me sacude, el clímax atrapado en mi interior como un castigo exquisito. Mi reflejo me devuelve la verdad: estoy perdida, encadenada a él, presa de un deseo que solo él puede conceder o negar. Estoy al borde de perderme cuando un golpe seco resuena en la puerta.

—¿Está ocupado? —pregunta una voz femenina, nerviosa, desde el pasillo.

El aire se me corta en los pulmones. Mis ojos se agrandan en el espejo, y el reflejo me delata: jadeante, atrapada en la tormenta que Adrián ha desatado. Trato de apartarme, pero su mano firme en mi abdomen me inmoviliza contra el espejo.

Él sonríe, una sonrisa oscura, peligrosa, que me eriza la piel. Se inclina hasta que sus labios rozan mi oído y susurra con calma endemoniada:

—¿Ves, princesa? Hasta el destino conspira para recordarte que tu placer depende de mí.

Otro golpe suena en la puerta, más insistente. Yo contengo el aliento, desesperada, temiendo que alguien intente entrar. Adrián suelta mi muñeca lentamente, como si tuviera todo el tiempo del mundo. Con un último roce de sus dedos me arranca un estremecimiento, pero no me da el alivio que mi cuerpo implora.

Retrocede un paso, ajusta su chaqueta y se peina con las manos, impecable, como si nada hubiera pasado. Mi respiración sigue entrecortada cuando él abre la puerta con naturalidad y sale, dejando atrás a la invitada que esperaba. Yo me quedo pegada al espejo, temblando, frustrada, ardiendo con un deseo que Adrián me ha negado una vez más.

—¡Lú! —la voz alegre de Camila llena el pasillo como un rayo de luz—. Te estaba buscando por todas partes.

—¿Estás bien? —pregunta, acercándose con una sonrisa inocente, mientras acomoda con cuidado un mechón rebelde de mi cabello—. Pensé que te habías ido.

Fuerzo una risa suave, bajando la mirada para esconder el ardor de mis mejillas.

—Sí, sí… solo necesitaba un momento para retocarme.

Camila me abraza con fuerza, ajena a la tormenta que llevo dentro. Su perfume dulce me envuelve, y siento una punzada en el pecho. Ella, tan pura, tan luminosa. Y yo, su mejor amiga, atrapada en una doble vida: la dama de honor sonriente en su boda, y al mismo tiempo, la adicta secreta a un hombre peligroso que acaba de dejarme temblando.

El salón está lleno de risas, música y brindis, pero yo apenas respiro. El calor, la tensión, el recuerdo de lo ocurrido en el baño… todo me aprieta el pecho. Así que me excuso con una sonrisa y salgo al exterior, buscando un poco de aire fresco.

La noche me recibe con su silencio, rota apenas por los ecos lejanos de la fiesta. Respiro hondo, dejando que el aire frío me despeje, pero al girar la vista hacia el estacionamiento, el mundo se me detiene.

Adrián está recostado a su auto, un cigarro encendido entre sus dedos, el humo elevándose lento en espirales que parecen bailar con la noche. Su postura relajada, casi insolente, irradia un aire exótico que me excita, como si cada movimiento suyo fuera un ritual de peligro y deseo. Bajo las luces tenues del farol, su figura se vuelve aún más prohibida, imposible de ignorar.

Mis pasos se detienen, pero su mirada me atrapa al instante. Esa intensidad verde que conozco demasiado bien me quema a la distancia. No sonríe, no habla, pero su sola presencia es suficiente para hacerme temblar.

Camino hacia él sin pensarlo, como si mis pies ya no me obedecieran. Cada paso que me acerca a su cuerpo me recuerda que estoy a su merced; que, sin importar la boda de Camila ni las sospechas de mi familia, Adrián me espera. Y yo, inevitablemente, siempre vuelvo a él.

Cuando llego frente a él, su voz ronca rompe el silencio, cargada de posesión:

—¿Nos vamos?

No necesito pensarlo. No hay espacio para dudas ni excusas. Apenas escucho esas dos palabras en su voz ronca, mi cuerpo ya ha respondido por mí. Asiento, y siento cómo una sonrisa curva sus labios.

Adrián abre la puerta del auto con ese gesto seguro que me desarma, y yo me dejo arrastrar hacia él, sin importar la música que aún vibra en el salón, los invitados, ni la boda que se celebra detrás de nosotros. Todo desaparece. Solo existe su presencia, el peligro que me envuelve, y la certeza de que una vez más me estoy lanzando al vacío con él.

Me acomodo en el asiento, y cuando arranca el motor, el rugido del auto se mezcla con el de mi pecho. No sé a dónde me lleva, no sé qué me espera… y aun así, no quiero estar en ningún otro lugar que no sea a su lado.

El viaje es un silencio cargado de electricidad y la mano de Adrián firme en el volante. Mis ojos se pierden en la oscuridad del camino hasta que, finalmente, el auto se detiene.

Levanto la vista y siento un vuelco en el pecho. Estamos en un puerto, iluminado apenas por las luces amarillentas de los faroles. El olor a sal y a madera mojada me envuelve, y el sonido del agua golpeando suavemente contra los muelles llena el aire de misterio.

Adrián apaga el motor y baja sin decir palabra. Abre mi puerta y me tiende la mano, esa mano fuerte que siempre me arrastra donde quiere. Yo la tomo, y lo sigo con el corazón en llamas. Allí, al final del muelle, lo veo. Un barco pequeño, pero hermoso, anclado en silencio como si nos estuviera esperando. La pintura blanca brilla bajo la luna, y su reflejo en el agua parece un espejismo.

—Es mío —dice Adrián con voz baja, ronca, cargada de posesión—. Y esta noche, también lo eres tú.

El escalofrío que me recorre no es de miedo, sino de deseo. Porque entiendo que en este barco no hay testigos, no hay reglas, no hay nada más que él… y yo, atrapada en mi propia adicción.

Subimos al barco en silencio, el crujido de la madera bajo nuestros pasos y el vaivén suave de las olas creando una música secreta solo para nosotros. Adrián enciende una luz tenue en la cabina y abre una pequeña nevera de la que saca una botella de vino tinto.

—Siéntate —ordena, aunque su voz suena más suave que de costumbre.

Obedezco y me acomodo en un banco de madera, mis ojos recorriendo cada rincón del barco: las cuerdas perfectamente enrolladas, el mástil que se mece con el viento, la luna reflejada en el agua como un faro plateado.

Adrián sirve dos copas y me entrega una. Apenas me toca y siento que la piel se incendia, como si ese contacto breve fuera más íntimo que un beso. Él se sienta frente a mí, su porte imponente incluso en la calma.

—Nunca traje a nadie aquí —dice, mirándome a los ojos mientras toma un sorbo de vino—.

El corazón me golpea en el pecho. Porque aunque sus palabras son sencillas, siento que esconden más de lo que quiere decir.

—¿Por qué yo, Adrián? —me atrevo a preguntar, la voz apenas un susurro que se mezcla con el murmullo del mar.

Él apoya la copa en la mesa, se inclina hacia mí y deja que el silencio pese unos segundos antes de responder.

—Porque contigo… todo se vuelve peligroso de otra manera.

Sus ojos verdes brillan bajo la luz de la luna, y por un instante no veo al hombre brutal que me arranca la cordura, sino a alguien que se ha permitido mostrarme un rincón secreto de su vida. Y eso me confunde.

El silencio entre nosotros es tan denso que puedo escuchar cada latido de mi corazón. El vaivén del barco, la luna reflejada en el agua, el vino en mi mano… todo parece invitarme a decir lo que llevo clavado en la garganta.

Dejo la copa sobre la mesa y me atrevo.

—Mi padre sabe de nosotros.

Adrián me mira fijo, sin parpadear. Por un segundo, el mar parece detenerse, como si incluso las olas esperaran su reacción. Sus labios se tensan, su mandíbula se endurece, pero sus ojos verdes son los que me desarman: brillan con algo que no sé si es miedo, rabia… o ambas cosas.

—¿Qué te dijo? —su voz ronca rompe el silencio, baja, peligrosa, como un trueno lejano.

Trago saliva, sosteniendo su mirada aunque mi cuerpo tiemble.

—Que creciste a mi lado. Que tu padre es un borracho. Y que no andas en buenos pasos.

El vino en mi garganta se convierte en fuego. No sé si esperaba negación, una explicación, o una caricia que borrara mis dudas. Pero lo único que recibo es ese silencio denso de Adrián, que parece debatirse entre contarme la verdad… o proteger un secreto que podría destrozarnos a los dos.

Adrián se pone de pie de golpe, la copa vibrando sobre la mesa con el movimiento. Su silueta se recorta contra la luna, rígida, como si estuviera conteniendo un huracán.

—No debería haberte traído aquí —dice, con la voz seca, dura, tan distinta a la calma de hace un instante.

El aire me abandona de golpe, como si sus palabras fueran un portazo directo a mi pecho. Lo veo dar un paso hacia la escalera que conduce a cubierta, y el pánico me sacude.

—¡Espera! —me levanto de golpe, rodeando la mesa y atrapando su brazo con ambas manos. Lo miro a los ojos, suplicando, buscando esa chispa de ternura que sé que existe en él, aunque la esconda.

—No me dejes así, Adrián —mi voz se quiebra—. No después de traerme hasta aquí, de mostrarme este lugar. Si de verdad no debía estar contigo… no me habrías dejado entrar.

Su respiración se agita, sus ojos verdes oscilan entre la furia y algo más profundo, algo que lucha por salir y que me consume de incertidumbre. Por un instante creo que va a apartarse, romper la distancia, dejarme allí de pie con las manos vacías. Pero se queda quieto. Y en esa quietud, la tensión entre nosotros se vuelve insoportable.

Con un movimiento brusco me jala hacia él, y su boca cae sobre la mía, con esa furia que huele a desesperación.

Sus labios me toman como si quisiera borrar mis palabras, arrancar de raíz mis sospechas, callar todas las preguntas que nunca me responde. El sabor a vino se mezcla con su aliento ardiente, y mi espalda choca contra la madera de la cabina. Sus manos recorren mi cuerpo sin paciencia, apretando, reclamando, como si al tocarme buscara asegurarse de que sigo siendo suya pese a todo lo que se interpone entre nosotros.

Un gemido se me escapa, y lo siento gruñir contra mi boca, como si ese sonido fuera su victoria. Me ahogo en su beso, en la brutalidad y el deseo que me arrastra, entendiendo que esta es su manera de hablar: con la furia de un hombre que prefiere poseerme antes que abrir la puerta de sus secretos.

Y yo… yo me dejo arrastrar, porque aunque sé que me está silenciando, mi cuerpo solo quiere perderse en la rabia con la que me besa.

Me despoja del vestido con una rapidez brutal, los tirantes cayendo de mis hombros como si nunca hubieran pertenecido a mí. El aire frío de la noche me roza la piel, pero el calor de su cuerpo lo devora todo. Su boca baja por mi cuello, dejando un rastro de mordidas que arden.

—¿Qué voy a hacer contigo?. Eres mi perdición, Lucía… —gruñe, la voz ronca, temblando de deseo y furia—.

Se aparta apenas lo suficiente para arrancarse la camisa, los botones saltando con la violencia de sus manos. El sonido de la tela al caer al suelo es casi tan erótico como el roce de sus dedos en mi piel.

Luego se libra del cinturón y los pantalones con la misma urgencia, hasta quedar frente a mí, desnudo, imponente, con esa virilidad desbordante reclamándome sin palabras.

El vaivén del barco acompaña su ritmo, como si el mar mismo nos empujara al borde de la locura. Me aprieta contra él, su erección dura y exigente presionando contra mi centro, y un gemido desesperado se me escapa.

Me gira, apoyándome contra la mesa de la cabina. Mis manos se aferran al borde, y antes de que pueda pensar, él me penetra de una embestida brutal que me arranca un grito ahogado. El sonido se mezcla con el crujido de la madera.

Cada movimiento suyo es salvaje, demoledor, como si buscara grabar en mi cuerpo la rabia que no quiere confesar con palabras. Yo me arqueo bajo él, perdida, mi piel brillando bajo la luz de la luna, mi voz rota en gemidos que llenan el espacio cerrado.

El barco se mece, el mundo desaparece, y solo quedamos nosotros: su furia, mi rendición, y el fuego que nos consume en un encuentro salvaje que amenaza con destruirnos y salvarnos al mismo tiempo.

Sus movimientos son tan precisos, tan feroces, que me quiebran por dentro. Me pierdo una y otra vez en este placer sofocante, mis uñas arañando la madera mientras mi cuerpo se entrega sin resistencia.

De pronto, su mano se levanta y cae con un golpe certero sobre mis glúteos. El sonido resuena en la cabina, mezclado con el crujido del barco, y un grito desgarrado se me escapa. El ardor me enciende aún más, y antes de que pueda recobrar el aliento, otra palmada me sacude, más fuerte, más desesperada, como si en cada golpe dejara salir toda la frustración que lo consume.

—¡Más! —jadeo, temblando bajo su control.

Adrián gruñe contra mi oído, hundiéndose más profundo, su voz ronca clavándose en mi piel:

—Quiero oírte, princesa… —otra embestida brutal, otro grito que no logro contener—. Dame tu voz, dame tu rendición.

Mi garganta se abre en un gemido interminable, mi cuerpo vibrando con cada orden que me arranca hasta dejarme sin voluntad. Su mano se desliza lentamente por mi espalda, hasta enredarse en mi Cabello, tira con fuerza, arrancándome otro grito mientras mi cuerpo cede sin resistencia.

Me obliga a enderezarme, mi espalda pegándose contra su torso ardiente, cubierto de sudor, la sensación de su piel contra la mía volviéndome loca. Sus manos se apoderan de mis senos, jugando con ellos como si fueran suyos. Jadeo, perdida, y entonces siento el roce húmedo, eléctrico, de su piercing recorriendo mi oído. La caricia me atraviesa como un rayo, haciéndome estremecer de arriba abajo, mi piel erizada, mi cuerpo implorando más.

—Eres pura adicción, princesa —murmura contra mi oído, su lengua jugueteando con cada palabra—. Y lo peor es que te encanta serlo.

Mi voz se rompe en un sollozo cargado de placer, y en el reflejo invisible de la luna sobre el agua entiendo que estoy perdida: todo en mí responde solo a él, a su fuerza, a su dominio, a la condena deliciosa que significa entregarme a Adrián.

Su respiración golpea mi oído al mismo ritmo frenético de sus embestidas, y sus manos no dejan de reclamarme: una aprieta mis senos con precisión despiadada, la otra sostiene mi cintura como si no fuera a soltarme jamás. El barco se mueve. Él también. Cada embate me arranca el aire. Su lengua, su calor, su piercing: un destello eléctrico que me borra. No hay escapatoria. Solo su ritmo.

—Dámelo todo, princesa... —gruñe, la voz rota, como si él mismo estuviera al borde—. Quiero sentir cómo te rompes contra mí.

Y me rompo.

Un orgasmo me sacude, arrancándome gritos que se pierden en la cabina. Mi cuerpo explota, convulsionando entre sus brazos, mientras él me aprieta con más fuerza contra su torso sudoroso, como si quisiera fundirme con él en un solo ser. Su fuerza me desarma; me levanta como si fuera peso de aire y me lleva hasta la mesa de la cabina. La madera me recibe cuando me sienta allí, y de inmediato se coloca de pie frente a mí, imponente, el torso desnudo brillando bajo la luz de la luna que se cuela por la escotilla.

Su mano atrapa mi barbilla con firmeza, obligándome a levantar la mirada.

—Mírame, princesa —ordena, con esa voz ronca que no admite dudas—. Quiero ver tu cara cuando vuelvas a perderte en mí.

Con cada embate mi cuerpo se deshace, mi voz se convierte en un clamor desesperado que ni yo puedo controlar. Estoy sensible, quebrada aún por el clímax anterior, y cada movimiento suyo se siente como fuego puro recorriéndome las venas. Trato de apartar la vista, de cerrar los ojos, pero su agarre en mi rostro se endurece.

—No —gruñe, hundiéndose más profundo—. Mírame.

Y lo hago.

Sus ojos verdes me devoran, intensos, dominantes, como si me ataran más fuerte que sus propias manos. Mi cuerpo arde, se estremece, mis uñas arañan la mesa mientras el placer me arrastra otra vez, más feroz, más insoportable.

—Eso es… —su voz vibra contra mis labios, casi un rugido—. Déjame ver cómo te deshaces solo porque yo lo ordeno.

Y otro se apodera de mí sin permiso, devastador, más violento que el anterior, arrancándome un grito que llena el barco.

Mi cuerpo se arquea hacia él, mi vista se nubla, y lo único que queda es su mirada sujetándome al mundo mientras me pierdo en este sin sentido.

—Me vuelves loco, Lucía… —gruñe contra mi boca, embistiéndome con una furia que me roba el aire—. Quiero más de ti, dame más.

Su beso es una locura desenfrenada. Lo devoro con la misma desesperación, mis manos aferrándose a sus hombros, a su fuerza.

—Eres todo lo que necesito… —susurra con la voz rota, tan cerca de mi oído que me quiebra—. No tienes idea de lo que soy capaz de hacer por ti.

El barco late bajo nosotros, acompasando su deseo, cada embate un eco del mar y de su cuerpo. Mis gemidos se pierden en su boca, y él insiste, como si en mí siempre quedara algo más por reclamar.

Y en esa mezcla de placer y locura, sé que no hay nada capaz de detenernos. El ritmo se acelera, brutal y desesperado, como si el barco mismo temblara bajo el peso de nuestro deseo.

—Lucía… —gruñe mi nombre—. Córrete conmigo.

El calor en mi vientre estalla al mismo tiempo que lo siento convulsionar dentro de mí. Su fuerza me sacude, mi cuerpo se quiebra bajo el suyo y nuestras voces se mezclan.

Nos derrumbamos al mismo tiempo, jadeantes, la piel ardiendo y el alma hecha pedazos en un único estallido que borra todo lo demás. Me aferro a él, y él a mí, como si ninguno pudiera soltarse, como si la adicción que nos une fuera también la cadena que nos condena.

Su respiración golpea mi cuello, caliente, desordenada, mientras mi cuerpo todavía tiembla en oleadas de placer. Sus manos, que hace un instante me apretaban con furia, ahora se quedan quietas en mi cintura, como si necesitara asegurarse de que sigo ahí, anclada a él.

No hay prisa, no hay rabia. Solo el eco tranquilo de dos cuerpos que se reconocen en silencio.

Adrián apoya la frente contra la mía, sus labios rozándome con un temblor que no reconozco. Sus ojos verdes, tan intensos, brillan ahora con un matiz distinto.

—Nunca le había dado esto a nadie… —murmura, con la voz ronca, quebrada, como si cada palabra le costara—. Nadie me había tenido así.

Lo miro, incapaz de hablar, porque sé que no se refiere solo al sexo, ni al deseo. Es más. Es esa grieta en su máscara, esa confesión que lo desnuda.

Extiendo la mano y rozo su mejilla húmeda de sudor. Y aunque sé que en cualquier momento volverá a ser el Adrián frío y peligroso, este instante me pertenece. El instante en que admitió lo que nunca pensé escuchar: que yo lo había marcado, que conmigo se siente vulnerable.

Y esa revelación me hace sentir reina.

—¿Quieres navegar? —pregunta, con la voz ronca, cargada aún de todo lo que acabamos de vivir.

Parpadeo, sorprendida. No es la respuesta que esperaba. El peso de su confesión aún late entre nosotros, y ahora, de pronto, me ofrece el mar como si me invitara a entrar en su mundo secreto.

Asiento despacio, incapaz de negarme.

Adrián se incorpora, ajusta la vela con movimientos seguros y poderosos, y pronto el barco comienza a moverse, cortando el agua bajo la luna. El aire salado me envuelve, fresco, liberador, y por un instante siento que volamos sobre la superficie infinita del océano.

Lo observo al timón, la silueta de su cuerpo contra la noche, y me doy cuenta de que este hombre no solo me arrastra al peligro: también me conduce a esos momentos intoxicantes, imposibles de olvidar, donde el mundo muere y solo queda su sombra sobre mí.

El barco avanza en silencio, apenas mecido por las olas suaves. El viento fresco me acaricia y me despeina, pero no me importa; por primera vez en mucho tiempo siento que respiro de verdad.

Me abrazo a mis rodillas mientras lo observo. La luna ilumina su perfil: fuerte, perfecto, sereno. Por un instante no parece el ser peligroso que me lleva al límite, sino alguien hecho de mar y de noche, alguien que pertenece a otro mundo.

Cierro los ojos y dejo que el sonido del agua golpeando contra la madera me arrulle. El vaivén me adormece, y en mi pecho se abre un hueco extraño, una mezcla de paz y miedo: paz porque aquí, en medio de la nada, siento que soy solo suya; miedo porque sé que esa calma es frágil, y en cualquier momento el huracán regresará.

Abro los ojos y él me está mirando. No dice nada, pero su silencio lo dice todo. Y yo, atrapada en ese instante, pienso que si el tiempo pudiera detenerse, lo detendría justo aquí: sobre el mar, bajo la luna, siendo dos almas que se buscan aunque todo el mundo quiera separarlas.

No sé cuánto tiempo permanecemos así, perdidos en ese silencio que lo dice todo. Al final, el sueño me arrastra, aferrada a la certeza de que, aunque solo sea por unas horas, lo tengo conmigo.

El murmullo del mar me despierta antes que el sol termine de salir. Abro los ojos lentamente, y lo primero que veo es el cielo pintado de tonos rosados y dorados, como si el amanecer hubiera decidido regalarnos un espectáculo privado.

Estoy envuelta en una manta ligera, mi cuerpo todavía adolorido y tembloroso por todo lo que vivimos anoche.

Me incorporo despacio y siento la brisa fresca en la piel desnuda. El barco se mece suavemente, como una cuna sobre el agua turquesa.

Busco con la mirada y lo encuentro. Adrián está sentado en silencio en la proa, el torso descubierto. Tiene un cigarro entre los dedos, pero no lo fuma. Solo mira el horizonte, como si estuviera luchando contra pensamientos demasiado pesados para dejarlos salir.

Lo contemplo sin que se dé cuenta, memorizando cada línea de su cuerpo bajo la luz suave del amanecer. En ese momento no parece el hombre brutal que me arrastra al límite, ni el secreto oscuro que mi padre teme: parece un niño perdido en medio de un mar demasiado grande.

Quiero ir hacia él, abrazarlo por detrás, susurrarle que no está solo. Pero algo me detiene. La calma es tan frágil que temo romperla con un solo movimiento. Así que me quedo allí, mirando, guardando para mí este amanecer que siento que no volverá a repetirse.

Siento sus pasos acercándose y me sobresalto un poco cuando su sombra cubre la manta que me rodea. Adrián se inclina sobre mí, sus ojos verdes ahora serios, tensos, sin rastro de la calma del amanecer.

—Vístete, princesa —murmura, alcanzándome mi vestido arrugado de la noche anterior—. Ya estamos llegando.

Lo miro, con el corazón apretado. No quiero que este instante se acabe, no quiero volver al mundo real donde las miradas pesan y los secretos nos separan.

—Adrián… —digo en voz baja, aferrando la tela entre mis manos—. Si mi padre ya lo sabe, ¿para qué ocultarnos más? No tiene sentido seguir escondiéndonos.

Él se detiene, y en sus ojos veo algo que me hiela: preocupación. Se endereza, se pasa una mano por el cabello y suspira con pesadez.

—Al contrario, Lucía… —su voz es grave, cargada de sombras—. Ahora es cuando más tenemos que cuidarnos.

Mi pecho se contrae.

—¿Por qué? —pregunto, buscando respuestas que siempre me niega.

Él me mira como si quisiera decírmelo todo, pero se contiene, como siempre. Finalmente, se inclina hacia mí, su aliento quemándome con sus palabras:

—Porque las cosas no son como crees. Desde tu mundo todo es luz, todo parece simple… pero no es así. Yo vengo de otro lugar, princesa. Uno donde la oscuridad manda. Y esa oscuridad no perdona.

Su confesión me estremece, como si hubiera dejado caer una llave en medio de un laberinto que aún no alcanzo a entender. Y sin embargo, en lugar de miedo, lo que siento es un deseo aún más intenso de quedarme a su lado, aunque me cueste todo. Mis labios tiemblan con mil preguntas, pero no dejo que ninguna escape. Lo conozco lo suficiente para saber que si lo presiono, se blindará en su silencio y me quedaré sin forma de alcanzarlo. Así que asiento en silencio, fingiendo que me concentro en vestirme mientras por dentro me arde la necesidad de saber. Cada palabra suya se me ha clavado en la piel:

"Yo vengo de otro lugar. Uno donde la oscuridad manda. Y esa oscuridad no perdona."

Me pongo el vestido sin mirarlo, sintiendo su presencia firme junto a mí, tan cerca y a la vez tan distante. El barco avanza lento, el puerto ya visible a lo lejos, y el aire se llena con un peso que me cuesta respirar.

Él cree que me ha callado. Que mi silencio es sumisión. Pero en realidad, mi silencio es una promesa:

tarde o temprano, descubriré todo lo que me oculta, incluso si eso significa hundirme con él.

El barco atraca en silencio, y en pocos minutos estamos de nuevo en el auto. El viaje de regreso se siente distinto: anoche, cada kilómetro estaba cargado de fuego; ahora, el aire entre nosotros pesa como plomo.

Adrián conduce sin mirarme, su perfil rígido, el ceño fruncido, como si la calma del amanecer jamás hubiera existido. Sus manos aprietan el volante con fuerza, y el silencio se convierte en un muro infranqueable.

El auto se detiene a unas calles de mi casa. Reconozco la esquina. Él no apaga el motor. Solo me mira de reojo, con esos ojos verdes que anoche fueron ternura y hoy son otra vez un arma.

—Bájate aquí —dice, con voz seca, sin emoción.

Abro la puerta despacio, el aire fresco de la mañana golpeándome de lleno. Me giro hacia él, buscando un gesto, una palabra, algo que me devuelva al hombre que me confesó su vulnerabilidad bajo la luna. Pero lo único que encuentro es frialdad.

—Adrián… —murmuro, con un hilo de voz.

Su mirada se endurece más, como si mis palabras fueran un peligro.

—No hagas que esto sea más difícil. Vete a casa, princesa.

Y acelera apenas, forzándome a cerrar la puerta. Lo veo alejarse hasta que sus luces rojas se pierden en la calle vacía, y me quedo sola, con el eco de su frialdad clavado en el pecho. Camino hacia mi casa con pasos pesados, pero por dentro ardo. Porque sé que ese hombre, tan frío al despedirse, es el mismo que horas antes me mostró un pedazo de su alma.

Capítulo 14

* * * * * *

El teléfono vibra sobre la mesa de noche y, al ver su nombre en la pantalla, no puedo evitar sonreír. Contesto de inmediato, y la voz de Camila estalla al otro lado, radiante, iluminada, como si la felicidad se le escapara en cada palabra.

—¡Luuu, tienes que verme! —ríe como una niña, y escucho de fondo el murmullo del mar y el canto de pájaros exóticos—. Esto es un sueño, todo es perfecto. Víctor y yo… ay, amiga, siento que estoy viviendo en una película.

Cierro los ojos un segundo, dejándome contagiar de su alegría. Me habla de playas paradisíacas, de cenas bajo las estrellas, de cómo él la mira como si fuera la única mujer en el mundo. Cada palabra la pinta como la novia más feliz de la tierra.

—Me alegra tanto escucharte así, Cami —respondo, y mi voz suena dulce, sincera.

Camila sigue contando detalles, riendo, radiante. Yo la escucho, la felicito, la lleno de cariño. Pero por dentro, siento que estoy viviendo en otra película: una oscura, peligrosa, donde el amor es algo distinto.

—Estaré de vuelta el fin de semana, tengo mucho que contarte. Te quiero, Luuu —dice Camila, con esa alegría que desborda incluso a través de la línea.

Sonrío, aunque mis labios tiemblan un poco.

—Yo también te quiero, Cami. Disfruta cada segundo.

La llamada termina y la pantalla se apaga, dejando a mi habitación sumida en un silencio que me pesa demasiado. Apoyo el teléfono sobre mi pecho, cerrando los ojos.

Camila vive su luna de miel, radiante, enamorada, convencida de que ha encontrado al hombre de su vida. Y yo… yo sigo atrapada en un torbellino prohibido con Adrián, entre confesiones a medias, caricias que me queman, y un silencio que me mata más que cualquier verdad.

Respiro hondo, pero la calma no llega. Porque sé que cuando Camila regrese, nada será igual. Y lo que yo tenga que contarle… no será tan luminoso como lo suyo.

La habitación está en penumbras, solo iluminada por la lámpara de mi mesa de noche. El silencio me envuelve y el sueño no llega; mi cuerpo aún recuerda el vaivén del barco, la furia de sus manos, la ternura fugaz de sus palabras.

El teléfono vibra de pronto sobre la sábana. Mi corazón da un salto.

Un mensaje. De él.

"No creas que porque te dejé en esa esquina estoy lejos. No puedes escapar de mí, princesa. Ni de día ni de noche. Y cuando menos lo esperes… voy a volver por ti."

Trago saliva, sintiendo un escalofrío recorrerme entera. La frialdad de la despedida en el puerto choca con el fuego de esas palabras, con esa amenaza que es también una promesa.

Me abrazo a la almohada, incapaz de borrar la sonrisa temblorosa que se me escapa. Porque aunque sé que su presencia me arrastra a un abismo, no puedo evitarlo: lo deseo. Lo necesito. Y esa certeza es tan adictiva como peligrosa.

Tecleo despacio, saboreando cada palabra:

""Ven pronto, Adrián… quiero verte perderte en mi."

Respiro hondo antes de pulsar enviar. La pantalla se ilumina con mi propio atrevimiento, y una oleada de calor me recorre. Es un desafío, una provocación peligrosa… y lo sé.

Dejo el teléfono sobre la mesa de noche, pero mis ojos no se apartan de él. El silencio de la habitación se vuelve insoportable, cada segundo una eternidad. El mensaje apenas sale de mi pantalla cuando la respuesta de Adrián entra de inmediato, como si hubiera estado esperando mi atrevimiento.

La Adicción de Lucía

"Ten cuidado con lo que deseas, princesa. Sabes lo que pasa cuando me desafias. La próxima vez no tendrás ni voz para provocarme… solo gemidos cuando te haga recordar quién manda."

Muerdo mi labio inferior, sintiendo un calor recorrerme desde el pecho hasta lo más profundo. Él me ha devuelto mi osadía multiplicada por mil, y lo peor — o lo mejor— es que me excita hasta la locura.

Abro la ventana del chat una y otra vez, leyendo cada palabra como si fueran fuego grabado en mi piel. Sé que debería detenerme, que jugar a este nivel es como bailar con la oscuridad… pero no puedo evitarlo.

Mis dedos tiemblan, pero esta vez no de miedo, sino de excitación pura. No pienso dejar que su amenaza me silencie. Vuelvo a abrir el chat y escribo despacio, cada letra un desafío:

"¿Quién dijo que iba a resistirme, Adrián? Lo que no sabes es que me enloquece la idea de que me castigues… de que me lleves tan lejos que no recuerde ni mi propio nombre."

Pulso enviar antes de poder arrepentirme. La pantalla parpadea y siento el pulso en mis sienes, un latido frenético que me atraviesa entera.

Me dejo caer sobre la almohada, la respiración agitada, con la certeza de que lo que acabo de hacer no tiene marcha atrás. Lo provoqué, y Adrián nunca deja las provocaciones sin respuesta.

Y la pregunta me arde en la piel: ¿qué va a hacerme ahora que yo misma he abierto la puerta a su infierno?

El silencio dura apenas unos segundos. Entonces la pantalla se ilumina con su respuesta.

"Tú lo pediste, princesa. La próxima vez no será un juego: voy a atarte, voy a negarte hasta que llores mi nombre, y cuando decida darte alivio… será tan brutal que vas a rogarme que pare."

Mis manos tiemblan sujetando el teléfono, mi respiración se vuelve un jadeo, y la humedad que me recorre me traiciona.

Apoyo el teléfono sobre mi pecho, y lo único que puedo pensar es que lo quiero. Que quiero exactamente eso que me ha prometido.

Abro el chat, los dedos firmes esta vez, y escribo solo una palabra.

"Hazlo."

Cierro los ojos y dejo el teléfono a un lado.

Y mientras el silencio se prolonga, mi cuerpo entero tiembla, presa de la ansiedad deliciosa de saber que Adrián nunca ignora un mandato así. Tarde o temprano, lo cumplirá.

Me quedo despierta, los ojos clavados en la pantalla apagada, esperando un mensaje que nunca llega. La ansiedad me arrulla en un vaivén extraño entre deseo y frustración, hasta que, sin darme cuenta, me rindo al sueño ligero de la madrugada.

Un crujido me despierta. Abro los ojos de golpe. La penumbra de mi cuarto me rodea, y al principio creo que estoy soñando. Pero entonces lo siento: esa presencia. Ese aire perfumado que solo puede pertenecerle a él.

—¿Adrián…? —susurro, la voz temblorosa.

Sale de las sombras, sus ojos verdes encendidos en la oscuridad, y mi corazón se detiene. No dice nada. Solo se acerca, y el brillo en su mirada es más feroz que cualquier palabra.

Del bolsillo de su chaqueta saca un pañuelo oscuro. Lo reconozco de inmediato: el mismo con el que una vez me cubrió los ojos, condenándome a sentirlo con todos los sentidos menos la vista.

Esta vez, lo desliza entre sus manos y lo dobla con calma peligrosa.

—Dijiste hazlo —murmura, apenas audible, su voz ronca como un trueno contenido—. Y aquí estoy.

Me toma las muñecas y, con movimientos precisos, me las ata sobre la cabecera de la cama. Mi respiración se acelera, el miedo y el deseo mezclándose hasta doler.

—No quiero que tus padres escuchen lo que voy a hacerte, princesa —susurra contra mi oído —. Pero yo sí quiero oír cada gemido, aunque sea ahogado.

El mundo se detiene. Mis manos atadas, mi voz contenida, mi cuerpo temblando bajo su control absoluto. Y en sus ojos, el brillo de un hombre que no ha venido a jugar… sino a ponerme en mi lugar.

Siento el roce de sus manos fuertes deslizándose por mi pijama de dos piezas.

No hay prisa en sus movimientos, y esa lentitud me enloquece. Sus dedos recorren la tela ligera, tanteando los bordes, buscando la forma de despegarla de mi piel.

El nudo de mi vientre se tensa cuando abre los botones superiores, uno a uno, con una paciencia cruel. La tela se abre dejando escapar el calor de mi cuerpo, y la brisa de la madrugada me eriza la piel.

—Tan indefensa, princesa… y tan mía.

Sus manos apartan la tela, atrapando mis senos en un roce firme que me arranca un gemido ahogado. El sonido lo hace gruñir con placer, y sus labios bajan hasta mi cuello, besando, mordiendo, marcando con un dominio absoluto.

Sus dedos buscan el borde del short de mi pijama. Jala de él despacio, como si cada centímetro fuera un castigo. La tela resbala por mis muslos, hasta que finalmente me deja desnuda bajo su mirada ardiente, mi respiración descontrolada, mi cuerpo entregado.

La Adicción de Lucía

Se lleva las manos a la camisa y empieza a desabotonarla con una calma maliciosa, como si cada gesto fuera parte de un ritual. Uno a uno, los botones ceden hasta que la tela cae, revelando su torso duro, marcado, cubierto de sudor y deseo.

Su mirada no se aparta de la mía mientras se desabrocha el cinturón. El sonido metálico retumba en la habitación como un trueno, y mi corazón late tan fuerte que casi me duele. Se baja el pantalón con la misma lentitud, dejando que cada movimiento sea una tortura más para mí, atrapada en las sábanas, incapaz de moverme, obligada a devorarlo con los ojos.

Cuando al fin queda completamente desnudo, se pasa una mano por el cabello, confiado, maldito en su belleza salvaje. Da un paso hacia mí, y yo, atada, silenciada, solo puedo estremecerme bajo su control.

Sus manos recorren cada rincón de mi piel, mis muslos, subiendo apenas con la yema de los dedos, provocando cosquillas que me arrancan estremecimientos. Luego baja otra vez, negándome el contacto.

El sonido nace y muere en mi garganta, atrapado entre el miedo y el deseo. Él lo percibe, y su sonrisa roza mi cuello.

—Me encanta verte luchar contra tu propia necesidad, princesa… —susurra con voz ronca, antes de morderme suavemente la clavícula.

Su boca sigue descendiendo, dejando un rastro de besos húmedos, lentos, que me queman. Se detiene en mis senos, los muerde con devoción salvaje, su lengua jugando con mis pezones hasta que me arqueo, atada, incapaz de contener el temblor que me recorre entera.

Cuando cree que no puedo soportar más, baja por mi abdomen, lamiendo, saboreando cada centímetro de piel. Mi respiración se vuelve frenética, mis caderas se agitan, buscando lo que él todavía me niega.

Al llegar a mi centro, su mano separa mis piernas. El calor de su aliento me golpea antes que su boca, y ese instante de espera se siente como una eternidad. El toque húmedo de su lengua me arranca un grito sofocado que vibra en mi boca.

Su piercing se mueve despacio, trazando líneas precisas, implacables. Mis muñecas tensas contra la cabecera, y mi cuerpo suplica lo que él aún se niega a conceder.

Sus manos se clavan en mis caderas, fuertes, posesivas, obligándome a quedarme quieta aunque mi cuerpo tiemble y se arquee sin control

Su boca es un arma letal. Siento que me arrastra a un lugar donde ya no soy dueña de mí misma.

Mis gemidos se ahogan cuando muerdo mi labio para someterme, pero él no necesita escucharlos claros: su lengua se mueve con desenfreno, con hambre salvaje, buscando una sola cosa. Mi súplica.

Mi mente se disuelve entre el calor y el temblor de cada roce. No hay escapatoria. Su boca me reclama entera, succionando mi esencia como si bebiera de mí, y sé que no puedo resistir mucho más.

Adrián levanta apenas la vista, sus ojos verdes brillando entre mis piernas.

—Déjate ir, princesa… —susurra contra mi piel húmeda, antes de hundirse otra vez, profundo. Y yo obedezco, porque en su voz hay algo que no es orden, sino destino.

No aguanto más. Su lengua, su piercing, la fuerza con que me mantiene atrapada entre sus manos… todo se conjura contra mí hasta que el control se rompe como un cristal hecho trizas.

El sonido que intento contener se vuelve latido. Mi cuerpo responde sin permiso, rendido a un placer que me deshace por dentro, que me deja vacía y encendida al mismo tiempo.

El placer me consume entera, un fuego que me quema desde el centro y se expande hasta cada fibra de mi cuerpo. Mis manos atadas tiran de la cabecera como si pudiera liberarme, mi espalda se arquea, y todo mi ser se rinde a él en ese instante.

Adrián no se detiene. Me sostiene, bebiendo de su victoria., Prolonga mi clímax hasta hacerme gritar en silencio, perdida, destruida y felizmente suya. Su boca sube despacio, hasta llegar a mis labios. Se inclina sobre mí y me besa con fuerza, obligándome a probarme en él.

El sabor es dulce, eléctrico, cargado de la entrega que acaba de arrancarme. Mis ojos se abren de golpe, sorprendida, pero él no me da oportunidad de resistirme. Gimo contra su boca, incapaz de contenerme, y siento cómo su sonrisa se curva apenas en el beso.

—¿Así te gusta, princesa? —susurra entre caricias—. Así de sensual sabes.

El calor me sube a la cabeza. Estoy destrozada, temblando aún del orgasmo, y aun así lo único que deseo es más.

Me besa con esa intensidad que me rompe, y cuando sus labios se apartan apenas, lo veo mirarme con esa chispa maliciosa que siempre anuncia tormenta.

—¿Estás lista para algo nuevo hoy, princesa?

Mi mundo se detuvo. El corazón me late tan fuerte que casi ahoga el silencio del cuarto. Estoy atada, desnuda bajo su control absoluto, y aun así, o quizás por eso mismo, asiento sin pensarlo.

Adrián sonríe, satisfecho, como un depredador que sabe que su presa no tiene escapatoria. Sus dedos recorren mi piel con calma enfermiza, acariciando cada línea de mi cuerpo como si ya planeara la próxima forma de quebrarme.

Y en ese instante entiendo que con él no existen límites: siempre habrá un *"algo nuevo"*, siempre habrá un paso más allá que me arrastre más profundo en su adicción.

Siento cómo desata mis muñecas de la cabecera, pero no me da tiempo a preguntar. Su mano fuerte rodea mi cuello y me obliga a incorporarme hacia él. Mi corazón late desbocado, mi voz ahogada.

Sus ojos verdes arden con una malicia peligrosa, y su aliento roza mi boca mientras su voz ronca me ordena:

—Gírate.

Obedezco temblando, no porque quiera escapar, sino porque la fuerza de su mirada no me deja opción. Él me acomoda hasta que termino sobre mis rodillas, de espaldas a su torso, mi cuerpo arqueado, mi piel ardiendo por la incertidumbre.

Siento cómo sus manos recorren mi cintura, bajan por mis caderas, marcando cada línea como si fuera de su propiedad. Me aprieta contra él, y la dureza que late me sofoca.

—Eres mía por completo, princesa… y hoy voy a quitarte la última virginidad que te queda.

Miedo, deseo, locura… todo se mezcla mientras sus manos me preparan para lo inevitable, y sé que no hay marcha atrás: me quiere toda, sin dejar un rincón de mí intacto.

Sus dedos me recorren con un ritmo calculado, explorando despacio, como si quisiera enseñarme que el verdadero tormento no está en el dolor, sino en la demora. Mi pecho sube y baja frenético, y aun así él mantiene ese control implacable.

Su lengua baja hasta mí, y el primer contacto me arranca un estremecimiento tan intenso que casi me desarmo entre sus manos.

—Relájate, princesa —murmura, su voz grave vibrando contra mi piel—. Quiero que disfrutes cada segundo.

Sus dedos se suman al juego, entrando apenas, estirando, preparando mi cuerpo. Cada movimiento es una mezcla de placer y tensión, un recordatorio de que le pertenezco.

Yo tiemblo, mis manos buscan aferrarse a las sabanas, mi mente se disuelve entre el miedo y la excitación. Y mientras sus dedos me reclaman con una paciencia cruel, sé que lo está haciendo a propósito: alargando la tortura.

Un sonido contenido se me rompe en la garganta cuando sus dedos aumentan la presión, lenta, inexorable. El dolor se abre paso primero, un ardor desconocido que me hace tensar todo el cuerpo. El miedo me golpea, y por un instante quiero apartarme, pero su manos en mi cadera me mantienen prisionera.

—Adrián… —mi voz se quiebra, mis ojos cerrados con fuerza.

Él se detiene apenas, no para soltarme, sino para acercar su boca a mi oído.

—Shhh… déjate llevar, princesa —susurra con esa voz grave que no admite discusión—. No pienses en el dolor… siente el placer.

Su tono es hipnótico, un mandato que se mete en mi piel. Y mientras sus dedos vuelven a moverse, más lentos, más calculados, descubro que entre la presión y el ardor algo distinto comienza a crecer: un calor que me consume, una sensación totalmente nueva.

Mi cuerpo, traidor, empieza a ceder. El miedo sigue ahí, pero entiendo que, como siempre, Adrián tiene razón: en sus manos, incluso lo que me asusta puede convertirse en placer.

—Eso es, princesa… — su voz ronca y peligrosa—. Déjalo entrar… deja que el dolor se convierta en lo que siempre debió ser.

Y sucede.

Mi cuerpo traiciona mi miedo, rindiéndose a la fusión brutal entre el dolor y el placer. Mis gemidos ahogados se convierten en gritos sofocados contra la tela que muerden mis labios.

El fuego del dolor se convierte en una explosión de placer tan intensa que siento que me pierdo en él.

Adrián no se detiene hasta arrancármelo todo, hasta hacerme gritar con el cuerpo tembloroso dejándome ver que incluso lo imposible puede ser delicioso en sus manos.

Cuando finalmente me deja respirar, me acaricia la espalda con suavidad peligrosa, como si acabara de enseñarme una lección que nunca olvidaré.

El eco de mi clímax aún palpita en mi piel cuando siento que se mueve detrás de mí, sus manos firmes aún sujetando mis caderas. Un escalofrío me recorre cuando su erección se acomoda, rozándome con esa dureza que me roba el aliento.

—Ahora sí, princesa… —su voz retumba grave, oscura, cargada de dominio—. Voy a hacerte mía por completo.

No me da tiempo a nada. Su entrada es abrupta, un golpe de calor que me roba el aire. El sonido que sale de mí ni siquiera parece humano. El dolor me sacude de inmediato, intenso, desgarrador, pero al mismo tiempo el placer se mezcla, confundiéndome hasta dejarme sin fuerzas.

Su mano vuelve a mi cabello, tirando de el hacia atrás hasta pegar mi espalda contra su torso sudoroso. Su otra mano aprieta mis senos con fuerza, dominándome mientras se hunde en mí una y otra vez, sin piedad, reclamándome entera.

Las lágrimas se mezclan con el gemido sofocado que escapa de mis labios. El dolor arde, pero cada embestida lo transforma, lo tuerce, lo convierte en un placer prohibido que no conocía.

—Me perteneces —murmura entre jadeos—. Incluso lo que no pensaste darle a nadie

El vaivén se vuelve insoportable, salvaje, y mi cuerpo, traidor, comienza a rendirse otra vez, a buscar su brutalidad como si fuera la única verdad que me sostiene.

Y entiendo que ya no hay vuelta atrás: Adrián me ha tomado de la forma más oscura, y me ha arruinado para otro hombre.

El ardor me quema por dentro, pero junto a él crece un fuego distinto, poderoso, que me arrastra a un lugar del que no sé si volveré. Sus manos no me sueltan: una me aprieta las caderas, obligándome a recibirlo entera, y la otra me sujeta del pelo, manteniéndome en mi lugar.

—Vente, princesa... —gruñe con la voz rota, —. Quiero sentirlo en tu cuerpo, quiero oírlo.

Y entonces me quiebro.

El orgasmo me toma de sorpresa, feroz, como un trueno desgarrando la noche; mis músculos ceden, mi voz se quiebra en un gemido roto, y lo único que queda es el temblor de mi cuerpo rendido ante él.

Grito contra mi mano, mi cuerpo convulsiona y siento cómo cada embestida prolonga mi orgasmo hasta hacerme perder el sentido.

El placer me desgarra, y lo siento romperse conmigo. Su cuerpo tiembla, abrazándome, mientras sus acometidas se vuelven frenéticas, cargadas de una urgencia salvaje que me arrastra con él.

Su respiración se vuelve un gruñido roto en mi oído, y sus manos aprietan mi cuerpo con una fuerza salvaje, como si temiera que pudiera escapar en el último instante.

—Lucía… —jadea mi nombre, con un gruñido áspero que nace de lo más hondo de su pecho—.

El calor de su clímax me invade al mismo tiempo que mi cuerpo sigue convulsionando. El grito se me quiebra en la garganta, y su gemido lo llena todo: el aire, la piel, el espacio entre nosotros. Es demasiado, y aun así, no quiero que termine.

Estamos fundidos, temblando, sudorosos, nuestras respiraciones mezcladas en un torbellino de placer y devastación. El mundo desaparece. Solo quedamos nosotros dos, rotos y saciados, unidos en una voraz de placer compartido que me deja la certeza de que, aunque me destruya, nunca podré dejar de pertenecerle.

—¿En qué habitación de la casa duermen tus padres? —pregunta Adrián, su voz ronca, cargada de malicia.

—En la que sigue —respondo sin pensar, aún agitada—. Pero no te preocupes… esta noche no están en casa.

Él se detiene un segundo, arquea una ceja, y una sonrisa peligrosa curva sus labios.

—¿Y cómo no me habías dicho eso antes, princesa?

Me giro, y mi espalda se hunde entre las sábanas desordenadas por lo que acabamos de hacer. Él se coloca sobre mí, apoyando el peso de su cuerpo en sus brazos,

—Dime… ¿te gustó?

El calor sube desde mi pecho hasta mi rostro. Mi cuerpo entero tiembla bajo él, y aunque mis labios quieren negarlo, mis ojos lo delatan. Sí. Me gustó. Me destruyó. Me volvió adicta una vez más.

Clavo mis ojos en los suyos, todavía con el pecho agitado, y dejo ver una sonrisa traviesa.

—¿Gustar? —repito despacio, como si saboreara la palabra—. Digamos que no estuvo mal… pero no eres tan irresistible como crees.

El brillo en sus ojos cambia de inmediato: una chispa peligrosa, un gruñido contenido en el fondo de su garganta. Sus manos aprietan las sábanas a ambos lados de mi cuerpo, atrapandome bajo él.

—Ten cuidado, princesa… —murmura con la voz grave, cargada de amenaza y deseo—. Sabes que no tolero que me desafíes.

Me muerdo el labio, fingiendo calma mientras la adrenalina me recorre entera. Por dentro estoy temblando, rendida al recuerdo ardiente de lo que acaba de hacerme, pero por fuera sostengo su mirada, provocándolo más.

—Entonces demuéstramelo… —susurro, dejando que la provocación vibre en mi voz—. Si puedes.

Su rugido me estremece… y ahí lo tengo otra vez, en modo tormenta categoría cinco. Bien hecho, Lucía.

—¿Así que no soy tan irresistible como creo? —murmura, dejando que sus palabras me calen más hondo—. Veremos cuánto dura ese orgullo tuyo.

Sus manos empiezan un recorrido lento por mi piel, sin la urgencia de antes. Me acaricia apenas, como si jugara con la idea de tocarme, y su boca se acerca a la mía sin besarme del todo, rozando, negándome.

Desciende por mis senos, los toma con firmeza, exprimiendo gemidos rotos de mi garganta, pero negándome siempre la presión que imploro en silencio. Su lengua se pasea por mi cuello, su piercing dejando un rastro de frío y fuego, mientras sus dedos se detienen peligrosamente cerca de donde más lo quiero… pero no llegan.

Me retuerzo bajo él, frustrada, y sé que es justo lo que quiere: verme perder el control, hacerme suplicar.

—No voy a tomarte hasta que lo pidas como debes —susurra contra mi oído, su voz ronca —. Quiero que admitas que me necesitas más de lo que necesitas el aire.

Ahora entiendo que esta vez no será la brutalidad lo que me quiebre, sino la tortura lenta de su control absoluto. Sus manos ascienden con firmeza hasta atraparme los senos, llenos en su agarre. Mis pulmones se vacían en un gemido sofocado, y entonces lo siento inclinarse, su boca devorando mis pezones con una avidez lenta, cruel, que me desarma.

El piercing roza mi piel sensible, arrancándome estremecimientos que me recorren de punta a punta. Es un contraste delicioso: la calidez de su lengua y el filo helado del metal, un juego que me vuelve loca, que me hace arquearme contra él aunque quiera mantener el orgullo intacto.

Adrián alterna entre lamer, succionar y morder suavemente, jugando con mi resistencia, sabiendo que cada movimiento me lleva más cerca de romperme. Sus manos no se limitan: una sigue atrapandome con firmeza, mientras la otra pellizca con precisión, arrancándome chispazos de placer doloroso.

—¿Sientes lo que te hago? —gruñe con la boca aún sobre mí—. Esto ya no se borra, princesa. Ni aunque lo intentes.

Cierro los ojos, intentando resistir, pero mi cuerpo ya me ha traicionado: estoy temblando, húmeda, perdida, a punto de rogarle lo que juro no darle.

El placer que me da es demasiado bueno para ser real.

—Adrián… —mi voz se quiebra, implorando más, rogándole sin querer.

Pierdo el control. La tensión en mi vientre se rompe de golpe, y su boca sigue reclamando mi piel. El placer me sacude, violento, y solo alcanzo a morder mi mano para no gritar su nombre.

Me quedo temblando, y el sudor resbalando por mi piel. Apenas puedo respirar cuando Adrián se aparta un segundo, su boca seductora, sus labios curvados en una sonrisa triunfadora.

—Muy receptiva, princesa… —murmura con malicia—. No sabía que podía hacerte correr solo con esto.

Me muerdo el labio, avergonzada y encendida al mismo tiempo, y entonces entiendo que acabo de darle un nuevo motivo para jugar conmigo… y para quebrarme aún más.

Adrián no se precipita, Sus dedos recorren la curva de mi pecho, bajan lentamente por mi abdomen sudoroso, y se detienen justo antes de llegar a mi centro. Me estremezco, buscando inconscientemente el contacto, pero él se aparta apenas, negándomelo.

—¿Quieres mas? —su voz grave vibra contra mi piel cuando se inclina a besarme el vientre—. Yo si.

Mis caderas se agitan, atadas al deseo, y un sollozo ahogado se me escapa. Adrián sonríe, cruel y encantador, disfrutando del espectáculo de mi rendición.

—Mírate… estás temblando solo con mis caricias. —Sus palabras caen estrepitosamente—. Y todavía no he decidido cuándo darte lo que de verdad ansías.

Mi cuerpo suplica, cada fibra de mí clama por más, pero él sigue alargando el tormento, dueño absoluto de mi ser.

Su boca encuentra mi clítoris, el primer toque húmedo de su lengua enciende mi cuerpo entero y me arranca un suspiro quebrado, tan intenso que mis piernas tiemblan con violencia. Me acaricia, saboreándome como si tuviera todo el tiempo del mundo para destruirme despacio.

Su piercing dibuja círculos suaves, exactos, y siento cómo cada trazo me arrastra más arriba, como si mi propio cuerpo estuviera al borde de un precipicio. Siento que me arrastra al borde del abismo y que se detiene allí, sosteniéndome en esa delicia cruel.

—Así, princesa… —murmura contra mi piel empapada, su voz grave vibrando como un trueno suave—. Quiero que aprendas que no solo puedo destrozarte… también puedo hacerte suplicar con dulzura.

Me arqueo, y lágrimas de placer me empañan los ojos. Cada caricia lenta, cada succión delicada es otra chispa que me incendia, hasta que mi cuerpo se rinde por completo.

El orgasmo llega y lo siento interminable, lento pero devastador, un orgasmo que me consume desde dentro y me desarma con cada segundo que se prolonga. Grito descontrolada, mientras mi cuerpo entero tiembla bajo su boca, perdido entre el dolor, la dulzura y la posesión absoluta.

Cuando por fin me suelta, mi piel arde, mi respiración es un caos, y lo único que puedo pensar es que Adrián no solo me ha destruido otra vez… también me ha enseñado que la dulzura, en sus manos, puede ser un castigo aún más cruel.

Me incorporo de golpe, todavía temblando, pero decidida a no dejarlo con toda la ventaja. Lo beso, probándome en su boca, saboreando la mezcla de mi propio placer y su deseo.

Mis jadeos se cuelan entre sus labios, y siento cómo eso lo enciende aún más, como si mi atrevimiento lo empujara a un límite nuevo.

Lo empujo hacia atrás con fuerza hasta tumbarlo en la cama, sus ojos verdes brillando con sorpresa y lujuria al mismo tiempo. Mi cuerpo se desliza sobre el suyo, buscando esa erección dura que late. La encuentro y la aprieto con mis manos, arrancándole un gruñido ronco que vibra en su garganta.

—Ahora tú… —susurro, mi voz temblorosa pero cargada de fuego—. Quiero escucharte gemir por mí.

Me inclino y comienzo a recorrerlo con mi boca, besando su abdomen, bajando lentamente, dejando un rastro húmedo que lo hace perderse. Cuando mi lengua finalmente roza su erección, un gemido profundo y desgarrador escapa de él, un sonido tan excitante que siento que podría venirme solo con escucharlo.

Siento como mi boca le arranca su control, y la sensación de verlo rendirse a mis caricias me llena de un poder oscuro, delicioso. Soy yo quien lo hace perderse en el placer, y sus gemidos, ásperos y desbordados, se convierten en mi victoria más adictiva.

Me siento encima de él, sintiendo cómo su erección me completa. Mis gemidos son cada vez mas profundos, la mezcla de dolor y placer recorriéndome en ondas que me hacen estremecer. Tomo sus manos con firmeza y las llevo a mis senos, obligándolo a tocarme como yo quiero, a que sienta cada latido desesperado de mi cuerpo.

Comienzo a moverme lentamente, marcando un ritmo suave, delicioso, que me arranca jadeos con cada vaivén.

Adrián gruñe bajo mí, sus dedos apretando mis pezones, siguiendo mi orden, pero su mirada… su mirada no cede. Sus ojos verdes se clavan en mi cara con una intensidad que me quema. Me observa como si grabara cada gesto, cada gemido, cada temblor, y eso me excita aún más.

Me agarro del pelo con una mano, tirando hacia atrás mi cabeza, abriéndome más, mientras aumento la pasión, acelerando el ritmo. Mis caderas golpean contra las suyas con fuerza, y sus labios se entreabren en un gemido profundo que vibra en mi pecho como una victoria prohibida.

Por un instante, siento que lo tengo en mis manos. Que es mío. Que lo estoy llevando al límite, y que no hay nada más adictivo que escuchar a Adrián perderse bajo mi poder. Sigo moviéndome sobre él, marcando el ritmo con mis caderas, cada embestida más profunda, más provocadora. La sensación de su dureza llenándome me arranca gemidos que se mezclan con los suyos, una sinfonía de placer salvaje.

Sus manos aprietan mis senos con desesperación, obedeciendo a la fuerza con que lo guío, y yo lo miro fijamente, buscando su rendición. Sus ojos verdes, ardiendo como brasas, intentan mantener el control, pero su respiración entrecortada lo delata.

—Mírate… —jadeo, con una sonrisa provocadora, inclinándome para rozar sus labios sin besarlos del todo—. Estás a punto de perderte por mí.

Aumento la velocidad de mis movimientos, mis caderas chocando contra las suyas, y siento cómo su cuerpo se tensa bajo el mío, cómo sus gemidos se vuelven más profundos, más rotos, más excitantes. Cada sonido suyo es un triunfo, una victoria deliciosa que me embriaga.

El sudor resbala por mi espalda, mis piernas tiemblan, pero no me detengo. Lo llevo al borde con cada vaivén, cada roce, cada gemido que lo enciende más. Lo sé. Está a punto de quebrarse. Y esta vez, es mi turno de verlo rogar.

El ritmo de mis caderas se vuelve frenético, arrancándonos jadeos que se mezclan en un gemido compartido. El calor nos envuelve, el sudor resbala por nuestros cuerpos, y siento cómo la tensión en él crece, imparable, tanto como en mí. Sus dedos se clavan en mis caderas, sus ojos verdes se oscurecen y su mandíbula se aprieta, luchando contra algo que ya no puede contener.

—Lucía… —gruñe, mi nombre escapando de su garganta como un rugido desesperado.

Y entonces me quiebro. El orgasmo me estalla dentro, brutal, devastador, haciéndome gritar mientras mis uñas se clavan en su pecho.

Al mismo tiempo lo siento rendirse conmigo: su cuerpo se arquea bajo el mío, su gemido ronco vibra en mi oído, y la fuerza de su clímax me inunda, se mezcla con el mío, nos destruye a los dos en un mismo instante. Nos movemos juntos, consumidos, hasta que el placer se vuelve demasiado y caigo sobre él, jadeante, temblando, todavía convulsionando sobre su erección que late dentro de mí.

Adrián me envuelve con sus brazos, por primera vez sin resistencia, respirando contra mi cuello con el pecho agitado. Por unos segundos, no hay control, no hay peligro, no hay máscaras.

Solo nosotros dos, rendidos en la misma verdad desnuda. De pronto, sus manos se vuelven suaves.

Ya no me aprisionan: recorren mi espalda con calma, dibujando senderos invisibles sobre mi piel. Sus labios rozan mi frente en un beso cálido y fugaz, tan inesperado que me roba el aliento.

—Lucía… —susurra mi nombre, pero no como antes. No con rabia, ni con deseo. Lo pronuncia con una ternura peligrosa, como si fuera un secreto que se le escapa sin querer.

Cierro los ojos, dejándome envolver por ese gesto que nunca había imaginado de él. Por un instante, siento que no soy su adicción prohibida ni su castigo favorito. Siento que soy algo más.

Capítulo 15

✦ ✦ ✦ ✦ ✦ ✦

El silencio de la habitación pesa tanto como el calor que aún vibra entre nuestros cuerpos. Sigo recostada sobre él, con su respiración chocando contra mi cuello y sus manos acariciándome con una dulzura que jamás le había conocido.

Me muevo apenas, lo suficiente para mirarlo a los ojos. Su verde sigue ardiendo, pero no con la furia de siempre: ahora parecen un incendio a punto de apagarse, vulnerable, frágil.

—Adrián… —mi voz sale suave, temblorosa—. ¿Por qué me tratas así?

Él frunce el ceño, como si la pregunta lo hubiera sorprendido más que cualquiera de mis provocaciones. Sus labios se entreabren, pero no responde. Solo me observa, y por primera vez siento que no soy yo la que tiembla, sino él.

Apoyo mi mano en su pecho, sintiendo su corazón acelerado, y me acerco más.

—Eres tan duro conmigo, tan oscuro… y de pronto, me besas como si tu vida dependiera de mí. —Lo miro fijamente, sin apartarme—. ¿Por qué?

Por un instante creo que lo voy a perder, que va a ponerse de pie, vestirse y marcharse como siempre.

Pero se queda allí, atrapado bajo mi pregunta, bajo mi piel. Su silencio se siente como una confesión, como si la respuesta estuviera en todo lo que no se atreve a decir.

Adrián cierra los ojos un instante, como si estuviera librando una batalla interna. Cuando los abre de nuevo, me atraviesan con esa intensidad que siempre me quiebra, pero esta vez hay algo más: un destello de verdad que no suele dejar escapar.

—Porque contigo… no puedo ser el mismo cabrón de siempre —murmura al fin, su voz baja, ronca, casi un gruñido contenido—. Me confundes, Lucía. Me rompes las reglas.

Mi corazón late con tanta fuerza que me duele. Lo escucho hablar y sé que cada palabra le cuesta, como si estuviera arrancándosela a sí mismo.

—Tú eres… —se interrumpe, apretando la mandíbula, desviando la mirada un segundo antes de volver a mí—. Tú eres la única que me hace olvidar lo que soy. Y eso… eso me jode más de lo que imaginas.

Su mano sube despacio hasta mi rostro, acariciando mi mejilla con una ternura que contrasta con la dureza de su confesión. Siento que podría llorar, pero no lo hago. Me pierdo en su tacto, en esas palabras que no responden del todo, pero que me revelan algo: soy su debilidad.

Y sé que para un hombre como Adrián, ser débil es lo más peligroso que puede permitirse. No digo nada. Sus palabras aún resuenan en mi pecho como un eco que me abrasa, y sé que si lo presiono, si intento arrancarle más, solo conseguiré que levante sus muros otra vez.

Así que lo beso.

Me inclino sobre él y busco su boca con la mía, sin prisa, sin rabia, solo con la entrega silenciosa de alguien que ha entendido demasiado tarde que ya no puede escapar. Sus labios me responden al instante, firmes y temblorosos a la vez, como si ese gesto fuera la única verdad que se permite.

Siento su mano en mi mejilla, en mi cuello, bajando hasta mi espalda, apretándome contra él como si temiera que pudiera desvanecerme. Y en ese beso, sin palabras, acepto lo que me da y lo que me niega.

No necesito que lo diga. Su silencio me lo grita: soy su debilidad, su condena, su adicción.

El beso se apaga lentamente, y cuando sus labios se separan de los míos, siento el vacío inmediato como una herida abierta. Adrián me sostiene la mirada unos segundos más, como si buscara grabar algo en mí antes de apartarse.

Se incorpora sin decir nada, recoge su ropa con calma y comienza a vestirse. Cada movimiento suyo es un recordatorio cruel de que la dulzura que me regaló hace apenas instantes no puede durar.

—Tengo que irme —dice al fin, su voz grave, firme, como si no quedara nada del hombre vulnerable que tuve entre mis brazos.

Intento detenerlo, abrir la boca, pedirle que se quede. Pero no puedo. Algo en sus ojos me lo impide: esa mezcla de peligro y distancia que vuelve a erguir la muralla entre nosotros.

Me acaricia el rostro por última vez, apenas un roce de sus dedos, y luego se inclina para dejar un beso rápido en mi frente. Un gesto tan contradictorio que me rompe más que cualquier palabra. La habitación se queda demasiado grande, demasiado fría. Me abrazo a las sábanas aún tibias de su cuerpo y sé que, aunque trate de negarlo, ya no hay vuelta atrás.

Adrián me pertenece, incluso en su ausencia.

Todavía estoy abrazada a las sábanas, con el eco de Adrián quemándome la piel, cuando el sonido del teléfono rompe el silencio de la mañana. Mi corazón se acelera de golpe, por un instante creyendo que es él. Pero no: el nombre que aparece en la pantalla me devuelve a la realidad.

Camila.

—¿Cami?

—Lucía… tenemos que hablar. —Su tono me alarma al instante. No es la voz alegre y ligera de siempre; suena apretada, cargada de algo que no quiere decir en público.

—¿Qué pasa? ¿Estás bien?

—No por teléfono. Ven a verme. —Hace una pausa, y puedo imaginarla mordiéndose el labio, ese gesto que solo hace cuando está nerviosa—. Es importante.

El corazón me late con fuerza mientras me visto a toda prisa. La voz de Camila todavía resuena en mis oídos, tensa, quebrada, como si estuviera al borde de derrumbarse.

Cuando llego a su casa, me recibe en la sala, descalza, el rostro pálido y el cabello recogido a medias como si no hubiera dormido nada. Sus ojos me buscan, ansiosos, y antes de que pueda siquiera abrazarla, suelta la bomba:

—Lucía… —su voz tiembla antes de romperse—. Creo que me equivoqué con Víctor.

Las palabras me golpean como un mazazo en el pecho. El aire se me corta, la garganta se me cierra. Me quedo inmóvil, tratando de entender si de verdad escuché lo que acaba de decir.

Camila se desploma en el sofá, escondiendo el rostro entre las manos. Su respiración es entrecortada, nerviosa, como si estuviera confesando un pecado.

—¿Qué pasó? —pregunto al fin, la voz más frágil de lo que quisiera.

Ella se lleva las manos al cabello, enredando los dedos entre mechones sueltos, y levanta la vista con los ojos brillantes de miedo.

—Anoche… lo escuché en el balcón. —Traga saliva, como si cada palabra le pesara—. No sabía que yo estaba despierta. Estaba hablando por teléfono… de dinero, de apuestas.

El corazón me retumba en el pecho. Un frío extraño me recorre la espalda.

—¿Apuestas? —repito, con incredulidad y un temblor que no logro ocultar—. ¿De qué hablas, Cami?

—Decía cosas raras, como… "esa pelea está arreglada", "los muchachos no deben enterarse". —Se muerde el labio con desesperación, la voz quebrada—. Lu… no sonaba limpio. No era él.

Un escalofrío me atraviesa la espalda. Las palabras de Adrián regresan como un eco: "No todo lo que brilla es oro."

Camila aprieta los ojos, al borde del llanto.

—Me casé con él hace apenas unos días y ya siento que no sé con quién estoy.

La rodeo con los brazos, pero mi mente está en otra parte. Peleas, apuestas, dinero sucio… Es imposible no pensar en Adrián: sus cicatrices, sus ausencias, el peligro constante en el que vive.

El aire se me corta cuando una idea se clava en mi cabeza como un cuchillo: ¿y si no son mundos separados? ¿Y si Víctor y Adrián están conectados, parte del mismo entramado oscuro que me arrastra cada vez más profundo?

Mi estómago se contrae. No puedo decírselo. No ahora.

—Cami… tal vez sea un malentendido. —Le acaricio el brazo, fingiendo una calma que no tengo—. Pero si no lo es, lo vamos a descubrir juntas. No estás sola.

Ella asiente, pero su temblor no cede.

Y mientras la sostengo, yo siento que el suelo bajo mis pies comienza a resquebrajarse. Porque lo sé, aunque aún no quiera admitirlo: lo de Víctor no es un accidente. Es una hebra más de la telaraña que tarde o temprano me atrapará a mí también.

No aguanto más. La angustia de Camila, las palabras de Víctor flotando en mi cabeza, el recuerdo de Adrián con su mirada peligrosa… todo me quema por dentro. Necesito respuestas, aunque me duelan.

Marco su número con manos temblorosas. Tarda en contestar, como siempre, y esa espera me asfixia. Cuando por fin escucho su voz grave al otro lado, un escalofrío me recorre.

—Lucía… ¿qué pasa?

—Necesito verte —digo sin rodeos, mi voz firme aunque por dentro tiemble—. Ahora.

Silencio. Solo su respiración, pesada, como si midiera cuánto arriesgar al concederme lo que pido.

—¿Dónde? —pregunta al fin.

Dos horas después, el malecón se convierte en nuestro campo de batalla. La brisa salada me enreda el cabello, y mi corazón late tan fuerte que casi me ahoga. Lo veo llegar desde lejos: su figura poderosa, la camisa blanca pegada a su torso, los ojos verdes ardiendo en la penumbra. Cada paso suyo es un recordatorio de que yo no tengo escapatoria.

Se detiene frente a mí, demasiado cerca, demasiado dueño de la escena.

—¿Qué pasa? —pregunta, directo, con esa calma letal que me desarma.

Trago saliva, el miedo y la rabia peleando dentro de mí. Mi voz tiembla, pero la lanzo como un disparo:

—Adrián… ¿tú tienes algo que ver con peleas clandestinas?

El viento se detiene. Sus ojos me atraviesan como cuchillas, y por un segundo, el silencio es más peligroso que cualquier respuesta.

Lo veo congelarse. Su mandíbula se tensa, sus ojos me recorren con una mezcla de furia y sorpresa. Por un instante, creo que me va a gritar, que va a dar media vuelta. Pero no. Da un paso más, tan cerca que el olor de su piel me envuelve, y baja la voz hasta convertirla en un susurro peligroso.

—¿Quién te habló de eso?

Mi corazón late tan fuerte que siento que se me va a salir del pecho.

—Camila escuchó a Víctor. —

Mi voz se quiebra, pero no me detengo—. Y todo encaja, Adrián. Tu dinero, tus ausencias, tus cicatrices… no me mientas más.

Su respiración se acelera, sus manos se cierran en puños a los lados de su cuerpo, como si estuviera conteniendo una tormenta. Sus ojos verdes arden en la oscuridad, y lo sé: acabo de tocar el corazón de su secreto.

Me sostiene la mirada hasta que me falta el aire. En sus ojos verdes hay luz y peligro, y cuando por fin habla, su voz vibra como una amenaza apenas controlada.

—Sí, Lucía. Estoy metido en cosas que no entenderías. —Se acerca más, su aliento rozando mis labios, como si quisiera borrarme el valor de la pregunta—. Cosas sucias, peligrosas, que podrían arrastrarte conmigo.

Mis labios tiemblan. La certeza duele más que cualquier mentira.

—¿Entonces es cierto? —mi voz se rompe—. ¿Las peleas, las apuestas… todo?

Él cierra los ojos un instante, como si la culpa lo atravesara, pero cuando vuelve a abrirlos, la dureza regresa.

—No necesito que lo entiendas. Lo único que tienes que saber es que ese mundo no es para ti. Que tú… —se detiene, sus dedos rozando mi mandíbula, bajando lentamente por mi cuello—. Tú eres la única luz que me queda.

El contacto me incendia y me destroza. Quiero odiarlo por no decirme más, pero su confesión a medias es suficiente para atraparme aún más en él.

—¿Y Víctor? —me atrevo a susurrar, apenas.

Su expresión cambia, más oscura, más fría.

—No hables de él. —Su voz es un filo de acero—. No sabes lo que haces si metes su nombre en esto.

Lo miro fijamente, el corazón a punto de estallarme en el pecho.

—Dime, Adrián… —susurro, con la voz rota—. ¿Qué tengo que hacer para que salgas de ese mundo?

Por un instante, sus ojos verdes se suavizan, como si mi pregunta le doliera más que cualquier golpe recibido en esas peleas que no me quiere contar. Pero enseguida baja la mirada, aprieta la mandíbula y se aparta apenas, como si necesitara aire.

—No entiendes, Lucía —responde al fin, con un tono tan bajo que me eriza la piel—. No soy dueño de mi destino.

La frase me atraviesa.

—¿Qué quieres decir?

Él se pasa una mano por el cabello, frustrado, sus músculos tensos como una cuerda a punto de romperse.

—No es tan fácil como dejarlo y ya. Estoy… atado. Alguien me tiene en la mira. Y si yo me salgo, no soy el único que paga las consecuencias.

Algo me atraviesa, sutil y profundo, como si mi cuerpo respondiera antes que mi mente.

—¿Quién? —pregunto, con la garganta cerrada.

Me mira de golpe, sus dedos atrapando mi barbilla con fuerza, obligándome a sostenerle la mirada. Su voz suena ronca, peligrosa, pero también rota:

—No preguntes, princesa. No todavía. Solo entiende esto: si lo intentara… te perdería a ti.

Su confesión me deja sin aire. Quiero abrazarlo, salvarlo, arrancarlo de ese infierno. Pero lo único que consigo es hundirme más en él, en su secreto. Voy a insistir. La pregunta me arde en la garganta, las palabras listas para salir, pero no me da oportunidad.

Adrián me toma de la barbilla con esa fuerza que no admite resistencia y, antes de que pueda abrir la boca, me besa, desesperado, como si quisiera borrar el tema con la intensidad de su lengua, quemándome en cada roce.

Intento hablar, pero él me arrastra contra su pecho, aprieta mis muñecas contra su torso, dominándome con el peso de su cuerpo. Su respiración y su voz vibran en mi oído entre mordidas y jadeos:

—No más preguntas, princesa. Ya sabes lo que necesitas saber… y créeme, no quieres saber el resto.

—Vamos —dice, su voz grave, seca, —. Te llevo a casa.

Lo miro, aturdida.

—¿Así… nada más?

Sus ojos verdes me buscan, y hay un destello de fuego que se apaga de inmediato bajo una capa de hielo.

—Nada más, princesa. —Su tono es firme, definitivo, aunque sé que por dentro no es tan sencillo.

Me ofrece la mano, y aunque mi orgullo me dice que debería rechazarla, la tomo. La noche nos envuelve, y el camino hacia su auto se siente como un regreso forzado a una realidad donde las preguntas se multiplican y las respuestas siguen escondidas.

Subo al asiento en silencio, mientras él arranca el motor sin mirarme. Y yo, atrapada en mis propios pensamientos me prometo que tarde o temprano descubriré lo que me oculta, aunque me cueste la vida.

El trayecto es silencioso, solo roto por el rugido del motor y mi respiración que no logra calmarse. Miro por la ventana, reconociendo las calles…

—Adrián… —mi voz tiembla, lo obligo a girar la cabeza un segundo hacia mí—. Pensé que me llevabas a la mía.

Aprieta la mandíbula, los nudillos blancos sobre el volante.

—Yo también lo pensé. —Su tono es grave, bajo, cargado de algo que no logro descifrar.

El auto se detiene frente a su casa, totalmente en penumbras. Sus ojos verdes me buscan, encendidos, peligrosos, como brasas a punto de consumirlo todo.

—Pero la verdad…No puedo dejarte ir. No quiero.

Siento un nudo en la garganta. El deseo y el miedo se entrelazan, porque sé que lo que acaba de confesar no es ternura: es obsesión.

Un vínculo oscuro que me ata tanto como a él. Sus dedos rozan los míos sobre mi regazo, apretándolos con fuerza, como si temiera que desapareciera en cuanto abriera la puerta. Y en ese instante, más que nunca, sé que

Adrián no es un hombre que me ame con calma. Él me devora, incluso contra su propia voluntad.

Adrián abre la puerta y me toma la mano con fuerza, me conduce hacia el interior de su casa con pasos largos, sin soltarme ni un segundo, como si de verdad temiera que pudiera salir huyendo.

El lugar apenas se ilumina con las luces que enciende al pasar, pero yo casi no veo nada: solo lo siento a él, su respiración agitada, la tensión en sus dedos. Me empuja suavemente contra la pared del pasillo, y su cuerpo me encierra de inmediato, su calor quemando mi piel incluso a través de la ropa.

—¿Ves lo que me haces, princesa? —su voz ronca, casi un susurro—. No se trata de poder soltarte… sino de cuánto disfruto no hacerlo.

No me da tiempo a responder. Sus labios reclaman los míos con urgencia, un beso que mezcla control y entrega. Su lengua se enreda con la mía en un juego que me roba el aire, y sus manos ascienden por mis piernas, levantando el vestido hasta dejarme vulnerable bajo su mirada.

Me levanta de golpe, sujetándome de las caderas, y mis piernas se enredan en su cintura. Mi espalda golpea la pared, sus manos me sostienen con fuerza, y lo siento duro contra mí, listo para reclamarme como si quisiera grabar su obsesión en cada rincón de mi cuerpo.

—Lucía… —su voz se quiebra apenas, temblando contra mi piel—. Me estás destruyendo… y aun así, aunque me maten, no pienso alejarme.

Su mirada se oscurece de golpe, y lo sé: no habrá calma esta vez. Con un movimiento rápido, me arranca el vestido, la tela cayendo al suelo como si jamás hubiera existido. Mi cuerpo queda expuesto ante él, y el aire mismo parece encenderse cuando sus ojos recorren cada centímetro de mí.

Me sostiene contra la pared, sus caderas chocando con las mías sin piedad, y un gemido desgarrado escapa de mi garganta. No hay preámbulos, no hay juego: me penetra de golpe, con una brutalidad que me arranca un grito que se mezcla con la furia de su respiración.

—¿Lo sientes? —gruñe, con la voz ronca, sus labios rozando mi oído mientras embiste con una fuerza que me quiebra por dentro—. Esto es lo que me haces… me vuelves loco.

Cada movimiento es un castigo y una recompensa al mismo tiempo. Y yo tratando de resistir la embestida salvaje que me sacude contra la pared. Mi cuerpo no sabe si rendirse o luchar, pero él no me da opción: me lleva a su ritmo, a su dominio.

Sus manos aprietan mis caderas con una fuerza que me encanta, sus embestidas cada vez más rápidas, más profundas, hasta que siento que me rompe y me reconstruye en la misma ola de placer. No hay espacio para el aire, solo para la urgencia brutal de su obsesión.

—Eres mía, Lucía —jadea contra mi boca, sus dientes rozando mis labios antes de devorarme otra vez—. Mía aunque me odies, mía aunque intentes escapar.

Camina conmigo a su habitación sin apartar sus labios de los míos. Cada paso retumba como un eco de su decisión: no está dispuesto a soltarme.

Me arroja sobre la cama y de inmediato se coloca encima, sus ojos verdes brillando como brasas encendidas en la penumbra. Sus manos se deslizan por mi cuerpo con una ansiedad que roza la locura, dejándome marcada por su paso. Y cuando vuelve a entrar en mí, lo hace con la violencia de un deseo que ya no sabe dónde termina.

—¿Lo entiendes ahora, Lucia? … —gruñe, sujetando mis muñecas contra la almohada mientras se mueve dentro de mí con un ritmo posesivo, implacable—. Esto no es amor… es la maldición de no poder dejarte ir.

El colchón cruje bajo cada golpe de sus caderas contra las mías. Su boca baja a mi cuello, mordiéndome, dejando marcas que arden como fuego, pruebas de que soy suya. Mis gemidos llenan la habitación, se mezclan con los suyos, y todo mi ser se pierde en la certeza de que, en este instante, no hay más mundo que él, su brutalidad y mi perdición.

Cada golpe de su cuerpo me acerca al borde, y él no se detiene. Quiere quebrarme, sellarme, recordarme con cada movimiento que no hay escapatoria.

—No bajes los ojos, Lucía... —su voz vibra, contenida, peligrosa—. Quiero que veas en qué me conviertes.

Mis caderas buscan las suyas, el movimiento se vuelve un pulso que me domina. El placer crece, imparable, hasta romperse en una marea que me arrastra al borde del silencio.

El orgasmo me devora desde dentro, tan feroz que siento que pierdo la noción de mí misma. No soy Lucía, no soy nada: solo soy suya, un cuerpo que tiembla bajo su poder, un eco de placer y rendición que me quiebra y me reconstruye en el mismo instante.

Adrián no me suelta. Me sigue empujando contra el colchón, obligándome a cabalgar ese clímax hasta el último estremecimiento.

Su cuerpo tiembla, el aire se espesa con su respiración. Sus ojos verdes me atraviesan, fijos, y siento el calor subir entre nosotros como una amenaza.

—Lucía... —ruge mi nombre, desgarrado, mientras un espasmo lo recorre entero.

Y lo siento venirse conmigo, hundiéndose hasta el fondo con una fuerza devastadora, liberando su furia y su deseo en un mismo instante. Nos movemos juntos, frenéticos, hasta que la ola termina por arrastrarnos y dejarnos temblando, jadeando, piel contra piel, pegados en un sudor que nos ata tanto como nuestras propias cadenas invisibles.

Cierro los ojos, agotada, pero lo único que siento es que este orgasmo compartido no me libera… me ata aún más a él. Aún jadeo bajo él, mi cuerpo temblando mientras el eco del orgasmo recorre cada fibra de mí.

Creo que va a apartarse como siempre, a levantar de nuevo su muralla de frialdad, pero no. Adrián se queda sobre mí, respirando fuerte, su pecho contra al mío.

De pronto, su mano sube despacio hasta mi rostro. Con el dorso de los dedos acaricia mi mejilla, como si no quisiera romperme, como si yo fuera algo demasiado frágil en sus manos. Sus labios, se posan en mi frente en un beso suave, cálido, tan inesperado que me arranca un nudo en la garganta.

—Eres lo único que no puedo pelear ni evitar… —murmura, con los ojos cerrados, como confesando un pecado—. Y me aterra cuánto te necesito.

Mi corazón se desboca, incapaz de resistir el contraste entre el hombre dominante y este que ahora me acaricia como si fuera lo único bueno que tiene en la vida.

Lo miro, perdida, atrapada en sus ojos donde se asoma una ternura peligrosa, una grieta en su máscara de acero. Y sé que este instante vale más que mil confesiones, porque me deja claro lo que él jamás admitiría en voz alta: Soy la herida que él mismo busca una y otra vez.

El silencio apenas comenzaba a sentirse cómodo entre nosotros cuando un sonido agudo corta la calma. El teléfono de Adrián vibra en el bolsillo de su pantalón que yace en el suelo, insistente, como si el mundo al que pertenece no pudiera permitirle un solo respiro.

Lo siento tensarse de inmediato, su mano abandonando mi piel con una brusquedad que me arranca un vacío. Se sienta al borde de la cama, respira hondo y contesta.

—Sí. —Su voz cambia al instante: seca, cortante, el Adrián de afuera, el que nunca me deja ver. Escucho apenas fragmentos, frases entrecortadas: "esta noche…", "estoy de camino".

Cuando cuelga, se pone de pie con una rapidez que me duele. Sus ojos verdes me miran desde la penumbra, ardiendo con algo que no sé si es rabia o resignación.

—Tengo que irme. —Su voz es un filo.

Me incorporo, las sábanas enredadas entre mis piernas.

—¿A dónde?

Él no responde de inmediato. Solo busca su ropa, vistiéndose con movimientos duros, cada botón abrochado como si cerrara también cualquier espacio entre nosotros.

—No preguntes, Lucía. —Me lanza una mirada que hiere—.

Pero lo sé. No necesito que lo diga. Esa llamada lo arranca de mí para llevarlo a ese mundo oscuro que todavía no me confiesa del todo.

El portazo que deja tras de sí retumba en mi pecho como un trueno. Me quedo unos segundos inmóvil en la cama, rodeada del calor que aún dejó en las sábanas, preguntándome qué demonios puede ser tan fuerte como para arrancarlo de mí justo en este momento.

Me visto a medias, todavía temblando, y salgo a la calle. La brisa de la madrugada me golpea en la cara mientras camino de regreso a mi casa, tratando de ordenar los pensamientos que se atropellan en mi cabeza. Cada paso que doy es un recordatorio cruel de lo poco que sé de él… y de lo mucho que ya lo necesito.

Al llegar, la casa está en silencio, pero mi mente no. Me encierro en mi habitación, me dejo caer sobre la cama y fijo la vista en el techo.

¿Qué clase de vida lleva Adrián cuando no está conmigo? ¿Qué tan profundo es el mundo que lo consume, ese que lo obliga a huir cada vez que suena ese maldito teléfono?

Cierro los ojos, pero el sueño no llega. En su lugar, solo llega una certeza que me estrangula: no importa cuánto intente escapar, estoy más atada a él que nunca… y su secreto amenaza con arrastrarme con la misma fuerza que me arrastra su deseo.

Capítulo 16

✦ ✦ ✦ ✦ ✦ ✦

El amanecer apenas empieza a teñir de gris las cortinas cuando escucho la puerta de mi habitación abrirse de golpe. Me incorporo sobresaltada, el corazón todavía cansado de una noche que no me dejó dormir.

—¿Dónde estuviste anoche, Lucía? —La voz de mi padre corta el aire como un látigo.

Me siento un prisionero interrogado. Cada palabra suya una sentencia, y sé que lo que está en juego no es una travesura, sino la verdad que intento ocultar con desesperación.

—Salí a caminar —respondo con rapidez, pero ni yo me creo la mentira.

Él avanza un paso, sus ojos clavándose en los míos con esa dureza que me inmoviliza.

—No me mientas, Lucía. Llegaste de madrugada.

Trago saliva, sin saber qué decir. Mi mente grita el nombre de Adrián, pero mis labios permanecen cerrados.

—¿Sigues viéndote con Adrian? —pregunta con un tono que no admite evasivas.

La sangre me hierve, mi orgullo se enciende.

—Tengo veintidós años. No necesitas vigilar cada paso que doy.

Su expresión cambia, oscureciéndose de una forma que me hiela la sangre.

—Lucía… sabes perfectamente que no es por ti. Es por el.

—¿Qué tienes tú que ver con Adrián? —Escupo las palabras antes de poder contenerme, mi voz cargada de rabia y miedo al mismo tiempo.

El silencio que sigue me asfixia. Mi padre me observa como si acabara de cruzar una línea que jamás debía pisar. Sus labios se aprietan, su mandíbula se tensa, y por un segundo creo que va a gritarme. Pero no lo hace.

—No es asunto tuyo —responde al fin, con la voz baja, grave, como un golpe seco.

—Claro que lo es —replico, mi respiración agitada—. Porque tú lo mencionas como si lo conocieras mejor que yo, como si supieras algo que no quieres decirme.

Su mirada se enciende con una mezcla de enojo y… ¿culpa? Da un paso hacia mí, su sombra cubriéndome por completo.

—Lucía, escucha bien lo que voy a decirte: mantente lejos de él. Por tu bien.

—¿Por qué? —insisto, con el corazón en la garganta—. ¿Qué es lo que escondes? ¿Qué es?

Sus labios se abren, pero se los muerde de inmediato, como si las palabras fueran demasiado peligrosas incluso dentro de esta casa. Y ese silencio, más que cualquier respuesta, me confirma que hay algo enorme enterrado entre ellos.

Mi padre me mira como si hubiera pronunciado la peor blasfemia, gira sobre sus talones con un movimiento brusco.

—No vuelvas a buscarlo —escupe, sin mirarme, con la voz helada.

Se marcha del cuarto con pasos firmes, la puerta cerrándose de golpe tras de él. El sonido retumba en mis oídos, tan fuerte como la ausencia de sus palabras.

Me quedo de pie, temblando, las manos apretadas contra el pecho. Esa reacción lo dice todo: hay algo que los une, algo oscuro que mi padre se niega a nombrar.

Y mientras el silencio llena la habitación, me hago una promesa: no voy a detenerme hasta descubrir qué secreto los ata. Aunque me cueste el alma, aunque el peligro me devore, necesito saber la verdad.

No puedo quedarme en esa casa ni un segundo más. El aire se me hace pesado, cargado con las palabras que mi padre no dijo y el portazo que todavía vibra en mi cabeza. Tomo el bolso y salgo, dejando atrás su silencio como una herida abierta.

Camila es la única persona a la que puedo acudir, aunque sé que ella misma está atrapada en sus propias dudas. Cuando abre la puerta de su departamento, su rostro se ilumina con alivio al verme, como si también necesitara esta conversación desesperadamente.

—Lu... —me dice, y me toma de la mano para llevarme a la sala. Sobre la mesa hay tazas de café a medio terminar, como si hubiera estado esperando compañía.

Nos sentamos y, por un momento, ninguna de las dos habla. Yo jugueteo con mis dedos, ella se muerde el labio, y el silencio nos ahoga hasta que no lo soporto más.

—Cami... —suspiro—. Necesito preguntarte otra vez... ¿qué escuchaste exactamente de Víctor?

Su mirada se nubla, sus ojos grandes se llenan de una inquietud que me parte el alma.

—Era tarde... él estaba en el balcón y creía que yo dormía. —Hace una pausa, como si le costara revivirlo—. Hablaba de peleas, de dinero que "ya estaba asegurado", de arreglos que no debían salir mal.

El café en mi estómago se vuelve plomo. Me obligo a asentir, a fingir calma, pero por dentro estoy helada. Todo suena demasiado cerca de Adrián, demasiado parecido a las sombras que lo envuelven.

Camila aprieta mi mano.

—Lu... ¿tú crees que Víctor está metido en algo peligroso?

La miro, con el corazón en la garganta. No sé si debería decirle lo que sospecho. No sé si puedo cargarla con el mismo peso que me consume. Pero sé que este es solo el principio, que lo que une a nuestros hombres es más oscuro de lo que cualquiera de nosotras imagina.

La miro fijamente, mis dedos apretando los suyos con más fuerza de la que pretendo.

—Cami… —mi voz tiembla, pero no me detengo—. Lo que escuchaste… podría no ser solo de Víctor.

Ella parpadea, confundida.

—¿Cómo que no solo de él?

Trago saliva, sintiendo que camino sobre fuego.

—A veces… hay personas más cerca de nosotras de lo que pensamos que también cargan con cosas así. Cosas que no podemos ver a simple vista.

Camila me observa en silencio, como si intentara descifrar el trasfondo de mis palabras. Sus ojos se llenan de preguntas, pero no se atreve a formularlas. Yo tampoco le doy espacio.

—Lo que quiero decir —añado rápido, bajando la voz— es que, si Víctor está metido en eso… puede que no esté solo. Su respiración se corta, y la veo apartar la mirada, mordiéndose el labio con fuerza.

—No sé si quiero saber más, Lu… —murmura, casi suplicando.

La entiendo. Pero yo no tengo esa opción. Porque lo que callo es mi propio infierno, uno que late con el nombre de Adrián en cada suspiro.

Camila se queda mirando su taza de café como si pudiera esconderse en el fondo oscuro de la porcelana. Yo asiento en silencio, aunque mi mente late en otro sitio, atrapada en un nombre que no me atrevo a pronunciar frente a ella.

El camino de regreso a casa se siente eterno, cada paso cargado de preguntas. Y justo cuando estoy por abrir la puerta de mi habitación, mi teléfono vibra en el bolsillo.

La pantalla ilumina su nombre. Adrián.

"Princesa… necesito verte. Ahora."

Me muerdo el labio, temblando entre el deseo y el miedo, con la sensación de que esta vez, si voy, no habrá retorno posible.

Respiro hondo, tratando de pensar con claridad, pero la claridad ya no existe cuando se trata de él. Mi cuerpo se enciende al instante, mi corazón late con la certeza de que, aunque quisiera, no sé decirle que no.

"Dime dónde."

Eso es lo único que logro escribir, con los dedos temblando.

La respuesta llega de inmediato, como si hubiera estado esperando que cediera.

"Terraza."

Camino hasta la ventana y levanto la mirada: allí está.

En el mismo lugar donde todo comenzó, apoyado con la espalda contra la cerca de la terraza, un cigarrillo encendido entre sus dedos, el humo haciéndolo lucir más sexy.

Su silueta peligrosa, magnética, como si el tiempo se hubiera detenido solo para ese instante.

Adrián, en el lugar que fue nuestro inicio.

Esperándome otra vez.

El corazón me late tan fuerte que siento que va a delatarme. Tomo aire, me calzo a toda prisa y bajo las escaleras. Abro la puerta y el aire fresco me golpea en la cara. La terraza está bañada por una luz perfecta, y allí está Adrián, esperándome.

Cuando me ve, suelta el humo lentamente y deja caer la colilla al suelo, aplastándola con la bota. Después, sonríe de esa forma que me desarma por completo: oscura, peligrosa, adictiva.

—Princesa —murmura, su voz grave.

Mis piernas tiemblan, pero avanzo hacia él, con la certeza de que, aunque todo grita que me aleje, no hay rincón del mundo en el que prefiera estar más que frente a esa sombra que me consume.

Se endereza despacio, como un felino que se prepara para atacar, y camina hacia mí. Su mano atrapa la mía antes por encima de la cerca, sus dedos firmes, calientes, envolviéndome.

—Vamos —dice, con esa voz grave que siempre me quiebra—. Te tengo una sorpresa.

Lo miro, confundida, con el corazón galopando en el pecho. Cada vez que Adrián habla de sorpresas, sé que no hay nada inocente en ellas. Su sonrisa ladeada confirma lo que sospecho: lo que está por venir no es un regalo, es una nueva condena deliciosa, un paso más profundo dentro de su oscuridad.

Y, aun así, lo sigo. Porque soy incapaz de hacer otra cosa.

El sol aún está alto cuando me toma de la mano y me arrastra con esa firmeza que no admite preguntas.

El camino es corto, pero mi ansiedad lo alarga. Cuando finalmente llegamos, me quedo sin palabras. Frente a mí se abre una caballería inmensa, con prados verdes y el sonido de relinchos en la distancia. El aire huele a pasto fresco y a libertad.

Mis ojos brillan sin poder evitarlo.

—¿Caballos? —pregunto, con la voz temblando de emoción.

Adrián sonríe apenas, esa sonrisa rara que es más peligrosa que cualquier gesto posesivo.

—Sé que los amas. Pensé que querrías montar otra vez.

Me quedo mirándolo, desconcertada. Este no es el Adrián que me arrastra contra paredes ni el que me devora en la oscuridad. Este es otro, uno que parece conocer cada rincón de mi alma y me confunde hasta el punto de dolerme.

—¿Y tú? —pregunto, retadora, mientras acaricio el lomo de un caballo blanco precioso—. ¿También sabes montar?

Él se acerca, rodeándome con su sombra, sus ojos verdes ardiendo como siempre.

—Princesa… yo sé dominar cualquier bestia.

Y aunque sé que habla del caballo, mi cuerpo arde porque siento que lo dice por mí. El encargado de la caballería nos entrega dos caballos: a mí un hermoso blanco de ojos dulces, a Adrián un imponente alazán que parece hecho a su medida, fuerte y salvaje. Lo observo mientras monta con una facilidad que me deja sin aliento. Su cuerpo se adapta al animal como si ambos fueran uno, la camisa pegándosele al torso con cada movimiento, sus manos firmes en las riendas. La imagen es tan erótica que me pierdo.

Yo acaricio al mío y subo despacio, recordando lo mucho que amo esta sensación. El viento en la cara, el galope marcando un ritmo que me conecta con algo más puro. Pero incluso en medio de esa libertad, mis ojos buscan los suyos.

Y ahí está él, cabalgando a mi lado, esa sonrisa peligrosa curvándole los labios, como si supiera exactamente lo que me provoca. Por momentos acelera, poniéndose delante, obligándome a seguirlo; otras veces se queda atrás, observándome con esa mirada verde que me desnuda incluso bajo el sol del mediodía.

—Te ves hermosa así, princesa —grita por encima del galope, su voz grave retumbando en mi pecho.

Me muerdo el labio, entre el rubor y la excitación. Y aunque estamos rodeados de naturaleza, de aire y de luz, no hay nada inocente en este paseo. Porque hasta aquí, entre caballos y risas, Adrián sigue marcando su territorio: dueño de mis pasos, de mi cuerpo y de cada rincón de mi adicción.

Las primeras gotas me rozan el rostro y levanto la vista justo a tiempo para ver cómo el cielo se oscurece. En cuestión de segundos la lluvia arrecia, pesada, incontrolable.

—Por allá —dice Adrián, tirando de las riendas de su caballo hacia un árbol enorme que se alza solitario en medio del campo. Yo lo sigo, riendo nerviosa, empapada en segundos.

Ata a los caballos con calma, como si no existiera la prisa de la tormenta que arrecia sobre nosotros. El agua le corre por la piel, marcando cada línea de sus músculos. Se acerca despacio, sus pasos firmes sobre la hierba mojada, y el mundo a su alrededor parece detenerse.

Me guía hasta él, su mano firme en mi cintura, su mirada clavada en mí como si fuera imposible escapar. La lluvia resbala por mi cuello, por mis brazos, y siento sus dedos seguir el mismo recorrido, como si el agua fuera solo una excusa para tocarme.

Su respiración choca contra la mía cuando se inclina, tan cerca que la tormenta desaparece por completo.

Todo lo que existe es su calor en contraste con el frío de la lluvia, la tensión deliciosa de saber que va a reclamarme incluso bajo este cielo abierto.

—Estás preciosa, princesa —murmura, la voz grave entre la lluvia—. Toda mía, incluso cuando el mundo se deshace sobre nosotros.

La lluvia golpea con fuerza, pero él se mueve despacio, como si el tiempo le perteneciera. Sus dedos recorren mi brazo desde la muñeca hasta el hombro, siguiendo el rastro del agua que se desliza sobre mi piel. El contacto es tan suave que me estremezco, incapaz de distinguir si tiemblo por el frío o por él.

Su otra mano me sujeta la cintura con firmeza, acercándome poco a poco hasta que mi espalda queda apoyada contra el tronco húmedo. No hay brusquedad, solo un dominio paciente que me atrapa.

Se acerca lo suficiente para rozar mis labios con los suyos, apenas un aliento de distancia, y el calor de su boca me incendia antes incluso de que llegue a besarme. No me besa del todo, me provoca, se aparta apenas para que el deseo me queme.

Sus dedos siguen explorando, deslizándose por mis costillas, mi vientre, como si cada gota de lluvia le señalara el camino. Y yo me rindo en su pecho, devorada por esa tortura exquisita de besos que me envenenan más que cualquier droga.

Siento cómo juega con el lazo de mi blusa, desatándolo con una maestría que me hace contener el aliento. La tela, empapada y pesada por la lluvia, se abre sobre mi piel, dejándome vulnerable al frío del agua.

Sus manos bajan a mi cintura. El sonido metálico de mi cinto desabrochándose se mezcla con los truenos.

Con un movimiento seguro, tira de mis pantalones empapados, y la tela resbala torpemente por mis piernas hasta quedar enredada a mis tobillos. El contraste es brutal: la lluvia helada, sus dedos firmes recorriéndome con calma posesiva.

Mi respiración se entrecorta. Quiero sentirlo también expuesto, vulnerable ante la tormenta como me tiene a mí. Con manos temblorosas, comienzo a abrir los botones de su camisa. La dejo caer y sigo con su pantalón, bajándolo lentamente, como si el mundo entero pudiera esperar este momento.

El cielo ruge, el agua nos azota, pero nada importa: estamos él y yo, dos cuerpos entregados, desafiando al clima, como si la tempestad fuera parte de nuestro propio deseo.

El agua resbala entre nosotros como una segunda piel, fría, despiadada. Pero sus manos son fuego. No se apresura, no me toma con brutalidad, no todavía. Prefiere jugar conmigo, alargar la espera, convertirme en su terreno antes de reclamarlo.

—Mírate, princesa… —murmura contra mi piel, su voz grave vibrando en mi pecho—. La tormenta no puede contigo, pero yo sí.

Un jadeo se me escapa cuando sus labios descienden, atrapando mi pezón entre su boca ardiente. Sus manos se pasean por mis caderas, por mis muslos, abriéndome despacio, como si la lluvia marcara el ritmo de su tortura.

Cierro los ojos, perdida, mi cuerpo arqueándose contra el suyo. Sabe que me está llevando al borde solo con sus manos y su lengua, jugando con mi necesidad, haciéndome rogar sin palabras.

De pronto, sus manos me sueltan y su cuerpo me guía hacia el suelo, hasta que mi espalda se encuentra con la hierba empapada. El frío me corta la piel, pero apenas lo noto porque él está encima de mí, cubriéndome, su calor.

La lluvia nos golpea, resbalando entre nuestros cuerpos desnudos como si quisiera separarnos, pero Adrián me ancla con su peso, sus labios devorando los míos, sus dedos recorriéndome con un ritmo desesperadamente lento.

La tierra mojada pegándose a mi piel, el cielo rugiendo encima, y él explorándome como si todo el universo nos perteneciera. Sus manos se deslizan por mis costillas, por mi vientre, deteniéndose apenas para hacerme suplicar con la mirada.

—Lucía…—me muerde el cuello, su voz cargada de posesión—. Hasta la tormenta me parece poca cosa frente a ti.

Y yo lo siento. Siento que no hay frío que pueda apagar lo que él me enciende, que ni la furia del cielo es rival para la obsesión que me consume en sus brazos.

Sus manos me apartaron las piernas. El frío de la hierba se mezcla con el calor abrasador de su cuerpo, y antes de que pueda suplicar o detenerlo, ya me está tomando de golpe, hundiéndose en mí.

El rugido del trueno cubre mi voz, pero Adrián lo escucha. Lo siente en cada estremecimiento de mi cuerpo que se arquea bajo el suyo.

—Eres para mi… —gruñe entre dientes, su mirada salvaje clavada en la mía—. Solo mía, aunque el mundo entero intente arrancarte de entre mis brazos.

Mis uñas se hunden en su espalda, sin saber si intento detenerlo o aferrarme más fuerte a él. Cada arremetida me arranca y me devuelve, como si mi cuerpo le perteneciera en cada fragmento, cada golpe de sus caderas contra las mías es un desafío a la tormenta misma.

El placer me arrasa como un rayo, mezclado con la furia del cielo que nos cubre. No hay refugio, no hay escapatoria. Solo este instante en el que la naturaleza grita con nosotros, mientras mi cuerpo se pierde por completo en el suyo.

El trueno retumba sobre nosotros, pero lo único que siento es la brutalidad de Adrián dentro de mí. Su cuerpo contra el mío con fuerza, la lluvia azotando nuestras pieles como un látigo natural.

Creo que voy a quebrarme, que voy a perderme en ese placer insoportable… pero justo cuando estoy a punto de estallar, se detiene.

—No todavía, princesa —gruñe, apretando mis caderas con sus manos poderosas—. Aguanta un poco mas.

Un gemido desesperado me escapa, y mi cuerpo tiembla bajo él, suplicando lo que mis labios no alcanzan a decir. Adrián sonríe, cruel, y vuelve a moverse, lento esta vez, profundo, haciéndome sentir cada centímetro, cada embestida que me acerca otra vez al borde.

La Adicción de Lucía

Y cuando estoy allí, temblando, mi garganta lista para gritar… se detiene de nuevo. Su boca busca la mía, me muerde el labio hasta hacerme gemir de dolor y placer.

—Eres tan receptiva… tan adicta a mí —susurra con la voz rota—. Voy a llevarte al límite todas las veces que quiera.

Ya no sé cuántas veces me ha llevado al borde, arrancándome gritos que se pierden entre el rugido del cielo. Mi cuerpo tiembla, mi garganta arde, y cada fibra de mí suplica por lo que él me niega. Estoy rota, deshecha, y aun así su mirada me mantiene encadenada.

Sus manos se clavan con más fuerza en mis caderas y sus movimientos seintensifican, implacables. Ya no hay pausa, ya no hay tortura: solo un ritmo delicioso que me arrasa.

—Ahora, princesa… —gruñe entre dientes, la voz ronca y peligrosa—.

El placer me inunda, incontenible, arrancándome un gemido que se disuelve en el aire.

Mi cuerpo se tensa y se rinde a la vez, cada músculo vibrando bajo él mientras me deshago en su control. Mis uñas lo desgarran suavemente mientras mis piernas lo aprisionan, suplicando y reclamando a la vez, y el universo entero se reduce a este instante abrasador en el que todo se rompe… y todo renace en su nombre.

Adrián me sigue, perdiéndose conmigo. Su cuerpo se tensa contra el mío. No hay respiro, no hay ternura: solo el castigo feroz de haberme llevado al límite… y la recompensa cruel de arrastrarme con él a un clímax demoledor.

Rendida, jadeando, con la lluvia golpeando nuestros cuerpos, lo único que sé es que no hay cielo ni infierno capaz de competir con lo que este hombre me hace sentir.

La tormenta parece calmarse, sus truenos se alejan poco a poco, dejando solo el tambor constante de las gotas sobre nuestras pieles.

Mis dedos aún tiemblan cuando los deslizo por su espalda, húmeda, marcada por mis uñas. Él no se mueve, permanece sobre mí, el pecho agitado, como si también necesitara un instante para recordar cómo volver a respirar.

Todo es caos alrededor: el cielo encapotado, la tierra empapada, los caballos inquietos bajo el árbol. Y, sin embargo, aquí abajo, entre sus brazos, se forma un remanso extraño, casi íntimo, que me da tranquilidad.

Cierro los ojos, sintiendo el contraste: la calma después de la furia, la ternura escondida tras la posesión. Y me doy cuenta de que, aunque todo a mi alrededor esté en ruinas, no hay lugar más seguro ni más peligroso que este: bajo Adrián, rendida a él.

—Estás loco… —susurro al fin, mi voz quebrada entre el agotamiento y la incredulidad.

Él sonríe apenas, una curva oscura en sus labios húmedos, más peligrosa que cualquier tormenta. Baja la cabeza y me roza la boca con un beso lento, como si confirmara cada palabra.

—Tal vez… —murmura con la voz grave, ronca de placer y rabia contenida—. Pero ya eres parte de mi locura, princesa.

Mi corazón late tan fuerte que la respuesta se me queda atrapada en la garganta. Porque sé que tiene razón: lo que acabamos de vivir bajo este cielo roto no es amor, no es deseo… es una locura compartida, una adicción que me consume más con cada instante.

Su mano sube despacio por mi rostro, apartando mechones húmedos de mi frente con una delicadeza que me desarma.

Inclina la cabeza y besa mi mejilla, luego la comisura de mis labios, como si quisiera saborear cada rincón.

—Eres lo único real en medio de mi caos —susurra, apenas audible, como si no quisiera que la tormenta lo escuchara.

Mis ojos se llenan de lágrimas, aunque no sé por qué: si por la ternura inesperada o por el miedo de lo que esconda esa confesión. Mi cuerpo, todavía vibrando por lo que acabamos de vivir, no entiende cómo puede darme placer, brutalidad y dulzura en un mismo instante.

Y es ahí, bajo la lluvia que se convierte en llovizna, donde comprendo que lo que más me aterra no es su violencia… sino su capacidad de hacerme sentir que soy su salvación.

Sus dedos siguen acariciando mi rostro unos segundos más, y juro que en su mirada hay una calma que nunca había visto en él. Pero, de pronto, como si hubiera decidido que ya fue suficiente, se incorpora y me ofrece la mano para levantarme.

Me ayuda a ponerme en pie, recoge mis pantalones empapados de la hierba y me los extiende con un gesto casi cotidiano, como si no acabara de arrastrarme a la locura. Yo obedezco en silencio, todavía con el corazón latiendo en la garganta.

Sin decir nada más, camina hacia los caballos, desata las riendas y acaricia el lomo del suyo con una naturalidad desconcertante.

Me sube al caballo con una firmeza tranquila, como si todo fuera un paseo más. Y mientras monta el suyo y comienza a guiarlo hacia el camino de regreso, yo me quedo enredada en un torbellino de emociones: deseo, miedo, ternura y una duda cruel que me quema por dentro.

¿Cómo puede alguien que me posee con tanta brutalidad, al mismo tiempo acariciarme como si fuera lo único que lo mantiene en pie?

La Adicción de Lucía

Cabalgamos en silencio, solo el galope suave y el murmullo de la lluvia ligera nos acompaña. Creo que él no dirá nada más, que ese instante de ternura quedará enterrado bajo la normalidad con la que retoma el control.

Pero, sin girar la cabeza, sin siquiera mirarme, su voz ronca rompe el aire.

—Si fueras más lista, princesa… correrías lejos de mí.

Me paralizo. No sé si lo dice como advertencia, como confesión o como un nuevo juego cruel. Mi corazón late desbocado, y el sabor de sus palabras me quema más que el recuerdo de su boca sobre la mía.

Quiero preguntar por qué, quiero exigir respuestas, pero no me atrevo. Porque sé que si lo hago, él se cerrará de inmediato.

Así que me quedo callada, cabalgando a su lado, atrapada en el eco de esa frase que me deja más confundida y adicta que nunca.

El camino de regreso se alarga en silencio, roto solo por el sonido de los cascos contra la tierra mojada y el eco de sus palabras en mi cabeza: si fueras más lista, correrías lejos de mí.

Cuando finalmente volvemos a la caballería, él desciende del caballo primero y me ayuda a bajar con la misma calma con la que me subió, como si nada hubiera pasado entre nosotros, como si la tormenta y el caos hubieran sido una fantasía.

Yo, en cambio, sigo temblando. No por el frío, sino por la confusión que me devora. Lo miro de reojo mientras entrega las riendas al encargado. Él no me devuelve la mirada. Y quizás ahí está el verdadero tormento: saber que, aunque comparta su piel y su fuego, sus secretos siguen siendo un muro imposible de atravesar.

El motor ruge bajo la noche, y el silencio entre nosotros pesa más que la violencia del cielo que dejamos atrás.

Miro por la ventanilla, las luces del camino reflejándose en los cristales empapados, mientras él conduce con una mano firme en el volante y la otra descansando, peligrosamente, sobre su muslo derecho, tan cerca de mí que me quema.

—Gracias por hoy —murmuro al fin, sin atreverme a mirarlo.

La curva de sus labios se dibuja apenas, como una sombra peligrosa en la penumbra del auto.

—No me des las gracias, princesa... —su voz ronca me acaricia como un roce invisible—. Yo nunca hago nada por pura bondad.

Trago saliva, incapaz de responder. Y mientras las luces de la ciudad comienzan a aparecer a lo lejos, comprendo que esa frase es la más ambigua y letal de todas: un recordatorio de que lo que me da nunca es un regalo... siempre es una condena.

El auto se detiene a unos metros de mi casa. Las luces apagadas me dicen que mis padres ya duermen, pero mi corazón late tan fuerte que temo que puedan escucharlo desde dentro.

Voy a abrir la puerta cuando su mano me detiene, firme sobre mi muñeca. Giro la cabeza y sus ojos verdes me atrapan en la penumbra, más intensos que nunca. No dice nada al principio, solo me observa, como si quisiera grabar en mí una advertencia invisible. Entonces me toma por la nuca y me besa.

No es suave ni lento, es un beso posesivo, hambriento, que me roba el aire y me recuerda todo lo que soy cuando estoy bajo su dominio. Me muerde el labio, me obliga a rendirme en su boca, y cuando me suelta, jadeo como si hubiera emergido de un abismo y aún me faltara aire.

—Nunca lo olvides, princesa —susurra contra mi piel, la voz ronca, peligrosa—. Eres mía. Siempre.

Abro la puerta con las manos temblorosas y bajo del coche, mis piernas apenas sosteniéndome. Él arranca sin mirarme, su silueta perdiéndose en la noche. Y yo me quedo allí, con el eco de su beso todavía ardiendo en mis labios, sabiendo que esa marca invisible me seguirá incluso dentro de mi propia casa.

Capítulo 17

El timbre suena con insistencia y corro a abrir antes de que mis padres lo hagan. Al otro lado está Camila, con el rostro desencajado, el cabello todavía húmedo como si hubiera salido corriendo sin pensarlo dos veces.

—Lu, tenemos que hablar —dice, empujando la puerta antes de que pueda reaccionar.

La llevo a mi habitación y cierro tras nosotras, el corazón ya latiéndome a mil por su expresión. Camila no suele perder la compostura, y verla así me eriza la piel.

—¿Qué pasa? —pregunto, apenas un susurro.

Ella respira hondo, sus ojos brillando con algo entre miedo y adrenalina.

—Sé dónde será la pelea esta noche.

El mundo se me queda en silencio. Algo golpea mi estómago.

—¿Qué… qué pelea? —fuerzo a decir, aunque la respuesta la siento ardiendo en la piel.

Camila aprieta los labios y niega despacio.

—No te hagas la tonta, Lu. Tú también sabes que hay algo más. Anoche escuché a Víctor hablando por teléfono. No era trabajo, no era nada normal. Mencionó la hora, el lugar… y el nombre de Adrián.

Mi respiración se corta.

Me quedo en silencio apenas un segundo, pero en mi interior la decisión ya está tomada. Me giro hacia ella, con el corazón en llamas.

—Vamos —digo, con una seguridad que me sorprende hasta a mí.

Camila abre los ojos, incrédula, y su ingenuidad brilla en su voz.

—¿Y… cómo vamos a entrar?

Una sonrisa ladeada se me escapa, peligrosa, como si por un instante pudiera hablar con el mismo lenguaje que Adrián.

—Apostando.

El silencio que sigue es un abismo. Camila traga saliva, intentando procesar mis palabras, y yo siento la adrenalina recorrerme las venas. No sé qué me aterra más: acercarme a ese mundo prohibido… o lo mucho que me atrae.

El taxi avanza lento por calles que parecen cada vez más oscuras, alejándonos de todo lo familiar. La lluvia ligera contra el cristal marca un ritmo inquietante, y el silencio dentro del coche pesa más que cualquier palabra.

Camila no deja de mover las manos sobre su regazo, sus ojos clavados en la ventana como si buscara respuestas en la nada.

—Lu… ¿y si nos descubren? —pregunta de pronto, con la voz baja, casi un susurro—. ¿Qué hacemos si alguien nos reconoce?

La miro de reojo, intentando ocultar la tormenta que me arde en el pecho.

—Solo tienes que seguirme. No hables con nadie.

Ella asiente, pero sé que no entiende el peligro real. No entiende que estoy caminando directo al fuego porque allí está él. Adrián. El nombre late en mi mente como un golpe de tambor, cada vez más fuerte.

Mi respiración se acelera con solo imaginarlo: sudoroso, herido, salvaje… ese hombre que me arrastra a un mundo donde no pertenezco y que, sin embargo, se ha convertido en mi obsesión más oscura, imposible de soltar.

Camila me toma de la mano y aprieta con fuerza, buscando seguridad. Yo aprieto de vuelta, pero no por ella, sino para contenerme, para no dejar que el deseo y el miedo me delaten.

Nos detenemos en un semáforo y por un instante el silencio nos envuelve. El neón de una cantina cercana tiñe de rojo el interior, y Camila me mira con los ojos muy abiertos, llenos de miedo.

La Adicción de Lucía

—Lu… yo no sé si puedo —susurra, y sus dedos tiemblan sobre los míos, como si dependiera de mí para no caer. Tomo aire, obligándome a sonreír con calma. Le acaricio la mano con suavidad, fingiendo una seguridad que no tengo.

—Claro que puedes. Solo es un lugar, Cami. Entras, miras, y sales conmigo. No va a pasar nada.

Ella asiente, tragando saliva, pero puedo sentir cómo le tiembla la mano dentro de la mía. Y entonces me doy cuenta de que estoy mintiendo: no porque la intente proteger a ella, sino porque ni yo misma sé qué pasará ahí dentro.

Porque mi calma es un disfraz. Por dentro, mi ansiedad me desgarra. Mi corazón late a un ritmo frenético, mi respiración es corta y cada kilómetro que avanzamos me quema más. No pienso en apuestas, ni en el peligro, ni siquiera en Víctor. Solo en él.

Adrián.

El nombre arde en silencio dentro de mí, y aunque mi boca diga que todo estará bien, sé que en cuanto lo vea, perderé el control.

El taxi se detiene frente a una bodega abandonada en las afueras de la ciudad. La fachada está cubierta de grafitis y óxido, como si nadie hubiera puesto un pie allí en años. Pero el rugido de voces y música baja que se filtra desde dentro lo contradice todo.

Camila me aprieta la mano con tanta fuerza que casi me corta la circulación.

—Lu… esto se ve horrible —murmura, con los ojos recorriendo los autos estacionados de forma caótica, la mayoría con vidrios oscuros y hombres fumando afuera.

Yo también lo siento. El aire aquí pesa distinto: huele a sudor, a tabaco, a alcohol y a peligro. Y sin embargo, cada fibra de mi cuerpo vibra con una adrenalina que no puedo controlar.

Un seguridad enorme nos mira desde la entrada, sus brazos cruzados, la mirada fría como acero. Sé que no es un lugar al que cualquiera entra. Y aún así, camino con la cabeza en alto, como si supiera exactamente a dónde pertenezco.

—¿Y si no nos dejan pasar? —pregunta Camila, su voz temblando.

—Nos dejarán —respondo sin dudar, aunque mi corazón late tan fuerte que parece querer escapar de mi pecho.

El hombre en la puerta arquea una ceja cuando nos acercamos.

—¿Qué quieren?

Trago saliva, y las palabras salen solas, cargadas de una seguridad que no siento.

—Apostar.

Por un instante el silencio es insoportable. Pero entonces el guardia sonríe apenas, una mueca torcida, y se hace a un lado.

—Pasen.

El interior es aún peor. La bodega está llena de humo y gritos. Hombres y mujeres rodean un ring improvisado en el centro, las luces colgando apenas iluminan las paredes manchadas. Billetes cambian de manos, vasos de licor se derraman, y todo huele a violencia contenida.

Camila me aprieta el brazo, aterrada. Yo, en cambio, solo tengo una pregunta en la cabeza, abrasándome por dentro:

¿Dónde está Adrián?

El ruido dentro de la bodega es ensordecedor. Voces graves discuten cifras y en una esquina iluminada por una lámpara amarillenta se alza una mesa larga con varias libretas abiertas. Detrás, hombres con mirada desconfiada anotan nombres y cantidades, contando fajos de dinero como si fueran cartas de juego.

Camila se aferra a mi brazo, temblando.

—Lu… —susurra.

Yo tampoco estoy cómoda, pero no lo demuestro. Camino hasta la mesa, mis pasos resonando en el suelo de concreto húmedo. Uno de los hombres me observa de arriba abajo, su expresión mezcla de burla y sorpresa.

—¿Apostando? —pregunta, como si la idea de vernos allí fuera un chiste.

Lo miré directo a los ojos, obligando a mi voz a sonar firme, aunque el corazón me golpeaba en el pecho.

—Sí. ¿Cuál es el mínimo?

El hombre arqueó una ceja, con esa sonrisa torcida que no era amabilidad sino un desafío.

—Cien. ¿Y por quién apuestas?

No dudé.

—Adrián.

Sus labios se curvaron un poco más, como si disfrutara de mi respuesta.

—Buena elección.

Metí la mano en mi bolso, y dejé un billete sobre la mesa. Sus dedos sucios los atraparon con rapidez,

—¿Nombre?

—Lucia y lo anotó en una libreta manchada de grasa y sudor.

—Asientos allá —indicó con un gesto brusco hacia las gradas improvisadas frente al ring.

Crucé la mirada con Camila: yo ardiendo de ansiedad, ella cargada de dudas. El olor a humo y cerveza rancia nos envolvía como una mala premonición.

Camila me sigue como un fantasma, pálida, los ojos recorriendo el lugar como si esperara que en cualquier momento alguien nos echara. Nos sentamos en las tablas duras, rodeadas de desconocidos que gritan, ríen y fuman sin control.

El ring, vacío aún, se ilumina con un solo foco que cae desde arriba. El murmullo crece, la tensión es palpable.

Mi corazón late tan fuerte que apenas escucho el bullicio alrededor. No puedo apartar la vista del centro del ring, sabiendo que en cualquier instante él aparecerá.

El murmullo se transformó en un grito colectivo apenas lo vieron subir al ring. No llevaba cadenas de oro ni gestos exagerados; no lo necesitaba. Su sola presencia bastaba. Adrián desprendía un magnetismo oscuro, esa clase de atracción que se siente en la piel, mitad deseo y mitad miedo.

Algunas mujeres gritaban desesperadas su nombre, otras extendían las manos hacia él como si con solo rozarlo pudieran contagiarse de su fuego y otras se llevaron las manos a la boca como si vieran a un dios encarnado.

El organizador levantó los brazos, la voz ronca temblando de emoción:

—¡Con ustedes… Reaper!

El eco del apodo recorrió el lugar como un trueno. Él se quedó quieto en medio del ring, erguido, sin necesidad de sonreír. Su mirada barría a la multitud como una promesa peligrosa: Reaper había llegado para reclamar lo que era suyo.

El rugido de la multitud se encendió otra vez cuando el organizador señaló al segundo hombre.

—¡De este lado, "El Toro Ramírez"!

Subió al ring golpeándose el pecho, sudoroso, con un cuerpo macizo y movimientos bruscos. Escupió al suelo, levantó los puños y gritó improperios, buscando encender al público con su brutalidad. Algunos aplaudieron, otros rieron, pero no pasó de ser ruido.

Entonces, el aire cambió.

Las voces se elevaron en un grito distinto, más agudo, cargado de histeria y deseo.

"El Toro" golpeaba las cuerdas y rugía. Adrián solo inclinó la cabeza levemente, como una pantera que mide a su presa. Y en ese contraste, todos entendieron que la pelea no era justa: era inevitable.

Miré a Adrian y por un instante olvidé respirar. Él no sonreía, no buscaba agradar, pero cada fibra de su cuerpo irradiaba magnetismo, un erotismo oscuro que arrancaba chillidos de las mujeres. Su piel brillaba bajo la luz amarillenta, y sus ojos… esos ojos parecían capaces de atravesarme incluso en medio de la multitud.

Camila me empujó suavemente con el codo, murmurando entre risas nerviosas:

—Lucía… te está mirando.

Su mirada me golpeó de repente. No fue deseo, no fue orgullo, no fue la atracción oscura que siempre me había envenenado. Fue castigo.

Un hielo seco en su expresión me dejó sin aire: ¿qué haces aquí, Lucía?

Era el reproche silencioso de un hombre que jamás había querido que yo me mezclara con su mundo, con esa oscuridad de la que él mismo no podía escapar.

Me encogí bajo su mirada. Sentí la vergüenza arderme en la piel, como si hubiera irrumpido en un lugar prohibido. Como si lo hubiese traicionado con mi mera presencia.

Camila me jaló del brazo, nerviosa, con la voz quebrada en un susurro:

—Lucía, vámonos, nos van a descubrir…

Yo no podía moverme. Me quedé atrapada en esos ojos, en ese castigo que dolía más que cualquier golpe que Adrián pudiera recibir esa noche.

El silencio entre sus ojos y los míos me arrancaba el aire. Sentí que me desmoronaba, que me reducía a nada bajo ese castigo mudo. Camila me apretaba más fuerte, temblando, como si con su miedo intentara arrastrarme fuera de allí.

Entonces, una figura se metió en medio. Un hombre fornido subió al ring. Sus nudillos estaban deformados, las cejas abiertas de viejas cicatrices. Gritó con voz ronca, cortando en seco el hilo invisible que me unía a Adrián:

—¡A sus esquinas!

El público respondió con un rugido, hambriento. El árbitro levantó la mano, imponiendo orden, y su voz resonó sobre el caos:

—Pelea hasta que uno no pueda más.

La multitud estalló en gritos, aplausos, apuestas lanzadas al aire. Camila se estremeció a mi lado, hundiendo las uñas en mi brazo. Yo no podía moverme. Adrián giró la cara, dándome la espalda, como si yo ya no existiera.

El árbitro dejó caer la mano como una sentencia.

—¡Peleen!

El primer golpe sonó como un hueso quebrándose. Me estremecí, el aire atrapado en la garganta. El Toro cargó con toda su brutalidad, un animal ciego de furia, lanzando puñetazos que hacían temblar las cuerdas del ring. La multitud rugía, como si disfrutaran de ver la carne abrirse.

Adrián no se movía con la urgencia de un hombre que teme perder. Se movía como un depredador que juega con su presa, esquivando con calma, dejando que la furia del otro se desgastara contra el aire. Todo en él vibraba de tensión y atracción oscura; sus músculos, bañados por la luz amarillenta, parecían esculpidos para desafiarme.

El Toro lanzó un derechazo brutal. Yo me mordí el labio hasta sentir el sabor metálico de la sangre. Pero Adrián giró apenas, elegante, letal, y el golpe solo encontró vacío. El contraataque fue seco, perfecto: un puño directo al rostro. El sonido de carne estallando me heló la sangre.

—Dios mío… —susurró Camila, llevándose las manos a la cara.

Quise apartar la vista. Debería haberlo hecho. Pero no pude. Había algo hipnótico en la manera en que se movía, en ese contraste entre la violencia brutal y la belleza de cada gesto suyo. Era como ver bailar a la muerte.

Otro golpe, esta vez al estómago del Toro, que se dobló en dos. Adrián lo sostuvo con la mirada fija, sin piedad, sin vacilar.

Ese no era el hombre que yo conocía. Era otra cosa. Una sombra peligrosa, cruel, pero tan magnética que sentí las piernas flaquear.

El público gritaba, delirante, exigiendo sangre. Yo también temblaba, pero no solo de miedo. Había algo más, algo que me ardía por dentro: el deseo prohibido de él, de esa oscuridad que me estaba mostrando sin máscaras.

Lo veía moverse en ese ring como si no hubiera nacido para otra cosa. Elegante en la violencia, hermoso en la destrucción. Cada golpe suyo era un latigazo que estremecía a todos… y a mí más que a nadie.

Intenté apartar la mirada, huir de esa sombra que lo rodeaba. Pero era inútil. Estaba encadenada a él, a esa atracción oscura que me devoraba, de esa parte de Adrián que nunca había querido mostrarme y que ahora se revelaba sin piedad frente a mis ojos.

Y entendí, con un temblor que me recorrió entera, que ya no distinguía nada.

Ni el horror, ni el deseo.

Ni la repulsión, ni la atracción.

Todo se mezclaba en una sola sensación devastadora: lo deseaba más en el mismo momento en que más me aterraba.

El Toro cayó contra las cuerdas con un gemido ronco, pero ni siquiera lo escuché. Todo el ruido, los gritos, el olor a sudor y sangre… todo desapareció cuando mis ojos siguieron los de Adrián.

Ese hombre que estaba destrozando a golpes a otro frente a mí no era el mismo que me había sostenido entre sus brazos en la penumbra de mi habitación.

Lo recordé como un latido: su respiración tranquila contra mi cuello, la suavidad inesperada de su mano acariciando mi pelo. La forma en que me decía:

"Eres mi luz, Lucía", como si esas palabras fueran una oración secreta sólo para nosotros dos.

Y ahora… ahora esa misma mano que había recorrido mi piel con ternura estaba quebrando huesos. Esos mismos labios que me habían besado con una devoción callada se tensaban en una mueca feroz.

Un escalofrío me atravesó. ¿Era el mismo hombre? ¿O siempre habían existido estas dos versiones de Adrián y yo solo conocía una parte?

El rugido del público me devolvió al presente. La sangre, el sudor, los gritos. Y allí estaba él, Adrián "Reaper", irrefrenable, brutal.

Y yo, atrapada entre la memoria de su ternura y el espanto de su violencia.

El Toro escupió sangre en el suelo, tambaleante, pero se lanzó otra vez como un animal herido. El golpe fue torpe, desesperado. Adrián lo esquivó con una calma letal y respondió con un derechazo que resonó como un disparo seco. El cuerpo del Toro se dobló, cayendo de rodillas.

La multitud estalló en gritos. Algunos celebraban, otros pedían que lo rematara. El árbitro dudó un instante, pero Adrián no le dio tiempo. Avanzó sobre su rival como una sombra que no perdona.

—¡Dios mío, Lucía! —soltó Camila, cubriéndose la boca con las dos manos—. ¡Lo va a matar!

La escuché, pero no pude apartar la vista. Mi amiga temblaba a mi lado, los ojos desorbitados, buscando la salida, rogando que nadie más reparara en nosotras. Yo, en cambio, estaba clavada al asiento, paralizada.

Era violencia pura. Era brutalidad. Y aun así, cada movimiento suyo me atraía con una fuerza imposible de resistir. El contraste me rompía: la ternura de su recuerdo aún palpitaba en mi piel, mientras delante de mí el hombre al que deseaba se hundía cada vez más en la oscuridad.

El Toro trató de incorporarse, sangrando, tambaleando sobre sus piernas. Adrián lo miró fijo, sin piedad, y levantó el puño una vez más.

El griterío de la multitud se volvió insoportable. Camila me jaló del brazo, al borde del llanto.

—¡Lucía, vámonos ya!

Pero yo no podía. No mientras sus ojos —duros, inquebrantables, crueles— me recordaban que esa sombra también era mía, aunque me destrozara.

El Toro apenas podía sostenerse en pie, tambaleando. La sangre le chorreaba por la boca, los ojos hinchados, pero aun así levantó los puños, dispuesto a morir antes que rendirse.

Adrián no se apresuró. Lo observó unos segundos, inmóvil, y luego se lanzó con una precisión letal. Un golpe al estómago que le arrancó el aire, otro al rostro que lo hizo girar sobre sí mismo. Y entonces, el último: un derechazo devastador que lo mandó contra la lona.

El silencio duró apenas un instante, el tiempo suficiente para sentir el eco de aquel impacto en mis huesos. Después, la multitud explotó en un rugido salvaje.

El Toro trató de moverse, pero su cuerpo no respondió. Intentó levantarse dos veces y cayó en ambas, hasta quedar tendido de costado, jadeando, derrotado.

El árbitro se acercó, revisó con un gesto rápido y levantó la mano de Adrián.

—¡Ganador… "Reaper"!

El griterío fue ensordecedor. Hombres lanzaban billetes al aire, mujeres chillaban su nombre como si fuera un dios oscuro descendido al ring.

Camila estaba pálida, a punto de llorar, sus dedos hundidos en mi brazo.

—Lucía, no soporto más…

Yo tampoco. Y sin embargo, no podía apartar los ojos de él. Adrián, triunfante, inalcanzable, cruel y hermoso. Su respiración agitada, la sangre ajena en sus nudillos, el fuego intacto en su mirada.

Y cuando sus ojos me buscaron de nuevo entre la multitud, sentí que todo dentro de mí se quebraba. Porque esa victoria no era solo suya. Era la marca que me recordaba que ya no tenía salida.

Los hombres se abrazaban celebrando las apuestas ganadas. Aproveché ese caos para tirar del brazo de Camila.

—Vamos, ahora. —mi voz temblaba más de lo que quería admitir.

Ella asintió, con el rostro descompuesto, y nos abrimos paso entre los cuerpos sudorosos, esquivando empujones y gritos. El corazón me golpeaba en el pecho; solo quería escapar antes de que Adrián me alcanzara con esa mirada que me había marcado más que sus golpes al Toro.

Pero no llegamos lejos. Una mano áspera atrapó a Camila del brazo y la jaló hacia atrás.

—¿Y ustedes qué hacen aquí? —la voz de Víctor me heló la sangre.

Camila soltó un grito ahogado. Intentó zafarse, pero él la sujetó con fuerza, los ojos brillándole con una mezcla de furia y diversión.

—Tú vienes conmigo —le dijo sin mirarme siquiera, arrastrándola entre la multitud que lo dejó pasar como si nada.

—¡Camila! —grité, extendiendo la mano, pero se perdió en la marea de cuerpos, engullida por la oscuridad de ese lugar.

La Adicción de Lucía

De repente, estaba sola. Rodeada de voces, de apuestas, de humo… pero sola.

Y entonces lo sentí.

La multitud se abrió apenas, como si lo intuyeran. Adrián venía hacia mí.

No había escapatoria. Sus ojos estaban otra vez clavados en los míos, más oscuros que nunca, cargados de reproche y posesión. Mi respiración se volvió un jadeo frenético.

No dijo nada. No lo necesitó. Su mano me tomó del brazo con firmeza, sin darme opción a resistirme. Me arrastró con él, apartando a cualquiera que se interpusiera, hasta desaparecer conmigo en la penumbra de un pasillo estrecho.

El ruido del ring quedó atrás. El olor metálico de la sangre aún flotaba en mis sentidos cuando, al cruzar la puerta, me encontré en su vestidor. Solos.

El portazo retumbó detrás de mí y el eco me hizo temblar. El cuarto era pequeño, con paredes desnudas y un banco de madera apoyado contra la pared. El ambiente olía a lucha: cuerpos sudados, sangre reciente y el cuero áspero que lo envolvía todo.

Adrián me soltó de golpe, como si el contacto con mi piel le quemara. Dio un paso atrás, los puños aún manchados, el aire rompiéndose en su pecho con cada respiración.

Sus ojos me atravesaron, oscuros, filosos.

—¿Qué haces aquí, Lucía? —escupió las palabras—. ¿Cómo me encontraste?

Me quedé helada, con la espalda contra la pared, el corazón enloquecido. Nunca lo había visto así. Ni siquiera en sus momentos más duros había tenido esa mirada, la de un hombre atrapado entre querer destrozarme y querer protegerme de sí mismo.

La voz me salió apenas en un susurro:

—Camila escuchó a Víctor.

Su mandíbula se tensó, sus manos se cerraron en puños.

—No, Lucía. No. —Su mirada ardía, cargada de furia y vergüenza—. Este no es tu mundo. No debías verme así.

Sentí que las lágrimas me quemaban los ojos, pero no aparté la vista. Porque aunque su ira me destrozaba, aunque su voz era puro reproche, algo en mí se aferraba a él con una fuerza imposible de romper.

Su respiración aún era un relámpago en el aire cuando volvió a hablar, más bajo pero más cortante:

—Es peligroso que estés aquí. —Su mirada me recorrió de arriba abajo, no con deseo, sino con el reproche de un guardián que ha fallado—. ¿Dónde está Camila?

Tragué saliva, la voz atascada en mi garganta.

—Víctor… la tomó del brazo y se la llevó.

Yo intenté detenerlo, pero… —me quebré, el recuerdo me golpeó con un nudo de impotencia— pero no pude.

Adrián se quedó inmóvil. Su rostro se endureció aún más, como si una capa de oscuridad se cerrara sobre él. Dio un golpe seco contra la pared con el puño, y el ruido me hizo dar un salto.

—Maldita sea… —susurró entre dientes, como si hablara para sí mismo.

Quise acercarme, tocarlo, pero su mirada volvió a mí y me detuvo en seco. Era fuego y sombra a la vez.

—No entiendes, Lucía. No debías estar aquí. —Su voz temblaba de furia contenida—.

Mi voz me salió temblorosa, apenas un hilo de aire:

—¿Tú crees que pueda hacerle daño a Camila?

Adrián me sostuvo la mirada. Por un instante vi cómo la furia en sus ojos se transformaba en otra cosa, más sombría y amarga. Negó apenas con la cabeza, la mandíbula apretada.

—No creo. —Su voz era grave, arrastrada—. Es un cabrón… pero está enamorado de ella.

Sentí un nudo en el estómago, aliviada y a la vez inquieta. Adrián dio un paso hacia mí, tan cerca que pude sentir el calor de su cuerpo, el olor a sudor y sangre mezclados. Bajó la voz, casi como si se hablara a sí mismo:

—Solo trata de hacer lo mismo que yo contigo. —Me atravesó con los ojos, y mi piel se encendió bajo esa mirada—. Mantenerte alejada de este mundo. Pero no lo consigo.

Una parte de mí quería abrazarlo, otra quería huir. Porque en sus palabras había algo más peligroso que los golpes de esa pelea: la certeza de que nunca iba a dejar de arrastrarme con él, aunque lo intentara.

Estaba perdida en el fuego de sus ojos. Me atrapaba en silencio, como si mi voluntad no valiera nada frente a él. Era extraño… cómo alguien tan violento podía hacerme sentir así, como si en lugar de destruirme me diera un lugar en el que solo existíamos él y yo.

Todo en Adrián era peligro: sus puños manchados de sangre, su voz cargada de furia, la sombra que lo envolvía. Y aun así, no había espacio para el miedo en mí. Solo esa necesidad absurda, desgarradora. Solo lo quería para mí.

Lo supe con un estremecimiento: era un deseo tan oscuro como el mundo al que me arrastraba. Y aunque me doliera reconocerlo, no había vuelta atrás.

Lo miré sin poder apartar los ojos, fragmentada entre el deseo y el miedo, con la piel aún recordando su tacto.

Entonces lo hizo. Adrián rompió el espacio que nos separaba y me tomó del rostro con brusquedad. Sus dedos, aún tibios y manchados de violencia, se hundieron en mis mejillas, obligándome a sostenerle la mirada.

—Lucía… no sabes lo que provocas cuando me miras así—sus labios rozaron los míos sin llegar a besarme—. Te deseo con la misma rabia con la que peleo. Y eso me destruye.

Mi corazón explotó en el pecho. No era ternura lo que había en su gesto, era dominio absoluto, como si quisiera tatuar en mi piel la verdad que tanto me empeñaba en negar. Y, aun así, en esa brutalidad latía una fuerza que me sostenía, que me hacía sentir… viva.

Su respiración chocaba con la mía, cada palabra era una caricia áspera en mi boca.

—No me importa si huyes, ni si me odias… —su mirada ardió, oscura y voraz—. Te haré mía, aunque nos consuma a los dos.

El mundo se deshizo a mi alrededor. No había ring, no había gritos, no había sangre. Solo esa promesa brutal que me encadenaba a él, mezclando el miedo con un deseo tan intenso que me hizo temblar.

Sus labios me tomaron sin aviso, un choque ardiente que dolía y encendía al mismo tiempo. El sabor del metal se mezcló con mi respiración, con su furia, con todo lo que no podía decir. Intenté retroceder, pero el cuerpo no entendió la orden: mis dedos buscaron su piel, la urgencia sustituyendo al miedo.

El beso no fue ternura, fue guerra. Fuego contenido. La confirmación de lo inevitable: Adrián no pensaba besarme, pensaba reclamarme. Y aun sabiendo que iba a romperme, lo dejé hacerlo.

—Me has desobedecido… —murmuró contra mi boca, sus dedos apretándome la mandíbula para que no apartara la mirada—. Te pedí que te mantuvieras fuera, que no hicieras preguntas.

Cada palabra era un roce de fuego en mi piel, un castigo que me estremecía.

—¿Qué voy a hacer contigo, Lucía? —sus labios rozaron mi mejilla, bajaron hasta mi cuello, y sentí sus dientes apenas rozarme la piel como una amenaza deliciosa—. Porque no sé si quiero castigarte… o quedarme contigo hasta que el castigo sea mío.

Lo que sentía era una mezcla intoxicante: miedo disfrazado de deseo, deseo disfrazado de miedo. Y aunque mi mente suplicaba escapar, mi cuerpo ya había elegido quedarse.

Este hombre está hecho para mí.

Soy suya. Lo he sido desde mucho antes de admitirlo. Y aunque me hiera, aunque me arrastre a lo más bajo, aunque me destruya con cada gesto posesivo… lo quiero.

Él es mío tanto como yo soy de él.

No pensé más. No razoné. Todo lo que había intentado resistir se derrumbó dentro de mí en el mismo instante en que sus manos me sujetaron con esa fuerza que era castigo y refugio a la vez.

Lo besé con la desesperación de quien se rinde a su condena. Mis dedos se hundieron en su nuca, en su espalda aún húmeda de sudor y violencia. Sentía el calor de su cuerpo, la dureza de sus músculos. Y no me importaba. Lo quería así. Crudo. Oscuro. Real.

Me alzó con facilidad, haciéndome chocar contra la pared. Un gemido se me escapó cuando sus labios bajaron por mi cuello, marcándome como si quisiera grabar en mi piel que le pertenecía.

—Nadie más va a tocarte así —susurró, con la voz quebrada entre deseo y advertencia.

Mi cuerpo se arqueó buscándolo, entregándome sin reservas, sin pensar en Camila, ni en Víctor, ni en el peligro que nos rodeaba. Solo existíamos nosotros dos, encerrados en ese vestidor donde la violencia aún vibraba en sus puños, y yo me rendía a ella porque era la única forma de tenerlo completo.

Me arranca la blusa empapada por su propio sudor, sin cuidado, la tela cediendo entre sus manos como si no importara nada más que mi piel desnuda. Sus labios bajan por mi cuello, y sus manos, duras, se deslizan hasta mi falda. La sube de un tirón, sin detenerse, y cuando mis piernas quedan expuestas, aparta mi panty hacia un lado con una impaciencia feroz, como si no existiera más barrera en el mundo.

—¿Juegas con fuego? —murmura, la voz rasposa rozando mi piel—. Entonces prepárate: esta noche serás ceniza y recuerdo a la vez.

Y lo hace. Entra en mí de golpe, sin previo aviso, arrancándome un grito que se mezcla con el eco metálico de la bodega.

Sus embestidas son rápidas, duras, castigadoras. Me empuja contra la pared una y otra vez, como si su cuerpo buscara grabarse en el mío hasta el alma. Trato de agarrarme a sus hombros, de resistir, pero la brutalidad de su ritmo me roba cualquier intento de control.

Él no baja el ritmo, no me da respiro. Sus ojos arden, fijos en los míos, como si quisiera que nunca olvidara este momento. Y yo, perdida en el placer y el dolor mezclados, entiendo que esta es su manera de castigarme: reclamándome con cada golpe, con cada embestida que me arrastra más hondo.

—No lo niegues, princesa… —dice contra mi oído, su voz ronca,—. No soy solo yo. A ti también te llama el riesgo, te enciende el peligro… y por eso estás aquí, rendida bajo mi control.

Sus palabras me atraviesan. Y lo peor es que tiene razón. Mi cuerpo lo confirma, temblando bajo cada movimiento, rindiéndose al mismo peligro que me debería alejar de él.

La tensión me rompe por dentro, un pulso salvaje que no sé contener. Me aferro a sus hombros como si pudiera detener el desastre, pero el placer me desgarra, me parte, y mi voz se estrella contra el hierro y el vacío.

Sus manos me aprietan aún más fuerte, como si quisiera tatuarme con su posesión, y me sostiene contra la pared mientras me rompo una y otra vez.

Su respiración es pesada, sus músculos tensos, y sé que podría venirse conmigo en cualquier instante… pero no lo hace. Se contiene. Se domina.

—Esa es la diferencia, princesa… —me muerde el cuello, sus palabras un veneno ardiente—. Yo controlo mi deseo. Tú, en cambio, ya no tienes ninguno que no me pertenezca.

Un gemido ahogado me escapa, mezcla de frustración y delirio. Porque lo sé: no terminará hasta que él lo decida. Y esa condena me consume más que la brutalidad de sus manos o de su cuerpo.

Creo que no puedo más. Mis piernas tiemblan, mi espalda arde contra la pared. Lo miro, esperando que ceda, que se deje ir conmigo. Pero su mirada verde brilla con algo más oscuro: control absoluto.

El ritmo cambia. Ya no es deseo, es dominio. Cada movimiento es una sentencia que me lleva al borde y me niega el escape. Sus manos me aprisionan, su fuerza me marca, y yo grito, ahogada por una sensación que me rompe y me reclama al mismo tiempo.

—Eso es, princesa... —su voz ronca me quiebra, peligrosa, letal—. Ríndete otra vez para mí.

Y lo hago. El segundo orgasmo me atraviesa, sacudiéndome por completo, arrancándome un grito que desgarra el aire del vestidor. Es tan intenso que siento quebrarme por dentro, desbordada, como si mi cuerpo ya no pudiera contener el placer que duele.

Me derrumbo contra él, jadeando, temblorosa, y sé que no ha terminado. Su respiración es pesada, su erección late con fuerza contra mí... y aún así se contiene. Ese es el castigo más cruel: darme más de lo que puedo resistir, sin darse nada todavía.

—Adrián... —susurro primero, pero después mi voz sale firme, cargada de fuego—. Quiero que te vengas conmigo.

Él se tensa, sus ojos verdes encendiéndose con una mezcla de furia y deseo.

—¿Me estás dando órdenes, princesa?

Aferro su rostro con mis manos, mirándolo directo a los ojos.

—Sí. Quiero sentirte. Dentro de mí. Ahora.

Sus labios me devoran con rabia y pasión desatada, y su ritmo se vuelve más salvaje, más urgente, como si mi desafío lo hubiera liberado de su propia prisión.

—Con tantas mujeres ahí afuera gritando tu nombre… podrías tenerlas a todas. A lo mejor ya las tienes. Pero ninguna de ellas te hace sentir lo que yo. Ninguna. Y aunque lo niegues no lo puedes borrar.

Sus ojos verdes se encienden, y su mandíbula se tensa como si mis palabras fueran gasolina sobre el fuego que apenas intenta contener. Lo sé: acabo de tocar su orgullo, su secreto, su verdad. Y eso lo vuelve aún más mío.

—Lucía… —ruge mi nombre, la voz rota, vulnerable y peligrosa al mismo tiempo.

Y estallamos juntos. El clímax me golpea como fuego líquido contra la pared del vestidor. Mis gritos se mezclan con los suyos, un rugido compartido que hace temblar el aire, como si el universo se abriera solo para presenciar nuestra destrucción.

Quedo temblando bajo su cuerpo, sus jadeos pesados contra mi oído, mi piel empapada en sudor y placer. Y en medio del caos, de la brutalidad y de la furia, siento esa conexión salvaje que me consume: su adicción es la mía.

Me mira fijo, tan cerca que puedo sentir el roce de su aliento, y por un instante pienso que va a estallar de rabia. Pero no, solo una sonrisa torcida

—Tienes razón, princesa —gruñe, su voz grave, cargada de peligro—. Allá afuera podría tener a cualquiera… y aún así, ninguna me quiebra como lo haces tú. Ninguna me arrastra a este maldito abismo donde solo existes tú.

Sus palabras aún me arden en la piel cuando, de pronto, se aparta de golpe. El calor de su cuerpo desaparece y quedo helada contra la pared, con el corazón latiéndome a destiempo, como si me hubieran arrancado algo vital.

Se pasa una mano por el cabello, respirando hondo como si quisiera borrar lo que acaba de confesar. Ya no hay dulzura en sus ojos, solo esa sombra fría que siempre vuelve a cubrirlo todo.

—Vístete —ordena con voz ronca, pero seca, sin mirarme directamente—. No deberías estar aquí.

Siento las lágrimas amenazarme, no por dolor físico, sino porque en un segundo volvió a erigir el muro entre nosotros. Y aun así, la parte más enferma de mí lo desea más que nunca.

—¡No! —la palabra me sale más fuerte de lo que esperaba, resonando en el vestidor vacío.

Él se detiene en seco, la espalda hacia mí, los músculos tensos, como si la sola idea de escucharme fuera un castigo mayor que cualquier golpe que pueda recibir en el ring.

—Quiero saber por qué peleas. ¿Quién te obliga? ¿Qué cadena es la que no puedes romper?

Él sigue de espaldas, rígido, como una estatua a punto de quebrarse.

—Y no me digas que es solo tu elección —insisto, dando un paso hacia él, mi respiración ardiendo—. Porque escuché a Camila hablar de Víctor… y sé que él tiene algo que ver. ¿Qué diablos los une? ¿Qué es lo que estás escondiendo?

Las palabras me salen como un disparo, cargadas de la angustia que me ahoga desde que lo vi entrar en ese maldito ring. Y aunque mi corazón late desbocado, lo único que quiero es arrancarle la verdad. Él se queda quieto, con los puños cerrados a los costados, respirando como si cada palabra que guarda pesara toneladas. Finalmente gira la cabeza apenas, lo suficiente para que su voz me alcance sin mirarme.

—Hay cosas que no entiendes, Lucía… —su tono es bajo, áspero, cargado de una rabia que no sé si es contra mí o contra sí mismo—. No peleo porque quiera. Hay deudas, cuentas que no se borran tan fácil.

Trago saliva, el corazón golpeándome en el pecho.

—¿Y Víctor? —me atrevo, mi voz apenas un hilo—. ¿Qué tiene que ver él en todo esto?

Un silencio brutal se instala. Adrián suelta una risa seca, sin humor, que me hiela la sangre.

—Digamos que Víctor juega en el mismo tablero. Solo que tú no deberías estar mirando la partida.

Se gira entonces, sus ojos verdes clavándose en mí con un brillo oscuro, casi desesperado.

—Cuanto menos sepas, mejor para ti. Créeme, princesa…

Lo miro y siento cómo me quema esa mezcla de rabia y deseo. No puedo callarme.

—¿Que no me meta? —escupo, mi voz temblando pero firme—. Ya estoy metida, Adrián. Desde el primer día que me miraste como si fuera tuya, desde la primera vez que me tocaste.

Él aprieta la mandíbula, un músculo latiendo en su rostro, como si mis palabras fueran una provocación más peligrosa que cualquier golpe en el ring.

—Puedes gritarme, puedes apartarme, puedes intentar enterrarme en tus secretos… pero no voy a dejar de estar aquí. No voy a apartarme aunque me lo pidas. Aunque me lo ordenes. —Me acerco un paso, mi respiración rozando la suya—. Porque lo quieras o no, ya soy parte de tu condena.

Sus ojos verdes me consumen, furiosos, y por un instante creo que me va a romper en dos con solo mirarme. Pero en el fondo de ese fuego veo algo más: miedo.

Me tiembla la voz, pero no retrocedo. Lo miro directo, con el corazón latiendo como un tambor en mi pecho.

—Voy a descubrirlo todo, Adrián —digo, cada palabra marcada como una promesa—. Y voy a ayudarte a salir de este mundo de una vez y por todas.

El silencio que sigue me corta la respiración. Él me observa, y su sonrisa torcida no es burla, es dolor.

—No entiendes lo que dices, princesa —murmura, con la voz ronca, baja, como un rugido quebrado—. No soy un hombre al que puedas salvar. Y si insistes… lo único que harás es arrastrarte conmigo al mismo infierno.

Pero aunque sus palabras me hielan, dentro de mí algo arde más fuerte. Porque lo sé: esa es la primera grieta en su coraza, la confesión de que lo necesita aunque no lo admita. No lo pienso.

No me importa su furia, sus advertencias ni el infierno que promete. Me lanzo hacia él y lo beso, con toda la rabia, la desesperación y la adicción que me queman por dentro.

Su boca sabe a peligro, a pecado, y aun así lo tomo como si fuera mi única salvación. Lo agarro del rostro con ambas manos, apretando fuerte, negándome a soltarlo.

—Di lo que quieras—susurro contra sus labios, jadeando—. No pienso dejarte, Adrián, aunque me arrastres, aunque me queme contigo… no voy a soltarte.

Él me sostiene la mirada.

Y aunque intenta mantenerse frío, sus manos me agarran la cintura con desesperación, respondiendo a mi beso con la misma brutalidad que intenta negarse.

Sé que lo estoy quebrando. Y esa es mi maldición: que cuanto más se resiste, más me aferro a él.

Capítulo 18

✦ ✦ ✦ ✦ ✦ ✦

No había dormido. Cada vez que cerraba los ojos volvía a ver la escena: Camila a mi lado, la tensión en el aire, la bodega vibrando con gritos, y entonces Víctor apareciendo entre la multitud. Sus ojos no se clavaron en mí, sino en ella, y en un segundo la tomó del brazo y se la llevó, sin siquiera darme tiempo a reaccionar.

Marco su número apenas amanece, con el corazón latiendo en mi garganta. Contesta rápido, como si también hubiera estado esperando la llamada.

—Cami… —respiro hondo—. ¿Qué pasó anoche? Apenas tuve tiempo de reaccionar y ya te estaba arrastrando a la salida.

Ella guarda silencio un instante, y luego suspira.

—No lo digas así, Lu. No me arrastró. Solo… me sacó de allí antes de que todo empeorara.

—¿Y qué te dijo? —pregunto, apretando el teléfono con fuerza.

—Que ese mundo no es para mí, que no tenía nada que hacer allí. Que no quería verme en un sitio así nunca más.

Me muerdo el labio. Su tono es suave, casi protector, pero hay algo que me quema por dentro.

—Cami, no me mientas. Yo vi la forma en que lo miraban. Víctor no estaba allí de casualidad.

Ella duda, y al fin responde, con la voz apenas un susurro.

—Él… conoce a esa gente, Lu. Forma parte del negocio. No pelea, no se expone, pero… es uno de los que mueve las piezas. Recluta, apuesta, decide quién gana y quién pierde.

Siento un escalofrío recorrerme la espalda. Mi peor sospecha empieza a tomar forma.

—Y tú… ¿estás bien con eso?

—No lo entiendo del todo —admite, la voz temblorosa—. Pero lo amo, Lu. Y él me jura que todo esto es por nuestro futuro, que solo quiere asegurarnos algo mejor.

Cierro los ojos. La voz de Adrián resuena en mi memoria, su advertencia de que nada de lo que brilla es oro. Y ahora, de golpe, todo encaja demasiado bien.

La escucho en silencio, con los dedos apretando el teléfono como si pudiera romperlo. Dentro de mí, la rabia y la ansiedad me hierven, las piezas encajando de un modo demasiado claro: Víctor, Adrián, mi padre… todos orbitando alrededor del mismo secreto oscuro.

Pero la voz de Camila suena tan vulnerable, tan decidida al mismo tiempo, que no me atrevo a decir nada. No puedo.

—Lo amo, Lu. Y sé que tiene sus cosas, pero… es el hombre con el que quiero estar —concluye, como si me estuviera pidiendo que no lo discuta.

Cierro los ojos, tragándome las palabras que me queman en la lengua. Podría advertirla. Podría decirle lo que pienso. Pero no lo hago. No quiero herirla. No hoy.

—Está bien, Cami —respondo al fin, mi voz más suave de lo que esperaba—. Si tú eres feliz, yo lo respeto.

Ella sonríe al otro lado de la línea, puedo sentirlo. Y yo me obligo a sonreír también, aunque por dentro sé que el silencio que acabo de elegir me va a costar caro. Muy caro.

Cuelgo el teléfono y me dejo caer sobre la cama, con la mirada fija en el techo. El silencio de la habitación me envuelve, pero dentro de mí es imposible callar el rugido que me arde en el pecho.

Víctor. Reclutador, manipulador, dueño de un tablero donde los hombres son piezas que sangran por su conveniencia. Y entre esas piezas está Adrián.

Aprieto los puños hasta que me duelen. La idea de que su vida dependa de los caprichos de alguien como él me revuelve el estómago. No puedo soportarlo. No quiero imaginarlo golpe tras golpe, vendido como un espectáculo, mientras otro decide cuándo gana y cuándo pierde.

No. No pienso quedarme de brazos cruzados.

Si Camila no quiere ver, si prefiere creer en su amor perfecto, que lo haga. Pero yo no. Porque esta adicción que siento no es solo deseo: es la certeza de que si no lo hago, lo voy a perder.

Y me juro a mí misma, en ese silencio asfixiante de mi cuarto: voy a descubrirlo todo. Voy a encontrar la verdad, aunque me queme en el intento.

El eco de mi propia promesa aún vibra en mi cabeza cuando la pantalla del teléfono se enciende de golpe. Adrián.

Mi respiración se corta al abrir el mensaje.

"Princesa… aún siento tu cuerpo temblando en mis manos. Y no has visto nada. Esta noche voy a enseñarte hasta dónde puede llevarte el peligro que tanto buscas."

Un corrientazo me recorre la espalda, la piel erizándose como si sus dedos me tocaran desde la distancia. Aprieto el móvil contra mi pecho, el corazón desbocado, y me descubro sonriendo con el mismo miedo y deseo que me tienen atrapada desde el principio.

Mis dedos tiemblan, pero la adrenalina me da fuerza. Tecleo despacio el reto:

La Adicción de Lucía

"No soy yo la que busca el peligro, Adrián… es el peligro el que no puede resistirse a mí. Esta noche, veremos quién hace temblar a quién."

Aprieto enviar antes de arrepentirme, y me quedo mirando la pantalla iluminada, con una sonrisa torcida en los labios. Por primera vez siento que puedo provocarlo, hacerlo perder el control. Y esa idea me enciende más que el miedo.

El teléfono vibra casi antes de que pueda apartarlo de mi mano. Es su respuesta. Corto, directo, como un puñal.

"Te recojo donde siempre. Hoy tengo regalitos para ti."

El estómago se me contrae de inmediato. Sé que "regalitos" en su boca nunca significa algo inocente. Puede ser placer, puede ser castigo… y ambas cosas me encienden por igual.

Sonrío, mordiéndome el labio. Solo él consigue que la expectativa se sienta como fuego ardiéndome bajo la piel.

"Espero que no te hayas confundido de princesa, Adrián… yo soy difícil de sorprender. Más te vale que esos 'regalitos' estén a la altura de lo que dices, o quizás sea yo la que te dé uno esta noche."

Presiono enviar y me recuesto contra la almohada. Sé que mi respuesta lo va a encender, tal vez enfurecer, y esa mezcla es justo lo que busco: provocarlo, hacer que pierda un poco de ese control que tanto presume.

"Yo tengo una sola princesa a la que domar… y esa eres tú. Esta noche voy a recordártelo, hasta que no quede duda."

Miro la pantalla una y otra vez, como si las palabras pudieran quemarme más con cada lectura.

"Una sola princesa que domar… y eres tú."

Siento un corrientazo recorrerme la espalda, mis piernas se aflojan, y me descubro respirando agitada, como si ya estuviera bajo su control.

No respondo. No puedo. Cualquier cosa que escriba sonará pequeña frente a la magnitud de su amenaza. Así que cierro el móvil, pero sé que no me estoy desconectando de él; al contrario, me entrego a la espera.

El reloj avanza lento, cada minuto un fuego lento que me carcome por dentro. Y en el fondo, aunque me duela admitirlo, no me importa el peligro, ni las cadenas, ni lo que se esconde detrás de esa vida que me mantiene a oscuras.

Abro el armario y mis dedos rozan las telas hasta que encuentro el vestido que sé que lo enloquecerá: negro, con un escote discreto que deja lugar a la imaginación pero promete perderla toda bajo su mirada. La tela se desliza sobre mi piel como un susurro, marcando cada curva, haciéndome sentir desnuda incluso vestida.

Debajo, elijo la lencería más atrevida que tengo, encaje fino que sé que él disfrutará quitar con sus manos o, su boca. Me observo en el espejo, mi reflejo me devuelve una mujer distinta: vulnerable, sí, pero también poderosa por el simple hecho de ser el centro de su obsesión.

Unas gotas de perfume en mi cuello, ese que él siempre me dice que lo vuelve loco. El cabello suelto, rebelde, como si quisiera anunciarle que esta noche no será sumisa sin luchar.

Respiro hondo, sosteniéndome la mirada en el espejo. Lo sé: me visto para él, pero también para mí. Para recordarme que no voy a huir, que si su oscuridad me quiere, voy a enfrentarla con todo lo que soy.

Cuando cierro la puerta detrás de mí, el latido en mi pecho ya no distingue entre miedo y deseo. Y sé que en cuanto vea sus ojos verdes esperándome… no habrá vuelta atrás.

Camino hacia la esquina, esa misma donde tantas veces me ha dejado temblando, con la certeza de que cada paso me acerca más a mi perdición. La brisa nocturna roza mi piel, pero no logra enfriar el fuego que arde por dentro.

Y entonces lo veo.

El auto aparece, lento, imponente, como una fiera acechando en la oscuridad. Los faros iluminan la calle desierta por un instante y mi respiración se corta. No necesito ver más para saber que es él. Lo siento en el aire, en la tensión que me eriza la piel.

El coche se detiene a unos metros de mí, y la ventanilla baja con esa calma calculada que me enloquece. Sus ojos verdes se encuentran con los míos, brillando con una intensidad peligrosa bajo la penumbra.

Es una mirada que me desnuda sin tocarme, que me arrastra directo a ese abismo donde solo existen él y mi rendición. Y, aun así, me descubro sonriendo, como si este juego fuera tan mío como suyo.

La noche acaba de comenzar.

La puerta del copiloto se abre con un gesto decidido. Entro sin pensarlo, como si esa fuera mi única dirección posible.

Apenas dentro y su mano ya está sobre mi muslo. Firme. Caliente. Dueña. Me aprieta con la fuerza justa para recordarme que no tengo escapatoria.

—Buenas noches, princesa —murmura, su voz baja, ronca, tan peligrosa que me tiembla el estómago.

El motor ruge de nuevo mientras arranca, pero lo único que siento es el calor de su palma subiendo lentamente por mi muslo, una advertencia disfrazada de caricia que me paraliza y me enciende a la vez. Y con cada centímetro que asciende, mi respiración se vuelve más irregular, más adicta a la condena que me espera.

Su mano izquierda permanece firme en el volante, mientras la derecha se desliza entre mis piernas. Sus dedos me tocan sin prisa, con una precisión que me arranca un gemido contenido. Y lo más devastador es que no aparta la vista del camino. Maneja, domina, acaricia. Como si pudiera controlarlo todo al mismo tiempo.

Cada curva, cada roce de sus dedos, me llevan más allá de la cordura. Y yo me descubro aferrándome al asiento, luchando por no perderme demasiado pronto, sabiendo que él no lo permitirá hasta que lo decida.

Sus dedos rozan la tela empapada de mis panties, jugando apenas, como si midiera mi resistencia. Luego jala de la tela con firmeza, haciéndome jadear.

Su voz me llega grave, oscura, como un mandato imposible de desobedecer.

—Quítatelo.

El aire se me corta. Sus ojos verdes permanecen fijos en la carretera, como si ni siquiera necesitara mirarme para tenerme bajo su poder. Pero el tirón de la tela y el filo de su voz me dejan claro que no hay elección.

Temblando, deslizo la prenda lentamente por mis muslos, mi respiración desbocada, sintiendo que con cada centímetro que cae lo único que hago es rendirme más a él. Cuando el encaje llega a mis tobillos y lo retiro por completo, su sonrisa torcida se dibuja en el reflejo del parabrisas.

No necesito que diga nada más. Sé que ahora soy completamente suya, incluso aquí, en medio de la nada, con el mundo pasando veloz al otro lado del cristal.

Él extiende la mano y tomo aire, temblando, antes de entregarle la tela que aún arde contra mis dedos. La recibe sin apartar la vista del camino, y por un instante creo que se la guardará, que la atesorará como prueba de mi rendición.

Pero no.

Con un movimiento frío, calculado, abre los dedos y deja caer la prenda al suelo del auto, como si no valiera nada. Estoy desnuda bajo el vestido, más vulnerable que nunca, y aun así la excitación me quema como un veneno delicioso. Él conduce como si nada, implacable, su mano regresando a mi muslo, deslizándose cada vez más arriba.

Y yo, atrapada en este juego de poder, no puedo hacer más que rendirme a la certeza: nunca he estado tan perdida ni tan viva. Cada caricia me arranca un gemido contenido, y aun así él no se inmuta, no acelera, no cambia el ritmo. Solo me toca con esa precisión cruel que me mantiene al borde, recordándome con cada roce que soy completamente suya.

El rugido del motor, sus dedos dentro de mí, el mundo pasando de largo allá afuera… todo se mezcla en un vértigo delicioso que me arrastra sin remedio. Su mano se hunde más en mí, implacable, sus dedos marcando un ritmo que me arrastra directo al borde. El rugido del motor se confunde con el de mi respiración, cada vez más rota, más desesperada.

—Más alto, Lucía. —ordena, sin apartar los ojos de la carretera—. Quiero oírte.

Sus palabras me rompen. No puedo contenerlo. Mi espalda se arquea contra el asiento, mis uñas se clavan en la tapicería, y un gemido desgarrado me escapa de los labios.

—Si, si ahhh El orgasmo me golpea de forma violenta, haciéndome perder toda noción del lugar, del tiempo, de todo lo que no sea su voz.

Y lo más inquietante es que él nunca deja de conducir. Ni un segundo. Maneja con la izquierda, me posee con la derecha, como si tuviera el control absoluto no solo de mí, sino del universo entero.

Jadeo, temblando, con el vestido pegado a la piel húmeda. Él sonríe apenas, esa curva oscura en sus labios que me recuerda que esto es solo el principio.

—Así me gusta… —murmura, su voz ronca, peligrosa—. Siempre bajo mi control.

—¿Ves lo fácil que caes, princesa? —gruñe, sin apartar la vista del camino—. Solo mi mano y ya estás hecha pedazos, temblando, suplicando.

Trago saliva, el corazón aún desenfrenado, y no sé si me quema más la vergüenza o el deseo.

—Eres tan adicta a mí como yo lo soy a ti. Y lo peor…
—su sonrisa torcida se refleja en el parabrisas—, es que
lo sabes. Que lo aceptas.

Cierro los ojos, apretando los muslos que todavía
palpitan, sabiendo que tiene razón. Que cada palabra suya
me ata más fuerte a esta condena deliciosa de la que no
puedo escapar.

—Esta noche, princesa… —añade, su voz grave como
un juramento oscuro—, no habrá límites.

Creo que ya me ha dado suficiente castigo cuando su
mano vuelve a mi muslo. Esta vez no me toca con la
misma violencia, sino con una calma peligrosa que me
hace estremecer.

—Levanta el vestido —ordena, su voz baja, firme, sin
apartar los ojos de la carretera.

Lo miro, incrédula, pero sus labios se curvan en una
sonrisa torcida que no admite resistencia.

—Obedece. Quiero que el mundo sepa que debajo de
esa tela solo eres mía.

Mis dedos tiemblan cuando agarro el borde del vestido
y lo subo lentamente, exponiendo mis muslos desnudos
bajo la tenue luz que entra por la ventanilla. Su mirada no
se desvía del camino, pero sé que me está viendo. Siento
el poder de sus ojos verdes sobre mí, aunque no los mire
directamente.

—Más arriba —gruñe—. Hasta que yo diga basta.

El aire se me corta mientras obedezco, la tela cediendo, mi piel erizándose con cada centímetro revelado. Estoy temblando. Él asiente apenas, satisfecho, mientras aprieta el volante con la otra mano.

—Perfecta. Ahora quédate así. Quiero que lleguemos al destino recordándote quién manda.

Mi corazón late desbocado. Y lo único que sé es que esta espera es una tortura deliciosa que me enloquece.

El auto se detiene al fin. Es un edificio discreto, sin rótulos llamativos, pero con un aire cargado de secretos. El tipo de lugar donde la gente entra a buscar placeres prohibidos y sale sin mirar atrás.

Mi pecho se agita cuando leo el nombre iluminado sobre la entrada. Un hotel de esos donde la intimidad es un espectáculo, con habitaciones diseñadas para el exceso: espejos en el techo, paredes que reflejan cada movimiento, cada gemido.

Adrián apaga el motor sin decir una palabra. Me mira por fin, y el brillo en sus ojos verdes me quema más que cualquier caricia.

—Esta noche quiero que te veas, princesa —murmura, su voz grave, cargada de una promesa peligrosa—. Que veas con tus propios ojos cómo me perteneces.

La idea de verme sometida, reflejada desde todos los ángulos, me aterra y me excita por igual. Sé que aquí no habrá respiro, que cada instante será un recordatorio brutal. El ascensor se abre en silencio, y un pasillo alfombrado nos conduce hasta una puerta pesada que Adrián abre con un movimiento seguro.

La habitación es un templo del sexo. El techo entero está cubierto por un espejo que refleja cada ángulo del lugar, desde la cama enorme en el centro hasta las paredes revestidas también en cristal, multiplicando cada detalle en infinitos reflejos. Es como estar atrapada en un laberinto de cuerpos desnudos que todavía no existen, pero que sé que pronto llenarán cada rincón.

Camino despacio, mis tacones hundiéndose en la alfombra, mientras me observo a mí misma una y otra vez en todas las direcciones. No puedo huir de mi propio reflejo, y menos aún de la imagen de él, poderoso, erguido detrás de mí, dominando incluso el aire que respiro.

Me detengo frente a la cama, temblando. Puedo ver mi rostro en el techo, mis ojos brillando de miedo y deseo. Es demasiado. Es como si el cuarto me gritara que aquí no habrá escondites, que cada rendición será expuesta, que no habrá manera de negar lo que él me hace sentir.

Doy un paso hacia atrás, pero choco con su pecho. Su mano firme en mi cintura me mantiene quieta, atrapada.

Todavía no me toca más, y aun así ya estoy perdida. La espera es tortura. Y lo peor es que él lo sabe.

Mi reflejo me devuelve el temblor de mis labios, el brillo febril en mis ojos, y sé que él lo está observando también.

—Mírate, princesa… —murmura en mi oído, su voz grave, rozando mi piel como un filo—. ¿Ves lo que veo yo?

Levanto la vista y me encuentro en el espejo del techo: yo, pequeña, atrapada en su control, su sombra poderosa abrazándome por detrás. Siento que el aire me falta, como si no quedara espacio donde esconderme.

Sus dedos suben lentamente por mi abdomen. Se detienen apenas debajo de mis senos, presionando suavemente, solo para hacerme arquear la espalda hacia él.

—Mírame a los ojos… —ordena, señalando con la barbilla hacia el reflejo.

Obedezco, y de golpe todo cambia: ya no soy yo mirándome a mí misma, sino yo enfrentando sus ojos verdes a través del espejo. Una trampa en la que me siento expuesta, desnuda, incluso con el vestido aún pegado a mi piel.

Su sonrisa torcida se refleja una y otra vez en todas las superficies, multiplicando mi rendición antes de que sus manos siquiera terminen de reclamarme.

Y entonces lo entiendo: su juego no es solo tocarme. Es hacerme ver, obligarme a ser testigo de mi propia adicción.

Su mano sigue firme en mi cintura, pero ahora no me toca más. Solo su voz, grave y oscura, me arranca el aliento.

—Quítatelo —ordena, y no necesito que aclare a qué se refiere.

El espejo frente a mí devuelve mi rostro encendido, los labios entreabiertos, el miedo y el deseo bailando en mis ojos. Trago saliva, pero sus dedos presionando apenas mi cadera me dejan claro que no hay elección.

Llevo las manos a los tirantes del vestido y los bajo lentamente. El reflejo lo muestra todo: la tela deslizándose por mis hombros, mi piel erizándose bajo su mirada. Siento su respiración detrás de mí, pesada, contenida, como si disfrutara cada segundo de mi tortura.

—Más despacio —gruñe—. Quiero que te veas, que no olvides cómo te desnudas para mí.

El vestido cae a mis pies, y ahora soy yo, en decenas de espejos, con lo que me queda de lencería apenas cubriéndome. Mis manos tiemblan al desabrochar el sostén, pero lo hago. El encaje se abre y mis senos quedan expuestos al aire, al reflejo, a sus ojos que me poseen sin tocarme.

Me descubro jadeando, desnuda frente a mi propio reflejo, mi cuerpo multiplicado en todas las direcciones.

No hay escape, no hay pudor, solo la certeza de que me pertenezco menos a mí misma que nunca. Su mano sube hasta mi cuello, apretando con firmeza, obligándome a mirar hacia arriba, hacia el espejo del techo.

—Eso es, princesa —susurra con voz ronca—. Obsérvate. Eres mía… incluso en tus propios ojos.

Baja la presión de sus dedos y su boca me alcanza por detrás, rozando mi hombro primero, luego mi cuello, con una lentitud que me quiebra. El calor húmedo de su lengua contrasta con el frío de los espejos que multiplican cada gemido, cada estremecimiento.

Su mano libre comienza a explorarme. Lenta, torturante. Sube hasta abarcar mis senos, apretándolos con la fuerza justa, su piercing en la lengua rozando mi piel como un fuego eléctrico. Un gemido me escapa y él sonríe contra mi cuello, viéndolo todo reflejado arriba, al frente, a los costados.

—Me encantas, princesa —susurra contra mi cuello, su voz grave, rota por el deseo—. No puedo resistirme a ti… y eso me enloquece.

Mis ojos atrapados en el espejo. Veo mi propio cuerpo rendirse, mis labios entreabiertos, mis pezones endurecidos bajo sus dedos, mi piel ardiendo donde su boca deja marcas invisibles.

Cuando su mano baja lentamente entre mis piernas, un escalofrío me recorre entera. Sus dedos juegan con paciencia cruel, círculos perfectos que me llevan al borde.

—No cierres los ojos —gruñe en mi oído—. Quiero que veas.

Y lo hago. Me miro, veo cómo mis muslos se tensan, cómo mi cuerpo se arquea contra él, cómo la adicción se dibuja en cada centímetro de mí. Me miro y lo único que encuentro es a una mujer que ya no le pertenece a nadie más que a él.

Cuando creo que ya no puede sorprenderme más, Adrián se aparta apenas y estira la mano hacia una bolsa negra que reposa sobre la silla, discreta, invisible hasta ahora. La levanta despacio.

—¿Recuerdas que te hablé de regalitos, princesa? —su sonrisa torcida me estremece—. Pues aquí están.

Saca uno a uno los objetos de su interior: esposas, una vara delgada y flexible que reconozco con un estremecimiento, un vibrador pequeño que vibra en su palma con un zumbido eléctrico. Los coloca sobre la cama como si fueran piezas de un ritual, cada reflejo en los espejos multiplicando la escena hasta lo infinito.

Mi respiración se acelera. No es solo el miedo de lo desconocido, es la certeza de que estoy a punto de entregarme a un placer que jamás me atreví a imaginar.

Él me acaricia la barbilla, obligándome a mirarlo a los ojos.

—Vas a probar cada uno, princesa… y vas a suplicar por más.

Mi cuerpo tiembla. Y aun así, asiento.

Toma las esposas con una calma que me eriza. El sonido del metal al abrirse corta el silencio de la habitación, reverberando en los espejos como un eco oscuro.

—Dame las manos, princesa —ordena, su voz tan grave que no deja espacio a la duda.

Obedezco, temblando, y él asegura mis muñecas con firmeza, cada clic de la hebilla sonando como un sello de mi condena. Me coloca de pie frente a la cama, de modo que mi reflejo en el techo, en las paredes, en cada rincón, me devuelve la misma imagen: yo, desnuda, atada, prisionera de su deseo.

Su mano sube por mi espalda, lenta, y me empuja hacia adelante hasta que me inclino sobre la cama. Veo mi rostro reflejado enfrente, los labios entreabiertos, los ojos ardiendo de miedo y excitación. No puedo apartar la mirada, porque él está detrás de mí, apretando mi cintura con fuerza.

—Mírate —susurra contra mi oído, sus dedos deslizándose cruelmente por mi piel—. Quiero que veas lo que eres cuando estás bajo mi control.

Cada palabra suya se multiplica con los reflejos, atrapándome en una prisión de imágenes donde no hay escapatoria. Siento cómo se aparta de mí y al volver, no son sus manos lo que me toca primero, sino algo frío y firme que recorre mi piel desnuda.

La vara.

Siento el cuero deslizarse lentamente por mi espalda, bajando con calma, acariciando mis curvas como si trazara un mapa de mi rendición. El contacto no duele; arde, provoca, me hace arquearme como si cada línea encendida quedara marcada en mi piel.

—¿Cómo te sientes, princesa? —su voz ronca me envuelve, peligrosa—. Este no es un castigo todavía. Es una caricia.

La vara se detiene en la parte baja de mi espalda y desciende por mis muslos, rozando el interior hasta obligarme a abrirme más para él.

Mi reflejo en el espejo me delata: mi cuerpo se estremece, mis labios entreabiertos suplican aunque mi voz no se atreva a salir.

De pronto, un golpe seco, rápido, apenas en la parte más carnosa de mi muslo. Un jadeo ahogado me escapa, y su risa oscura me atraviesa como un rayo.

—Así me gusta… que no sepas cuándo es placer y cuándo es dolor.

La vara vuelve a acariciarme, subiendo despacio hasta el borde de mi sexo húmedo, apenas rozando, torturando.

Me miro en el espejo, veo cómo mi cuerpo se tensa, cómo mis caderas lo buscan desesperadas, y lo sabe.

La lengüeta de cuero se desliza con calma entre mis muslos, rozando justo donde más lo necesito, provocando un cosquilleo insoportable.

Estoy húmeda, lista, ardiendo por él, y lo sabe. Lo siento en la forma en que presiona apenas, en cómo aparta el contacto en el instante exacto en que mi cuerpo está a punto de quebrarse.

—Tan fácil… —susurra, su voz grave llenando mis oídos—. Con nada, princesa, ya estás temblando. Pero no. No aún.

Un jadeo me escapa, mis caderas se arquean buscando más, pero la vara se aleja de golpe, rozándome apenas para arrancarme un quejido desesperado.

El reflejo me muestra tal cual soy ahora: atada, vulnerable, suplicando con los ojos.

Vuelve a acercarla, lento, la lengüeta vibrando, hasta que otra vez estoy al borde. Mis uñas se clavan en las palmas cerradas por las esposas, mis piernas tiemblan… y otra vez se aparta.

Un gemido roto me escapa, mitad rabia, mitad placer. Él ríe contra mi oído, esa risa oscura.

—Ese es tu castigo, princesa. Sentirlo todo… y quedarte sin nada.

El deseo me consume, la frustración me quema.

Respiro agitada, temblando, convencida de que me dará un respiro. Pero el sonido que sigue me congela la sangre y me enciende el deseo al mismo tiempo: un zumbido bajo, eléctrico, que llena la habitación.

El vibrador.

Lo sostiene en su mano como si fuera un arma. Se acerca despacio, recorriendo la punta de mi mentón, mi cuello, bajando hasta mis senos, haciendo vibrar cada nervio de mi piel. Mi cuerpo se arquea, mis labios suplican sin voz.

—¿Quieres esto, princesa? —su voz ronca me golpea directo en el estómago—. Pues será peor que la vara.

Lo baja lentamente hasta mi centro, apenas rozando la entrada, y mi gemido ahogado llena el cuarto, rebotando en cada pared, en cada reflejo. La vibración me enciende, me sube en segundos hasta un borde insoportable.

No se detiene. Apenas estoy a punto de quebrarme cuando lo aparta de golpe, presionando en círculos alrededor, jugando con mi frustración como si fuera parte del ritual.

—Todavía, princesa. No hasta que yo lo decida.

El zumbido constante me tortura, la vibración me arrastra una y otra vez hacia el límite, y cada vez que estoy a punto de explotar, él cambia el ángulo, la presión, dejándome al borde sin caer.

Me miro en el espejo y lo que veo es devastador: mi cuerpo arqueado, mis ojos llorando de deseo, mi boca abierta suplicando. Y detrás de mí, él, dueño absoluto de todo.

El zumbido se clava en mi piel. Mis caderas se arquean buscando más, persiguiendo un alivio que él me niega una y otra vez. Me empuja al borde.

—Mírate, princesa… —su voz ronca resuena en mi oído—.

El sudor corre por mi espalda, mis muñecas se tensan contra las esposas, mis piernas tiemblan incontrolables. El vibrador vuelve a presionar. Mi cuerpo se tensa, se estremece, y entonces lo aparta otra vez. Un grito desgarrado me escapa, un sonido de desesperación.

—No… por favor… —susurro, mi voz rota, temblando.

—Así me gusta. Suplica, princesa. Quiero oírlo de verdad.

Mis labios tiemblan, me resisto un segundo más, pero su mano vuelve a presionar el vibrador con una precisión que me arranca un jadeo desesperado. Ya no puedo más.

—Adrián… por favor…

Las palabras salen entre sollozos y gemidos, multiplicadas por los espejos, convertidas en un eco que me desnuda más que mi propio cuerpo. Y él, satisfecho, aprieta mi cintura con más fuerza, saboreando mi rendición completa.

Un fuego incandescente estalla desde mi vientre y me sacude entera, como si cada nervio de mi cuerpo ardiera al mismo tiempo. Mis piernas tiemblan sin control, mi espalda se arquea contra la cama, y el grito que me arranca vibra en los espejos, devolviéndome una y otra vez la visión cruda de mi cuerpo ardiendo bajo él.

Siento las esposas clavarse en mis muñecas, recordándome que estoy atrapada incluso en el clímax más feroz. El placer me devora por dentro.

—Eres hermosa, princesa… desbordada por mi placer.

Sus dedos recorren la línea de las esposas, asegurándose de que sigan firmes y un escalofrío se desliza por mi espalda como una caricia eléctrica. No va a soltarme.

—¿Creías que habías terminado, ¿verdad, princesa? —su sonrisa torcida se refleja en todos los espejos, cruel, devastadora—. Pero la noche apenas empieza.

Vuelve a la bolsa y el sonido me arranca un jadeo nervioso. Esta vez saca una pinza de acero, pequeña, brillante bajo la luz tenue, diseñada para un solo propósito. La sostiene en alto, como si disfrutara de mi temblor al verla reflejada decenas de veces en los espejos.

Se inclina sobre mí, atrapando mi pezón entre sus dedos, y acerca la pinza lentamente. El frío del metal me hace jadear antes incluso de que la cierre. Cuando lo hace, un destello agudo de placer y dolor me atraviesa, arrancándome un gemido ahogado.

—Hermosa —murmura, su voz grave rozando mi oído—. Quiero que veas lo que provocas, cómo tiembla tu cuerpo solo con mis juguetes.

El segundo pezón no tarda en recibir el mismo castigo. Me miro en el techo: atada, desnuda, con las pinzas brillando en mi piel como marcas de su poder. Mi cuerpo ya no me obedece; responde solo a él.

Y entonces vuelve a tomar el vibrador, encendiéndolo otra vez.

—Prepárate, princesa —gruñe, acercándolo con calma a mi sexo húmedo—. Voy a llevarte más lejos de lo que creías posible.

El zumbido del vibrador vuelve a llenar la habitación, más intenso esta vez, como si el sonido mismo se colara bajo mi piel. Adrián lo acerca con calma, jugando a rozarme apenas, y yo ya estoy arqueando la espalda, temblando.

De pronto, sus dedos presionan las pinzas, y la vibración en mi sexo se mezcla con la punzada aguda en mis pezones. El choque de sensaciones me arranca un grito desgarrado, mitad dolor, mitad placer, que rebota contra los espejos y me obliga a escucharme en un eco interminable.

—Eso es, princesa… —su voz ronca acaricia mi oído, peligrosa y oscura—. Tu cuerpo no sabe qué hacer. Y por eso me pertenece.

El vibrador sube de intensidad y mis caderas se sacuden contra él, incapaces de escapar, buscando más aunque cada movimiento haga que las pinzas tiren con crueldad deliciosa de mi piel sensible. Estoy atrapada entre dos fuegos, cada nervio desgarrado en direcciones opuestas, y aun así lo único que puedo hacer es suplicar por más.

Me miro en el espejo del techo: mi cuerpo desnudo, atado, los pechos adornados con acero, las piernas abiertas bajo su dominio absoluto. Y entonces lo entiendo: no soy solo suya. Soy el espectáculo que él mismo me obliga a contemplar.

El orgasmo amenaza con arrastrarme de nuevo, indomable, irrefrenable, y cuando creo que me dejará caer, su mano se detiene un instante, sosteniendo mi tortura justo al filo.

—Todavía no, princesa… —gruñe, apretando las pinzas apenas un poco más—.

Siento que estoy al borde, que solo necesito un segundo más. El vibrador sigue latiendo contra mí, cada tirón sutil de las pinzas intensifica la corriente que me atraviesa, y aun así me niego.

Lo miro, los ojos encendidos, el pecho subiendo y bajando, y me aferro a ese último destello de control que me queda.

Él lo nota. Lo siente. Y su sonrisa oscura me hiela la sangre.

—¿Así que quieres resistirme, princesa? —gruñe, presionando con el vibrador aún más fuerte contra mi —Perfecto.

Su mano tira de la pinza, arrancándome un jadeo que me desgarra aunque intento tragármelo. El reflejo en el espejo no perdona: veo mi rostro contraído de placer y dolor, mis muslos abiertos, mi espalda arqueada. Esta vez no puedo contener el grito. Explota de mí, crudo, salvaje, arrancado como una confesión involuntaria.

—Eso es lo que quería.

Aumenta la presión, el ritmo, como si quisiera destrozarme con placer hasta borrar todo rastro de desafío.

Un estallido devorador me atraviesa, encendiéndome desde adentro como un relámpago interminable. Mis piernas ceden, mi espalda se arquea buscando aire, y el grito que me rompe llena la habitación hasta borrar todo sonido.

Siento las esposas clavarse en mis muñecas, las pinzas jalando cruelmente con cada sacudida de mi cuerpo, el vibrador arrancándome un placer que me consume y me deja hecha cenizas. Estoy vacía y, al mismo tiempo, demasiado llena.

No fue un orgasmo de rendición, sino de sometimiento. Un castigo delicioso… y aun así, lo ansío otra vez. Él me sujeta del cuello, me obliga a mirarme en el espejo del techo.

—No hay nada más delicioso que verte venir así… loca por mí. —su voz ronca vibra contra mi piel, cargada de poder y deseo oscuro.

Aún jadeo, temblando, incapaz de recuperar el control de mis piernas cuando lo veo dar un paso atrás. No me toca. No me libera. Solo empieza a desabotonar la camisa con una lentitud calculada, cada botón cediendo como una amenaza silenciosa que me enciende más que cualquier prisa.

Mis muñecas siguen atrapadas en las esposas, tensas sobre mi cabeza, y mi cuerpo, rendido, apenas reacciona. Estoy inmóvil, reducida a contemplar la visión de él desnudándose frente a mí.

Luego desabrocha el cinturón y baja el pantalón con esa misma precisión letal, como si cada movimiento estuviera diseñado para recordarme que él es el dueño del espectáculo y yo solo la espectadora.

Me arde la garganta al tragar saliva. En los espejos, lo veo: poderoso, viril, erguido, con esa seguridad salvaje que me deja sin aire. Yo, atada y rota de placer; él, libre, desnudándose con malicia, como un depredador que saborea el momento antes de lanzarse otra vez.

Cuando sus ojos verdes se clavan en mí, siento que la habitación entera se incendia.

—Cada segundo de esto es para ti. Y no podrás olvidarlo ni volviendo a nacer.

Se acerca despacio, su sombra proyectándose sobre mí mientras mis muñecas siguen atrapadas.

Su mano recorre mi abdomen, marcando un camino lento hasta mis caderas. Luego se inclina, retira las pinzas, y su boca cae sobre mis senos: muerde, succiona, me castiga y me consuela con la misma intensidad que me vuelve loca.

Me arqueo, suplicante, pero él me mantiene firme, sus dedos explorando con calma calculada, rozando lo más sensible de mí solo para apartarse en el instante exacto.

—Espera… —murmura con esa voz oscura que me atraviesa la piel—. Antes quiero saborearte otra vez.

Su lengua desciende lentamente por mi vientre hasta perderse entre mis muslos. El piercing en su lengua me arranca un gemido apenas toca mi clítoris, y siento que mis piernas intentan cerrarse, pero él las separa con un gesto firme, implacable.

Me miro en el espejo del techo: mi cuerpo abierto, completamente rendido a su boca. La visión me hace vibrar tanto como su lengua, y me doy cuenta de que ya no sé cuanto placer puedo soportar.

Se sienta en la cama, imponente, con el cuerpo desnudo y esa mirada peligrosa que me devora. Me agarra por las esposas y me levanta con fuerza.

Mis brazos atados caen hacia adelante, y en un solo movimiento me coloca sobre sus muslos, mi cuerpo montado encima del suyo, vulnerable y atrapada. Me obliga a rodear su cuello con las muñecas unidas aprisionandolo conmigo. El calor de su piel me quema. Lo siento duro, preparado, presionando contra mí, y un gemido me escapa.

Él sonríe con esa torcedura cruel en los labios.

—Así, princesa… atada a mí, sin escape. —Su voz ronca me atraviesa; sus manos me sujetan por las caderas y me obligan a moverme sobre su erección—. Aquí, mando yo.

Mi cuerpo arde con cada fricción, la desesperación sube como fuego líquido, y aun así no puedo moverme por mí misma: dependo de él, de sus manos, de su ritmo.

Un movimiento brusco lo cambia todo: sus manos me obligan a descender de golpe, y mi grito ahogado se rompe al sentirlo invadirme entero, salvaje, despiadado, como si quisiera adueñarse de cada rincón de mí.

Mis manos atadas rodean su cuello, las muñecas marcando su piel mientras él me manipula como si fuera un juguete ligero, moviéndome a su antojo sobre su erección. Cada movimiento arranca gemidos que rebotan en los espejos: yo, expuesta, rendida, cabalgando bajo el dominio absoluto de Adrián.

Su boca se pega a mi oído, su voz grave y peligrosa acariciándome más que sus propias manos.

—Así… atada a mí, rendida en mi cuerpo… eres lo más hermoso que he tenido nunca, princesa.

Sus dedos se clavan en mis caderas, guiándome con fuerza contra su cuerpo. Mi espalda se arquea, mis pechos rozan su torso ardiente, y siento cómo me devora con cada movimiento.

Su ritmo se vuelve más intenso, pero no feroz, sino perfecto, acompañando al latido de mi propio corazón. Sus manos en mis caderas me guían, me atan más fuerte a él que las propias esposas.

Lo siento hondo, llenándome con cada movimiento, y la mezcla de ímpetu y delicadeza me desarma por completo.

Nuestros cuerpos se buscan como si no hubiera otra forma de existir. Mis brazos atados lo rodean con desesperación, y en cada embestida lo siento más cerca, más dentro, más mío.

—Lucía… —mi nombre se escapa de sus labios en un susurro ronco, vulnerable, que me derrumba.

Y me pierdo. El placer me rompe desde el centro, profundo y envolvente, como una corriente que me arrastra. Grito su nombre, temblando, mientras lo veo en los espejos: su rostro contraído, su cuerpo ardiendo conmigo, su mirada fija en la mía aunque todo a nuestro alrededor se difumine.

Él se derrumba conmigo, un gruñido ahogado escapando de su garganta mientras me llena y mi cuerpo cede, convulso, a su ritmo. En ese segundo, todo se reduce a eso: dos cuerpos, un temblor, una entrega sin medida.

Sus manos, que antes me sujetaban con fuerza animal, ahora descansan suaves en mi espalda, como si temiera romperme. Su mirada verde, todavía ardiente, se suaviza apenas, revelando un brillo que no había visto antes.

—No tienes idea de lo que provocas en mí — murmura, la voz baja, como si las palabras se le escaparan sin permiso.

Me aferro a su cuello, temblando, y siento cómo me aprieta contra él, fuerte pero distinto: no para dominarme, sino como si necesitara aferrarse a mí para no derrumbarse.

En los espejos, el reflejo es casi irreal: no somos un amo y una prisionera, ni un hombre peligroso y una mujer adicta a él. Somos dos cuerpos rendidos, mostrando sin querer la verdad que ninguno se atreve a decir en voz alta.

Ese instante, tan breve y tan imposible, me dejamarca.

Siento cómo su respiración se calma poco a poco, y de pronto sus manos se mueven hacia arriba, hasta mis muñecas atrapadas. El clic metálico resuena en la habitación cuando suelta la primera hebilla, y la esposa cede con un alivio que me hace estremecer.

Luego libera la otra, despacio, como si cada segundo fuera una despedida. Mis brazos caen, entumecidos, y él los toma con suavidad, masajeándome las muñecas marcadas como si quisiera borrar las huellas de su propio dominio.

Sus ojos verdes, todavía ardiendo, me miran como si hubiese cometido un error al soltarme… pero no se arrepiente.

—Libre —murmura, su voz ronca, casi un suspiro.

Durante unos segundos no sé qué hacer. El instinto me grita que debería apartarme, recuperar mi espacio, pero no lo hago. En lugar de eso, llevo mis manos hasta su rostro, rozando su mandíbula con suavidad, sintiendo la tensión que aún vibra bajo su piel.

Él se queda quieto, inmóvil, como si mi caricia lo desconcertara más que cualquier desafío. Sus ojos verdes me observan, encendidos, pero no de furia esta vez… sino de algo más profundo, algo que se esfuerza por ocultar.

—Eres un misterio que me consume —murmuro, mirándolo a los ojos—. Dices que soy tuya, pero eres tú quien me oculta… ¿qué es lo que no me dejas ver?

Él cierra los ojos un instante, como si mis palabras lo atravesaran. Sus labios se entreabren, y por un momento creo que va a hablar. Lo miro, acariciando su mejilla, atreviéndome a buscar al hombre que hay detrás del peligro, al Adrián que por un instante me mostró ternura.

Sus ojos se endurecen de golpe, aunque mis manos aún acarician su rostro. Un silencio pesado cae entre nosotros, hasta que su voz rompe el aire, ronca, cargada de un dolor que intenta disfrazar de dureza.

—Pelear es todo lo que conozco, Lucía… —murmura, apartando la mirada apenas un segundo, como si pronunciarlo le pesara—. Es la única vida que me dejaron.

Mi pecho se oprime, pero antes de que pueda decir nada, su mirada verde vuelve a clavarse en la mía, más intensa que nunca.

—Y aun si quisiera algo distinto contigo, hay alguien que nunca lo permitiría.

El eco de esas palabras me atraviesa como una daga helada. Quiero preguntarle quién, quiero arrancarle la verdad, pero él ya aprieta mi cintura con fuerza, como si temiera que la pregunta saliera de mis labios.

Su silencio posterior es aún más devastador que la confesión.

Él cree que con esa ambigüedad puede mantenerme en la oscuridad, que basta con sus caricias y su peligro para distraerme. Y sí, me pierdo en él, pero no soy ingenua. Cada palabra que se guarda, cada sombra en su mirada, solo enciende más mi obsesión.

Lo abrazo fuerte, dejando que crea que cedo, que me conformo. Pero dentro de mí algo se quiebra: ya no puedo quedarme quieta esperando a que Adrián decida contarme quién es ese "alguien" que jamás nos permitirá estar juntos.

Voy a descubrirlo yo.

De pronto, su mano sube y me atrae hacia él con un gesto brusco, casi desesperado. Sus labios se posan en los míos, pero no es un beso salvaje ni dominante. Es distinto. Es un beso que quema de necesidad, como si temiera que fuera el último.

Siento la tensión de su cuerpo contra el mío, la dureza de sus brazos rodeándome, sujetándome con más fuerza de la necesaria. Y aun así, hay algo roto en él. Algo que no había sentido antes.

Su respiración tiembla contra mi boca cuando se separa apenas para hablar.

—No tienes idea de lo que arriesgo contigo, Lucía… —susurra, su voz ronca cargada de una verdad que se escapa contra su voluntad—. Y no sé si algún día pueda protegerte de todo.

Me quedo en silencio, porque cualquier palabra podría hacerlo cerrarse de nuevo. Lo abrazo más fuerte, como si pudiera con mis brazos borrar todas las sombras que lo persiguen.

La noche pasó entre sus brazos, el calor de su cuerpo envolviéndome como un refugio al que nunca pensé pertenecer. Dormimos abrazados, piel con piel, respirando al mismo ritmo, como si el mundo exterior no existiera, como si las sombras que lo persiguen no pudieran atravesar las paredes de esa habitación. Por primera vez no hubo cadenas, ni juegos de poder, ni preguntas sin respuesta. Solo él y yo, dos cuerpos que deberían ser enemigos del destino, aferrados como si el amanecer pudiera separarnos para siempre.

En la penumbra de mis sueños, creí que quizá ese era el verdadero Adrián: el hombre que tiembla cuando me suelta, el que me abraza como si temiera perderme. Y me dormí con una certeza peligrosa en el pecho: estoy demasiado dentro de él… y él demasiado dentro de mí.

El amanecer me encuentra despierta, los primeros rayos de luz filtrándose por la ventana. Abro los ojos lentamente y lo veo allí, aún dormido, su respiración profunda, el ceño suavizado como nunca lo había visto.

Es extraño. La dureza que siempre lo rodea ha desaparecido, y en su lugar hay un hombre joven, vulnerable, casi inocente. No el luchador, no el amante brutal, no la sombra peligrosa que todos temen. Solo

Adrián, mi Adrián, perdido en un sueño que lo desnuda más que mi propia mirada.

Me quedo quieta, observándolo en silencio, temiendo que si parpadeo, esa imagen se desvanezca. Sigo con la yema de mis dedos el contorno de su mandíbula sin tocarlo, como si tuviera miedo de romper el hechizo. Y en ese instante lo entiendo: no importa lo oscuro que sea su mundo, no importa cuántos secretos intente esconderme… él también tiene grietas. Y esas grietas son las que me tienen atrapada.

Sus labios se mueven apenas, como si murmurara algo en sueños, y mi corazón late con fuerza, preguntándose qué fantasmas lo acompañan incluso dormido.

De pronto, sus ojos se abren,, y me descubren observándolo en silencio. Un estremecimiento me recorre: no sé cuánto tiempo lleva despierto.

Una sonrisa ladeada se dibuja en sus labios mientras su mano sube despacio hasta atrapar mi barbilla.

—¿Te gusta mirarme dormir, princesa? —murmura con voz grave, todavía ronca de sueño—. Cuidado… podrías terminar soñando conmigo incluso despierta.

Su tono es suave, casi tierno, pero sus ojos no mienten: detrás de esa frase hay un recordatorio oscuro, una advertencia velada.

Me muerdo los labios, incapaz de apartar la mirada. Y en ese instante me pregunto si de verdad lo estoy observando yo… o si siempre ha sido él quien me observa incluso cuando no me doy cuenta.

Se incorpora primero, su cuerpo desnudo recortándose contra la luz del amanecer. Se estira con la calma peligrosa de un felino, y luego me tiende la mano, esa mano fuerte que tantas veces me ha sometido y que ahora me invita a seguirlo.

—Vamos —murmura, y no hay espacio para la duda.

Lo sigo hasta el baño, todavía con el rubor del sueño en mis mejillas. El vapor comienza a envolvernos apenas abre la ducha, y cuando el agua caliente resbala sobre su piel, no puedo evitar quedarme mirándolo: cada gota se desliza por sus cicatrices, como si la lluvia misma quisiera recorrer sus secretos.

Él me atrae de golpe, pegándome contra su pecho mojado. El contraste del agua y su calor me hace gemir bajo mi aliento. Sus manos recorren mi espalda con lentitud, bajando hasta mis caderas, y siento cómo la ternura de ese instante se mezcla con la tensión latente que nunca desaparece.

—Ni el agua logra enfriar lo que me enciendes, princesa… eres un incendio hermoso que solo yo sé conquistar.

Cierro los ojos, dejando que el agua me cubra, y por un momento la sensación de su piel mojada contra la mía es más poderosa que cualquier palabra.

Sus dedos recorren la línea de mi columna hasta llegar más abajo, apretándome con fuerza, obligándome a sentirlo.

Me mira directo a los ojos, el agua cayendo sobre su rostro como una corona salvaje, y sonríe con esa malicia que me rompe y me ata.

—No hay forma de borrar lo que somos, Lucía…… mi marca siempre quedará en ti.

Y yo no puedo más que rendirme, porque sé que no hay lugar donde pueda escapar de él.

. No dice nada más, y yo tampoco. No hace falta. La pausa nos envuelve, íntima, irreal, como si ambos supiéramos que no va a durar, pero quisiéramos aferrarnos a ella un poco más.

Capítulo 19

El motor del auto ronronea sobre la carretera, y el silencio entre nosotros es extraño… no incómodo, sino cargado de esa calma que todavía flota después de la ducha, como si ambos temiéramos romperla. Miro de reojo a Adrián: una mano firme en el volante, la otra descansando sobre mi muslo, dibujando círculos distraídos que encienden mi piel aunque no diga nada.

De pronto, el sonido del teléfono corta el ambiente. Vibra con insistencia en el asiento entre nosotros, iluminando su pantalla con un nombre que no alcanzo a leer.

Adrián lanza una mirada rápida al aparato, pero no hace el menor intento de contestar. Sus ojos verdes permanecen fijos en la carretera, como si el mundo al otro lado de esa llamada no existiera.

El zumbido vuelve, más largo, más urgente. Mi corazón late más rápido, y no sé si es por la ansiedad de que él lo ignore o por el peso invisible de todo lo que nunca me cuenta.

—¿No vas a contestar? —pregunto al fin, mi voz baja, temiendo la respuesta.

Su mandíbula se tensa, los nudillos blanquean en el volante.

—No ahora. —Su tono es firme, cortante, como una orden que no admite discusión.

Me muerdo el labio y miro por la ventana, pero el silencio que nos envuelve ya no es dulce ni tranquilo. Es un silencio cargado de secretos, tan espeso que apenas me deja respirar.

El silencio dura apenas unos segundos más. El teléfono vuelve a sonar, esta vez con más insistencia, como si quien llama supiera que Adrián está al otro lado ignorándolo a propósito. La luz de la pantalla parpadea, y mis ojos se clavan en ella antes de que él pueda apartarla de mi vista.

El nombre aparece nítido, cortante, imposible de pasar por alto. Víctor.

Siento un escalofrío que me recorre de arriba abajo. No sé si es por la sorpresa, por la rabia o por el miedo que me provoca ver juntos esos dos mundos que había intentado mantener separados.

Adrián nota mi mirada fija en el aparato y, con un movimiento brusco, voltea el teléfono boca abajo. Sus labios se tensan en una línea dura, los ojos clavados en la carretera como si pudiera escapar de mi pregunta antes de que la pronuncie.

Pero ya no puedo contenerla.

—¿Por qué te llama Víctor? —susurro, mi voz quebrada entre la incredulidad y la furia contenida.

Su respuesta es el golpe seco del acelerador. El coche se lanza hacia adelante, y el asfalto tiembla bajo las ruedas como si la velocidad misma quisiera callarme.

El rugido áspero del motor engulle mi voz, dejándome suspendida en un silencio tenso. Busco en sus ojos una reacción, una palabra, pero Adrián no cede. Suelta el volante con calma helada y atrapa mi muslo con un agarre tan duro que me paraliza. No necesita hablar: en esa presión silenciosa está la amenaza, la advertencia de que todo lo que somos se sostiene en su control absoluto.

Sus ojos siguen fijos en la carretera, pero su voz, ronca y afilada, corta como una cuchilla.

—No te preocupes.

El peso de su mano me quema, no solo por la fuerza de su toque, sino por lo que significa: un límite marcado, una amenaza velada. Quiero insistir, gritarle que no puede seguir ocultándome todo, pero el dominio en su gesto me paraliza. Siento el pulso desbocado en mi garganta mientras aparto la mirada hacia la ventana.

De pronto, Adrián rompe la quietud con esa voz baja que siempre me arrastra al borde.

—Hay cosas que nunca vas a entender, Lucía… y si lo intentas, lo único que vas a encontrar es dolor.

La Adicción de Lucía

Su mirada no se aparta de la carretera, pero sus palabras caen sobre mí como un hierro ardiente. No sé si es una advertencia, una amenaza… o una confesión disfrazada.

Mi pecho arde de preguntas sin respuesta, y aun así, contra toda lógica, la certeza me golpea: no importa lo que esconda, no importa cuán peligroso sea. Ya estoy demasiado adentro para dar marcha atrás.

El auto se detiene a unos metros de mi casa. Espero que diga algo más, una despedida seca, cualquier palabra que marque distancia, pero no lo hace.

En cambio, apaga el motor y se inclina hacia mí. Su mano, todavía húmeda de la ducha, sube hasta mi rostro y me acaricia la mejilla con una suavidad que me desarma. No hay prisa, no hay rabia. Solo ese roce lento que contradice todo lo que me acaba de advertir.

Antes de que pueda procesarlo, sus labios se posan sobre los míos en un beso corto, casi dulce, tan fuera de lugar que me corta la respiración. No hay posesión en él, sino algo más peligroso: ternura.

Se aparta enseguida, volviendo a la rigidez que lo protege, y su voz, grave, me retumba todavía más.

—Adios, princesa.

Lo miro, confundida, con el sabor de ese beso en mis labios y la certeza de que no fue un accidente. Cuando bajo del auto, siento que me arde la piel entera.

Y mientras lo veo alejarse, sé que jamás voy a poder escapar de esa contradicción que me consume.

Empujo la puerta de casa con sigilo, esperando que el silencio me cubra, pero una voz me corta el aliento.

—Me desobedeciste otra vez, Lucía.

La sala ilumina el rostro severo de mi padre. Está sentado en el sillón, los brazos cruzados, la mirada fija en mí con esa mezcla de ira y cansancio que me atraviesa hasta los huesos.

Mi corazón late desbocado, no solo por el miedo a ser descubierta, sino porque sé, en lo más profundo, que sus palabras esconden más que un simple reproche. Él sabe algo. Lo ha sabido siempre.

Y mientras lo miro en silencio, con el rubor del peligro todavía en mi piel, entiendo que esta no será la última vez que me exija elegir entre obedecerlo… o perderme aún más en Adrián.

Su mirada se clava en mí como una sentencia. No grita, no insiste. Solo suelta tres palabras que me hielan la sangre.

—Te lo advertí.

Se levanta despacio del sillón, sus pasos firmes resonando en el suelo de madera, y sin decir nada más desaparece por el pasillo. La puerta de su habitación se cierra con un golpe seco que me deja paralizada en medio de la sala, el corazón retumbando en mi pecho.

La Adicción de Lucía

Me aferro al borde de mi bolso, temblando. No sé qué es peor: su silencio o sus palabras. Y yo estoy atrapada, más confundida que nunca, entre la furia de mi padre, los secretos que me rodean… y el hombre que se ha convertido en mi adicción más peligrosa.

La frase de mi padre me da vueltas una y otra vez, como una daga girando dentro de mí. Te lo advertí.

¿Advertirme de qué? ¿De Adrián, de su mundo oscuro… o de algo aún más grande que todavía no alcanzo a imaginar?

Me levanto varias veces, camino por mi habitación con el corazón acelerado, tratando de unir las piezas sueltas que me rodean: el silencio de Adrián, las llamadas de Víctor, la mirada dura de mi padre. Nada encaja, y esa incertidumbre me consume más que cualquier castigo.

Lo único que sé es que mi padre sabe algo. Algo que me ha estado ocultando. Y la forma en que lo dijo, como si el desenlace ya estuviera escrito, me hiela por dentro.

Me miro en el espejo al amanecer. Mis ojos lucen cansados, pero lo que me asusta no es mi reflejo… sino la certeza que me arde en el pecho: no importa lo que signifique esa advertencia. Yo no estoy lista para soltar a Adrián.

El teléfono suena temprano, es Camila, su voz cargada de una urgencia que me hace aceptar sin pensarlo. Quedamos en un café del centro, y cuando llego ya está allí, removiendo distraída el azúcar en su taza, con esa expresión entre nerviosa y confundida que rara vez le veo.

—Tenía que verte, Lu —me dice en cuanto me siento frente a ella—. Hay algo raro pasando.

Me inclino hacia adelante, sintiendo que mi corazón se acelera sin motivo aparente.

—¿Qué pasa?

Camila baja la voz, como si alguien pudiera escucharla, y sus palabras me atraviesan como un relámpago.

—Víctor lleva dos días buscando a Adrián. Dice que necesita avisarle de algo… algo urgente. Pero no lo encuentra por ninguna parte.

El café me sabe amargo de golpe. Mis manos tiemblan sobre la mesa, y trato de mantener la calma frente a ella.

—¿Avisarlo de qué? —pregunto, con la garganta seca.

Camila niega con la cabeza.

—No lo sé. No me dice nada más, y cuando insisto cambia de tema. Pero se le nota inquieto, como si estuviera escondiendo algo muy grave.

Un frío extraño se instala en mi pecho. Víctor, Adrián, mi padre… todos jugando con verdades a medias. Y yo, atrapada en medio, intentando descifrar un rompecabezas que cada vez parece más peligroso.

Fuerzo una sonrisa, removiendo mi café como si nada me hubiera descolocado.

—Seguro aparecerá. Ya sabes cómo es Adrián, siempre desaparece un tiempo y luego vuelve como si nada.

Camila me observa en silencio, con el ceño fruncido, como si sospechara que no le estoy diciendo toda la verdad. Me apresuro a cambiar de tema, preguntándole por la familia, por cualquier cosa que la distraiga, hasta que su mirada recupera un poco de calma.

Pero por dentro… ardo.

Cada palabra que me dijo retumba en mi cabeza. Víctor busca a Adrián. Urgente. Algo grave. Y sé que si me quedo esperando, nunca sabré qué está pasando.

Así que asiento y sonrío, fingiendo tranquilidad. La dejo hablar, la escucho, hasta que finalmente nos despedimos. Camino hacia la calle con un nudo en el estómago, el corazón golpeando en mi pecho como un tambor de guerra.

Camino por las calles con paso rápido, ignorando el bullicio del centro. Mi mente solo tiene un objetivo: encontrarlo. Si Víctor anda detrás de él, no puedo quedarme de brazos cruzados.

Empiezo por los lugares donde sé que suele moverse. El bar con su ambiente cargado de humo y música alta, donde todos parecen conocerlo pero nadie se atreve a decir demasiado. Pregunto con discreción, pero lo único que obtengo son miradas esquivas y silencios que pesan.

De ahí paso al gimnasio en las afueras, donde alguna vez escuché su nombre susurrado entre los muchachos que entrenan. Reconozco el olor a sudor y metal, las bolsas de boxeo golpeadas hasta desgarrarse. Pero él tampoco está allí. Solo un eco de su presencia, un aura de respeto y temor que lo sigue incluso en ausencia.

Cada negativa, cada ausencia, me enciende más. La ansiedad se mezcla con la certeza de que algo se mueve en las sombras.

Al salir del último sitio, la tarde empieza a caer y la ciudad parece más peligrosa que nunca. Y, sin embargo, lo único que siento es que no me estoy acercando a él.

Adrián no aparece.

Los días pasan lentos. Dos, tres… pierdo la cuenta. Nadie sabe dónde está Adrián. Su teléfono apagado, su casa vacía. Su sombra parece haberse borrado de la ciudad y yo me estoy volviendo loca con cada hora que pasa sin una señal suya.

Al final no aguanto más. Voy a la casa de Camila. El olor a café recién hecho todavía flota en el aire cuando ella abre la puerta, sorprendida, con su dulzura de siempre. Pero yo no tengo paciencia para rodeos.

—Necesito hablar con Víctor —le suelto, la voz más dura de lo que debería.

Camila frunce el ceño, desconcertada, pero asiente y lo llama. Unos segundos después, Víctor aparece en el umbral del pasillo. Su camisa impecable, el gesto sereno… demasiado perfecto, demasiado calculado. Me mira como si supiera exactamente por qué estoy allí.

—¿Dónde está? —pregunto de golpe, mi desesperación rompiendo cualquier disimulo.

Él suspira, se pasa una mano por el cabello, y su mirada se tiñe de una mezcla de cautela y algo que parece lástima.

—No lo sé, Lucía. Créeme que si lo supiera ya estaría con él.

—Tú lo buscabas, Víctor. Lo sé. Lo llamaste. ¿Por qué?

Sus ojos se endurecen, baja la voz, y siento cómo la atmósfera de la casa cambia, pesada, cargada.

—Porque alguien lo está buscando… y no es para nada bueno.

El silencio me corta la respiración. Un reloj en la sala marca los segundos con un tic-tac insoportable.

—¿Quién? ¿Qué quieres decir con eso?

Víctor sacude la cabeza, los músculos de la mandíbula tensos.

—No puedo, Lucía. No puedo decirte más.

Me acerco un paso, con la garganta seca, casi rogándole.

—Entonces dime al menos cómo ayudarlo.

Me sostiene la mirada, y por un instante juro que veo miedo en sus ojos. Su voz, grave, suena como una advertencia más que como un consuelo.

—No puedo contarte lo que sé… pero puedo ayudarte a buscar. Solo prométeme algo: que Camila nunca sepa lo que está pasando. Y que entiendas que, si te metes en esto, ya no habrá vuelta atrás.

Me arde la piel, entre el miedo y la furia. No sé si confiar en él, pero es lo único que tengo. Lo miro en silencio, buscando una grieta en su gesto, algo que me revele si es sinceridad o un disfraz más en este laberinto de sombras. Su rostro permanece firme, pero en sus ojos hay un destello que me hace dudar: ¿protección… o manipulación?

Trago saliva, la rabia y la ansiedad chocando dentro de mí, hasta que cedo porque no tengo otra opción.

—Está bien. Te creeré… pero solo porque necesito encontrarlo.

Una sombra de alivio cruza su rostro, aunque demasiado fugaz, como si también escondiera su propio secreto. Mi piel se eriza: algo no encaja, pero la desesperación me obliga a aferrarme a cualquier hilo que me acerque a Adrián.

—No te arrepentirás, Lucía —dice en voz baja, con un énfasis que suena más a advertencia que a promesa—. Solo prométeme que no le dirás nada de esto a Camila.

La culpa me sube como un nudo en la garganta. Aun así, asiento con firmeza.

—No lo sabrá.

Las palabras salen seguras, pero por dentro me quema la certeza de que estoy aliándome con alguien que también juega su propio juego. Y aunque acepte su ayuda, no significa que confíe en él.

Al despedirme de Camila, le sonrío como si todo estuviera bien, pero la farsa se siente pesada. La noche nos traga en silencio cuando subo al auto con Víctor. Él maneja sin hablar, las luces de la ciudad parpadeando rápidas en el cristal, y cada kilómetro me aleja más de la seguridad y me hunde en lo desconocido.

Finalmente llegamos a las afueras. Un galpón enorme se alza entre la oscuridad, con las paredes corroídas por la humedad y un par de bombillas amarillentas que parpadean en la entrada. El aire está cargado de metal y sudor, mezclado con un murmullo grave que viene de adentro: apuestas en voz baja, golpes secos, cadenas que tintinean. Todo en este lugar grita peligro. Todo me dice que estoy a punto de cruzar un umbral del que ya no habrá regreso.

Víctor camina con seguridad, saludando a algunos hombres que nos miran con recelo. Yo lo sigo con el corazón en la garganta, buscando desesperada un rastro de él. Cada sombra me parece Adrián, cada ruido de golpes me enciende la esperanza… hasta que se disuelve de inmediato.

—Aquí tampoco está —murmura Víctor, frunciendo el ceño mientras recorre el lugar con la mirada—.

Ni su sombra, ni su voz, ni ese fuego verde de sus ojos. Solo la ausencia que me aplasta.

—¿Y ahora qué? —pregunto, la desesperación rompiendo en mi voz.

Víctor aprieta la mandíbula.

—Si no está aquí… es porque está escondiéndose. O porque alguien ya lo encontró antes que nosotros.

Un escalofrío me recorre entero el cuerpo. El galpón parece cerrarse a mi alrededor. Y por primera vez, siento que estoy a punto de descubrir el secreto.

Víctor se queda quieto por un instante, observando cada rincón como si buscara algo invisible. Yo quiero gritarle que siga, que no se detenga, que lo encuentre. Pero, de pronto, su mirada cambia: se endurece, fría, calculadora.

Se acerca a mí, lo bastante cerca para que nadie más escuche.

—No podemos quedarnos aquí.

—¿Qué? ¡Pero aún no hemos…! —protesto, la rabia y la angustia ahogándome.

Su mano firme en mi brazo me corta la voz. No es un gesto brusco, pero sí definitivo.

—Lucía, entiéndelo. Este lugar ya no es seguro para ti. —Su voz es baja, cortante, cargada de un nerviosismo que no intenta disimular—. Adrián no está aquí. Lo sigo a regañadientes, mi cuerpo temblando de impotencia mientras atravesamos el galpón.

Los hombres nos miran con desconfianza, y por primera vez siento el filo real de ese mundo oscuro: un lugar donde basta una mirada para quedar marcada.

Cuando salimos, el aire de la noche me golpea en la cara, helado. Víctor me abre la puerta del auto sin decir nada más. Pero su silencio me pesa tanto como sus palabras: si Adrián no está allí, entonces está en un lugar que incluso a Víctor le cuesta nombrar.

Me dejo caer en el asiento del auto sin decir una palabra. Víctor cierra la puerta y rodea para ocupar el volante. El motor ruge y avanzamos en silencio, la carretera desierta iluminada apenas por los faros.

Quiero gritar, quiero exigirle que me diga todo lo que sabe. Pero no lo hago. Aprieto los labios hasta sentir el sabor metálico de la rabia contenida y clavo la vista en la ventana.

Él piensa que me protege. Que mantenerme en la oscuridad me salvará. Pero lo único que logra es que la ansiedad me queme más fuerte. Cada kilómetro que recorremos lejos de ese galpón es una promesa que me hago a mí misma: voy a encontrarlo. Con o sin ayuda.

Víctor conduce serio, con las manos firmes en el volante, como si el silencio entre nosotros fuera suficiente explicación. Tal vez crea que me ha convencido. Tal vez crea que ya no insistiré.

El auto se sumerge en la oscuridad de la noche. Yo también. Pero esta vez, con un único propósito ardiendo en mi pecho: no voy a detenerme hasta tenerlo frente a mí otra vez.

De madrugada, el sueño no llega. Estoy en mi cama, con la luz del celular iluminando la penumbra de mi habitación, repasando una y otra vez cada lugar donde lo busqué, cada silencio de Víctor, cada sombra de mi padre.

Y entonces vibra.

El corazón se me dispara. Miro la pantalla y ahí está: Adrián.

El mensaje es breve, seco, escrito con la misma voz oscura que me domina incluso en la distancia:

"Deja de buscarme, Lucia."

Siento un corrientazo recorrerme la espalda. Mis dedos tiemblan sobre la pantalla. Lo leo una, dos, tres veces. El impacto me sacude primero… pero enseguida lo noto: ese no es él.

Adrián jamás me escribe así.

El cuerpo me tiembla sin aviso. El teléfono está en sus manos —o al menos debería estarlo—, pero la voz detrás de estas palabras no es la suya. Lo sé con la misma certeza con la que sé que no puedo dejar de desearlo.

La conclusión me golpea como un rayo: Adrián no me ha escrito. Y si no lo hizo él… alguien más tiene su teléfono.

Y eso solo puede significar una cosa: está en peligro.

Estoy a punto de escribir, de desafiar al que se esconde tras ese mensaje helado, cuando el celular vuelve a vibrar en mis manos. El zumbido corta el silencio como un disparo. Esta vez no es el nombre de Adrián en la pantalla. Es un número privado.

El corazón me golpea con tanta fuerza que casi me ahoga. Mis dedos dudan antes de abrir el mensaje, como si presionar la pantalla pudiera sellar mi destino.

"Está en el hospital."

Me falta el aire.

No hay explicación, no hay detalles. Solo esa frase seca, brutal, que me deja temblando. El teléfono casi se me escapa de las manos. ¿Es una advertencia? ¿Una trampa? ¿O la única verdad que no puedo ignorar?

El pánico me empuja a moverme antes de pensar. Salgo de la casa de un tirón, las luces apagadas detrás de mí, y siento que cada sombra en la calle me observa. El frío de la madrugada me corta la piel mientras corro hacia la avenida. Levanto la mano con desesperación para detener un taxi, el celular aún ardiendo en mi palma como si quemara mi piel.

Las preguntas me taladran la cabeza sin darme respiro. ¿Quién me escribió? ¿Víctor, jugando un doble papel? ¿Uno de esos hombres que rodean a Adrián en las peleas clandestinas? ¿O alguien más… alguien que quiere usarme como cebo?

El miedo me muerde, pero mi decisión es más fuerte: si Adrián está herido, nada me va a detener de llegar hasta él. Aunque al hacerlo, quizá esté caminando directo a la boca del lobo.

Mientras el auto avanza por las calles desiertas, miro por la ventana con el corazón golpeándome el pecho. Si alguien sabe dónde está Adrián, significa que lo vigilan. Y si me lo dijeron a mí, es porque quieren que lo vea así, vulnerable, expuesto. No sé si voy camino a él… o directo a un juego peligroso del que no voy a poder escapar.

El hospital me recibe con un olor a cloro que me aprieta el pecho. Camino directo a recepción, con la certeza de que mis pasos retumban más fuerte que mi voz cuando pregunto:

—Busco a Adrián Suárez.

La mujer tras el mostrador me mira como si evaluara cada detalle de mi cara. Teclea lento, demasiado lento, y cuando al fin levanta la vista, sus ojos son un muro.

—No hay nadie con ese nombre aquí.

La rabia me sube a la garganta. Sé que miente. Lo siento en la forma en que desvía la mirada hacia el pasillo, en la tensión de su boca apretada.

Intento insistir, pero un enfermero cruza frente a mí, me mira de reojo y susurra algo a otro compañero. Ambos se giran demasiado rápido cuando los sorprendo observándome. Ese gesto me lo confirma: Adrián está aquí. Y lo esconden.

Me quedo en silencio, tragando mi frustración, con la certeza de que si quiero encontrarlo tendré que hacerlo sola, abriéndome paso entre miradas que ya me señalan como intrusa.

Me alejo del mostrador fingiendo rendirme, pero en cuanto me doy la vuelta, mis pasos me llevan directo hacia el pasillo donde vi a la recepcionista mirar de reojo. El sonido de mis zapatos retumba en el suelo brillante, y siento cada par de ojos siguiéndome desde las esquinas.

El hospital parece interminable: puertas cerradas, luces frías, un murmullo lejano de voces y máquinas. A cada paso, mi pecho se aprieta más. Giro a la izquierda, confiando solo en el instinto, en la forma en que los enfermeros bajan la voz cuando paso, en cómo alguien desvía la vista hacia el ala más oscura del edificio.

No tengo pruebas, pero lo sé: allí está él. En esa ala silenciosa donde incluso el aire parece más denso, más peligroso. Y aunque todo en mí grita que me detenga, sigo adelante, porque no hay vuelta atrás.

El pasillo se vuelve cada vez más estrecho y silencioso, como si me tragara un túnel sin salida. Camino despacio, conteniendo la respiración, hasta que un número pintado en la pared me hace detenerme: 312.

El corazón me da un vuelco. La puerta está entreabierta, apenas una rendija, suficiente para dejar escapar la luz blanca y un murmullo grave que me hiela la sangre. Reconozco esa voz al instante, aunque nunca hubiera esperado oírla aquí.

Me pego contra la pared, el cuerpo temblando, y escucho.

—Te lo advertí —gruñe mi padre desde dentro—. Te dije que la dejaras tranquila.

Mis uñas se clavan en mi palma, la sangre zumbando en mis oídos.

—Tu destino está en mis manos, Adrián. Espero que hayas aprendido la lección.

El aire me falta. Mi padre… amenazando a Adrián. Todo da vueltas en mi cabeza. Y ahí estoy, oculta tras la pared, sin atreverme a moverme, con la certeza de que nada volverá a ser igual.

El corazón se me paraliza cuando escucho la siguiente frase, dura como un cuchillo que corta el aire:

—Lucía no es para ti — con una frialdad que nunca le había escuchado—. La próxima vez será la última. ¿Te quedó claro?

Me cubro la boca con la mano, ahogando el grito que pugna por salir. Mi piel se eriza entera, el estómago se me revuelve. Mi padre no solo lo amenaza… le advierte de un final.

Dentro, el silencio pesa unos segundos, y puedo imaginar los ojos verdes de Adrián clavados en él, llenos de furia contenida. Yo, pegada a la pared, apenas respiro. Cada palabra me hunde más en una verdad que no sé si podré soportar.

Por un instante, pienso que el silencio lo ha vencido. Pero entonces escucho su voz: ronca, quebrada por el dolor, y aun así cargada de esa oscuridad que lo hace indomable.

—No puedes controlarme para siempre.

La risa seca de mi padre me hiela la sangre.

—¿Controlarte? Muchacho, parece que todavía no lo entiendes. Yo te hice lo que eres. Si no fuera por mí, tu padre habría muerto debiéndome cada centavo y tú estarías en la calle como un perro. Te puse en ese ring desde que eras un crío… y me sigues perteneciendo.

El mundo me da vueltas, y apenas me atrevo a respirar. ¿Mi padre? ¿Dueño de Adrián desde niño?

Dentro de la habitación, Adrián gruñe con rabia, aunque el dolor ahoga su voz:

—No soy tuyo.

Pero la respuesta de mi padre cae como una sentencia:

—Mientras yo viva, tu destino seguirá en mis manos. Y si vuelves a acercarte a Lucía… juro que no habrá próxima pelea. Será tu final.

Un silencio brutal llena la habitación. Yo, afuera, siento que el suelo se abre bajo mis pies. No sé qué me aterra más: el poder de mi padre, o el secreto que une su vida con la de Adrián desde antes de que yo pudiera entenderlo.

Cada fibra de mi cuerpo quiere irrumpir en esa habitación, gritarle a mi padre, abrazar a Adrián. Pero no puedo. No ahora.

El aire se me corta cuando escucho el chirrido de la silla al moverse y los pasos pesados de mi padre acercándose hacia la puerta. Retrocedo de inmediato, el corazón golpeándome las costillas. Camino de puntillas por el pasillo, tragándome el miedo, hasta doblar la esquina justo cuando la puerta se abre del todo.

Me escondo tras una columna, con la espalda pegada al concreto helado, y aguanto la respiración. Escucho sus pasos alejándose, firmes, seguros, como si acabara de sellar una sentencia. Solo cuando el eco se pierde en la distancia, me atrevo a soltar el aire que tenía atrapado en los pulmones.

Salgo a la calle temblando, la brisa nocturna pegándose a mis mejillas húmedas. Estoy temblando, pero no es de frío. Es rabia. Es miedo. Es la certeza de que mi padre me ha mentido toda la vida… y que Adrián ha sido prisionero de su poder desde siempre.

Y aunque huya ahora, sé que tarde o temprano voy a volver. Porque no puedo dejarlo así. Porque necesito saber toda la verdad.

Llego a casa con las piernas aún temblando, el corazón golpeándome contra las costillas como si quisiera escapar. El eco de lo que escuché sigue persiguiéndome, un veneno imposible de callar.

No aguanto más. Si no lo suelto, voy a enloquecer. Y la única persona a la que puedo acudir es Camila.

La llamo con manos temblorosas. Media hora después está en mi habitación, su figura recortada contra la penumbra, con esa mirada preocupada que siempre me atraviesa.

—Lucía, ¿qué pasa? —pregunta en voz baja, como si ya supiera que lo que voy a decir va a rompernos en dos.

Las palabras me salen atropelladas, mezcladas con lágrimas que me queman la piel.

—Mi padre… Camila, mi padre tiene algo que ver con Adrián desde que éramos niños. Lo escuché esta noche en el hospital. Adrián estaba herido, destrozado… y mi padre estaba allí, amenazándolo. Dijo que lo puso en ese ring desde chico. Que le pertenece.

Camila abre los ojos de golpe y se lleva la mano a la boca, como si quisiera detener un grito.

—¿Tu padre? —susurra, incrédula.

Asiento, la garganta cerrada, sintiendo que cada palabra me arranca un pedazo de piel.

—No sé hasta dónde llega todo esto, pero lo sé, Cami. Mi padre lo controla. Y ahora entiendo por qué Adrián siempre me decía que lo nuestro era imposible…

El silencio que sigue es tan denso que me aplasta el pecho. Yo espero el grito, la advertencia, el "¡tienes que alejarte ya!". Pero Camila no hace nada de eso. Me mira fijo, los labios apretados, y en sus ojos hay algo nuevo: una calma oscura, serena, que me hiela más que cualquier reproche.

Al fin suspira. Sus palabras caen despacio, como un cuchillo hundiéndose sin prisa:

—Si todo eso es cierto… entonces significa que tu padre tiene mucho más que perder de lo que parece.

La miro sin comprender, pero ella no aparta la vista. Su expresión es distinta, calculadora.

Por primera vez, Camila no parece solo mi amiga… parece alguien que también guarda un secreto.

—¿Qué quieres decir?

Camila se inclina hacia mí, su voz baja, casi un susurro:

—Que quizá podamos usar esto. La gente como tu padre siempre se esconde tras secretos. Y ahora tú conoces uno que puede comprometerlo.

Nunca había visto a Camila tan fría, tan segura. En sus ojos no hay miedo, sino una chispa peligrosa. Y de pronto lo entiendo: no soy la única dispuesta a cruzar líneas por las personas que ama.

Respiro hondo, y cuando hablo, mi voz me sorprende por lo firme que suena:

—Tienes razón. Si quiero salvarlo, si quiero liberarlo… esta es la única salida.

Camila me mira fijo, como si buscara la grieta en mi convicción. Pero no la hay. El miedo arde dentro de mí, sí, pero arde convertido en fuego. Y ese fuego me da fuerzas.

—Eso significa que llegó el momento —dice ella, la voz baja pero cortante—. Vas a enfrentarlo, Lucía. Y cuando lo hagas… yo estaré a tu lado.

Me dejo caer contra el respaldo de la cama, el corazón golpeándome sin control.

No sé cómo, no sé cuándo… pero sé que acabo de tomar la decisión más importante de mi vida. Y aunque Camila sonría con complicidad, no puedo evitar sentir que esa decisión ya nos arrastró a las dos, directo a un abismo del que no habrá retorno.

Capítulo 20

El hospital me recibe con la misma frialdad de antes: luces blancas, pasillos interminables, el olor penetrante de cloro que parece pegarse a la piel. Camino con el corazón acelerado, temiendo que en cualquier momento alguien me detenga.

Esta vez no voy a la recepción. No quiero más excusas ni miradas evasivas. Aprieto el bolso contra mi costado y avanzo directo hacia el ala este, repasando de memoria cada paso que tomé la última vez. Cada giro, cada puerta cerrada, cada sombra.

Mis piernas tiemblan, pero no me detengo. Lo único que necesito es verlo. Aunque sea unos segundos. Aunque sea a escondidas. Necesito comprobar con mis propios ojos que sigue aquí, que sigue vivo.

Al llegar frente a la puerta de la habitación 312, me detengo. El corazón late tan fuerte que me retumba en los oídos. La puerta está cerrada esta vez, sin rendija, sin voces dentro. Trago saliva, levanto la mano temblorosa y apoyo la palma en la madera fría.

—Adrián… —susurro apenas, como si pudiera escucharme del otro lado.

Empujo la puerta con cuidado, el corazón queriendo salírseme del pecho. La habitación está en penumbra, iluminada apenas por la luz azulada de las máquinas.

Y allí está.

Adrián yace en la cama, los vendajes cubriéndole el torso, un brazo inmovilizado y el rostro marcado por moretones que lo hacen parecer un guerrero caído. Aun así, sus ojos verdes se abren al sentir mi presencia. Brillan con esa intensidad salvaje que ni el dolor puede apagar.

—Lucía… —murmura, apenas un hilo de voz.

Me acerco despacio, tragando lágrimas que amenazan con delatarme, y me siento al borde de la cama. No sé si tocarlo o no, tengo miedo de lastimarlo más, pero al final mi mano encuentra la suya, cálida, temblorosa, viva.

No digo nada. No puedo. Solo lo miro, y dejo que mis dedos se aferren a los suyos, como si ese contacto fuera lo único capaz de mantenerlo conmigo.

Su mano aprieta la mía con la poca fuerza que le queda, y en sus ojos se dibuja una sombra que jamás le había visto: miedo.

—Pensé… —su voz se quiebra, apenas audible— pensé que no volvería a verte.

El aire se me corta. Estoy acostumbrada a sus gruñidos, a su dominio feroz, a esa oscuridad que lo envuelve siempre. Pero ahora, en este susurro, lo que escucho es otra cosa. Una confesión desnuda. Una verdad que me atraviesa el pecho.

Aprieto su mano con más fuerza, sintiendo que las lágrimas ya no pueden contenerse. Él me mira como si yo fuera lo único que lo mantiene con vida, y por primera vez lo siento vulnerable, humano, devastadoramente real.

Me inclino hacia él, acercando mi frente a la suya, y el roce de su respiración es un veneno dulce que me envenena de nuevo. Podría jurar que lo protegeré, que no lo dejaré caer… pero en el fondo sé la verdad: soy yo la que ya no puede escapar de él.

—No digas eso… —susurro—. Estoy aquí, Adrián. Pase lo que pase, no voy a soltar tu mano.

Siento cómo su respiración se agita, como si mi promesa fuera un alivio y un tormento al mismo tiempo. Sus ojos verdes se clavan en los míos, brillando con una intensidad que me roba el aliento.

Acaricio suavemente su rostro, mis dedos recorriendo con cuidado los bordes de sus vendajes. No me importa cómo ha sido su vida hasta este momento, ni cuán oscuro sea el secreto que lo ata a mi padre. Todo lo que sé es que no voy a dejar que se hunda solo.

—Te lo juro —repito, apretando sus dedos entre los míos—. No voy a dejarte.

Y por primera vez, veo cómo sus labios se curvan en una sombra de sonrisa. Frágil, pero real.

Nos quedamos así, en un silencio que lo dice todo. El monitor cardíaco marca un ritmo constante, casi hipnótico. Sus dedos aún atrapados en los míos, su sombra de sonrisa en los labios. Y, sin embargo, sé que no es paz lo que siento… es la calma previa a una tormenta que ya está demasiado cerca.

Los ojos de Adrián permanecen fijos en los míos, como si buscara memorizarme en cada detalle. Y yo hago lo mismo: me pierdo en la intensidad de su mirada, en la certeza de que, incluso así, debilitado y golpeado, sigue siendo el hombre que me consume, el que me arrastra a su abismo sin que yo quiera resistirme.

Deslizo mis dedos por el dorso de su mano, como si pudiera borrar cada cicatriz, cada marca que la violencia dejó en él. Me inclino un poco más, rozando sus labios con los míos, apenas un suspiro, un beso suave que no busca pasión sino promesa.

En ese instante entiendo que, más allá del peligro y del secreto que nos rodea, aquí, en esta habitación fría y silenciosa, Adrián me pertenece tanto como yo a él. Y ninguno de los dos tiene escapatoria.

Sus dedos aprietan los míos con más fuerza, y su voz rompe la calma con un susurro que me corta la respiración.

—No sé cómo lo hiciste… —dice con dificultad, la mirada fija en mí—, pero me has convertido en algo que nunca pensé que podía ser. Me has hecho necesitarte. Y eso… —cierra los ojos un segundo, como si le doliera admitirlo— eso me da más miedo que cualquier pelea, Lucía.

Todo se congela, como si el universo contuviera el aliento. La confesión queda suspendida en el aire, más fuerte que cualquier caricia, más íntima que cualquier beso. Lo miro, incapaz de apartar la vista, con el corazón a punto de estallar.

Adrián, el hombre oscuro y peligroso que me arrastra a su infierno, acaba de desnudar su mayor secreto: yo soy su debilidad.

La confesión de Adrián aún vibra en mis oídos cuando la puerta se abre de golpe.

—Tenemos que irnos —dice una voz firme, cargada de urgencia.

Me giro y lo veo: Víctor. De pie en el umbral, con el ceño fruncido y los ojos encendidos, parece fuera de lugar en esta habitación fría, pero hay una determinación en su rostro que me hiela la sangre.

—¿Qué haces aquí? —pregunto en un susurro, entre la rabia y la sorpresa.

Víctor no me mira a mí, sino a Adrián.

—Si se quedan, no van a ver otro amanecer. —Su voz es baja, tajante—. Yo los ayudaré a salir de aquí.

El corazón me golpea el pecho con fuerza. No entiendo nada. El esposo de mi mejor amiga, el hombre que hasta ahora había sido parte de ese mundo oscuro, está frente a mí ofreciendo una salida.

Adrián apenas puede incorporarse, los vendajes tensándose en su torso. Su mirada se clava en Víctor, desconfiada, feroz.

—¿Y por qué diablos debería confiar en ti?

El silencio que sigue pesa más que cualquier amenaza. Y yo, atrapada entre los dos, siento que una nueva grieta acaba de abrirse bajo mis pies.

Víctor da un paso dentro de la habitación, cerrando la puerta tras de sí con un movimiento seco. Sus ojos recorren el pasillo antes de volver a nosotros.

—No hay tiempo para preguntas —dice con la mandíbula apretada—. Si quieres salir vivo, tienes que confiar en mí.

Adrián lo observa desde la cama, los músculos tensos a pesar de los vendajes, como un animal herido dispuesto a pelear hasta el final.

—Yo no confío en nadie.

—Pues haz una excepción —responde Víctor con frialdad—. Porque si no, aquí se acaba todo.

El silencio me corta la respiración. Mi mirada salta de uno a otro, sintiendo cómo la desconfianza se mezcla con la urgencia. Cada segundo que pasa, el aire parece más denso, más peligroso.

—¿Qué pasa si nos quedamos? —pregunto, la voz más frágil de lo que quisiera.

Víctor se limita a mirarme, los labios apretados, como si las palabras fueran un lujo que no puede permitirse.

—Tu padre sabe que estás aquí.

Un escalofrío me recorre. No sé si es miedo, rabia o la certeza de que la próxima decisión cambiará todo para siempre.

Adrián aprieta la mandíbula, y sus ojos verdes chisporrotean con una furia contenida. Sé que cada fibra de su cuerpo quiere rechazarlo, quiere levantarse y partirle la cara a Víctor. Pero también sé que entiende algo que yo apenas alcanzo a ver: el tiempo se acaba.

Con un gruñido bajo, se incorpora despacio en la cama. El gesto lo hace gemir de dolor, pero no deja escapar más que un siseo entre los dientes.

—Está bien… —escupe las palabras como si le arrancaran la piel—. Pero si esto es una trampa, Víctor… te juro que no habrá lugar en el mundo donde puedas esconderte de mí.

Víctor sostiene su mirada, serio, sin pestañear. No hay miedo en sus ojos, solo una determinación helada.

—No me subestimes, Adrián. Si te quiero muerto, no necesito una trampa.

Mi estómago se encoge. Entre los dos la tensión es tan fuerte que el aire parece quebrarse, y me doy cuenta de que en este juego peligroso no hay aliados de verdad, solo enemigos que se necesitan.

Me acerco rápido a Adrián, pasándole el brazo por la espalda para ayudarlo a levantarse. Su peso me aplasta, su calor me envuelve, y aunque está herido, todavía desprende esa fuerza que me obsesiona.

—Te sacaré de aquí —susurra, mirándome de reojo mientras Víctor abre la puerta—. Pase lo que pase, Lucía.

Y en ese instante entiendo que la huida no es el final. Es apenas el principio de algo mucho más oscuro.

El pasillo parece más largo que nunca cuando salimos de la habitación. Adrián se apoya en mí, el peso de su cuerpo haciéndome tambalear, pero sus pasos firmes me recuerdan que incluso herido se niega a parecer débil.

Víctor camina unos metros por delante, vigilando cada esquina. Su chaqueta oscura se confunde con las sombras, y sus gestos rápidos y precisos me ponen la piel de gallina: sabe exactamente lo que hace, como si estuviera acostumbrado a moverse entre pasadizos donde la vida siempre está en juego.

A lo lejos se oyen voces. Pasos apresurados. Un carro metálico que rueda sobre el suelo encerado. Yo contengo la respiración, el corazón golpeándome el pecho con tanta fuerza que temo que me delate.

Víctor se detiene de golpe, levantando la mano. Nos empuja contra una pared, justo a tiempo para que dos hombres pasen frente a nosotros. No llevan bata ni uniforme de hospital. Trajes oscuros. Miradas que no pertenecen a este lugar.

Adrián aprieta mi cintura con su mano vendada, como si quisiera asegurarse de que no me mueva, de que me quede pegada a él. Y en ese contacto, aún más que en el peligro, siento la electricidad de su dominio.

Cuando los hombres desaparecen al final del pasillo, Víctor susurra sin voltearse:

—Ahora. Muévanse.

Cada paso se siente como una eternidad, como si las paredes pudieran cerrarse sobre nosotros en cualquier momento. Y sé, con una certeza que me hiela por dentro, que si nos atrapan, no será para devolvernos a esa habitación.

Será para terminar lo que empezaron.

El aire del hospital es tan espeso que apenas puedo respirar, pero cuando la puerta de emergencia se abre de golpe y una bocanada de noche húmeda me golpea la cara, siento que vuelvo a nacer.

La calle está casi desierta, salvo por la fila de autos estacionados bajo las farolas. El chirrido de la puerta metálica aún resuena en mis oídos mientras Víctor nos hace una señal brusca.

—Rápido.

Adrián se apoya con más fuerza en mí, y entre los dos lo llevamos hasta un auto negro que espera a pocos metros. Su respiración es agitada, sus pasos torpes, pero no se detiene ni un segundo. Cada movimiento suyo es una batalla contra el dolor, y aun así, sigue avanzando como un guerrero.

Víctor abre la puerta trasera y prácticamente nos empuja dentro.

—Agáchense.

Me abrazo a Adrián, su calor húmedo y su olor a sangre impregnándome la piel, mientras el motor ruge y nos alejamos del hospital. No me atrevo a mirar atrás.

Pero en mi interior lo sé: aunque hayamos salido de esas paredes, el peligro no quedó atrás. Está en el asiento con nosotros. Está en cada secreto que todavía no nos han contado.

Dentro del auto reina un silencio tan pesado que me aplasta el pecho. Adrián respira con dificultad a mi lado, la mandíbula apretada, y Víctor conduce con la mirada fija al frente, sin apartar los ojos de la carretera.

No aguanto más.

—Ya basta —escupo, mi voz más fuerte de lo que esperaba—. Quiero saber la verdad. Los dos.

El auto sigue avanzando, pero siento cómo la tensión se multiplica. Víctor no responde. Adrián me lanza una mirada rápida, cargada de advertencia, como si quisiera callarme con un solo gesto. Pero yo no me callo.

—¿Qué es exactamente lo que mi padre tiene contra ti, Adrián? ¿Y tú, Víctor? ¿Por qué diablos estás ayudándonos si siempre has sido parte de todo esto?

El silencio posterior es aún más insoportable. Puedo escuchar el eco de mi respiración, el golpe de mi corazón en mis sienes.

Víctor aprieta el volante, pero no gira la cabeza.

—Lucía, no sabes en qué te estás metiendo.

—¡Claro que lo sé! —replico, mi voz quebrándose por la rabia—. Mi padre casi lo mata. Y tú, Víctor, no tienes derecho a jugar a salvador cuando llevas años en lo mismo.

—No me mientas, Adrián —mi voz tiembla, pero es firme, cortante—. Yo estaba allí. Escuché todo detrás de la puerta.

Él se queda helado. Sus labios se entreabren, pero no sale ninguna palabra. Solo ese silencio espeso que me confirma lo que no quiere admitir.

—Escuché a mi padre decir que te puso en ese ring desde que eras un niño… que le perteneces —susurro, cada palabra arrancándome la piel. Mis ojos arden, pero no aparto la mirada de la suya—. ¿Es cierto, Adrián?

Adrián gira el rostro hacia la ventana, como si la oscuridad de la noche pudiera esconderlo de mí. Su mandíbula se tensa, y veo cómo sus dedos se cierran en un puño débil sobre su pierna.

Ese silencio me rompe más que cualquier respuesta.

—Dímelo —insisto, la voz quebrada pero con una furia que me atraviesa—. Necesito escucharlo de ti.

Su respiración se vuelve más áspera, y cuando por fin habla, su voz suena rota, como si cada palabra le desgarrara la garganta.

—Tu padre… —murmura sin mirarme—. No se equivoca. Cuando era un crío, el mío ya estaba hundido hasta el cuello en deudas. Bebía más de lo que trabajaba, apostaba lo que no tenía. Y cuando ya no hubo nada más que vender… me vendió a mí.

Las palabras caen como un golpe directo a mi pecho.

—Yo era su pago —continúa, la mirada perdida en la oscuridad más allá del cristal—. La moneda con la que saldó su ruina. Desde entonces mi vida no me pertenece.

Me llevo la mano a la boca para ahogar un sollozo. Lo sabía, lo presentía, pero escucharlo de sus labios me desgarra de una forma distinta. Adrián no es solo peligro porque lo elige… es peligro porque fue condenado a él.

Él finalmente gira el rostro hacia mí. Sus ojos verdes arden de rabia y vergüenza, pero también de algo que me rompe el alma: resignación.

—Por eso siempre te dije que esto era imposible. Porque no soy libre, Lucía. Y nunca lo he sido.

Adrián respira hondo, como si reunir fuerzas para hablar fuera otra pelea que librar. Su mano tiembla un poco cuando se posa sobre la mía, y entonces su voz baja me atraviesa como un susurro afilado:

—Pero estoy dispuesto a cambiar el destino… por ti. —Me mira directo a los ojos, y esa intensidad me deja sin aire—. Encontraré un camino.

El tiempo se detiene. No son palabras vacías. No es una promesa hecha en un arranque. Es la declaración de un hombre que siempre fue un esclavo, y que ahora, por primera vez, está dispuesto a desafiar sus cadenas.

Siento que el corazón me estalla en el pecho. Lo tomo del rostro con ambas manos, y mis lágrimas caen sin que pueda detenerlas. Él no aparta la vista, como si necesitara que yo entienda que no habla de esperanza ligera, sino de guerra.

Y en ese instante lo sé: si Adrián busca ese camino, yo caminaré con él. Aunque nos cueste todo.

No necesito más palabras. Lo atraigo hacia mí, con cuidado de no lastimar sus heridas, y nuestros labios se encuentran en un beso que no es solo deseo: es un juramento.

El sabor de su boca es amargo a sangre, salado a lágrimas, pero en ese instante todo me sabe a vida. Su respiración se mezcla con la mía, desesperada, como si quisiera grabarme en su piel para no perderme jamás.

Sus dedos, temblorosos y vendados, acarician mi nuca con una ternura que me desarma más que cualquier posesión brutal. Y yo me entrego, con los ojos cerrados, a ese beso que no es pasión furtiva ni juego prohibido: es el sello de una promesa.

En ese contacto lo siento todo: su dolor, su rabia, su condena… pero también la chispa feroz de alguien que, por primera vez, cree que puede romper su destino.

El camino se hace eterno. No sé cuántas horas llevamos rodando, con la carretera vacía y la noche tragándose todo a nuestro alrededor. Solo el murmullo del motor y el golpeteo irregular del corazón de Adrián contra mi hombro me dicen que seguimos avanzando.

Al fin, el auto se detiene. Levanto la vista y veo una casa solitaria, recortada contra el horizonte. Está a la orilla del mar, tan apartada que parece arrancada del mundo, rodeada de silencio y del rugido distante de las olas. No hay luces cerca, ni señales de vida a cientos de kilómetros.

Trago saliva, incapaz de contener la pregunta que me arde en la garganta.

—¿De quién es esta casa? —miro a Víctor, buscando en sus ojos alguna pista.

Él apaga el motor, se queda un segundo en silencio y finalmente responde con voz grave, sin mirarme directamente:

—Mía —responde, con calma, como si eso bastara para explicarlo todo.

El interior de la casa huele a madera húmeda y sal, un refugio que parece haberse detenido en el tiempo. El crujido del piso bajo nuestros pasos me recuerda lo lejos que estamos de todo, lo aislados, lo vulnerables.

Víctor coloca a Adrián en un sillón amplio, junto a la ventana que da al mar. Le alcanza una manta limpia y una botella de agua sin decir demasiado, como si quisiera que el gesto hablara por él. Yo lo observo todo en silencio, esperando una explicación, alguna palabra que me revele qué es lo que está pasando en realidad.

Pero no llega.

—Descansen —dice al fin, con tono seco pero sincero—. Aquí nadie los va a molestar.

Se aparta hacia la cocina, dejándonos con el murmullo de las olas golpeando la costa y la respiración pesada de Adrián, que cierra los ojos apenas su cuerpo se hunde en el sillón.

Miro a Víctor, que permanece de espaldas, ocupado en preparar café como si todo fuera normal. Una parte de mí quiere exigir respuestas ya, gritarle que me diga la verdad. Pero otra parte, la que se aferra a este frágil instante de calma, me pide esperar.

Porque en este refugio extraño y prestado, el misterio pesa más que la tormenta que acabamos de dejar atrás.

La casa queda en silencio, apenas interrumpido por el rugido distante de las olas. Adrián duerme en el sillón, la manta cubriéndole el torso vendado, su respiración áspera y profunda llenando la habitación.

Me siento a su lado, en el borde, con las rodillas recogidas contra el pecho. La penumbra apenas me permite verlo, pero conozco de memoria cada línea de su rostro: la dureza de su mandíbula, la curva peligrosa de su boca, las sombras que incluso en el sueño parecen perseguirlo.

Extiendo la mano y, con la punta de los dedos, recorro con suavidad el vendaje de su brazo. No quiero despertarlo. Solo necesito convencerme de que está aquí, vivo, que la oscuridad no lo ha reclamado todavía.

Pienso en todo lo que dijo, en la confesión que me dejó temblando. "Yo era el pago." Y un nudo se forma en mi garganta. Quisiera prometerle que voy a arrancarlo de ese mundo, que voy a descubrir todo lo que mi padre le oculta y a destrozar las cadenas que lo atan.

Pero lo único que puedo hacer es quedarme aquí, velando su sueño, como si mi silencio pudiera protegerlo del infierno que lo rodea.

En la quietud de la madrugada, me descubro acariciándole el cabello húmedo de sudor, y un pensamiento se incrusta en mí con fuerza: Adrián es mi adicción… pero ahora también es mi guerra.

El sueño me vence sin darme cuenta. Me quedo acurrucada a su lado, con la cabeza apoyada en el brazo del sillón, todavía sosteniendo su mano vendada entre las mías.

Cuando despierto, la luz gris del amanecer se cuela tímida por la ventana. Me froto los ojos y entonces lo noto: Adrián está despierto. No dice nada. Solo me observa, sus ojos verdes fijos en mí, como si llevara un rato estudiando cada detalle de mi rostro dormido.

Su mano, aún débil, acaricia despacio mi mejilla, bajando hasta mi cuello. El contacto es tan suave que me estremece. No hay rastro de brutalidad, ni de posesión, ni siquiera de rabia. Solo un gesto tierno, casi reverente, como si no pudiera creer que estoy aquí, con él.

—No sabes lo hermosa que eres cuando duermes —murmura, su voz ronca, cargada de un cansancio que no logra opacar la intensidad de sus palabras.

El corazón me da un vuelco. Ese hombre que siempre me domina, que se viste de peligro y sombras, acaba de regalarme un gesto que me desarma por completo.

El instante se rompe con un golpe seco de la puerta al abrirse. Me enderezo de inmediato, apartándome apenas de Adrián, mientras Víctor entra en la sala.

—Debo volver a la ciudad —anuncia sin rodeos, su voz grave llenando el espacio—. Ustedes se quedan aquí.

Lo miro con los ojos muy abiertos.

—¿Aquí? ¿Solos?

—Es lo más seguro —responde sin titubear—. Nadie sabe de esta casa salvo yo. Si alguien llega a sospechar que los estoy ayudando, tendrán medio mundo encima.

Adrián lo observa desde el sillón, los ojos verdes afilados, desconfiados.

—¿Y por qué habría de confiar en que vas a volver?

Víctor sostiene su mirada, sin inmutarse.

—Porque si no lo hago, Camila lo sabrá. Y créeme, lo último que quiero es perderla.

La tensión entre ellos se vuelve insoportable. Yo aprieto los labios, sintiendo que estoy atrapada entre dos fuegos: el hombre que amo y el hombre que sostiene, sin quererlo, una parte de nuestro destino.

Víctor se acerca a la puerta y antes de salir se detiene, girando apenas hacia nosotros.

—No salgan. Pase lo que pase, esperen aquí. Yo regresaré.

El portazo resuena como una sentencia, dejándonos otra vez solos en aquella casa aislada junto al mar.

Adrian me observa desde el sillón, los ojos cansados pero encendidos, y esa mirada me atrapa como siempre. Me acerco despacio, dejando que el crujido de la madera acompañe mis pasos, y me siento a su lado.

—Estamos solos —susurro, como si necesitara recordármelo.

Adrián arquea una ceja, su boca dibujando una sombra de sonrisa peligrosa.

—¿Y qué harás con eso, princesa?

El calor me sube por las mejillas. Extiendo la mano y rozo su mandíbula, sintiendo la aspereza de su barba contra mi piel. Está herido, vulnerable, pero en ese instante solo veo al hombre que me arrastra a la locura, a la adicción más intensa que he conocido.

Me inclino y lo beso. Al principio suave, cuidadosa de no lastimarlo. Pero él responde con esa fuerza contenida que siempre me quiebra, tirando de mí contra su pecho, como si incluso roto se negara a soltar el control.

En esa casa perdida junto al mar, entre el peligro y el secreto, lo único que existe es este instante: Adrián y yo, devorándonos en silencio.

Su boca me atrapa con una urgencia que me desarma, y aunque su cuerpo aún lleva el peso de las heridas, en su beso no hay nada frágil. Lo siento arder contra mí, sus manos recorriendo mi espalda con esa fuerza que siempre me deja temblando.

Me acomodo sobre sus piernas, sintiendo el calor de su erección endureciéndose bajo la tela, y un gemido se me escapa antes de poder contenerlo. Adrián aprieta mis caderas, guiándome en un vaivén lento, casi torturante, que hace que mi respiración se quiebre contra su boca.

—No sabes cuánto te necesito ahora, princesa —murmura, con la voz ronca, peligrosa, sus labios rozando mi cuello—. Herido o no, no pienso dejarte escapar.

Mis dedos se enredan en su camisa, tirando de ella hasta abrir los botones uno por uno, ansiosa, desesperada por sentir su piel contra la mía. Él, a pesar de todo, toma el control: me agarra por la muñeca y me obliga a mirarlo a los ojos.

—Quiero que me veas —gruñe, su mirada ardiendo en la penumbra—. Quiero que entiendas que incluso roto, sigo siendo tu adicción… y tú la mía.

Sus labios buscan los míos con un hambre contenida, un beso profundo que me roba el aliento y me hace olvidar que está herido. Su lengua se enreda con la mía, el roce húmedo de su piercing encendiendo cada nervio de mi cuerpo.

Sus manos viajan despacio, con la calma peligrosa de quien sabe exactamente dónde tocar. Una acaricia mi cuello, bajando hasta mi clavícula, mientras la otra se desliza con paciencia hasta levantar la tela de mi vestido. Me lo quita poco a poco, como si arrancarme la ropa fuera un ritual, hasta dejar mi piel expuesta al aire frío de la sala.

Paso las manos por su pecho, lo beso allí, y él gime bajo, ese gruñido oscuro que me derrite más que cualquier palabra.

—Lucía… —susurra, mi nombre escapando de su boca como un secreto que no puede contener.

Su boca desciende por mi cuello, dejando un rastro de fuego. Cuando sus labios encuentran mi pecho y el roce del piercing me arranca un gemido, el control se me escapa. Me arqueo, buscándolo, mientras su mano avanza por mi muslo y la tela cede bajo sus dedos.

Me vuelve loca de placer sin prisa, con cada beso, cada caricia, cada roce calculado que me acerca al borde y me recuerda que su control sobre mí no necesita brutalidad, solo tiempo.

Adrián me aprieta contra él, obligándome a sentir cada movimiento con una intensidad insoportable. Su respiración está pesada, áspera, y aun así sonríe con esa soberbia oscura que me derrite por dentro.

—No necesito la fuerza para dominarte, princesa… —susurra, —. Basta con hacerte arder despacio.

Me mueve, hundiéndose en mí con una cadencia que me vuelve loca, cada embestida tan lenta que mi cuerpo tiembla de pura ansiedad. Intento acelerar, tomar el control, pero sus manos firmes en mis caderas me frenan, obligándome a seguir el ritmo.

El dolor de sus heridas no desaparece, lo sé, lo siento en la tensión de sus músculos, pero aun así su mirada arde con ese fuego indomable. Y es esa mezcla —su vulnerabilidad y su dominio absoluto— la que me quiebra.

—Quiero que lo sientas todo —gruñe, bajando una mano entre mis muslos, jugando con mi placer al mismo compás torturante de sus embestidas—. Cada segundo, cada gemido, cada gota de ti… me pertenece.

La desesperación me arrasa. Y yo sé que, aunque su cuerpo esté herido, su voluntad sigue siendo mi mayor condena.

No entiendo cómo lo hace. Cada vez que creo que voy a estallar, que no puedo más, Adrián cambia apenas el ángulo, la presión de sus manos, el roce de su boca, y me arrastra otra vez al borde. Y cuando caigo, cuando el orgasmo me desgarra lento, profundo, él no se detiene.

Mis gemidos llenan la habitación. Su ritmo torturante se vuelve un ciclo perfecto de placer sin pausa: me deja temblar un instante, apenas recuperar el aliento, y enseguida vuelve a encenderme hasta hacerme perder el control otra vez.

Llega un punto en que dejo de contar. Mi cuerpo ya no me pertenece, se arquea y se abre solo para él,

La Adicción de Lucía

convulsionando bajo cada ola lenta y devastadora que me arranca. Siento el sudor resbalar por mi piel, mis piernas flaquear, mi voz quebrarse en un mar de gemidos.

—Eso es… —murmura con esa voz grave que me enloquece, sujetándome firme cuando siento que me derrumbo—. Rómpete para mí, princesa. Una y otra vez.

Y yo lo hago. Me rompo, me fundo, me pierdo en un sinfín de placer hasta que ya no sé dónde termina mi cuerpo y dónde empieza el suyo. Solo sé que soy suya. Que en sus manos, bajo su ritmo lento y cruel, no existe nada más que el fuego que me consume.

Sus movimientos empiezan a perder la calma cruel con la que me ha torturado toda la noche. Lo siento tensarse bajo mí, su respiración volverse más áspera, más urgente, y en sus ojos verdes arde algo que nunca había visto: rendición.

Yo sigo temblando, atrapada en esa cadena interminable de orgasmos que me quiebran, cuando de pronto sus manos me aprietan más fuerte contra su cuerpo y un gruñido ronco se le escapa de lo más profundo.

—Lucía… —mi nombre suena a confesión.

Siento su clímax estallar dentro de mí, caliente, feroz, al mismo tiempo que otra oleada me sacude y me arranca un grito ahogado contra su cuello. El mundo desaparece. Solo existe ese instante devastador en el que nuestros cuerpos, nuestras sombras y nuestras heridas se funden en uno.

Caigo sobre su pecho, sudada, exhausta, mientras su respiración desbocada me envuelve. Sus manos, aún firmes, me acarician la espalda como si necesitara asegurarse de que sigo aquí.

Y por un instante, en esa rendición compartida, Adrián deja de ser el hombre oscuro y peligroso que todos temen. Es solo él, roto y mío.

Adrián me sostiene contra su pecho, sus dedos enredados en mi cabello, su respiración caliente contra mi oído. Siento que el mundo puede detenerse aquí, en esta casa perdida junto al mar, donde nada ni nadie puede alcanzarnos.

Y entonces, un golpe seco rompe la calma.

Los dos nos tensamos de inmediato. Otro golpe, más fuerte esta vez, retumba en la puerta principal. Adrián me aparta con brusquedad, sus ojos verdes encendidos otra vez con ese fuego de peligro que nunca se apaga.

—Quédate atrás —gruñe, levantándose como puede, todavía marcado por las heridas.

El tercer golpe no deja espacio a dudas: alguien sabe que estamos aquí. Y justo antes de que Adrián pueda acercarse, una voz retumba desde afuera, tan conocida que mi sangre se hiela.

—¡Lucía! —es la voz de mi padre, cargada de rabia y amenaza—. Ábreme esa puerta ahora mismo.

El corazón se me detiene. Adrián gira hacia mí, y en sus ojos veo el mismo pánico feroz que me consume. Porque sabemos que, una vez más, el destino viene por nosotros.

Y esta vez, no habrá dónde escondernos.

Y, aun así, lo único que siento es que lo elegiría de nuevo.

Epílogo

El eco de su voz aún resuena en mi pecho, como un trueno que anuncia la tormenta inevitable.

Mi padre.

Adrián.

Y yo, atrapada entre dos mundos que jamás debieron cruzarse.

Podría huir. Podría ceder. Podría aceptar que el destino ya está escrito.

Pero no.

Porque ya no soy la misma.

Porque incluso si me arrastra al infierno, yo elegiría volver a caer en los brazos de Adrián una y otra vez.

Él es mi adicción.

Mi condena.

Mi verdad prohibida.

Y sé, con la certeza ardiente de quien ha probado el abismo, que esto apenas comienza.

www.ingramcontent.com/pod-product-compliance
Lightning Source LLC
Chambersburg PA
CBHW032030120726
47901CB00001BA/74